Nalini Singh adore écrire. Même si elle a voyagé d'un bout à l'autre de la planète – des déserts de Chine aux temples du Japon –, c'est le voyage de l'esprit qui la fascine le plus. Elle est ravie aujourd'hui d'avoir réalisé son rêve de devenir écrivaine.

Du même auteur, chez Milady:

Psi-changeling:
1. *Esclave des sens*
2. *Visions torrides*
3. *Caresses de glace*

www.milady.fr

Nalini Singh

Caresses de glace

Psi-changeling – 3

Traduit de l'anglais (Nouvelle-Zélande) par Claire Jouanneau

Milady

Milady est un label des éditions Bragelonne

Titre original : *Caressed by Ice*

Suivi d'un extrait de : *Mine to Possess*

ISBN : 978-2-8112-0685-7

Bragelonne – Milady
60-62, rue d'Hauteville – 75010 Paris

E-mail : info@milady.fr
Site Internet : www.milady.fr

Remerciements

Bien que l'écriture soit un travail solitaire, on ne se sent pas isolé, surtout quand on a comme moi la chance d'être entouré d'autant de gens merveilleux.

Chez moi : les membres de ma famille, qui savent me supporter quand je suis obnubilée par mon travail. Merci de ne pas m'obliger à faire la cuisine, le ménage… ou la lessive… Je vous aime !

Sur une plage de Californie, une Margarita à la main (enfin, ce serait le cas si ses clients ne la harcelaient pas) : Nephele Tempest, mon agent et la première à m'avoir dit qu'elle aimait mon univers de Psis et de changelings. Merci d'avoir si bien valorisé mon travail. Si on a un jour l'occasion de se rencontrer, c'est moi qui offre les Margarita !

Chez mon éditeur : Cindy Hwang, ma géniale éditrice, qui me laisse libre de suivre mon imagination là où elle m'emporte ; Leis Pederson, assistant de rédaction super efficace (et qui en a sûrement assez d'entendre ma voix après toutes ces séances-marathons de mise au point au téléphone !) ; et l'équipe sensationnelle en coulisses. Un grand merci pour tout ce que vous avez fait depuis le premier tome de la série *Psi-changeling*.

À divers endroits du monde : tous les libraires, les lecteurs, les critiques, les bibliothécaires et les blogueurs qui ont soutenu mes livres jusqu'à aujourd'hui. Si j'essayais de tous vous citer, je n'aurais pas assez de place, ce qui, de mon point de vue, est extraordinaire et une vraie leçon d'humilité. Merci.

Sur le palier, à exiger que je sorte avant qu'ils me traînent dehors : mes amis, qui s'accommodent de mes habitudes d'ermite sans me retirer de leurs listes d'invitation. Vous vous reconnaîtrez. J'ai une chance incroyable de vous avoir. Et, dans ma tête : mes personnages, qui me laissent raconter leurs histoires. Merci.

Les Flèches

Mercure était une secte. C'était ce que tout le monde affirmait au début. Les Psis tournaient en dérision Catherine et Arif Adelaja, qui se prétendaient capables de libérer leur peuple de la folie et de la rage meurtrière.

Être Psi signifiait flirter avec la folie.

C'était un fait accepté.

Il n'existait pas de remède.

Mais alors Mercure exhiba deux cobayes issus de la première version du protocole Silence : les fils jumeaux des Adelaja eux-mêmes. Tendaji et Naeem Adelaja étaient aussi froids que la glace, dépourvus de colère ou de folie… mais cela ne dura qu'un temps. L'expérience se solda par un échec. Le pendant obscur des émotions refit surface chez les jumeaux Adelaja avec la violence d'une avalanche et, seize ans après avoir été présentés comme les précurseurs d'un nouveau futur, ils se suicidèrent. Tendaji, le plus fort des deux, tua Naeem avant de se donner la mort. Il n'y avait pas de doute qu'il s'était agi d'une décision mutuelle.

Ils laissèrent un message :

« Nous sommes une abomination, une plaie qui tuera notre peuple de l'intérieur. Silence ne doit jamais prendre racine, ne doit jamais infiltrer le PsiNet. Pardonnez-nous. »

Leurs mots ne furent jamais entendus, leur terreur jamais comprise. Découverts par les acolytes de Mercure, ils furent enterrés dans une tombe cachée, et on fit passer leur décès pour un accident. Entre-temps, Mercure avait commencé à former une nouvelle génération en améliorant leur technique, en peaufinant les outils avec lesquels ils extrayaient des cœurs les émotions indésirables et des âmes la folie. Le changement majeur fut aussi celui qui passa le plus inaperçu : cette fois-là, ils bénéficiaient du soutien prudent des dirigeants de leur peuple, le Conseil Psi.

Mais il leur fallait également une autre forme de soutien, d'un genre qui serait en mesure de rattraper d'autres écarts et d'autres erreurs avant qu'ils n'arrivent dans la sphère publique... et jusqu'aux oreilles du Conseil encore sceptique. Si les Conseillers avaient eu vent des morts à répétition, ils se seraient rétractés. Et les Adelaja ne toléraient pas l'idée que leur vision puisse être reléguée au vide-ordures de l'Histoire. Car, même si la mort de leurs fils jumeaux les avait bouleversés, Catherine et Arif ne perdirent jamais foi en Silence. Pas plus que leur fils aîné, Zaid.

Zaid était un télépathe cardinal doté d'impressionnantes capacités en matière de combat mental. Lui aussi avait été formé sous le régime de Silence, mais en tant que jeune adulte plutôt qu'enfant. Pourtant, il y croyait. Le protocole avait apaisé les démons de son esprit et il souhaitait transmettre ce cadeau de paix pour faire taire les tourments de son peuple. Aussi commença-t-il à s'occuper des erreurs, évinçant ceux qui ne résistaient pas aux versions expérimentales de Silence, enterrant leur vie avec autant d'efficacité qu'il enterrait leur corps.

Catherine l'appelait sa « Flèche de Guerre ».

Bien vite, Zaid en recruta d'autres comme lui. D'autres qui avaient la foi. Des individus solitaires, des ombres sans identité, plus noirs que les ténèbres, des hommes et des femmes dont l'ambition se résumait à éliminer tout ce qui était susceptible de compromettre la concrétisation du rêve de Catherine et d'Arif.

Le temps passa. Des années. Des décennies. Zaid Adelaja fut balayé de la surface de la terre, mais le flambeau des Flèches continua d'être transmis d'un acolyte à l'autre... jusqu'à ce que Mercure cesse d'exister et que les Adelaja, morts depuis longtemps, soient élevés au rang de visionnaires.

Le protocole Silence fut implanté en l'an 1979.

Le vote du Conseil Psi était unanime, le peuple divisé, mais la majorité favorable. Les leurs s'entre-tuaient et se donnaient la mort avec une fureur et une inhumanité inédite chez toutes les autres espèces. Silence semblait être leur unique espoir, la seule solution pour instaurer une paix durable. Mais auraient-ils franchi le pas s'ils avaient lu les derniers mots de Tendaji et de Naeem ? Il ne restait plus personne pour répondre à cette question.

Tout comme personne n'était en mesure d'expliquer pourquoi un protocole supposé amener la paix avait également engendré une violence de la plus froide et de la plus dangereuse espèce : des rumeurs concernant les Flèches se répandirent à la suite de l'instauration du processus d'implantation, nourries par la peur d'esprits soumis à Silence. Le bruit courait que ceux qui opposaient trop de résistance finissaient par tout simplement disparaître.

À présent, à la fin de l'année 2079, les Flèches étaient devenues un mythe, une légende, leur existence ou non débattue sans fin sur le PsiNet. Pour les incrédules, le Conseil Psi post-Silence était une création parfaite, qui ne se serait jamais abaissée à constituer une légion secrète pour neutraliser ses ennemis.

Mais d'autres savaient qu'il en allait tout autrement.

D'autres avaient surpris les traînées sombres que laissaient derrière eux sur le PsiNet des esprits hautement belliqueux, avaient ressenti le frisson glacé de leurs lames psychiques. Mais, bien entendu, ces derniers n'étaient plus là pour en témoigner. Ceux qui croisaient la route des Flèches avaient rarement la chance de survivre pour s'en vanter.

Les Flèches elles-mêmes n'écoutent pas les rumeurs, ne se considèrent pas comme une armée de mort. Non, elles sont restées fidèles à leur père fondateur. Elles ne doivent leur loyauté qu'au protocole Silence, et consacrent leur existence à son maintien.

Les exécutions sont parfois un mal nécessaire.

Chapitre premier

Judd encaissa le coup de poing dans la joue. Concentré sur son objectif de mettre son adversaire au tapis, il remarqua à peine l'impact, se préparant déjà à assener un coup à son tour. Tai essaya d'éviter la frappe à la toute dernière seconde, mais il était trop tard ; la mâchoire du jeune loup se referma dans un craquement sonore.

Mais il n'était pas à bout de forces.

Découvrant ses crocs maculés de son propre sang, il se jeta sur Judd, cherchant visiblement à tirer avantage de son imposante carrure pour fracasser son adversaire contre le mur de pierres. Au lieu de cela, ce fut Tai qui percuta le mur, le souffle coupé par la violence de l'impact.

Judd saisit l'autre homme à la gorge.

— Te tuer ne me coûterait rien, dit-il, resserrant son étreinte au point que Tai devait respirer avec difficulté. Tu aimerais mourir ?

Le ton de sa voix était calme, son souffle mesuré. Un état sans lien avec des sensations car, contrairement au changeling devant lui, Judd Lauren ne ressentait rien.

Tai bougea les lèvres pour lâcher un juron, mais il ne parvint qu'à émettre un incompréhensible sifflement. Pour l'observateur lambda, il aurait semblé que Judd avait pris le dessus, mais celui-ci ne commit pas l'erreur de baisser sa garde. Tant que Tai n'admettrait pas sa défaite, il resterait dangereux. Le loup le prouva une seconde plus tard lorsqu'il transforma ses mains en griffes.

Il déchiqueta le similicuir et la chair de Judd sans effort, mais le Psi ne lui laissa pas le temps de lui infliger des blessures graves. Appuyant sur un point bien précis au niveau du cou de Tai, il réduisit celui-ci à l'inconscience en le fracassant contre le mur et ne relâcha sa prise que lorsque le changeling fut totalement hors d'état de nuire. Tai s'affaissa en position assise, tête inclinée sur la poitrine.

— Tu n'es pas censé te servir de tes pouvoirs Psis, dit une voix rauque de femme depuis la porte.

Il n'avait nul besoin de se retourner pour l'identifier, mais le fit tout de même. D'extraordinaires yeux marron dans un visage à l'ossature délicate couronné par des cheveux blonds coupés à la va-vite. Les yeux de Brenna avaient été normaux et ses cheveux plus longs avant qu'elle soit enlevée. Par un tueur. Par un Psi.

— Je n'ai pas besoin de recourir à mes talents pour m'occuper de petits garçons.

Brenna le rejoignit ; elle lui arrivait à peine au niveau de la clavicule. Il ne s'était jamais rendu compte à quel point elle était petite, jusqu'à ce qu'il la voie après sa libération. Étendue dans ce lit, respirant à peine, son énergie s'était tellement repliée sur elle-même qu'il avait douté qu'elle soit encore vivante. Mais sa taille ne signifiait rien. Brenna Shane Kincaid, comme il l'avait découvert, possédait une volonté d'acier.

— C'est la quatrième fois cette semaine que tu te retrouves dans une bagarre.

Elle leva la main et il dut se retenir de s'écarter d'un bond. Le contact physique était primordial pour les changelings ; les loups s'effleuraient, se touchaient en permanence sans même y réfléchir. Un concept méconnu pour un Psi, et susceptible d'entraîner une dangereuse perte de contrôle. Mais Brenna avait été brisée par un mal engendré par l'espèce de Judd. Si elle avait besoin de contacts, il l'accepterait.

Une légère sensation de chaleur sur sa joue.

— Tu vas avoir un bleu. Viens, laisse-moi mettre du produit dessus.

— Pourquoi tu n'es pas avec Sascha ?

Une autre Psi renégate, mais une guérisseuse, pas une tueuse. C'était Judd qui avait du sang sur les mains.

— Tu n'as pas dit avoir rendez-vous avec elle à 20 heures ?

L'heure était déjà dépassée de cinq minutes.

Elle laissa ses doigts s'attarder sur la courbe de sa mâchoire avant de les retirer. Elle leva les yeux vers lui, le laissant voir le changement qui s'était opéré en elle cinq jours après sa libération. Ses yeux autrefois marron foncé avaient adopté une teinte qu'il n'avait jamais vue chez aucun être sensible, fût-il humain, changeling ou Psi. Les pupilles de Brenna étaient totalement noires, mais autour de ces deux points de ténèbres étaient dispersés des éclats bleu glacier, vifs et pénétrants. Ils scindaient le marron foncé de ses iris, donnant à ses yeux une apparence de verre brisé.

— C'est fini, dit-elle.

— Quoi donc ?

Il entendit Tai gémir mais n'y prêta pas attention. Le garçon ne constituait pas une menace ; si Judd avait laissé le loup l'atteindre à quelques reprises, c'était uniquement parce qu'il comprenait le fonctionnement de la société des changelings. Être vaincu au combat était une mauvaise chose, mais pas autant qu'être vaincu sans avoir opposé une solide résistance.

Les sentiments de Tai ne faisaient aucune différence pour Judd. Il n'avait aucune intention de s'intégrer à ce monde. Mais sa nièce et son neveu, Marlee et Toby, devaient eux aussi vivre dans le réseau de tunnels souterrains qui formait la tanière des SnowDancer, et ses ennemis pouvaient devenir les leurs. Aussi n'avait-il pas humilié le garçon en achevant le combat avant qu'il débute.

— Ça va aller pour lui ? demanda Brenna lorsqu'elle entendit Tai gémir une seconde fois.

— Laisse-lui une ou deux minutes.

Elle se tourna de nouveau vers le Psi et inspira brusquement.

— Tu saignes !

Il s'écarta avant qu'elle puisse toucher ses avant-bras déchiquetés.

— Rien de grave.

Et c'était vrai. Enfant, il avait été soumis à la douleur la plus atroce, puis avait appris à la contrer. Un bon Psi ne ressentait rien. Une bonne Flèche encore moins.

Ça facilitait tellement l'acte de tuer des gens.

— Tai a sorti les griffes. (Brenna afficha une expression furieuse lorsqu'elle se pencha, menaçante, au-dessus du loup avachi contre le mur.) Attends un peu que Hawke apprenne…

— Il n'en saura rien. Parce que tu ne vas pas le lui dire.

Judd n'avait pas besoin qu'on le protège. Si Hawke avait su qui Judd était réellement, ce qu'il avait fait, ce qu'il était devenu, le chef des SnowDancer l'aurait abattu dès leur première rencontre.

— Explique-moi ton commentaire sur Sascha.

Brenna grimaça mais n'insista pas au sujet des coupures sur son bras.

— Fini les séances de soins. Je n'en ai plus besoin.

Il savait quelles violences elle avait subies.

— Tu dois continuer.

— Non. (Un mot concis, tranchant et sans appel.) Je ne veux plus jamais qu'on entre dans ma tête. Jamais. De toute façon, Sascha n'y arrive pas.

— Ça n'a pas de sens. (Sascha détenait le rare don de savoir parler aussi facilement aux esprits des changelings qu'à ceux des Psis.) Tu n'es pas à même de la bloquer.

— Maintenant si… Quelque chose a changé.

Tai toussa et se réveilla, et ils se retournèrent tous deux vers lui, le regardant se servir du mur pour se remettre debout. Clignant plusieurs fois des yeux après être revenu à la verticale, il porta une main à sa joue.

— Bon sang, on dirait que je me suis pris un camion de plein fouet !

Brenna étrécit les yeux.

— Tu cherchais quoi au juste, merde ?

— Je…

— C'est bon. Pourquoi tu t'en es pris à Judd ?

— Brenna, ça ne te regarde pas. (Judd sentait déjà le sang sécher sur sa peau.) Tai et moi avons réglé notre différend.

Il regarda l'autre homme dans les yeux.

Tai serra les dents, mais hocha la tête.

— On est quittes.

Et leur statut l'un par rapport à l'autre dans la hiérarchie de la meute avait été sans conteste établi… Si le rang de Judd n'avait pas déjà été plus élevé avant, il aurait à présent dominé le loup.

Se passant une main dans les cheveux, Tai se tourna vers Brenna.

— Je peux te parler au sujet de…

— Non. (Elle l'interrompit d'un geste de la main.) Je n'ai pas envie de t'accompagner à ton bal de promo. Tu es trop jeune et trop idiot.

Tai déglutit.

— Comment tu as deviné ce que j'allais dire ?

— Peut-être que je suis Psi. (Une réponse sinistre.) C'est la rumeur qui circule, non ?

Tai s'empourpra.

— Je leur ai dit qu'ils racontaient n'importe quoi.

C'était la première fois que Judd entendait parler de cette tentative clairement méchante de causer du chagrin à Brenna, et c'était bien la dernière chose qu'il aurait imaginée. Les loups étaient peut-être des ennemis cruels, mais ils se montraient tout aussi féroces lorsqu'il s'agissait de protéger les leurs. Et ils s'étaient tous rassemblés pour soutenir Brenna dès qu'ils l'avaient libérée.

Il regarda Tai.

— Je crois que tu devrais y aller.

Le jeune loup ne protesta pas, s'éloignant avec discrétion et aussi vite que ses jambes le lui permettaient.

— Tu sais ce qui est pire encore ?

La question de Brenna détourna son attention du garçon qui battait en retraite.

— Quoi ?

— C'est vrai. (Elle posa sur lui son regard bleu et marron de verre brisé, avec une intensité renforcée.) Je suis différente. Je vois des choses avec ces fichus yeux qu'il m'a donnés. Des choses terribles.

— Ce ne sont que de simples échos de ce qui t'est arrivé.

Un puissant sociopathe avait écartelé son esprit, l'avait violé au niveau le plus intime. Il n'y avait rien de surprenant à ce qu'une telle expérience lui laisse des cicatrices psychiques.

— C'est ce qu'a dit Sascha. Mais ces morts que je vois…

Un cri interrompit leur échange.

Avant même qu'il cesse, ils se mirent tous deux à courir. Deux cents mètres plus loin, dans un second tunnel, ils furent rejoints par Indigo et plusieurs autres changelings. Alors qu'ils tournaient à un angle, Andrew surgit devant eux et empoigna Brenna par le bras, obligeant sa sœur à s'arrêter tandis qu'il levait sa main libre. Tous s'immobilisèrent.

— Indigo… il y a un corps. (Andrew crachait les mots comme des balles.) Au nord-est, tunnel numéro six, la quarantième niche.

Brenna s'arracha à l'étreinte de son frère à peine eut-il fini de parler et détala sans crier gare. Ayant surpris sa montée de colère avant qu'elle se soit empressée de la dissimuler, Judd fut le premier à se lancer à sa suite. Indigo et Andrew, fou de rage, le talonnèrent. Ils auraient déjà rattrapé la plupart des Psis, mais Judd était différent ; une différence qui avait déterminé le cours de son existence sur le PsiNet.

Brenna n'était plus qu'un éclair devant lui, se déplaçant avec une rapidité impressionnante pour quelqu'un qui était encore alité quelques mois plus tôt. Elle avait presque atteint le tunnel numéro six lorsqu'il la rattrapa.

— Arrête, lui ordonna-t-il, le souffle moins court qu'il aurait dû l'être. Tu n'as pas besoin de voir ça.

— Si, dit-elle en haletant.

Accélérant soudain l'allure, Andrew l'attrapa par-derrière et lui enlaça la taille pour la soulever.

— Bren, du calme.

Indigo les dépassa en trombe sur ses longues jambes, sa chevelure sombre flottant derrière elle.

Prisonnière des bras d'Andrew, Brenna commença à se débattre comme une furie, au risque de se blesser. Judd ne pouvait pas le tolérer.

— Elle se calmera si tu la relâches.

Brenna cessa aussitôt de s'agiter, les yeux écarquillés de surprise tandis que sa poitrine se soulevait au rythme de sa respiration saccadée. Andrew, lui, ne s'en tint pas au silence.

— Je peux m'occuper seul de ma sœur, Psi.

Il cracha le dernier mot comme une insulte.

— Quoi, en me barricadant ? demanda Brenna d'une voix tranchante comme un rasoir. Je ne laisserai plus jamais personne m'enfermer dans une boîte, Drew, et je te jure que si tu essaies je grifferai les murs jusqu'au sang pour m'échapper.

L'image était crue et très parlante, surtout pour ceux qui avaient vu son état lorsqu'ils l'avaient retrouvée.

Derrière elle, Andrew blêmit, la mâchoire crispée.

— C'est le mieux pour toi.

— Peut-être que non, dit Judd en soutenant sans ciller le regard furieux d'Andrew.

Le soldat SnowDancer tenait tous les Psis responsables de la souffrance de sa sœur, et Judd pouvait retracer le cheminement logique, fondé sur ses émotions, qui l'avait amené à cette conclusion. Mais ces mêmes émotions l'aveuglaient.

— Elle ne peut pas passer le reste de sa vie enchaînée.

— Qu'est-ce que tu en sais, bordel ? gronda Andrew. Tu ne te soucies même pas des tiens !

— Il en sait beaucoup plus que toi !

— Bren, lança Andrew sur un ton d'avertissement.

— Ferme-la, Drew. Je ne suis plus un bébé.

Dans le ton de sa voix perçaient des échos de choses plus noires, du mal dont elle avait été témoin et de l'innocence qu'elle avait perdue.

— Tu t'es demandé deux minutes ce que Judd a fait pour moi quand on m'a soignée ? Tu t'es donné la peine de te renseigner sur ce que ça lui a coûté ? Non, bien sûr que non, parce que toi tu sais tout. (Elle prit une inspiration mal assurée.) Eh bien, devine quoi, tu ne sais rien du tout ! Tu n'as pas vécu ce que j'ai vécu. Ni de près, ni de loin. Lâche-moi !

Ses mots ne transpiraient plus la colère ; sa voix était très calme. Ce qui était normal pour un Psi… pas pour une changeling louve. D'autant plus qu'il s'agissait de Brenna. Les sens de Judd tirèrent la sonnette d'alarme.

Andrew secoua la tête.

— Tu peux dire ce que tu veux, petite sœur, tu n'as pas à voir ça.

— Dans ce cas tu m'excuseras, Drew.

La seconde suivante, Brenna sortit les griffes et lacéra le bras de son frère, qui la relâcha de surprise. Elle se mit à courir presque avant que ses pieds touchent le sol.

— Bon sang ! murmura Andrew en la suivant du regard. Je n'arrive pas à croire que… (Il baissa les yeux sur ses avant-bras ensanglantés.) Brenna ne s'en prend jamais à personne d'habitude.

— Elle n'est plus la Brenna que tu connaissais, dit Judd à l'autre homme. Ce qu'Enrique lui a fait l'a changée en profondeur, à un point qu'elle-même ne comprend pas.

Il partit à la suite de Brenna avant qu'Andrew puisse répondre ; il devait être à son côté pour enrayer la rechute qu'allait lui causer la vue du mort. Ce qu'il n'arrivait pas à comprendre, c'était pourquoi elle tenait tant à le voir.

Il la rattrapa alors qu'elle filait sous le nez d'un garde surpris et entrait dans une petite pièce du tunnel numéro six. Elle s'arrêta si abruptement que Judd faillit la percuter. Il suivit son regard et vit le corps d'un SnowDancer inconnu, étendu sur le sol. Le visage de la victime ainsi que son corps nu présentaient un nombre considérable d'hématomes. Mais Judd savait que ce n'était pas pour cette raison que Brenna restait paralysée.

Mais à cause des entailles.

La chair du changeling avait été découpée au couteau avec un soin particulier ; aucune des lacérations n'était mortelle, sauf la dernière. Celle-là lui avait sectionné la carotide. Ce qui rendait la scène quelque peu anormale.

— Où est le sang ? demanda-t-il à Indigo, accroupie à l'opposé du corps avec plusieurs de ses soldats derrière elle.

Le lieutenant grimaça à la vue de Brenna dans la pièce.

— Le meurtre n'est pas récent, répondit-elle. On l'a abandonné ici.

— Une pièce à l'écart. (L'un des soldats, un loup dégingandé du nom de Dieter, avait pris la parole.) Facile d'y accéder sans être repéré si tu maîtrises ton sujet… Celui qui a commis ce crime est malin, il a dû choisir le lieu à l'avance.

Brenna inspira une goulée d'air mais ne dit rien.

Le visage d'Indigo s'assombrit davantage.

— Sors-la d'ici, bon sang !

Judd ne se pliait pas volontiers aux ordres, mais il approuvait celui-ci.

— Allons-y, dit-il à la femme qui lui tournait le dos.

— Je l'ai vu.

Un murmure imperceptible.

Indigo se releva, une expression confuse sur le visage.

— Hein ?

Brenna se mit à trembler.

— Je l'ai vu. (Le même chuchotement fragile.) Je l'ai vu. (Plus fort). Je l'ai vu ! hurla-t-elle cette fois.

Judd avait passé assez de temps avec elle pour savoir qu'elle détesterait avoir perdu le contrôle devant tout le monde. C'était une louve très fière. Aussi fit-il la seule chose susceptible de l'atteindre dans son état d'hystérie. Il s'avança pour lui barrer la vue du corps puis se servit des émotions de Brenna contre elle. Une arme que les Psis avaient affûtée à la perfection.

— Tu es en train de te ridiculiser.

Ses paroles glaciales eurent sur Brenna l'effet d'une gifle.

— Je te demande pardon ?

Elle laissa retomber la main qu'elle avait dressée pour l'écarter.

— Regarde derrière toi.

Elle s'obstinait à ne pas bouger. Les poules auraient des dents avant qu'elle obéisse à un ordre venant de lui.

— La moitié de la meute observe la scène, lui dit-il. (Impitoyable. Psi.) Ils t'écoutent craquer.

— Je ne craque pas. (Elle rougit en s'apercevant du nombre d'yeux braqués sur elle.) Pousse-toi de mon chemin.

Elle ne voulait plus regarder le corps – un corps qu'on avait mutilé avec la même précision sinistre qu'Enrique réservait à ses victimes – mais sa fierté l'empêchait de céder.

— Tu agis de façon irrationnelle. (Judd ne bougea pas.) De toute évidence, cet endroit a un impact négatif sur ta stabilité émotionnelle. Retourne dehors.

C'était bel et bien un ordre ; le ton de sa voix se rapprochait tant de celui d'un mâle dominant qu'elle se sentit prête à montrer les dents.

— Sinon quoi ?

Elle accueillit avec joie la colère qu'il venait d'éveiller ; elle lui donnait un moyen de fuir les souvenirs cauchemardesques que réactivait cette pièce.

Le regard détaché du Psi croisa le sien ; l'arrogance toute masculine dans ses yeux était à couper le souffle.

— Je t'attrape et te fais sortir moi-même.

À cette réponse, l'adrénaline se répandit dans ses veines, dissipant l'arrière-goût âcre de la peur. Des mois de frustration à regarder d'autres enterrer son indépendance sous un mur protecteur, à écouter d'autres lui dire ce qui était le mieux pour elle, à voir sans arrêt sa capacité à raisonner remise en question, tout cela et plus encore fit boule de neige à cet instant.

— Essaie donc.

Un défi.

Il s'avança vers elle et elle sentit l'extrémité de ses doigts la démanger et ses griffes menacer de sortir. Oh que oui ! elle était prête à se frotter à Judd Lauren, l'Homme de Glace, et la plus belle créature de sexe masculin qu'elle ait jamais vue.

Chapitre 2

— Brenna, qu'est-ce que tu fabriques ici ?

La question cinglante avait été lâchée par une voix familière. Lara n'attendit pas la réponse.

— Pousse-toi, tu gênes le passage.

Prise de court, Brenna s'exécuta. La guérisseuse SnowDancer et l'un de ses assistants la dépassèrent, des trousses de secours à la main.

Judd s'avança en même temps qu'elle, sans cesser de lui barrer la vue du corps.

— Il commence à y avoir du monde dans cette pièce. Lara a besoin de place pour faire son travail.

— Il est mort. (Brenna savait qu'elle se montrait déraisonnable, mais elle ne supportait plus qu'on lui donne des ordres.) Je vois mal en quoi elle peut l'aider maintenant.

— Et quelle aide tu comptes apporter en restant là ?

Par cette simple question, il soulignait son comportement ridicule avec la froide précision d'un Psi.

Serrant les poings pour contenir son envie de frapper cet homme qui semblait toujours savoir mettre le doigt sur ses faiblesses, elle fit volte-face et sortit. Les membres de la meute lui lancèrent des regards curieux lorsqu'elle passa devant eux. Ils étaient plus d'un à la juger : la pauvre Brenna avait fini par craquer. Il aurait été tentant de s'éloigner sans leur rendre leurs regards, mais elle se força à faire le contraire.

On lui avait volé déjà son amour-propre une fois. Elle comptait bien que cela n'arrive plus jamais.

Plusieurs loups détournèrent les yeux lorsqu'elle les surprit à la dévisager, tandis que d'autres continuèrent à l'observer sans ciller. En d'autres circonstances, elle aurait pris leur impudence pour un défi, mais ce jour-là elle ne songeait qu'à fuir l'odeur du cadavre qui la prenait à la gorge. Ce besoin pressant ne l'empêcha toutefois pas de remarquer que même les plus audacieux d'entre eux baissèrent les yeux après avoir regardé derrière elle.

— Ce n'est pas la peine d'affronter mes problèmes pour moi, dit-elle une fois qu'ils furent à l'écart de la foule.

Judd pressa le pas pour marcher à son côté, cessant d'être une ombre derrière elle.

— Je n'avais pas conscience de le faire.

Elle devait admettre qu'il disait probablement la vérité ; la plupart de ceux qui vivaient dans la tanière avaient trop peur de Judd Lauren pour vouloir attirer son attention, quel que soit le contexte.

— Tu as vu les entailles. (Elle sentait encore l'odeur de la mort mêlée aux relents métalliques du sang.) Identiques aux siennes.

La lame tranchante d'un scalpel étincela dans son esprit. Une vision de sang qui giclait. Des cris qui résonnaient entre les murs d'une cage.

— Elles n'étaient pas identiques.

Sa réponse détachée la tira du chaos cauchemardesque de ses souvenirs.

— D'où te vient cette certitude ?

— Je suis Psi. Les schémas répétitifs, ça me connaît.

Avec ses vêtements noirs et ses yeux vides d'émotion, il n'y avait pas à douter qu'il fût Psi. Pour le reste…

— N'essaie pas de me faire croire que tous les Psis auraient relevé ce genre de détails aussi vite. Tu es différent.

Il ne se donna pas la peine de la contredire.

— Ça ne change rien aux faits. Les lacérations sur cette victime…

— Timothy, l'interrompit-elle, la gorge nouée. Son nom était Timothy.

Le SnowDancer assassiné n'avait été qu'une vague connaissance, mais elle ne supportait pas qu'on le réduise à une victime sans identité. Il avait eu une vie. Un nom.

Judd lui jeta un coup d'œil, puis lui adressa un léger hochement de tête.

— On a employé une méthode similaire pour tuer Timothy, mais les détails diffèrent. En premier lieu, c'était un homme.

Et Santano Enrique, le sale type qui avait torturé Brenna et tué tant d'autres, ne s'en était pris qu'à des femmes. Car il avait eu un penchant pour certaines choses, des choses qui nécessitaient le corps d'une… Brenna repoussa les souvenirs dans le coffre-fort de son esprit, là où elle gardait les détails les plus sinistres et les plus répugnants de ce qu'il lui avait infligé.

— Tu penses qu'il a un imitateur ?

Cette idée lui donnait des haut-le-cœur. Même après sa mort, la malignité du boucher se perpétuait.

— C'est probable. (Judd s'arrêta à une fourche.) Ce n'est pas ton combat. Laisse à ceux qui ont de l'expérience dans ce domaine le soin de mener l'enquête.

— Parce que je n'ai de l'expérience qu'en tant que victime ?

L'odeur métallique du sang monta de sa chair lacérée lorsqu'il croisa les bras.

— Tu es trop aveuglée par tes émotions pour rendre justice à Timothy. Il n'est pas question de toi.

Alors qu'elle ouvrait la bouche pour lui dire à quel point il se trompait, elle la referma aussi vite. Lui confier la vérité n'était pas envisageable ; il n'y verrait que les élucubrations d'une folle à l'esprit brisé.

— Va faire panser tes plaies, dit-elle à la place. L'odeur du sang Psi n'a rien de très appétissant.

Elle s'inquiétait de la gravité des blessures infligées par Tai, mais il aurait fallu lui passer sur le corps pour qu'elle l'avoue.

Judd accueillit son ton insultant sans ciller.

— Je vais te raccompagner à ta chambre.

— Essaie et je t'arrache les yeux.

Elle lui tourna le dos et s'éloigna, sentant son regard peser sur elle jusqu'à ce qu'elle tourne à l'angle du tunnel. Elle fut tentée ensuite de s'effondrer, d'arracher le masque de colère qu'elle portait comme un bouclier, mais elle attendit d'avoir réintégré la sécurité de sa chambre pour céder à ses émotions.

— Je l'ai vraiment vu, confia-t-elle aux murs, terrifiée.

La chair qui se déchirait sous la lame, les flots de sang, la pâleur de la mort, elle avait tout vu. Elle en était ressortie dans un état lamentable, mais elle s'était rassurée à la pensée qu'il ne s'agissait que d'un cauchemar.

Sauf que son cauchemar avait pris corps de la plus hideuse des manières.

Judd s'assura que Brenna avait regagné ses quartiers avant de revenir sur la scène du crime et de s'entretenir longuement avec Indigo. Puis il s'achemina vers sa propre chambre. Une fois arrivé, il se déshabilla et prit une douche afin de laver le sang séché sur ses bras. Brenna avait raison : étant donné les sens développés des changelings, l'odeur risquait d'attirer l'attention sur lui, et cette nuit-là il lui fallait être invisible.

Il sortit sans prendre la peine de se regarder dans un miroir, se contentant d'une main passée dans les cheveux. Une partie de son esprit constata qu'ils avaient dépassé la longueur réglementaire. Une autre partie écarta le problème : il n'appartenait plus désormais à l'armée d'élite des Psis. Le Conseil avait condamné toute sa famille – son frère Walker, Marlee, la fille de Walker, ainsi que Sienna et Toby, les enfants de sa sœur décédée Kristine – à l'enfer de la rééducation.

S'ils n'avaient pas déserté le Net, le contenu de leurs esprits aurait été effacé et leurs cerveaux détruits ; il ne serait resté d'eux guère plus que des légumes ambulants. Ils avaient anticipé le risque qu'ils couraient en allant trouver les loups. Lui et Walker s'étaient attendus à mourir, mais ils avaient espéré qu'on épargnerait Toby et Marlee. Quant à Sienna, trop âgée pour être une enfant mais trop jeune pour être une adulte, elle avait décidé de tenter sa chance avec les loups plutôt que de subir la rééducation.

Mais les SnowDancer n'avaient pas exécuté les adultes. Et Judd évoluait désormais dans un monde où son ancienne vie n'avait plus aucun sens. Entreprenant de s'habiller, il enfila d'abord son pantalon, ses chaussettes et ses bottes. Un homme pouvait vaincre un adversaire torse nu ; se retrouver pieds nus le désavantageait bien plus. Alors qu'il passait sa chemise, le message qu'il attendait lui parvint sur son petit téléphone argenté. La chemise ouverte, il lut les mots cryptés et les traduisit dans son esprit.

Cible confirmée. Délai : une semaine.

Il supprima aussitôt le message, puis remonta les manches longues de sa chemise noire et enroula de simples bandes de coton autour de ses avant-bras ; elles aideraient à masquer l'odeur de sa peau qui se régénérait rapidement. Brenna aurait été très surprise de voir à quelle vitesse ses blessures guérissaient.

Il se remémora une dernière fois la scène du meurtre. Pas de doute, ils avaient affaire à un imitateur. Les lacérations avaient été en apparence similaires à celles laissées par

Santano Enrique, mais la comparaison s'arrêtait là. Alors qu'Enrique s'enorgueillissait de la précision avec laquelle il mutilait ses victimes, ce tueur-ci avait plutôt charcuté le corps. De plus, Indigo avait confirmé qu'aucune odeur de Psi n'avait été détectée sur le lieu du crime. Et, argument décisif, Santano Enrique était on ne peut plus mort : Judd avait vu les griffes des loups et des léopards réduire l'autre Psi en lambeaux.

Brenna n'avait pas à craindre que son bourreau soit revenu d'outre-tombe. Bien sûr, c'était sa logique de Psi qui parlait, tandis qu'elle était une vraie changeling. Détail plus pertinent, elle ignorait que Judd avait assisté à l'exécution d'Enrique, et par extension à sa libération. Il n'avait aucune intention de l'éclairer à ce sujet. Même s'il n'était pas très doué pour anticiper les réactions émotionnelles, il en avait assez appris sur Brenna au cours des séances de soins – lorsqu'il avait « prêté » son énergie psychique à Sascha pendant qu'elle réparait les lésions de l'esprit de Brenna – pour savoir que sa réaction serait négative si elle découvrait son degré d'implication.

« Je ne suis plus un bébé. »

Non, en effet. Et lui n'était pas son protecteur. Il ne pouvait pas l'être ; plus il se rapprocherait d'elle, plus il risquerait de la blesser. Silence avait été inventé pour ceux de son espèce : les tueurs violents et les fous dangereux, ceux qui avaient fait du monde des Psis un tel enfer sanglant que Silence s'était imposé comme la meilleure solution.

Dès l'instant où il s'affranchirait du conditionnement, il deviendrait plus dangereux qu'un paquet d'explosifs. C'était la raison pour laquelle il n'imiterait jamais Sascha en mettant un terme à Silence dans son esprit. C'était le seul rempart qui protégeait le monde de ce qu'il était… qui protégeait Brenna.

Enfilant un blouson noir identique à celui que Tai avait lacéré, il glissa son portable dans sa poche. L'heure était venue de quitter la tanière.

Il avait une bombe à fabriquer.

Chapitre 3

Kaleb Krychek, Tk-Psi cardinal de son état et dernier membre en date à avoir rejoint le Conseil, conclut son appel et se cala dans son fauteuil, mains jointes devant lui.

— Silver, dit-il en activant l'interphone à l'aide d'une fraction négligeable de ses dons Tk, trouve tous mes dossiers sur le groupe familial Liu.

— Bien, monsieur.

Conscient que la tâche prendrait plusieurs minutes à Silver, il passa mentalement en revue son appel. Jen Liu, la matriarche du groupe Liu, avait été très claire :

« *Nous entretenons une relation qui nous est mutuellement bénéfique*, avait-elle dit, ses yeux verts impassibles. *Je suis certaine que vous ne feriez rien qui puisse la compromettre. Je n'accorde toutefois pas la même confiance à vos collègues du Conseil. Nous faisons encore les frais de leur dernière décision ; les tarifs de Faith NightStar ont pratiquement doublé depuis que sa famille cherche à récupérer ce qu'elle a perdu.* »

L'affaire NightStar, comme on appelait désormais cette débâcle politique, avait éclaté juste avant l'arrivée de Kaleb au Conseil. Faith NightStar, une puissante clairvoyante, avait choisi de se déconnecter du Net pour se jeter dans les bras d'un des félins de DarkRiver. Deux des Conseillers avaient pris la décision hâtive de la capturer, mettant sa vie en danger et s'attirant non seulement les foudres de sa famille, le puissant groupe NightStar, mais également de toutes les entreprises qui comptaient sur les prédictions de Faith. Des entreprises telles que le groupe Liu.

À présent, Kaleb observait pensivement l'écran transparent sur lequel était apparu le visage de Jen Liu quelques minutes plus tôt. La matriarche avait estimé sa loyauté à sa juste valeur. Il accordait de l'importance aux alliances formées sur la route qui l'avait mené au Conseil. Il les avait entretenues avec minutie et sang-froid ; il avait compris qu'un Conseiller qui bénéficiait du soutien de certaines franges de la société détenait un pouvoir qui surpassait amplement celui conféré par ses fonctions. Et Kaleb appréciait le pouvoir. Ce qui expliquait qu'il soit devenu Conseiller à tout juste vingt-sept ans.

Il tapota l'écran pour passer de l'interface des communications à celui des données, puis fit apparaître les fichiers concernant le reste du Conseil. Mettant à part les dossiers biographiques, il ouvrit ceux de l'affaire NightStar. À côté de ceux-là, il laissa un emplacement libre pour les informations que Silver rassemblait.

Enfin, il sortit un dossier hautement confidentiel intitulé « Protocole I ». Pour l'heure, il n'avait recueilli sur le sujet que des soupçons, mais ça allait changer. Le problème Liu suffirait pour une première attaque. Il ne voyait aucune raison de verser de sang… pas encore.

Kaleb savait se montrer très patient. À l'image d'un cobra.

Chapitre 4

Le jour qui suivit le meurtre, et après d'innombrables heures à tergiverser, Brenna se rendit à l'évidence : Judd était la seule personne à qui elle pouvait s'adresser, la seule susceptible de la comprendre. Et pourtant il n'y avait pas non plus pire interlocuteur que lui, si froid qu'il semblait parfois moins humain qu'une statue taillée dans le marbre. Avant son enlèvement, elle l'avait soigneusement évité, perturbée par sa personnalité inhumaine et glaciale.

Bien consciente que ses frères deviendraient fous à la simple pensée d'elle seule avec Judd, elle prit d'infinies précautions pour passer inaperçue lorsque après dîner, elle quitta à pas de loup les quartiers de sa famille et se dirigea vers la section qu'occupaient les soldats célibataires. Judd vivait seul ; son frère Walker et les trois enfants mineurs avaient été déplacés à la section des familles. Le déménagement avait eu lieu quatre mois après la demande d'asile des Lauren aux SnowDancer.

Chose étonnante, l'initiative de pousser Hawke à prendre en considération l'impact qu'avait sur les enfants Psis leur cantonnement à la zone réservée aux soldats était venue des mères louves de la meute. Connaissant la sensibilité de celles-ci à tout ce qui présentait une menace potentielle pour leurs petits, Brenna se serait attendue qu'elles exigent d'établir une séparation : Marlee et Toby avaient beau être des enfants, ils n'en restaient pas moins très puissants.

De même, les louveteaux SnowDancer pouvaient se montrer brutaux dans leurs jeux et infliger sans le vouloir de graves blessures aux enfants Psis. Malgré cela, les mères louves avaient formulé leur invitation, et Walker l'avait acceptée au nom de sa fille Marlee et de son neveu Toby. On ne pouvait plus qualifier d'enfant Sienna, la sœur de Toby âgée de dix-sept ans, mais elle n'était pas davantage une adulte. Cette fois-là, l'adolescente têtue avait choisi de rester avec les enfants.

Laissant Judd seul.

Puisqu'on le considérait comme le membre le plus dangereux de la famille Lauren, l'endroit où il devait résider s'était imposé comme une évidence. Les loups nourrissaient toujours de la méfiance à son égard; Brenna savait pourtant qu'il avait joué un rôle à part entière dans sa libération. Même s'il ne s'était pas trouvé au nombre de ceux à être entrés dans cette pièce emplie de souffrance, sa chambre de torture – une retenue dont elle lui serait toujours reconnaissante –, il avait aidé Sascha à tendre le piège psychique qui avait permis la capture d'Enrique. Il avait prouvé sa loyauté. Mais il restait un étranger.

Une telle situation allait à l'encontre de la vision qu'avait Brenna de la justice, mais elle ne pouvait en vouloir aux membres de sa meute, pas alors que Judd semblait chercher à tout prix à les conforter dans cette attitude. Son caractère distant avait quelque chose d'insultant.

Arrivée devant sa porte, elle frappa un coup léger.

— Dépêche.

Même si le couloir était encore désert, elle entendait un bruit de pas se rapprocher. Avec sa veine, elle allait tomber sur l'un de ses frères, protecteurs à outrance.

On ouvrit la porte.

— Que… ?

Elle se courba pour passer sous son bras et entra dans la chambre.

— Ferme avant que quelqu'un arrive.

L'espace d'une seconde, elle crut qu'il allait refuser, mais ensuite il repoussa la porte.

Se retournant vers elle, il croisa les bras sur son torse nu.

— Si tes frères te trouvent ici, ils t'enfermeront à double tour.

Elle eut soudain une conscience aiguë de l'odeur virile de sueur fraîche et de peau moite qui flottait dans l'espace restreint. Un sentiment de terreur s'empara d'elle, mais elle l'étouffa presque avant qu'il se manifeste, l'enfouissant dans le coffre-fort impénétrable de son esprit.

— Tu ne t'inquiètes pas plutôt du sort qu'ils te réserveraient ?

Malgré sa peur sous-jacente, le bout de ses doigts lui démangeait et l'envie la prit de toucher cette dangereuse créature.

— Je sais me défendre.

Elle n'avait aucun doute à ce sujet.

— Moi aussi.

Judd gardait ses yeux couleur de chocolat noir – à l'exception des paillettes d'or dans ses iris – rivés sur le visage de la changeling.

— Qu'est-ce que tu fais ici, Brenna ?

Elle se secoua de son état de fascination.

— J'ai besoin de parler à un Psi, et tu en es un.

— Pourquoi pas Sascha ?

— Elle ne comprendrait pas.

Brenna respectait et appréciait Sascha Duncan, la Psi guérisseuse d'âmes en couple avec Lucas Hunter, le chef des léopards de DarkRiver. Mais…

— Elle est trop gentille, trop douce.

— C'est un effet secondaire de ses talents, dit Judd sur le ton glacial qui le caractérisait.

Ce ton mettait hors d'eux les autres hommes, mais Brenna savait ne pas être la seule louve à envisager de faire fondre ce Psi. Elle sentit ses griffes l'érafler sous la peau et une inexplicable décharge d'appétit sexuel l'électrifia. Elle la résorba ; elle n'était pas stupide au point de s'imaginer avoir de l'influence sur lui.

— Sascha ressent les émotions des autres, poursuivit Judd. Si elle s'en prenait à un autre être vivant, elle en subirait le contrecoup.

— Je le sais, ça.

Les poings serrés, elle tourna les talons et se mit à arpenter la petite pièce de long en large. Omniprésente, l'odeur de Judd déferlait sur ses sens de changeling en une impitoyable vague de noirceur et de masculinité.

— On croirait une cellule de prison. Tu ne pourrais pas au moins accrocher un poster ?

La pièce était comparable en taille à celles des autres soldats célibataires, mais même le pire des loups solitaires apportait une touche personnelle à son lieu de vie.

Celle de Judd se distinguait au contraire par son dénuement, avec un lit aux draps blancs et à la triste couverture grise pour tout mobilier. Le seul ajout semblait être une barre de musculation horizontale, fixée à un mètre environ du plafond.

— Je n'en vois pas l'intérêt.

Il s'adossa de nouveau à la porte, attirant par son geste l'attention de Brenna sur son torse qu'elle savait être tout en muscles.

— Pose la question qui t'amène.

— Je t'ai dit que je voyais des choses. J'ai vu que… que…

Elle ne trouvait pas le courage de le dire, de revivre le cauchemar.

Bien entendu, Judd ne tenta rien pour la réconforter.

— Je t'ai expliqué qu'elles ne sont probablement rien de plus que des échos psychiques du traumatisme que t'a infligé Enrique.

— Tu te trompes. Elles sont réelles.

— Dis-moi ce que tu vois.

— Des choses atroces, atroces, murmura-t-elle en serrant les bras autour d'elle. La mort, le sang et la douleur.

Judd ne changea pas d'expression.

— Sois plus précise.

Une colère soudaine et aveuglante noya la peur née de ses souvenirs.

— Il y a des fois où tu me donnes envie de hurler ! Ça t'étoufferait d'essayer de paraître un peu humain ? (Il ne répondit pas.) Walker est différent, lui.

— Mon frère est un télépathe qui a une affinité particulière avec les esprits des jeunes Psis. Il était instituteur sur le Net.

Surprise d'avoir obtenu une réponse, elle prit le temps de digérer la nouvelle.

— Tu veux dire qu'il possédait déjà la capacité à éprouver des émotions avant votre désertion ?

— Nous possédons tous cette capacité, rectifia Judd. Le but du conditionnement de Silence, c'est de la mettre sous cloche ; elle est impossible à éliminer.

Elle se demanda ce qu'il lisait sur son visage, car elle ne voyait sur le sien qu'une expression de calme glaçante. Il se tenait là, insensible à sa colère, sa peur… sa douleur. À ce constat, elle sentit un vide étrange se creuser dans son ventre.

— Mais tu confirmes que Walker est différent.

Il hocha la tête et plusieurs mèches de cheveux sombres lui tombèrent sur le front.

— Comme mon frère se trouvait en contact permanent avec des enfants qui n'étaient pas encore arrivés au bout du processus de conditionnement, un contact qu'il prolonge avec Toby et Marlee, il a toujours eu plus de dispositions pour enfreindre le protocole Silence dans un environnement qui s'y prête.

— Et toi ? (Une question qu'elle ne lui avait encore jamais posée.) Quelle était ton activité sur le Net ?

Elle crut le voir crisper les épaules. Mais, lorsqu'il lui répondit, son ton n'avait pas changé.

— Tu n'as pas besoin de cauchemars supplémentaires. Maintenant, dis-moi ce que tu vois.

Elle se rapprocha de Judd et de sa dangereuse virilité.

— Il faudra bien que tu en parles un jour.

Mais elle voyait à sa posture rigide que ce jour n'était pas arrivé. Aussi, rassemblant son courage, elle ouvrit sa boîte de Pandore.

— J'ai vu la mort de Timothy en rêve. Mais… à ce moment-là, il n'avait pas de visage… Ce n'était qu'un ovale de peau lisse et nue, sans traits distinctifs. (Elle n'arrivait pas à se sortir cette image dérangeante de la tête.) J'ai vu comment il allait mourir.

Une lame tranchante qui découpait le muscle et la graisse pour exposer la chair sanguinolente.

Judd l'observait toujours sans ciller.

— Il pourrait s'agir d'un simple transfert… Une manière pour ton esprit d'interpréter les images qu'Enrique a laissées dans ton cerveau.

Que son bourreau soit allé aussi loin révulsait Brenna. Sascha lui avait assuré qu'elle n'avait pas cédé, qu'elle avait empêché ce sale type d'atteindre le cœur de son esprit, mais ce n'était pas l'impression qu'elle en gardait. Non, il lui semblait qu'il avait infiltré l'essence même de son être, qu'il en avait violé la moindre parcelle. Et Sascha ignorait le pire de ce que ce boucher lui avait fait… ce à quoi elle s'était soumise ; Brenna comptait bien emporter ces secrets-là dans la tombe.

— Brenna.

L'estomac retourné, elle leva la tête.

— Un transfert ?

Le regard de Judd était perçant, comme s'il cherchait à voir sous sa peau.

— Il se pourrait que tu confondes ou associes une image du passé ou une image connue avec une nouvelle.

Parce qu'Enrique avait pris plaisir à la terroriser en lui montrant des souvenirs de ses précédents meurtres.

— Non, rétorqua-t-elle. Avant même de voir le corps de Tim, je sentais des différences… au niveau des lacérations, de la manifestation du mal.

L'arme favorite d'Enrique avait été le scalpel, dont il s'était servi en le combinant aux pouvoirs Tk de son esprit de cardinal. Il n'existait pas de rang plus élevé chez les Psis que celui de cardinal mais, même au sein de cette élite, Enrique s'était distingué par sa puissance.

— C'est comme si on m'obligeait à regarder les fantasmes d'un autre.

Sa peur ultime : qu'on viole de nouveau son esprit, qu'on y loge de force des pensées noires et répugnantes que rien ne pouvait laver.

— Tu es une changeling, pas une télépathe. (L'espace d'une seconde, elle crut voir les paillettes dorées de ses yeux marron se mettre à briller.) Il y a autre chose.

Ce n'était pas une question.

Elle déglutit.

— Quand j'ai vu le meurtre en rêve, quand j'ai entendu les cris, ça…

Elle laboura des ongles la chair de ses paumes.

— Ça quoi, Brenna ?

Sa voix était presque douce. À moins que ce ne fût ce qu'elle avait besoin d'entendre.

— Ça m'a excité, avoua-t-elle, se sentant sale et perverse… un monstre. J'y ai pris… du plaisir. (Elle avait anticipé le supplice de sa victime, le sang bouillonnant d'une excitation malsaine.) À chaque entaille, chaque cri.

Judd ne changea pas d'expression.

— Mais seulement le temps du rêve ?

Elle avait désespérément besoin de contact, mais Judd Lauren semblait aussi peu disposé à la satisfaire qu'à se changer en loup.

— Comme s'« il » avait laissé en moi un peu de lui.

— Santano Enrique était un vrai sociopathe. Il ne ressentait rien.

Même à ses propres oreilles, le rire de Brenna sonnait faux.

— Si tu l'avais vu comme moi, jamais tu ne dirais ça. Il était peut-être froid, mais ses actes le réjouissaient. Et il m'a infectée.

— Enrique n'avait pas ce pouvoir. La transmission de virus mentaux est un talent peu courant. (Il se détacha de la porte et s'avança vers elle.) Sascha n'en a trouvé aucune trace dans ton esprit, et elle est bien placée pour les reconnaître ; sa mère est la meilleure contaminatrice du Net.

— Il a pourtant fait quelque chose ! insista-t-elle. Ces pensées et ces ressentis ne m'appartiennent pas.

Ce n'était pas possible. Pas si elle tenait à sa santé mentale.

— Tu ne devrais rien voir du tout, dit-il, si près qu'elle sentait la chaleur de son corps. (La peur et le désir de Brenna se fondirent en un sentiment de pure confusion.) Le fonctionnement de tes canaux neuronaux diffère radicalement de celui d'un Psi.

Elle faillit se passer une main dans les cheveux avant de se reprendre. La chevelure qui lui arrivait à la taille n'était plus qu'un souvenir ; encore une chose qu'Enrique lui avait volée.

— Tu crois qu'il a modifié ça ?

Les muscles de Judd saillirent lorsqu'il décroisa les bras.

— C'est la déduction qui semble logique. Si tu me laisses examiner ton esprit…

— Non.

Il acquiesça d'un léger hochement de tête.

— Très bien. Mais ça rend le problème bien plus difficile à diagnostiquer.

— Je sais. Mais non.

Elle ne laisserait plus jamais personne s'immiscer dans son esprit. Pour la plupart des victimes, c'était leur dernier refuge. En ce qui la concernait, il s'agissait d'une part d'elle-même qu'on avait violentée une fois et à laquelle elle ne permettrait plus qu'on accède.

— Tu as une idée de ce que ça pourrait être ?

— Non. (Il tendit la main pour lui toucher le cou.) D'où vient ce bleu ?

Prise de court, elle se vit poser la main sur la sienne.

— Un bleu ? Peut-être de mon entraînement avec Lucy.

Brenna avait beau ne pas être un soldat, elle devait être capable de se défendre… plus que jamais. Car il y avait une vérité que tous ignoraient, un secret qu'elle était parvenue à garder depuis sa libération : Enrique ne s'était pas contenté d'endommager son esprit, il l'avait détruite à un niveau bien plus fondamental, et les dégâts menaçaient d'effacer jusqu'à son identité.

— Tu peux trouver l'explication à mes rêves ?

La main de Judd était grande, ses doigts longs. Brenna se délectait de chaque millimètre de peau qu'elle sentait contre la sienne. Même si l'acte de toucher était une seconde nature pour les siens, les changelings prédateurs ne laissaient pas pour autant n'importe qui les caresser. Le privilège du contact rapproché était réservé à la meute, aux âmes sœurs et aux amants. Judd ne rentrait dans aucune de ces catégories et pourtant elle ne le repoussait pas.

—Je lancerai des recherches. (Lorsqu'il retira la main, la rudesse de sa paume occasionna à Brenna un choc inattendu.) Mais tu dois te préparer à l'éventualité que je n'obtienne pas de réponses. Tu es unique… La seule personne à avoir survécu aux expérimentations d'Enrique.

Tapi dans l'ombre, il regarda Brenna Kincaid quitter la chambre de Judd Lauren. Il dut résister à l'envie de bondir de sa cachette et de l'étrangler sur-le-champ. Cette garce aurait dû être morte depuis des mois, mais elle s'était accrochée à la vie. Et voilà qu'un souvenir lui revenait. Pourquoi tout ce numéro au sujet du corps sinon ?

Il murmura quelques paroles cruelles.

Il avait frisé la panique les jours suivant sa libération, mais par chance la mémoire de Brenna s'était avérée pleine de défaillances. Si elle parvenait à combler ces lacunes, il allait au-devant d'ennuis. Le genre d'ennuis qui pouvaient mener à une exécution ; surtout si elle avait l'appui de ce fichu Psi. Il aurait dû trahir toute la famille Lauren lorsqu'il en avait eu l'occasion, mais il avait trop attendu pour se servir des informations dont il disposait, et à présent sa cupidité revenait le hanter.

Ça ne changeait rien. Il n'avait pas l'intention qu'on le traque comme un chien enragé. Il regarda la seringue qu'il tenait à la main, celle-là même qui lui avait permis d'affaiblir Tim et de faire de lui une proie si facile. Il pourrait s'en servir aussi avec Brenna. Cette petite saleté aux yeux fous n'allait pas lui bousiller la vie.

Judd ne quitta Brenna des yeux que lorsque, arrivée au bout du long couloir, elle tourna à l'angle et se fondit dans le flux régulier des gens de l'autre côté. Alerté par son esprit à la rigueur militaire, il avait détecté quelque chose dans l'air juste après avoir ouvert la porte, mais il ne voyait rien qui justifiait le déclenchement de ses alarmes internes. Malgré cela, il ne bougea pas avant de la savoir en lieu sûr.

Puis, refermant la porte, il observa sa main, plia et déplia les doigts pour tenter de se débarrasser de la chaleur persistante qui l'avait marqué au fer à la seconde où il avait touché Brenna. Sa réaction avait été parfaitement irrationnelle, dictée non pas par la pensée mais par un instinct profondément enfoui qui avait eu un instant le dessus sur son conditionnement lorsqu'il avait aperçu le bleu sur sa peau.

Son téléphone bipa, le rappelant au travail qu'il devait terminer. Il ne pouvait pas se laisser distraire de ses objectifs par une changeling qui attendait de lui qu'il chasse ses cauchemars. Comme s'il était… quelqu'un de bien. Que dirait Brenna s'il lui apprenait que c'était lui le cauchemar ?

Son téléphone bipa une deuxième fois. Après l'avoir ramassé, il coupa la sonnerie et alla laver la sueur de son corps. La sensation d'une peau douce et féminine s'accrochait encore à sa paume, mais il savait qu'elle disparaîtrait bien assez vite ; l'odeur de la mort avait l'art d'ensevelir toute chose sous une chape de givre.

De plus, songea Judd tandis qu'il mettait dans un sac le matériel de surveillance dont il allait avoir besoin cette nuit-là, il était très doué pour causer la mort, et ce depuis l'âge de dix ans. Il se contenterait ce soir-là d'une simple mission de pistage, mais il ne restait plus que quelques jours avant l'attaque. Les bombes étaient presque prêtes. Il ne lui manquait plus que l'occasion d'agir. Puis le sang se répandrait sur sa peau une fois de plus, fleur écarlate qui racontait la véritable histoire de sa nature.

Chapitre 5

Dans les ténèbres profondes et veloutées du PsiNet, la porte d'une chambre forte impénétrable se referma en claquant. Vaste réseau mental qui connectait des millions de Psis à travers le monde, le Net hébergeait leur savoir collectif et était mis à jour quotidiennement un milliard de fois à mesure que les Psis y téléchargeaient des données. Il permettait aussi à ceux de leur espèce de se rencontrer sans préavis, quel que soit le lieu où ils se trouvaient physiquement. Cette nuit-là, la lumière de sept esprits se mit à flamboyer dans le cœur le plus obscur du Net, chacun adoptant l'apparence d'une étoile blanche si froide qu'elle semblait coupante.

Le Conseil Psi tenait séance.

Kaleb fut le premier à s'exprimer.

— *Qu'est-ce qui a bien pu vous passer par la tête ?* (Sa question s'adressait aux esprits dangereux et puissants d'Henry et Shoshanna Scott, époux et collègues.) *Le groupe Liu n'a pas apprécié de découvrir que leurs archives familiales avaient été piratées et que les dossiers de plusieurs membres s'étaient vus étiquetés « à risque ».*

Tous savaient que la mention « à risque » était l'étape qui précédait la sentence à une rééducation complète.

— *Nous sommes le Conseil.* (Shoshanna parlait au nom des deux Scott, une habitude qu'elle semblait prendre de plus en plus souvent.) *Nous n'avons pas à rendre compte de nos actes aux masses.*

Tatiana Rika-Smythe se joignit à la conversation.

— *J'en déduis que vous avez également pris pour cibles d'autres groupes familiaux. À quelles fins avez-vous apposé ces mentions ?*

— *Contrôler ceux susceptibles de s'affranchir de Silence.*

— *La rééducation règle ce problème.*

Tatiana signalait par le ton de sa voix qu'il n'y avait rien à ajouter.

— *Si c'est le cas, qu'on m'explique les cas de Sascha Duncan et Faith NightStar*, dit Shoshanna, se référant aux deux dernières renégates à avoir déserté le Net. *Nikita ? Sascha est ta fille, après tout.*

— *Deux anomalies.* (Kaleb prit délibérément le parti de Nikita.) *De plus, il semblerait que vous meniez des recherches non officielles bien avant que ces anomalies se manifestent, il ne peut donc pas y avoir de lien logique entre les deux.*

— *Nous avions anticipé ces anomalies, contrairement au reste d'entre vous.* (Shoshanna ne gaspillait pas une once du charme Psi calculé dont elle usait lors de ses apparitions médiatiques.) *Vous avez entendu les rumeurs qui circulent sur le Net ? Les gens parlent ouvertement de rébellion.*

— *Elle a raison*, dit Tatiana, son allégeance floue comme à l'ordinaire.

— *Je suggère qu'on les laisse parler. Jusqu'à un certain point.* (Kaleb s'adressait cette fois-ci au Conseil tout entier.) *Ce sont les tentatives d'étouffer toute forme de dissension qui ont engendré des problèmes dans le passé. En la situation actuelle, nous pouvons garder un œil sur les fauteurs de troubles… et régler les problèmes avant qu'ils puissent causer de réels dégâts.*

— *Quoi qu'il en soit, ce n'est pas le sujet qui nous intéresse pour l'heure*, souligna Nikita. *Je propose que les Scott livrent leurs découvertes au Conseil. S'ils ont agi en tant que*

Conseillers, alors ces informations appartiennent au Conseil. S'ils ont agi pour leur propre compte, ils n'étaient pas habilités à le faire et les données devraient être saisies de toute manière.

Kaleb était impressionné par le piège bien pensé de Nikita, mais n'en laissa rien paraître. Shoshanna était déjà en bonne voie de devenir son ennemie. Ce ne fut pourtant pas ce qui dicta son silence ; il voulait voir qui s'exprimerait en faveur des Scott, trahissant ainsi une alliance possible.

Enfin, Ming LeBon prit la parole.

— *Il me semblerait intéressant de voir ces données.*

Passé maître au combat mental, c'était un Conseiller que nul autre en dehors de ses soldats d'élite ne voyait jamais réellement. Kaleb avait été incapable de trouver la moindre photographie de lui ; Ming était une véritable ombre.

— *Cela pourrait s'avérer utile,* dit Tatiana.

— *Montrez-nous ce que vous avez, nous déciderons ensuite.*

Marshall, le Conseiller le plus âgé et leur président officieux… pour avoir survécu le plus longtemps au Conseil.

Trois membres à la loyauté indéterminée. Nikita et Shoshanna se positionnaient clairement à l'opposé l'une de l'autre, tandis qu'Henry était du côté de Shoshanna.

— *C'est malheureusement impossible.* (La voix mentale de Shoshanna conservait une assurance suprême.) *Ça impliquerait d'infiltrer de nouveau chacun des dossiers concernés.*

— *Vous devez bien avoir conservé un registre global ?* dit Marshall, formulant ce que tous pensaient.

— *Bien entendu. Cependant, ce registre a été piraté il y a dix heures. Les données ont été brouillées à un point irrécupérable.*

— *Tu nous prends pour des abrutis rééduqués ?* dit Nikita, sa voix psychique tranchante comme une lame de rasoir. *Aucun pirate au sein du Net n'est capable de contourner une sécurité placée par un Conseiller.*

— *C'était un virus.* (Shoshanna refusait de capituler.) *En voici la preuve.*

Quelque chose atterrit dans « l'espace noir » vide à l'intérieur de la chambre forte, un fichier de données qui vibrait sous l'effet d'une signature virale brisée.

Tous reculèrent sauf Nikita.

— *C'est sans danger*, déclara-t-elle une seconde plus tard. *Il n'est pas conçu pour se diffuser dans l'espace noir. Et, même dans ce cas, les virus de cette sorte se dissipent dans un rayon de quelques centimètres au plus. L'espace noir est un environnement inhospitalier.*

— *Nous devrions en être reconnaissants. Sans quoi les contaminateurs auraient corrompu le Net entier à l'heure qu'il est*, dit Shoshanna, une allusion détachée aux talents attribués à Nikita.

Ils prirent leur temps pour examiner les preuves de Shoshanna. Elles étaient convaincantes. Ils auraient dû être en mesure de lire le fichier psychique qu'elle leur présentait, car les flux de données étaient intacts et bien ordonnés. Mais les informations s'enchevêtraient en une masse géante, distordues par une tempête d'éclairs internes qui poursuivait son œuvre de destruction sous les yeux des Conseillers.

— *Il se nourrit de lui-même*, murmura Marshall. *C'est un cycle de détérioration permanente.*

— *Il s'agit indéniablement d'un extraordinaire exemple de programmation.* (Tatiana se rapprocha encore.) *Il faut que nous nous attachions les services de cet individu. J'aimerais me charger de la mission de retrouver le responsable.*

— *À ta guise.* (Shoshanna « passa » le fichier à Tatiana.) *Tu as peu de chances d'y parvenir. Le pirate n'a laissé aucune signature utile.*

— *Ce virus, c'est la signature*, lui fit remarquer Nikita. *À moins qu'il ait été assez malin pour la masquer. Ça pourrait s'intégrer à la série des nuisances attribuées au Fantôme.*

Elle se référait au saboteur devenu une dangereuse épine dans le pied du Conseil.

— *Possible*, dit Kaleb. *Mais il y a une autre explication ; la famille Liu a pu finalement décider de prendre les choses en main.*

— *Quelle que soit son identité*, dit Nikita, *combien de données le pirate a-t-il détournées ?*

— *Aucune. Il a inséré le virus et en est resté là. Rien n'a été retiré du fichier.*

— *Quelles sont tes certitudes sur ce point ?* demanda Nikita.

Pour la première fois, Henry prit la parole.

— *Absolues.*

— *J'imagine que vous êtes conscients de devoir arrêter*, dit Marshall. *Avec les répercussions de l'affaire NightStar, on ne peut pas courir le risque de se mettre davantage à dos les groupes familiaux les plus puissants.*

— *C'est exact.* (De toute évidence, Shoshanna savait quand s'avouer vaincue.) *Cependant, même si l'essentiel des détails a été détruit, nous avons dressé de mémoire une liste de dix individus. Nous avons l'intention de continuer à les surveiller… avec la permission du Conseil.*

— *Je n'y vois pas d'inconvénient, tant que vous restez discrets*, répondit Tatiana.

— *Entendu. Il y a un autre sujet que je souhaiterais aborder.* (Shoshanna sélectionna un autre dossier, celui-là plutôt maigre en termes de contenu.) *Brenna Shane Kincaid.*

Kaleb réagit aussitôt à la mention de ce nom.

— *La dernière victime de Santano Enrique ? En quoi t'intéresse-t-elle ?*

— *J'imagine que vous avez tous lu le dernier rapport en date sur ce que nous sommes parvenus à déchiffrer des notes d'Enrique ?* (Shoshanna attendit que tous confirment sa supposition.) *En ce cas, vous savez qu'il semblerait qu'il soit parvenu à opérer des changements extraordinaires dans son esprit. Nous devons examiner la changeling.*

— *Tu sais aussi bien que moi,* l'interrompit Nikita, *que la moindre tentative d'enlever Brenna Kincaid équivaudrait à déclarer la guerre aux SnowDancer.*

— *Tu ne veux pas d'autres ennuis sur ton territoire, Nikita ?*

La question de Shoshanna se justifiait ; les deux dernières renégates étaient issues de la région natale de Nikita.

L'esprit de Nikita ne se troubla pas.

— *Pas quand ces ennuis résultent des erreurs d'autres Conseillers.* (Par cette réponse froide, elle rappelait à tous la tentative avortée des Scott de capturer Faith NightStar.) *Cette fille est trop bien protégée pour constituer une cible viable.*

— *Nikita a raison*, dit Ming inopinément. *De plus, bien que Brenna Kincaid soit intéressante d'un point de vue scientifique, je suis certain qu'aucun de nous n'envisage de copier le processus.*

— *Non*, dit Tatiana. *Les animaux doivent rester des animaux. Quoi qu'il en soit, il se peut que les altérations d'Enrique rendent inutile notre intervention.*

— *Comment ça ?* demanda Marshall. *Nous ne pouvons pas courir le risque que les changelings comprennent le processus et le reprennent à leur compte.*

— *Son cerveau n'est pas conçu pour ce qu'Enrique a essayé de faire*, expliqua Tatiana. *Il pourrait tout simplement finir par imploser sous l'effet de la pression interne.*

— *Par ailleurs*, leur rappela Ming, *nous avons déjà lancé une opération pour régler la question des changelings. Je suggère que nous attendions qu'elle porte ses fruits. Même si le cerveau de Brenna Kincaid parvenait d'une manière ou d'une autre à survivre à la pression, elle mourra bien assez tôt… avec le reste de sa meute.*

Chapitre 6

Ce ne fut qu'au matin du cinquième jour après le meurtre que Judd revit Brenna. Il se rendait auprès de Hawke lorsqu'il tomba nez à nez avec elle. Sa résolution de la tenir à distance ne fit pas long feu ; Brenna avait beau paraître douce et inoffensive, elle avait l'art d'influencer son comportement et de le rendre imprévisible. Comme à cet instant-là.

Mû par un réflexe, il l'attrapa par le bras. Il continua à la tenir de la sorte, ce qui constituait une entorse légère, mais lourde de sens, au protocole. Et il s'en moquait.

— Où est-ce que…

Il s'interrompit lorsqu'elle leva la tête.

Ses traits étaient tirés, ses yeux presque enfoncés dans leurs orbites.

— Dis-moi ce qu'il y a.

C'était un ordre.

Alors qu'en temps normal elle lui aurait montré les griffes pour avoir osé lui en donner un, ce jour-là elle jeta un regard nerveux par-dessus son épaule avant de poser ses poings serrés sur son torse.

— Je te cherchais, chuchota-t-elle, tandis qu'il s'efforçait toujours de digérer le choc que lui occasionnait son contact. Drew et Riley ne m'ont plus laissée quitter l'appartement depuis que je suis rentrée après t'avoir parlé… Quelqu'un nous a vus ensemble. C'est un coup de chance que je sois parvenue à sortir maintenant.

Judd sentit de la glace se répandre dans ses veines, mais c'était un froid qui le brûlait.

— Je vais leur parler.

Personne n'enfermerait Brenna une fois de plus.

— Emmène-moi juste dehors, assez loin pour qu'ils ne puissent pas me retrouver à l'odeur. (Elle formula cette supplique d'une voix éraillée.) S'il te plaît, fais-moi sortir avant que je devienne folle.

— Suis-moi.

La relâchant, il se détourna pour la conduire à l'extérieur. Elle referma sa main délicate sur son bras gauche, par-dessus son blouson en similicuir.

Avec n'importe quelle autre femme, il se serait dégagé et aurait veillé à ce qu'elle ne réitère pas son geste. Mais il ne s'agissait pas d'une autre femme.

— Jusqu'où ?

Il lui posait cette question car, depuis son enlèvement, elle était devenue presque agoraphobe ; même s'il lui arrivait parfois de s'aventurer à une courte distance de la tanière, elle avait cessé de se rendre en cours et n'allait jamais courir avec les membres de sa meute.

— Loin.

Il y avait de la détermination dans sa voix, mais elle serrait la main sur son bras comme un étau.

Il lui fit emprunter plusieurs tunnels secondaires jusqu'à une sortie qu'il savait être moins bien surveillée que d'autres car elle débouchait directement sur un jardin situé dans la Zone Blanche. Cette zone, la section la plus proche de la tanière dans le périmètre intérieur, était jugée assez sûre pour que les louveteaux aillent y jouer sans être accompagnés.

— Attends ici le temps que je vérifie les alentours.

Il s'écoula quelques secondes avant qu'elle le lâche.

— Excuse-moi d'être…

— Si j'avais voulu que tu me présentes des excuses, je te l'aurais demandé.

Elle referma la bouche dans un claquement.

— Où t'a-t-on appris à être aussi charmant... Dans un goulag ?

— On peut dire ça.

Il sortit et trouva le jardin vide. On avait probablement rapatrié les louveteaux à l'intérieur lorsque le ciel s'était assombri, annonciateur de nouvelles chutes de neige. Après avoir balayé les environs du regard, il enchaîna sur un scan télépathique pour confirmer ses observations.

— La voie est libre.

L'air assuré, Brenna s'avança à l'extérieur mais, dès l'instant où elle se retrouva à l'air libre, sa respiration devint saccadée. Judd ressentait sa peur comme une vague qui se matérialisait pour l'écraser encore et encore. Tendant la main vers elle, il prit la sienne. Les changelings avaient besoin du contact physique. Il les ancrait autant qu'il avait le résultat inverse sur ceux de son espèce.

— Reste avec moi.

Refusant de penser à ce qui l'avait poussé à se comporter d'une façon si peu conforme à sa nature, il l'entraîna au fond du jardin jusqu'à un passage étroit.

— Plus loin ?

— Oui. (Sa voix rauque se durcit.) J'en ai marre d'avoir peur. Je ne vais pas « le » laisser gagner.

— Tu es trop forte pour que ce soit possible.

Après avoir appris ce qu'Enrique lui avait infligé, Judd s'était attendu à trouver l'esprit de Brenna brisé, déformé par la folie. Mais, non contente d'avoir survécu, elle avait conservé sa santé mentale.

Elle resserra la main sur la sienne.

— Judd...

Quelque chose frôla la lisière de la zone qu'il continuait à scanner par télépathie.

— Pas de bruit.

Il avait conscience que Brenna avait les yeux fixés sur lui, tout en se tenant assez près pour que la chaleur de son corps se diffuse au sien malgré l'épaisseur supplémentaire de son blouson. Reléguant ce constat dans un recoin sombre de son esprit, il recadra le scan. Deux soldats, qui rentraient probablement d'un tour de garde sur le périmètre extérieur, venaient dans leur direction.

Ils ne lui barreraient pas le passage, mais Judd ne souhaitait pas qu'on suive ses faits et gestes. Raison pour laquelle il avait mis au point plusieurs moyens discrets de s'assurer que ses fréquents déplacements au sein du territoire des SnowDancer et en dehors de celui-ci ne soient jamais remarqués. En revanche, s'ils voyaient Brenna, ils essaieraient certainement de la retenir en attente d'un nouvel ordre d'Andrew ou de Riley.

— Tu peux brouiller leurs esprits ? chuchota tout bas Brenna en se pressant davantage contre lui. Pour qu'ils regardent ailleurs ?

— Il nous est plus difficile d'influencer les esprits des changelings que ceux des humains.

Les Psis puissants pouvaient tuer des changelings en une seule décharge d'énergie, mais c'était une autre affaire que de les manipuler.

Déployant de nouveau ses sens, il trouva six esprits sans boucliers. Prendre leur contrôle fut un jeu d'enfant : les jeunes ours noirs n'avaient pas vraiment de quoi se défendre, surtout dans un état d'hibernation aussi profond.

— Tu peux rester seule ici quelques minutes ?

Ses traits se tirèrent lorsqu'elle acquiesça.

— Vas-y.

Relâchant sa main avec une réticence visible, elle revint sur ses pas et se plaça derrière un arbre.

— Je ne serai pas long.

Il voyait qu'elle frisait la panique, mais elle eut le mérite de se contenter de hocher la tête lorsqu'il lui donna l'ordre suivant.

— Quand tu entendras les gardes venir par ici, cours en direction du sud-est. Sans hésiter.

Il se dirigea vers les deux hommes, vérifiant qu'il ne se trouvait plus dans le champ de vision de Brenna avant de se flouter. Même les autres hommes de son unité spéciale de Flèches ne maîtrisaient pas ce talent. Pour la plupart des Psis, se flouter – ou se « brouiller », comme l'avait décrit Brenna – intervenait sur le plan mental : le Psi projetait des interférences télépathiques dans l'esprit de celui qui regardait.

Judd était différent : il pouvait modifier son enveloppe corporelle. Cette aptitude relevait de la télékinésie plutôt que de la télépathie. Car Judd n'était pas simplement un bon télépathe, pas plus qu'il n'avait la télépathie pour principal talent, contrairement à ce que la plupart des gens croyaient… et il avait tout fait pour qu'ils le croient. Que dirait Brenna si elle se rendait compte qu'il était un Tk-Psi extrêmement puissant, du même niveau que le meurtrier qui l'avait torturée dans cette pièce éclaboussée de sang ?

C'était une question à laquelle il ne répondrait jamais, car il n'avait aucune intention de confier à Brenna la vérité sur son identité. Déphasant ses cellules d'un degré avec le monde, il s'avança et dépassa les deux hommes ; lorsqu'il se floutait, les changelings ne voyaient rien de lui qu'une ombre du coin de l'œil. Mieux encore, ils ne pouvaient pas non plus le sentir, détail qui renforçait sa théorie personnelle sur le fonctionnement de son don.

Une minute plus tard, il envoya les ours cavaler à travers la forêt, à la droite des soldats et dans le sens du vent.

Les bêtes faisaient assez de remue-ménage pour inciter ces derniers à changer de direction. Après s'être remis en phase, Judd croisa volontairement la route des deux hommes ; comme s'il rentrait à la tanière.

— Tu n'aurais pas vu quelqu'un ?

Elias s'arrêta tandis que son équipier, Dieter, poursuivait son chemin.

— Non.

Hochant la tête, Elias repartit à la suite de Dieter. Judd en profita pour créer une fausse piste qui remontait jusqu'à la tanière. Puis, après avoir pris le temps de recouvrir les traces de Brenna en même temps que les siennes, il marcha vers le sud-est. Tout en courant, il répandit un peu d'énergie Tk dans l'air, mêlant et dispersant leurs odeurs pour qu'on ne puisse pas non plus les traquer de cette manière.

Brenna était rapide. Lorsqu'il la retrouva, elle avait largement dépassé la Zone Blanche et rejoint le cœur du périmètre intérieur ; une section estimée sans danger pour les adultes, pas pour les enfants. On trouvait là aussi des gardes, mais postés un peu plus loin, sur la frontière où le périmètre intérieur cédait le pas au périmètre extérieur. Autour de Judd et de Brenna, la forêt était silencieuse, les bruits étouffés par l'épaisse couche de neige. Dans cette région en altitude de la Sierra Nevada, un manteau bleuté recouvrait les arbres et des stalactites pareilles à des lames transparentes se formaient sous leurs branches.

— Attention !

Il s'avança pour la protéger lorsqu'elle passa sous une pointe particulièrement acérée.

— Quoi ?

Elle regarda en l'air et derrière elle, puis s'avança en frissonnant pour s'appuyer contre son torse. Il se figea, aussi immobile que les arbres. Sa réaction n'échappa pas à Brenna.

— Je suis désolée, je sais que tu n'aimes pas qu'on te touche. Mais j'en ai besoin en ce moment.

Il s'était habitué à son franc-parler.

— Tes vêtements ne sont pas adaptés à cette température.

Elle ne portait pas de manteau par-dessus son jean et son col roulé rose, même si elle avait d'épaisses bottes aux pieds. Il se reprocha de ne pas avoir remarqué et remédié au problème avant qu'ils quittent la tanière.

— Je suis une changeling. Je ne suis pas sensible au froid.

C'était vrai en règle générale, sauf qu'elle se collait à lui, les mains glissées entre eux, une cuisse pressée contre la sienne.

— Et toi ?

— Ça va. (Il ne souffrait effectivement pas du froid, mais c'était dû dans son cas à ses aptitudes Tk.) Prends ça.

Il se débarrassa de son blouson et se retrouva vêtu seulement d'un pull fin à col rond aussi noir que son jean.

— Je t'ai dit que je n… n… ne suis pas sensible au f… f… froid.

— Tu as les lèvres bleues.

Il posa le blouson sur ses épaules. Ce faisant, il élargit son bouclier Tk antifroid pour l'englober. Il créait ce bouclier en réordonnant les particules d'air et de poussière afin de former un mur fin mais imperméable… et invisible.

Elle haussa les épaules et entreprit d'enfiler les manches du vêtement.

— Tu as gagné. Ce truc est tellement chaud.

Nageant dans son blouson, elle se cala de nouveau contre lui. Ils ne dirent pas un mot ni ne bougèrent durant les dix minutes suivantes. Brenna semblait se satisfaire du spectacle de l'étendue bleu et blanc de la forêt autour d'eux, mais lui avait conscience de son moindre souffle, du moindre battement de son cœur, du moindre mouvement de son corps doux et chaud à l'intérieur de son blouson. L'intensité de cette dernière pensée déclencha un avertissement dans son cerveau qu'il choisit de ne pas écouter.

Soudain, la lumière aveuglante du soleil se réfléchit sur la neige et l'aveugla. Il leva les yeux et constata que les nuages s'étaient dispersés pendant qu'ils se tenaient là en silence.

— C'est beau, soupira Brenna en passant un bras sous le sien, mais ça fait mal aux yeux. Viens. Il y a un lac de ce côté-ci. La zone autour est un peu plus ombragée.

Le soleil qui miroitait sur les cheveux courts de la changeling évoquait à Judd un couteau tranchant, qui l'amena à se demander ce qu'il faisait là. Mais il ne cessa de marcher que lorsqu'elle le fit.

— Là, tu vois ?

Alors qu'elle contemplait la surface enneigée du petit lac, qui durant la saison chaude se paraît des couleurs des montagnes et des arbres qui s'y reflétaient, Brenna se sentit soudain plus libre qu'elle l'avait été depuis des mois. La peur qui la retenait prisonnière de la tanière s'était envolée, terrassée par la beauté douloureuse de cette nature qu'elle appelait « sa maison ». Elle avait simplement eu besoin de quelqu'un pour l'accompagner aussi loin.

En souriant, elle leva la tête vers l'ange noir à son côté. Avec ces vêtements sombres, ces cheveux et ce regard, elle ne voyait pas d'autre manière de le décrire.

— Merci.

La forme de ses lèvres était belle ; assez pleines pour être tentantes, mais avec une certaine dureté qui lui nouait l'estomac. Puis il se mit à parler, lui rappelant brutalement qu'il n'était pas qu'un homme fort et séduisant. C'était un Psi.

— Ne me remercie pas. J'ai été incapable de trouver une explication concrète aux visions de tes rêves. Il faut que tu t'adresses à quelqu'un de plus compétent ; ces rêves pourraient être le signe d'une détérioration mentale.

Elle retira le bras du sien et fourra les mains dans les poches de son blouson. Puissante et virile, son odeur enivrait ses sens de changeling, mais elle n'avait plus envie d'en être enveloppée.

— Tu penses que je perds la tête ?

C'était sa peur secrète, le monstre sous son lit, le frisson glacé le long de sa colonne vertébrale.

— Les Psis ne tournent pas autour du pot. Je veux dire exactement ce que j'ai dit.

Dieu, quelle arrogance !

— Un ramassis de conneries. (Elle fronça les sourcils.) Ton Conseil a élevé l'usage de la langue de bois au rang d'art.

Il tourna vers elle ses yeux sombres, dans les profondeurs desquels se reflétait la neige.

— Ce n'est pas mon Conseil et je ne suis pas leur pantin.

Le ton était assez glacial pour lui fouetter la peau.

Elle grimaça.

— Détérioration mentale ? Si ça, ça ne veut pas dire folie…

— Enrique a pu endommager certaines parties de ton tissu cérébral au cours de ses expérimentations psychiques, et provoquer des lésions ou des hématomes. (Il l'observa avec le regard imperturbable d'un prédateur, comme pour évaluer sa force.) C'était un Tk-Psi, et l'usage de pouvoirs Tk entraîne presque toujours des répercussions sur le plan physique. Les autopsies de ses autres victimes ont montré qu'elles ont souffert de graves dommages cérébraux.

Des photos. Le boucher lui avait montré des photos des autres.

— Je me souviens.

— Toutefois, la probabilité de tels dégâts est minime. Sascha et Lara ont veillé à réparer toutes les déchirures organiques avant de s'atteler à te guérir à un autre niveau.

Brenna se mordit la lèvre inférieure et prit une profonde inspiration en tremblant.

— Sascha a dit que cette étape aurait dû prendre plus de temps, mais que ma détermination à récupérer mon esprit était si forte que les parties endommagées semblaient se réparer du simple effet de ma volonté. (Presque comme si elle était une Psi.) J'ai peut-être précipité le processus.

— Je l'ai appelée après que tu es venue me parler, dit-il, continuant à fixer sur elle son regard de chasseur. Tu as effectivement précipité les choses, mais pas en ce qui concerne la guérison physique.

Bien qu'elle lui ait demandé son aide, elle eut envie de le gifler pour son audace.

— Ça ne change rien au fait que Sascha n'a pas l'expérience de ce genre de situation.

Et l'empathe, qui avait le don de ressentir et de guérir les blessures émotionnelles les plus noires, l'avait déjà bien trop souvent vue brisée et couverte de sang. En dépit de sa gentillesse, Sascha rappelait à Brenna des souvenirs qu'elle préférait oublier.

— Non. Mais Faith si. (Judd croisa les bras.) Il faut que tu parles à quelqu'un.

— Je te parle, à toi.

Même si, rationnellement, elle ne s'expliquait pas pourquoi. Il était froid et impitoyable, et avait tout le charme d'un loup sauvage.

— Je vais fixer le rendez-vous avec Faith.

Elle grinça des dents.

— Je m'en charge. Vaughn ne t'aime pas, au cas où tu ne l'aurais pas remarqué.

Elle avait rencontré Faith et son compagnon, Vaughn, lorsque la clairvoyante était venue à la tanière pour recevoir un présent de la part des enfants de la garderie, qui avaient eu la vie sauve grâce à l'une de ses visions. Sans son avertissement, la meute aurait perdu plusieurs de ses louveteaux.

— Ce n'est pas comme si tu te mettais en quatre pour être sympathique.

— Ça n'a pas de rapport. (Se détournant, il regarda le paysage gelé.) Les émotions ne figurent pas au nombre de mes faiblesses.

Faith raccrochait à peine d'une brève mais dérangeante conversation avec Brenna Kincaid lorsque Anthony Kyriakus, chef du groupe NightStar – et son père – entra dans la salle de réunion. Rangeant son téléphone dans sa poche, elle s'appuya contre Vaughn et attendit qu'Anthony prenne la parole.

— Il y a un Fantôme sur le Net.

Il fit le tour de la table pour se placer de l'autre côté.

Ce n'était pas ce qu'elle avait espéré entendre ; l'enfant en elle avait toujours faim de choses qu'Anthony ne serait peut-être jamais capable de lui donner. Son chagrin emplit son corps d'une douleur sourde. Puis Vaughn posa la main sur sa nuque et sa tristesse se dissipa… Elle était aimée, chérie, adorée.

— Un Fantôme ?

Elle s'assit et les hommes l'imitèrent.

— Personne ne connaît l'identité de cet individu, mais il ou elle se voit attribuer la responsabilité d'un certain nombre d'actes de rébellion.

Anthony lui tendit un disque qui contenait les noms des compagnies ayant formulé une demande de prédiction depuis leur dernière entrevue ; prédictions qu'elle effectuait par le biais d'un contrat de sous-traitance avec NightStar.

Davantage intriguée par ce Fantôme, elle mit le disque de côté.

— C'est l'un des nôtres ?

S'il y avait une chose sur laquelle Faith et son père s'accordaient, c'était leur désir que leur peuple s'affranchisse de l'imposture qu'était Silence ; Anthony avait beau être un Psi dans toute sa froideur, il était aussi l'instigateur d'une révolution silencieuse contre le Conseil.

— Il n'y a aucun moyen de le savoir. Il est toutefois évident que le Fantôme fait partie des collaborateurs du Conseil ; il ou elle a accès à des informations confidentielles, mais ne s'en est pas servi de manière significative. Ce pourrait être parce que cet individu n'a pas accès à tout, ou bien qu'il…

— … prend ses précautions pour éviter de restreindre le champ de l'enquête sur son identité, acheva Faith.

— Bonne tactique. (Le jaguar à côté d'elle s'exprimait enfin, sans cesser de lui caresser la nuque du pouce.) Le Conseil doit être sacrément énervé si ce rebelle diffuse des informations confidentielles.

— En effet. (Anthony se retourna vers Faith.) Le Fantôme sévissait déjà à l'époque où tu étais encore connectée au Net. Tu te souviens de la bombe qui a explosé dans les locaux des laboratoires Exogenesis ?

— Cet endroit où ils montent des théories sur des implants susceptibles de réduire le pourcentage de « déficients » ?

Elle cracha le dernier mot. C'était l'étiquette qu'utilisait le Conseil pour décrire ceux qui refusaient de se plier au régime sans émotion dicté par le protocole Silence.

— Ils cherchent à s'introduire dans les cerveaux avant la fin de leur développement et instituer Silence à un niveau biologique.

Anthony ne réagit pas à l'expression manifeste de ses sentiments.

— L'attentat mené contre Exogenesis a entraîné la mort de deux des scientifiques qui dirigeaient l'équipe des implants, détruisant ainsi des mois de travail.

— Votre Fantôme n'a pas peur de tuer.

Faith ne perçut pas de jugement dans le ton de Vaughn ; son félin avait déjà tué pour protéger des innocents. Et les enfants, qui seraient les premières victimes de l'implantation si la procédure venait à être adoptée, étaient les plus innocents de tous.

Chapitre 7

— Il semblerait que non. La Sécurité et le Conseil ont mené en parallèle l'enquête sur l'attentat, mais sans bénéficier du soutien actif de la majorité de la population.

— Pourquoi ça ? demanda Vaughn. Cet implant ne rendrait-il pas les Psis encore plus productifs ?

La chaleur de son corps était si irrésistible que Faith se surprit à se rapprocher davantage, la main posée sur le muscle tendu de sa cuisse.

Anthony hocha la tête.

— En un sens, oui. Mais les dissidents soutiennent que le protocole I, tout en assurant le strict respect des règles de Silence, aurait l'effet secondaire inévitable de relier tous nos esprits. Pas de la manière dont le fait le PsiNet, mais à un niveau biologique.

Le protocole I.

Qu'il ait déjà un nom officiel était mauvais signe.

— C'est d'un véritable esprit collectif dont il est question.

Faith ne parvenait pas à dominer le dégoût qui imprégnait ses paroles.

— Oui. Rien d'enthousiasmant pour ceux d'entre nous qui préfèrent diriger leurs entreprises sans que l'on vienne interférer dans leurs affaires. Une telle chose deviendrait impossible si notre espèce entière se comportait soudain comme une seule et unique entité. (Il prit son agenda électronique, la fine tablette informatique omniprésente chez les Psis.) À en juger d'après la logique des attaques, le Fantôme semble partager nos objectifs mais, tant que l'on ne connaîtra pas son identité, on ne pourra pas joindre nos efforts.

Vaughn se pencha vers lui.

— Plus il y aura de gens qui connaîtront son nom, plus il risque d'être exposé. Ce que j'en dis, c'est de laisser le Fantôme s'occuper de ses petites affaires, et profiter des remous que ça va engendrer.

— Nous sommes parvenus à la même conclusion. (Signalant au ton de sa voix que le sujet était clos, Anthony fit apparaître un élément sur l'écran de son ordinateur.) BlueZ attend sa prédiction depuis un mois. Peux-tu la mettre en priorité sur ta liste ?

Faith prit son propre agenda électronique.

— Je peux essayer.

Elle n'avait toujours pas découvert comment effectuer des visions sur commande. Elle commençait à croire que c'était une chose au sujet de laquelle le Conseil n'avait pas menti ; peut-être n'existait-il aucun moyen de maîtriser son don à ce point.

Anthony s'intéressa à un autre icone à l'écran. Une demi-heure plus tard, ils en eurent terminé et elle le serra dans ses bras en guise d'au revoir. Il ne lui rendit pas son geste, mais lui tapota le bas du dos une fois. Seule une ancienne captive de Silence pouvait apprécier l'incroyable portée d'un tel acte. Elle avait les larmes aux yeux lorsqu'il s'écarta et quitta la pièce.

Barker, un soldat de DarkRiver, attendait pour l'escorter hors du siège financier de la meute. Situé dans le centre de San Francisco, à proximité du désordre organisé de Chinatown, l'immeuble était à la fois ouvert au public et placé sous haute surveillance.

— Viens là, mon petit écureuil.

Vaughn l'attira dans ses bras et la réconforta avec sa tendresse un peu sauvage.

La force des sentiments qu'elle éprouvait pour lui l'effrayait parfois.

— Il a un rôle à jouer. Le Fantôme.

Elle venait d'avoir une prémonition, pas une vision à proprement parler mais un indice sur la façon dont pouvait se dérouler le futur.

Ce fut alors qu'elle s'imposa à elle. Une véritable vision. Une image de l'avenir contenue dans une seconde.

Mais celle-ci était sans rapport avec le Fantôme. Elle concernait Brenna. Et parlait de mort. La mort rôdait autour de la louve SnowDancer dont les mains étaient trempées de sang. Le sang de qui ? Faith l'ignorait, mais elle sentait son odeur de viande crue, celle du désespoir, et celle de la peur. Puis la vision s'évanouit… Si vite que Faith n'en garda même pas après coup d'image sur la rétine, ni à plus forte raison la sensation de désorientation qui accompagnait parfois ces éclairs de clairvoyance.

La vision ne lui avait rien donné de concret, rien qu'elle puisse partager avec Brenna, mais elle servit tout de même à renforcer son intuition au sujet de ce que l'autre femme lui avait dit au téléphone. Serrant Vaughn dans ses bras, elle revint à la question qui les intéressait.

— Tu crois que je devrais contacter le Gardien du Net au sujet du Fantôme ?

Entité douée de sentiments qui évoluait à son aise dans les réseaux des esprits, le Gardien du Net était l'archiviste et, comme certains le croyaient, le gendarme du PsiNet. Faith savait cependant qu'il était bien plus que cela.

— Ce type a l'air de s'en sortir très bien tout seul. Tu es sûre de vouloir te mêler de ça ?

— J'aurais dû me douter que tu prendrais le parti du loup solitaire, le taquina-t-elle, ravi d'en avoir le droit.

Il émit un grondement et elle en sentit la vibration contre sa joue.

— Ne me compare pas à ces maudites bêtes sauvages.

Relevant la tête, elle sourit.

— Maudits loups !

C'était une imprécation que les félins de DarkRiver marmonnaient souvent.

— Et comment !

Il l'embrassa. Un baiser rapide et fougueux, à la manière de Vaughn.

— Je vais suivre ton conseil ; je ne tiens pas à déclencher par inadvertance une réaction chez le Gardien du Net. (Même si cet être sensible encore immature était bienveillant, il n'était pas totalement libre de l'emprise du Conseil.) Tu sais, je crois que le Fantôme va jouer un rôle important pour DarkRiver aussi. Pas maintenant, mais un jour.

— Une vision ?

Elle secoua la tête.

— Même pas une prémonition, à vrai dire, plutôt une...

Les mots ne voulaient pas sortir.

— ... une intuition.

— Oui. (Son blocage n'avait rien d'étonnant ; avouer une chose pareille lui aurait valu un traitement médical sur le PsiNet.) Oh et, mon jaguar chéri, nous avons rendez-vous demain matin sur le territoire des SnowDancer !

— Avec qui ?

Il referma le poing sur sa chevelure, mais elle savait qu'il s'agissait d'une marque d'affection.

— Brenna Kincaid.

Elle décida de passer sous silence la présence de Judd Lauren. Vaughn réagissait de façon franchement négative à ce grand, ténébreux et très dangereux Psi. Judd... non, elle ne voyait rien à son sujet. De toutes les personnes qu'elle avait rencontrées, Judd était celle à laquelle son don de clairvoyance parvenait le moins à accéder tant il était enveloppé de noirceur, de solitude.

Vingt-quatre heures après avoir cédé aux exigences de Judd, Brenna appréhendait toujours le rendez-vous avec Faith, mais il était trop tard pour se défiler. Ils se retrouvèrent dans une petite clairière, à une vingtaine de minutes de la tanière. Malgré ses doutes, Brenna devait admettre que le couple de DarkRiver avait choisi un emplacement superbe. La neige qu'elle foulait était douce et une cascade gelée scintillait à quelques mètres de là ; le soleil matinal faisait étinceler la glace au point d'en rendre la vue presque douloureuse. Les cheveux roux foncé de Faith semblaient s'embraser sur ce fond de blancheur.

— Merci d'être venue.

Faith sourit, mais Judd prit la parole avant que la C-Psi puisse répondre.

— Le lieu que vous avez choisi est situé très près de la tanière. Pourquoi ne pas être restés à proximité de votre meute ?

Brenna s'était posé la même question. Les félins avaient beau être leurs alliés, les deux meutes n'entretenaient pas encore une relation amicale. Et il était connu que les changelings prédateurs mâles surprotégeaient leurs femmes ; compagnes, filles et sœurs. Elle était bien placée pour le savoir. Drew et Riley allaient bientôt la rendre folle. La situation en était au stade où elle savait que ça ne pouvait plus durer. Elle espérait juste qu'ils survivraient tous à l'explosion.

Mais Faith avait l'air de s'accommoder de son jaguar, protecteur à outrance.

— Vaughn trouve ça amusant de tromper la vigilance de vos gardes.

Celui-ci ne semblait d'ailleurs pas s'en repentir.

— Ils se laissent aller. Même avec mon petit écureuil qui a une démarche d'éléphant, je n'ai eu aucun mal à passer.

Il se fendit d'un large sourire lorsque sa compagne lui lança un regard d'avertissement.

À la vue de la fluidité de leurs échanges et de ce félin qu'elle ignorait capable de sourire, Brenna sentit son estomac se nouer. Voilà ce à quoi elle devait aspirer : un changeling sensuel et affectueux. Eux ne cherchaient pas à enfouir leurs émotions, ils prodiguaient des caresses avec la même aisance qu'ils respiraient, et riaient avec leurs compagnes même s'ils ne le faisaient avec personne d'autre.

Sauf que, ces derniers temps, un seul homme semblait émoustiller ses sens de femme, et il s'agissait d'un Psi incapable de lui donner ce que Vaughn offrait à Faith… en admettant même qu'il fût intéressé. Ce qui n'était clairement pas le cas. Alors pourquoi s'obstinait-elle à aller vers lui, à attendre de lui qu'il affronte ses démons, qu'il la protège ?

— Bien. (Faith la regarda.) Parlons de tes rêves.

Il s'agissait de cauchemars, pas de rêves.

— Tu crois qu'on pourrait en discuter seules ?

Des étincelles de lumière allaient et venaient dans les yeux de cardinale de Faith ; des étoiles blanches sur du velours noir. Sascha était une cardinale, elle aussi, mais les yeux de Faith étaient différents de ceux de l'autre femme, plus calmes, moins ouverts, avec une pointe de noirceur. Faith voyait le futur, et ses yeux disaient que ce futur ne leur réservait pas que de bonnes choses.

Après avoir jeté un coup d'œil à son compagnon par-dessus son épaule, Faith inclina la tête avec douceur. Brenna était fascinée par les rapports qu'entretenait cette femme Psi avec un félin qu'elle avait toujours trouvé plus sauvage et plus animal que la plupart d'entre eux. Faith aurait peut-être des choses à lui apprendre sur la manière d'apprivoiser les hommes ingérables.

Elle se tourna pour regarder le profil d'un homme si redoutable dans sa froideur qu'elle aurait dû être terrifiée de l'aborder.

— S'il te plaît.

Les cheveux de Judd s'agitèrent dans la brise légère et elle dut replier les doigts pour lutter contre la tentation de les toucher. Car, au lieu d'être écrasée par son tempérament de glace, sa fascination pour lui ne cessait de croître.

— Je veillerai à ce que personne ne parvienne jusqu'à toi.

Une promesse si absolue qu'elle la transperça jusqu'à la moelle.

— Merci.

Il reporta son regard sur Vaughn.

— Je prends le sud.

— Je m'occupe du nord.

Sur ce, les hommes s'éclipsèrent, deux ombres qui se fondirent dans les arbres bordant la clairière. Brenna attendit de ne plus sentir l'odeur de Vaughn, confiante qu'il respecterait le code de l'honneur changeling et s'éloignerait assez pour ne plus pouvoir entendre une conversation normale.

— Je ne sais pas par où commencer, s'entendit-elle dire.

— Tu disais faire l'expérience de ce qu'on pourrait qualifier de « visions ». (La voix de Faith, très cristalline, avait quelque chose de lancinant.) Dis-moi ce que tu vois et quand ça a commencé.

Prenant une profonde inspiration, Brenna lui révéla toute l'histoire dans ses plus sinistres détails, puis demanda :

— Est-ce qu'il a altéré mon esprit ?

Elle se concentra sur la pureté de la neige à ses pieds pour essayer de se sentir moins sale… moins violée.

— Marchons un peu, Brenna, dit Faith pour toute réponse. (Elle l'entraîna dans une lente promenade jusqu'au pied de la cascade.) C'est beau, non ?

Brenna leva les yeux.

— Oui.

Avant, elle aurait été la première à faire ce genre de remarque, à voir le bon côté des choses. Un jour, se promit-elle avec fermeté, elle retrouverait cette partie d'elle-même qu'elle avait perdue, cette partie qui croyait en l'existence de la joie.

Faith se pencha pour ramasser un galet lisse que la cascade avait charrié jusqu'au bord et le fit rouler entre ses doigts tandis qu'elle se redressait, l'air pensif.

— Je n'ai jamais eu connaissance d'une situation où l'on avait altéré un individu d'une espèce différente dans le dessein de lui donner des aptitudes Psis. Mais on dirait bien qu'il s'agit d'une sorte de clairvoyance. (Elle laissa retomber le caillou par terre et hocha la tête comme si elle prenait une décision.) Il faut que j'entre dans ton esprit.

— Non. (Une réponse instinctive, qui ne s'embarrassait pas de pensées civilisées.) Je regrette, mais non.

— Ne t'excuse jamais de te protéger. (Faith semblait furieuse.) Je sais ce qu'on ressent quand on a l'impression que son esprit est le seul refuge.

— Sauf que ce n'est pas le cas. Plus maintenant.

C'était ce qui menaçait de la détruire. Comment parviendrait-elle à se laver de l'impureté si le mal était logé à l'intérieur et qu'il se fondait un peu plus en elle à chaque heure ? Elle se secoua aussitôt pour cesser de s'apitoyer sur elle-même ; c'était une faiblesse qu'elle ne pouvait se permettre.

— Tu peux m'aider quand même ?

— Je peux essayer. (Faith fourra les mains dans les poches de son manteau et poussa un soupir.) Tu penses être capable d'accéder à la partie de ton esprit d'où viennent les visions ?

— Je ne sais pas comment m'y prendre.

En vérité, elle n'avait pas envie de se rendre dans cette région tortueuse de son âme.

Loin de la juger, le regard de Faith n'exprimait que de la compréhension.

— Je sais que ça va être douloureux, mais je veux que tu essaies de revivre la vision. En même temps, imagine que tu évacues tout ça – les pensées, les sentiments, les images – à l'extérieur.

Brenna eut un haut-le-cœur à l'idée de retrouver toute cette malveillance, mais elle n'était pas lâche. Elle sonda son esprit… et s'aperçut avec horreur qu'elle n'avait aucun mal à éveiller les souvenirs, à ressentir la peur de la victime et sa propre jouissance sadique. L'estomac à deux doigts de se révolter, elle jeta les émotions et les images hors de son esprit avec le désespoir d'une créature prise au piège. Ce mal n'était pas elle, ne pouvait pas être elle. Car autrement cela voudrait dire qu'elle n'était pas sortie saine d'esprit de la chambre de torture de son bourreau ; elle était devenue un cauchemar.

— Assez. (Brenna chassa l'afflux répugnant des souvenirs.) Ça a marché ?

La neige était trop lumineuse. Elle lui blessait les yeux. Faith fronçait les sourcils lorsqu'elle répondit.

— Je ne suis pas vraiment une télépathe puissante, mais j'ai réussi à saisir quelques fragments ici et là… Des choses que tu as éjectées de derrière tes boucliers. Tout ce que je peux dire, c'est que… ça ne ressemble pas à de la clairvoyance.

— Je sens qu'il y a un « mais ».

— Il y a quelque chose qui ne devrait pas se trouver là ; pas parce que c'est une mauvaise chose en soi, mais parce que tu es une changeling. (La clairvoyante resserra les bras autour d'elle.) Je déteste le froid à cette altitude.

— Moi j'aime ça… cette capacité qu'a la neige de tout purifier.

Elle regretta ces mots à la seconde où elle les prononça. Faith était trop intelligente, elle en savait trop.

— Tu as vu autre chose ? poursuivit-elle.

Heureusement, la C-Psi comprit le message.

— Je crois qu'Enrique a réussi à modifier ton cerveau.

À cet écho des paroles de Judd, Brenna s'enfonça les ongles dans les paumes.

— Est-ce qu'il a pu causer des dégâts irréversibles ?

Les yeux de firmament de Faith croisèrent les siens.

— J'aimerais pouvoir te répondre avec certitude, mais ce n'est pas le cas. Je suis désolée, Brenna. (Elle lui effleura le bras.) Ce que je peux dire en revanche d'après ce que tu m'as confié, c'est que les effets secondaires seraient plutôt d'ordre psychique que biologique. Tu es allée dans un hôpital humain pour ta scanographie, n'est-ce pas ?

Elle hocha la tête.

— Lara et Sascha voulaient être certaines que rien ne leur avait échappé.

Un M-Psi – doué de l'aptitude à voir à l'intérieur d'un corps – aurait pu faire la même chose à moindre coût, mais sa meute n'accordait pas une grande confiance aux individus connectés au PsiNet.

— En ce cas, je ne pense pas que tu aies à t'inquiéter de dommages cérébraux… Ces machines détectent les déchirures et les lésions les plus infimes. Je suis bien placée pour le savoir. Quand j'étais sur le Net, on me soumettait régulièrement à cet examen.

Ce rappel pratique rassura Brenna. Elle avait vu les scanners de ses propres yeux et constaté l'absence de dégâts.

— Qu'est-ce que tu penses qu'il m'a fait, alors ?

— Eh bien, Enrique a bien dit qu'il se livrait à des expériences sur les femmes changelings. Nous n'y avons vu que la justification d'un fou, mais il se peut que nous ayons eu tort. Peut-être a-t-il réussi avec toi.

— Il m'aurait tuée quand même.

Enrique avait été satisfait d'elle, mais seulement comme on peut l'être d'un rat de laboratoire.

Elle était restée tout aussi jetable à ses yeux.

— Est-ce qu'il y aurait un moyen de connaître son but ? Histoire de savoir s'il lui avait ouvert le cerveau pour des raisons autres que celle de satisfaire ses lubies de psychopathe.

— Il gardait forcément des notes. (Faith paraissait très sûre d'elle.) Je demanderai aux personnes auxquelles j'ai accès, mais il est presque certain qu'elles se trouvent entre les mains du Conseil à l'heure qu'il est.

En d'autres termes, entièrement hors de leur portée.

— Si tu devais émettre une hypothèse, à quoi tu dirais qu'il essayait de parvenir ?

— Laisse-moi réfléchir.

Faith ramassa une poignée de neige qu'elle laissa glisser entre ses doigts. Des flocons s'accrochèrent à ses gants vert foncé.

— Ça t'embête si je demande à Sascha ? Je ne lui donnerai pas de détails sur les rêves... Juste ce qu'Enrique a pu faire à ton esprit.

Sans regarder Faith, Brenna se tourna vers la cascade.

— Vas-y.

Les yeux de Faith se perdirent dans le vague un millième de seconde, avant de s'éclairer de nouveau.

— C'est bon, je l'ai. (Elle se tut.) Apparemment, dit-elle dans le silence, Enrique considérait les femmes changelings parfaites parce qu'elles sont capables d'endurer les émotions sans y succomber.

— Il aurait pu vouloir créer une espèce hybride ? (Brenna grimaça.) Mais c'est stupide... Ça aurait été tout aussi simple de modifier notre ADN, ou de mettre enceinte une femme changeling.

Mais même s'il l'avait violée d'innombrables façons, et qu'elle n'arrivait toujours pas à y repenser sans que sa vue se trouble d'un voile rouge sang, il n'avait pas essayé de la mettre enceinte.

—Sascha est du même avis. Moi aussi. (La C-Psi frotta la neige sur ses mains.) D'après mon expérience, je dirais qu'il est plus probable qu'Enrique soit parvenu d'une manière ou d'une autre à forcer une partie de ton cerveau qui était auparavant inactive.

—Et sûrement censée rester telle quelle.

—Oui. Ce qu'il t'a infligé n'avait rien de naturel. Mais ça a été fait.

—Et je dois apprendre à vivre avec.

Le monstre l'avait privée du droit de choisir.

—Je t'aiderai dans la mesure de mes moyens. Sascha aussi… Elle comprendra, tu sais. (La voix de Faith était douce.) Tu n'as pas à avoir peur qu'elle te juge.

Les larmes que Brenna retenait lui brûlaient la gorge.

—Comment ne le pourrait-elle pas ? Ce que je ressens pendant ces cauchemars… c'est malsain et mauvais. Tandis qu'elle est si gentille, si douce.

—En sa qualité d'empathe, elle ressent ce que tu ressens, y compris ta douleur et ton horreur. Et, même si elle est gentille, dit Faith en souriant, elle n'est certainement pas parfaite. Demande à son compagnon si tu ne me crois pas. Mais cette décision t'appartient. Pour ce qui est de t'aider, nous ferons de notre mieux, mais je ne sais pas si nous arriverons à quelque chose.

—Au moins, je sais que je ne suis pas folle.

Alors qu'elle essayait de prendre un air confiant, elle n'en était pas vraiment si sûre. Elle était peut-être saine d'esprit pour le moment, mais si ses visions cauchemardesques parvenaient à lui nuire ? Prise de panique à cette pensée, la chaleur lui monta au visage et son cœur se mit à palpiter… et elle chercha des yeux la présence froide et réconfortante d'un Psi assez dangereux pour vaincre tous ses démons. Son visage s'empourpra de nouveau, mais ce n'était plus dû à la peur.

— Je peux te poser une autre question ?

— Bien sûr, Brenna… (Faith sembla un instant à court de mots, maladroite.) J'aimerais te considérer comme une amie.

Avant ce jour-là, Brenna aurait soutenu qu'il n'existait pas de femmes plus différentes l'une de l'autre qu'elles deux. Faith était très posée, très « équilibrée », tandis qu'elle-même était en piteux état. Mais elle se rendait compte désormais qu'elles savaient toutes deux ce que ça faisait d'être contrainte à être témoin de choses qu'elles auraient préféré ne pas voir.

— Avec plaisir.

Le sourire de Faith la rendit encore plus belle.

— Que voulais-tu me demander ?

— C'est au sujet de…

Elle s'interrompit, consciente que, dès l'instant où elle poserait cette question, elle ne pourrait plus fuir la réalité : elle était allée trouver Judd pour des raisons sans rapport avec le fait qu'il était Psi, des raisons tout sauf pratiques mais plutôt liées à l'effet qu'il produisait sur la femme qu'elle était.

— Tu as été conditionnée à ne rien ressentir.

— Oui. C'est le cas de tous les Psis.

— Mais tu t'en es affranchie. J'ai entendu dire que ça ne t'a pas pris longtemps après ta rencontre avec Vaughn.

Faith hocha lentement la tête.

— Je crois savoir ce que tu souhaites me demander. (La rouquine adopta une expression pensive.) Judd ?

Soulagée de ne pas avoir à formuler ses sentiments complexes et confus pour un homme qui n'en avait aucun, Brenna acquiesça.

— Il a quitté le Net depuis bien plus longtemps que toi, mais il est totalement renfermé, totalement prisonnier des règles de Silence.

Chapitre 8

— Ce qui nous différencie de lui, Sascha autant que moi, c'est que nos dons se sont en quelque sorte retournés contre nous. Nous avions le choix entre accepter les émotions ou être noyées sous leur poids. Je ne crois pas que ce soit le cas de Judd.

« Tu n'as pas besoin de cauchemars supplémentaires. »

— Non. (Le souvenir des mornes ténèbres de ses yeux l'affligeait.) Il était soldat, je crois.

Faith semblait sur le point de parler, puis elle secoua la tête comme pour chasser sa pensée.

— Sans compter que c'est un homme.

Un détail qui n'avait nullement échappé à Brenna. Jamais elle n'avait vu d'homme qu'elle ait autant envie de toucher que Judd.

— Tu crois que ça joue ?

— Si tu m'avais posé cette question alors que j'étais encore connectée au PsiNet, j'aurais dit que non, que nous sommes tous les mêmes. Aujourd'hui… (elle inspira une bouffée d'air froid) je sais que c'est un mensonge. Les hommes et les femmes sont radicalement différents. Je ne pense pas qu'il s'agisse d'une simple coïncidence si les premiers Psis à s'être déconnectés du Net à cause des émotions étaient des femmes.

Brenna saisit aussitôt la nuance.

— Judd a déserté pour protéger les enfants de la rééducation, pas parce qu'il ressentait des choses considérées comme anormales.

— Oui. Mais c'est en soi un signe qu'il y a de l'espoir, qu'il ait agi dans le dessein de protéger… S'il… (Faith se détourna.) Je ne sais pas si je devrais parler de ça.

— S'il te plaît. Il ne veut rien me dire.

Et une part méconnue et enfouie d'elle-même refusait catégoriquement de se faire une raison et d'abandonner. Elle savait qu'un loup – capable de prodiguer et d'accepter les caresses et l'affection dont elle avait besoin pour être pleinement vivante – la rendrait beaucoup plus heureuse. Mais ce n'était pas d'un loup qu'elle voulait.

Faith céda.

— Si Judd était ce que je crois sur le Net, je suis à peu près certaine qu'on a dû lui offrir une chance d'échapper à la sentence de la rééducation. Qu'il ne l'ait pas saisie, mais se soit résigné à une mort probable pour sauver les enfants… eh bien, ça en dit long sur ton Psi, non ?

Brenna nourrissait ses propres soupçons quant à l'identité de Judd dans son autre vie, mais elle préférait lui poser ces questions-là en face.

— Pour atteindre cette partie de lui… (Elle donna un coup de pied dans la neige, qui scintilla sous les rayons du soleil.) Il est têtu comme un loup, et avec son conditionnement par-dessus le marché…

— Tu veux un conseil ?

— Tout ce que tu as.

— Laisse tomber. (L'expression de Faith était solennelle.) Il ne s'affranchira certainement jamais de Silence… Il en a fait et vu bien trop pour se risquer à éprouver des émotions.

— Non. (Elle refusait d'y croire.) C'est possible de s'en libérer.

— Ça sera douloureux. Pour tous les deux. (Elle parlait avec la voix de l'expérience.) Et, Brenna, ce n'est pas le genre d'homme dont tu as besoin pour aller mieux.

Elle poussa un petit cri de frustration.

— Tout le monde pense qu'on devrait m'emmailloter dans du coton et s'occuper de moi comme d'un bébé… Quand on ne s'apitoie pas sur mon sort ! Mais je ne suis pas un chat de compagnie docile. Je ne l'ai jamais été. Ce qu'on m'a fait n'y change rien. La force de Judd m'attire… Au bout d'une heure avec moi, un homme gentil comme un bon toutou s'arracherait les cheveux.

Faith sourit et des rides d'expression se formèrent au coin de ses yeux.

— En ce cas, j'en arrive presque à plaindre Judd. Déstabilise-le, chuchota-t-elle en se penchant vers Brenna. Ne sois pas rebutée par ses refus. Insiste ! Insiste jusqu'à ce qu'il perde le contrôle. Rappelle-toi que la glace fond au contact du feu.

Brenna soutint son inquiétant regard de firmament tandis que Faith s'écartait.

— Ça s'annonce comme un jeu dangereux.

— Tu n'as pas l'air d'être le genre de femme à te contenter de la facilité et de l'absence de risques.

— En effet.

Elle n'était pas non plus du genre à baisser les bras au premier obstacle venu. Judd était sans conteste un Psi, mais elle était une SnowDancer.

Près de onze heures plus tard, Judd se surprit à songer à la manière dont Brenna l'avait observé ce matin-là alors qu'ils regagnaient la tanière ensemble. Elle avait eu un regard si intense qu'il lui avait trouvé une similitude déconcertante avec un contact physique, même si c'était impossible.

Pourtant, à peine furent-ils entrés dans la tanière qu'elle l'avait quitté et…

Dans un effort futile de la chasser de son esprit, il secoua la tête. Il devait rester vigilant, et penser à Brenna compromettait dangereusement cet objectif. Elle mijotait quelque chose, il en était certain. Il avait trouvé l'expression de son visage…

Concentre-toi !

L'église se dressait de l'autre côté de la rue tel un spectre de pierre, un rappel de son identité et de sa mission à la tombée de la nuit, lorsque les gens se croyaient en sécurité dans leurs lits. Il n'était pas si différent d'Enrique ; il avait son don de mort, et c'était la seule chose qu'il pouvait offrir à Brenna. Cette pensée cimenta enfin sa concentration. Il allongea le pas, les yeux rivés sur la lumière jaune qui se déversait des fenêtres en arc de l'église.

Il n'avait jamais su déterminer si le Fantôme avait choisi un tel lieu comme point de ralliement par perversité ou par espoir. L'église était de petite taille. Érigée après la Seconde Réforme un demi-siècle plus tôt, elle était emplie non pas de vitraux et de cierges mais de plantes vertes luxuriantes et, le jour, baignée de soleil. Lorsqu'il y entra cette nuit-là, il la trouva déserte à l'exception d'une femme agenouillée seule devant l'autel. Il s'assit sur un banc du fond et contempla les étoiles visibles à travers le dôme transparent. Cette vue lui ramena en mémoire ce à quoi il avait renoncé en quittant le PsiNet : les froides ténèbres, le flamboiement glacé de millions d'esprits.

— Les jeunes ne s'agenouillent pas, mais les vieux ont grandi au temps de Rome.

La voix, celle d'un homme, était chargée du même sentiment de paix que celui qui imprégnait les murs de la bâtisse. C'était la seule chose que cette église avait en commun avec celles plus ornementées construites avant la

Seconde Réforme ; une atmosphère de profonde révérence, un calme si envahissant qu'il se muait presque en bruit.

Judd jeta un coup d'œil à l'homme qui avait pris place à côté de lui.

— Père Perez.

Perez sourit, la blancheur de ses dents contrastant avec sa peau couleur de teck.

— Quand tu m'appelles comme ça, on a l'impression que je suis bon pour la maison de retraite. Je n'ai que vingt-neuf ans.

Avec son uniforme d'hiver de prêtre de la Seconde Réforme – un large pantalon blanc et une chemise dont le pan gauche était brodé de flocons de neige bleus – il paraissait encore plus jeune. C'était la sagesse de son regard qui le vieillissait.

Judd ne le considérait pas comme un prêtre, mais comme un frère d'armes.

— C'est ton titre.

— On travaille ensemble depuis près de six ans. Pourquoi ne m'appelles-tu pas Xavier ? Même notre ami si réservé m'appelle par mon nom de baptême.

Parce qu'employer le nom de baptême du père Perez constituerait un premier pas sur la voie de l'amitié, et Judd ne voulait pas d'un ami. En raison de sa mission et de ce qu'il était, il devait garder ses distances : avec les amis potentiels, et la seule femme susceptible d'être… plus que ça.

— Il t'a donné quelque chose pour moi ?

Perez soupira.

— Quoi que tu aies pu faire, Judd, ce n'est pas à toi de juger.

Perez lui tendit un cristal de données rangé dans une boîte protectrice en plasti-verre. Ces cristaux coûtaient plus cher que les disques employés couramment, mais ils disposaient de meilleures sécurités et d'une plus grande capacité de stockage.

Judd le glissa dans sa poche.

— Merci.

Il n'avait pas besoin de ces informations pour l'opération de la nuit, mais il les lui faudrait pour sa prochaine attaque.

— Le Nouveau Livre dit que Dieu ne souhaite ni nous punir ni nous infliger de souffrances. Dieu souhaite que nous apprenions de nos erreurs et que nous progressions, afin que nos âmes deviennent meilleures au fil des âges.

Encore aurait-il fallu que Judd possède une âme pour y croire.

— Et qu'en est-il du mal absolu ? demanda-t-il, l'esprit assailli des souvenirs d'une pièce éclaboussée de sang et d'une femme au cou marbré d'hématomes. Que dit ton livre à ce sujet ?

— Que les hommes bons doivent combattre le mal, et que les hommes mauvais seront jugés dans la mort.

Judd regarda la paroissienne solitaire, toujours agenouillée devant l'autel. Elle sanglotait doucement, et semblait presque s'en excuser.

— Le mal doit parfois être jugé sur l'instant, avant qu'il tue ce qui est bon, détruise toute lumière.

— Oui. (Perez posa les yeux sur la femme.) C'est pour cette raison que je suis à ton côté.

— Comment parviens-tu à concilier tes deux moitiés ; celle du prêtre et celle du soldat ?

La lumière et les ténèbres. Ce n'était pas une question qu'il aurait dû poser, ni une éventualité qu'il aurait dû envisager, mais c'était chose faite et il attendait. Car il lui fallait la réponse.

— De la même façon que tu concilies ton présent et ton futur. Avec l'espoir et le pardon. (L'autre homme se leva.)

Je dois aller la réconforter. En ce qui te concerne, toi seul en es capable.

Judd regarda Perez s'avancer dans l'allée centrale puis s'agenouiller, un bras passé autour des épaules de la femme qui pleurait. Elle se tourna vers lui, acceptant le soutien qu'il lui offrait. Un geste simple, mais dont Judd était incapable. Il s'apparentait à une lame tirée de son fourreau : sa finalité – son don – était de tuer. Enfant, on l'avait jugé inapte à la vie en communauté et transféré pour l'élever dans l'ombre. Rien ne justifiait qu'il demeure à la tanière des SnowDancer alors que le reste de sa famille y était en sécurité, et il n'avait aucun droit de se comporter comme il l'avait fait avec Brenna.

Il était pleinement responsable de ses actes ; il lui avait permis de l'approcher plus qu'aucun être vivant, avait couru le danger d'enfreindre les règles de Silence. Il ne pouvait pas laisser une telle chose se produire. Jamais. Car, même si Brenna voyait en lui un homme, la cruelle vérité était tout autre : il était un assassin. Formé à la perfection.

Et couvert de sang.

« Rappelle-toi que la glace fond au contact du feu. »

Brenna rougit au souvenir des paroles de Faith et lissa sa courte jupe noire. Avec le pull rouge au col en V qu'elle portait par-dessus, c'était une tenue tout à fait correcte. Sauf que le pull soulignait ses courbes et que la jupe lui moulait les fesses. Ses cheveux laissaient toujours à désirer, mais le reste ferait l'affaire.

Drew fronça les sourcils lorsqu'elle traversa le salon familial, mais il la laissa partir sans rien dire ; il devait s'imaginer qu'elle allait rendre visite à l'une de ses amies, d'autant plus qu'elle y avait volontairement fait allusion un peu plus tôt. Elle savait qu'en agissant de la sorte elle reportait le problème, mais elle n'avait pas le temps d'aborder le sujet de quartiers séparés pour le moment. Au moins, ses frères ne cherchaient plus à restreindre sa liberté de mouvement depuis qu'elle les avait menacés de plier bagage s'ils essayaient.

Dans le couloir, plusieurs hommes lui adressèrent de larges sourires, et l'un d'eux l'invita à sortir. Même si elle ne pouvait pas accepter, cette proposition renforça son assurance ; les hommes SnowDancer savaient se montrer très charmants lorsqu'ils s'en donnaient la peine. *Dommage que je sois obsédée par l'Homme de Glace.*

Trouver le courage de suivre le conseil de Faith lui avait pris toute la journée. Elle devait avouer que l'éventualité de ne pas réussir à supporter quoi que ce soit de sexuel la terrifiait encore. C'était la première fois depuis sa libération qu'elle envisageait une relation avec un homme, la première fois qu'une telle idée ne lui donnait pas de sueurs froides. Santano Enrique l'avait attachée nue à un lit pour ses expériences, il lui avait fait des choses répugnantes… qu'elle voulait effacer de son esprit.

— Respire.

Arrivée devant la porte de Judd, elle desserra les poings et se frotta les mains sur sa jupe avant de frapper. Elle repoussa ses souvenirs dans le coffre-fort verrouillé de son esprit. Elle n'était pas une « victime », songea-t-elle tandis que le sang lui battait aux tempes, elle était une louve adulte à la sensualité épanouie.

— Judd, l'appela-t-elle à voix basse lorsqu'il ne vint pas ouvrir la porte.

Pas de réponse. Son odorat lui confirma qu'il était sorti ; elle décelait bien son odeur, mais elle n'était pas aussi concentrée que s'il s'était trouvé à l'intérieur.

— Brenna, espèce d'idiote.

Elle eut envie de se donner des coups de pied. Tous ces préparatifs angoissants, et elle n'avait même pas pris la peine de vérifier qu'il était là. Et maintenant ?

De retour à ses quartiers – et après avoir remercié le ciel qu'aucun de ses frères ne soit à la maison –, elle composa le numéro du portable de Judd, s'attendant à le trouver ailleurs que dans la tanière. La liaison ne s'établit pas.

— Allume-le, marmonna-t-elle avant de raccrocher.

Se trouvant un peu pathétique d'être apprêtée sans avoir nulle part où aller, elle se déshabilla, se glissa dans son pyjama et sortit un beau livre que Riley lui avait offert pour son anniversaire.

« Ça m'a coûté la peau des fesses, » lui avait-il dit, mais elle avait vu ses yeux pétiller.

Depuis, son frère aîné avait perdu le sourire. Elle savait qu'il se reprochait de ne pas avoir su la protéger d'Enrique, même s'il n'aurait rien pu faire. Riley avait toujours été sérieux ; de dix ans son aîné, il les avait pour ainsi dire élevés, elle et Drew, avec l'aide de la meute, après la mort de leurs parents ; mais il ne souriait même plus désormais. Quant à Drew, il sauvait les apparences, et pourtant le frère cadet de Brenna, merveilleux, drôle et intelligent, bouillonnait de colère.

On frappa à sa porte.

— Bren, tu es rentrée aussi ? Tu veux de la pizza ?

Elle s'adossa aux barres de métal de sa tête de lit, qu'elle avait fabriquée en s'inspirant de modèles du XIXe siècle, et sentit des larmes lui piquer les yeux.

— Qu'est-ce qui te prend de manger de la pizza à cette heure, Andrew Liam Kincaid ? dit-elle avec un enjouement feint.

C'était bien Drew, qui entrebâilla la porte pour la gratifier d'un sourire.

— Je suis un jeune homme en pleine croissance.

— Eh bien, pas moi, alors ne viens pas me tenter ! (Elle ouvrit son livre.) Allez, ouste !

— Tant pis pour toi, petite sœur.

Il s'éclipsa derrière la porte en souriant.

Elle ferma les yeux et prit plusieurs inspirations profondes pour oublier la boule qu'elle avait dans la gorge. Mais, malgré sa bonne volonté, ses émotions la tourmentaient trop pour lui permettre de se concentrer sur quoi que ce soit, encore moins sur le livre qu'elle tenait entre les mains. Le besoin qu'elle avait de Judd et qu'il la serre dans ses bras était sa seule pensée cohérente. Elle savait qu'un tel souhait était insensé et irréalisable, mais l'animal en elle s'en moquait. Où était-il passé ? Elle essaya encore de le contacter à plusieurs reprises, jusqu'à ce qu'enfin elle ne puisse plus lutter contre les ailes enveloppantes du sommeil. Mais ce qui l'attendait était tout sauf reposant.

Une cacophonie des messages sensoriels, le goût âcre de la peur sur sa langue, ses palpitations de panique. Elle avait commis une erreur, et il fallait nettoyer les dégâts...

Des bribes de sons. Le rire d'un enfant. Peur. Joie. Un gâteau d'anniversaire...

Il était si séduisant, elle avait envie de...

Peur. Une odeur salée... malsaine... mauvaise. Quelle horreur ! Il fallait nettoyer tout ça...

Brenna gémit et se tourna sur le côté. Si quelqu'un s'était trouvé dans sa chambre, il l'aurait peut-être secouée pour la réveiller. Mais elle était seule, et ses rêves s'enchaînaient en fragments incompréhensibles, en morceaux de pensées brisées. Alors que son esprit cherchait un point d'ancrage, il trouva le passage obstrué. Il n'aurait pas dû l'être.

Un instant de lucidité, de colère : *Il n'aurait pas dû faire ça !*

Puis, une seconde plus tard, elle replongea dans le rêve.

Judd s'éloigna tandis que les premières flammes s'élevaient derrière lui, les mains dans les poches et la tête couverte par la capuche d'un sweat-shirt noir qui assurait son anonymat. Même si leur système de surveillance l'avait détecté – ce qui, étant donné ses talents, était hautement improbable –, il leur serait impossible de déterminer son identité. Pour brouiller davantage les pistes, il s'était donné un mal considérable pour ne laisser aucune empreinte digitale sur la bombe, et il s'était servi de matériaux auxquels les humains et les changelings avaient accès autant que les Psis.

Des alarmes se déclenchèrent, suivies par le sifflement de systèmes d'arrosage que l'on allumait. Ça ne constituait pas une menace. Il avait étendu la zone de déflagration à toute une section clé, sans compter sur le pouvoir destructeur du feu. Rien à l'intérieur de cette délimitation ne devrait être épargné si ses explosifs avaient fonctionné comme prévu. Et il n'avait aucun doute sur ce point ; après tout, il avait reçu sa formation du Conseiller Ming LeBon en personne.

Chapitre 9

Les gardes ne le remarquèrent pas lorsqu'il se glissa sous leur nez, le corps flouté par la télékinésie, pour rejoindre la rue tranquille et les ténèbres du petit matin. Le Conseil avait froidement calculé son coup en installant ce laboratoire dans une zone de banlieue, s'imaginant que là, au milieu des civils, il n'attirerait pas l'attention et n'essuierait pas d'attaques. Ils avaient manqué de perspicacité.

Ombre parmi les ombres, Judd inspecta depuis le trottoir d'en face les immeubles qui jouxtaient le laboratoire, prêt à déployer un bouclier Tk pour les protéger des flammes ; contrairement au Conseil, il ne considérait pas les pertes civiles comme des dommages collatéraux inévitables. Sa précaution s'avéra superflue. Pas une seule étincelle ne s'échappa des limites du complexe visé.

Un sans-faute.

Sous ses yeux, les fenêtres des habitations commencèrent à s'éclairer dans toute la rue. Au même instant, le personnel de sécurité se précipita hors du complexe, à la recherche d'une piste qui s'était évanouie à la seconde où Judd était sorti. Il leur avait fallu deux bonnes minutes avant de réagir. Il y avait du relâchement. Celui qui dirigeait cette opération était devenu impudent après être passé inaperçu pendant plus d'un an.

C'était exactement la réaction que Judd et le Fantôme avaient escomptée.

Satisfait, il jeta un dernier regard aux flammes mourantes et, tournant les talons, il coupa par la cour d'une maison plongée dans l'obscurité. Alors qu'il contournait le jardin et la balançoire, il s'aperçut que la fenêtre d'une pièce encore éteinte au premier étage attirait son œil. Un enfant se trouvait dans cette chambre, un petit garçon mi-humain, mi-changeling, débordant d'énergie quoiqu'un peu maladroit. Judd l'avait aperçu à plusieurs reprises lors de ses allées et venues pour repérer la zone.

La présence de cet enfant avait rendu le laboratoire dissimulé de l'autre côté de la rue d'autant plus obscène. Car ce qui s'était passé entre ces murs avait eu pour objectif de détruire l'esprit et l'existence d'enfants comme ce garçon. La lumière finit par s'allumer dans la chambre alors que Judd escaladait la clôture du jardin avec une grâce qu'un félin aurait pu lui envier. Il atterrit dans une cour plus sombre encore ; la maison était vide et le resterait quelques jours. Il s'était bien renseigné.

Désactiver le système d'alarme lui prit un quart de minute. Une fois à l'intérieur, il se plaça dos à la porte et n'alla pas plus loin. Ces gens ne l'avaient pas invité, il ne violerait pas leur intimité. Lorsqu'il essaya cependant de détendre son corps et son esprit sans s'endormir – une astuce qu'apprenaient tous les soldats –, il se rendit compte qu'il n'y parvenait pas. Une pression s'exerçait à l'arrière de son crâne, une poussée violente qu'il aurait pu prendre pour une tentative de percer ses boucliers si elle n'avait pas eu l'air de provenir de son esprit lui-même.

Il vérifia de nouveau l'état de ses défenses basiques contre les attaques psychiques. Pas de fissures. Il s'apprêtait à poursuivre son inspection lorsque la pression cessa d'elle-même. Ne la retrouvant plus, il attribua le problème à un manque de sommeil et mit son esprit en mode « repos et réparation ». Il était si concentré sur cette tâche qu'il n'y avait rien d'étonnant à ce que lui échappe la signature révélatrice de cette poussée mentale, annonciatrice d'une chose bien plus dangereuse que n'importe quelle arme Psi.

Trois heures plus tard, il quitta la maison et se mêla discrètement au flux régulier des joggeurs et des passants matinaux. Plus d'un changeling lui avait fait remarquer qu'il ressemblait à un Psi même lorsqu'il modifiait sa tenue, aussi avait-il pris le temps d'observer de jeunes hommes humains et changelings pour pouvoir imiter leur démarche décontractée. Mais la chose n'avait rien de naturel pour lui; il était un soldat et en avait le port, ça ne changerait jamais.

Il croisa sans incident plusieurs patrouilles de Psis, constatant qu'ils scannaient en toute illégalité les esprits des gens dans la rue. Ils n'obtiendraient de lui que les pensées confuses d'un humain de sexe masculin qui aurait la gueule de bois. De son côté, il prit note des moindres détails les concernant. Leurs uniformes noirs étaient indissociables de ceux des autres unités qui composaient les autorités des Psis, à l'exception du petit insigne doré qu'ils portaient à l'épaule gauche: deux serpents entrelacés qui s'affrontaient.

Il le reconnut aussitôt. Ces hommes appartenaient à l'armée personnelle de Ming LeBon. Ainsi, c'était le Conseiller Ming LeBon qu'on avait chargé de cette petite initiative. Ce n'était pas ce à quoi Judd s'attendait, étant donné la proximité de Nikita Duncan avec cette zone. La base de Ming se situait plutôt en Europe.

À moins que Ming ait décidé de se déplacer… afin peut-être de retrouver la trace d'une certaine Flèche rebelle.

Judd n'était toujours pas rentré lorsque Brenna se rendit à sa chambre après s'être éveillée, en sueur et les paupières collées, de ses rêves cauchemardesques.

—Où est-ce que tu es?

Son besoin de lui était tel qu'elle eut envie de pleurer.

Pleurer ?

Cette réaction lui ressemblait si peu qu'elle acheva de la réveiller. Fronçant les sourcils, elle s'obligea à se ressaisir. Elle n'était pas l'une de ces femmes qui couraient sans arrêt après les hommes. Et même dans le cas contraire, elle savait contre qui elle aurait envie de se frotter. Le corps de marbre de son soldat lui donnait envie de se livrer à toutes sortes de choses délicieusement érotiques ; elle se demanda si elle parviendrait à le mordre, ou bien si ses dents ne trouveraient pas de prise.

— Allô… Brenna Shane, ici la Terre. (Le visage d'Indigo apparut dans son champ de vision.) Qu'est-ce que tu fais plantée au milieu du couloir, les yeux dans le vague ?

Brenna espérait que ses joues n'étaient pas aussi rouges qu'elle en avait l'impression. Qu'est-ce qui lui prenait ? D'accord, Judd l'attirait, mais ce désir pressant qui l'envahissait était sans précédent.

— Ah… (Son sommeil perturbé l'avait rendue un peu longue à la détente… voilà, elle tenait sa réponse.) Je voulais te parler.

Indigo lui indiqua le couloir derrière elle d'un geste du pouce.

— Viens avec moi. J'ai une séance matinale avec Sa Majesté.

— Qui ça ?

— Sienna Je-suis-une-Psi-cardinale-et-je-n'ai-pas-besoin-de-formation Lauren. Maudits jeunes ! Ils se croient tous invincibles. (Indigo grimaça.) Alors, qu'est-ce qui t'arrive ?

— Le meurtre, dit-elle, se demandant si Judd savait pour l'attitude récalcitrante de sa nièce. Tu as du nouveau ?

Indigo se rembrunit.

— Je garde ça pour ceux que ça concerne et, aux dernières nouvelles, tu n'en fais pas partie.

—Je suis concernée. (Brenna crispa la mâchoire.) C'était un Psi ?

À sa grande surprise, Indigo lui répondit sans plus de réticence.

—Les recherches n'ont abouti à rien. Il n'y a pas d'odeur distinctive, mais on sait bien que tous les Psis ne dégagent pas cette fameuse puanteur métallique.

Ce n'était le cas d'aucun des Lauren. Indigo n'avait pas besoin de préciser lequel de la famille aurait été capable de commettre le crime. Le cœur de Brenna se figea dans sa poitrine et elle agrippa le lieutenant par le bras.

—Tu ne penses pas sérieusement qu'il puisse s'agir de Judd. Il ne…

—Tu le connais si bien que ça, Brenna? (Indigo secoua la tête.) Cet homme est une putain d'ombre. Non, je ne crois pas que ce soit lui… On n'aurait jamais retrouvé le corps sinon. Mais tu rêves si tu t'imagines qu'il n'est pas capable d'exécuter quelqu'un.

L'estomac de Brenna se noua.

—Ça pourrait être l'un de nous ?

—Si on te le demande, je ne t'ai rien dit. (Indigo étrécit ses yeux bleus.) Bon sang! je ne sais même pas pourquoi je t'en parle… Peut-être pour casser les pieds à tes frères. Pourquoi tu les laisses t'étouffer avec leurs conneries ?

Ce n'était pas un sujet qu'elle avait envie d'aborder ce jour-là.

—Tu me parlais de Timothy.

L'autre femme ricana.

—Un charmant fils de pute. Doué pour se retrouver dans des lits où il n'avait pas sa place.

—Ce n'est pas un motif de meurtre.

Les loups changelings ne manquaient pas d'appétit sexuel, et les célibataires de la meute passaient souvent d'un lit à l'autre. Quant à ceux en couple, ils n'étaient pas infidèles. Jamais.

— Si quelqu'un avait une dent contre lui pour une histoire d'amante, il l'aurait simplement provoqué en duel pour prouver sa supériorité.

Un combat qui n'avait pas la mort pour issue.

— Ouais, c'est ce que je crois aussi, mais c'est une piste. Et ce ne sont pas les seuls ennuis qu'il se soit attirés. L'autopsie a révélé que Timothy consommait de la drogue. Si, pour une raison ou une autre, il avait menacé de dénoncer son sale dealer de merde et qu'on avait découvert que c'était l'un de nous… bref, tout le monde connaît l'opinion de Hawke au sujet de la drogue.

Brenna hocha la tête.

— Il aurait étripé cet enfoiré. (Qu'un membre de sa propre meute puisse être assez malveillant pour vendre de la drogue la stupéfiait.) Ce n'était pas du Jax, si ? demanda-t-elle, submergée par une nouvelle vague d'horreur. Il n'était pas défiguré.

En interrompant le processus de la métamorphose, cette drogue Psi avait des effets dévastateurs sur le corps des changelings. La mort survenait au bout de quelques jours, voire quelques heures.

— Non. (Indigo frissonna de dégoût.). Du Ruby Crush, ou Rush, le nom qu'on lui donne couramment.

Une drogue adaptée à leur physiologie, qu'une vermine de changeling avait mise au point.

— Elle décuple la force physique le temps du trip, c'est ça ?

— Tout en bousillant le cerveau. (Indigo secoua la tête.) Les accros au Rush deviennent des abrutis hilares et sans neurones. Tim devait être très prudent. On ne l'a jamais vu drogué. (Elle jeta un coup d'œil à sa montre.) Faut que j'y aille. Dis à Judd que je veux lui parler si tu le vois.

Brenna hocha la tête, mais les heures passèrent sans que Judd réapparaisse. Sa frustration se mua en inquiétude, puis en colère. Bon sang! où est-ce qu'il était et pourquoi ne s'était-il pas donné la peine de l'appeler?

« … tu rêves si tu t'imagines qu'il n'est pas capable d'exécuter quelqu'un… »

« … ce n'est pas le genre d'homme dont tu as besoin… »

Elle essayait de ne pas écouter les voix, mais une partie d'elle y était attentive. Et commençait enfin à voir la vérité en face.

Judd retrouva le Fantôme sous l'église du père Perez, après s'être douché et changé dans la petite pièce que Perez réservait à ce genre de situations. Il n'était pas encore midi, mais il aurait tout aussi bien pu être minuit dans la crypte séculaire située sous la bâtisse baignée de lumière.

— Pourquoi penses-tu que certains humains éprouvent le besoin d'enterrer leurs morts? (La voix venait de la zone d'ombre où deux pans de murs se rencontraient.) Les changelings laissent les leurs tomber en poussière.

Judd n'avait ni le temps ni l'envie de se lancer dans un débat philosophique. Il voulait retourner à la tanière pour s'assurer que Brenna allait bien. Sa discussion avec Faith avait eu l'air de l'aider mais, si ses rêves revenaient, elle courait peut-être un danger. Et il était le seul en qui elle avait assez confiance pour venir le trouver si elle avait besoin de… réconfort.

— Il y a d'autres laboratoires? demanda-t-il de but en blanc.

Il avait parfaitement conscience que son besoin urgent de voir Brenna constituait une entorse mineure aux préceptes de Silence, le premier pas sur le chemin de la tentation. Il ne la toucherait pas, songea-t-il pour se justifier, se contenterait de veiller à son bien-être.

— Évidemment, mais celui que tu as détruit ce matin était le plus important.

— Tu en es sûr ? Sachant que Ming LeBon est impliqué, l'Europe pourrait être la prochaine étape.

— Non, même si c'est ce que le Conseil aurait préféré… ils ont un souci avec la scientifique qui dirige le projet, Ashaya Aleine. Elle refuse de se déplacer.

— Ça doit être du lourd s'ils n'ont pas contré ses objections.

Personne ne tenait tête au Conseil sans une raison indiscutable, ou un atout dans sa manche.

— C'est ce que j'essaie de savoir… Ils empêchent la divulgation des informations la concernant. Tout est confidentiel.

— Tu connais sa classification ?

— Une M-Psi de rang 9,9.

— C'est rare.

La plupart des Psis de cette puissance avaient tendance à franchir la limite des 0,1 qui les séparait du statut de cardinal. Lui-même un Tk-Psi de rang 9,9, Judd s'était toujours considéré avantagé : son don de télékinésie, combiné à ses aptitudes de rang 9,4 en télépathie, le rendait plus dangereux que bien des cardinaux, mais il ne possédait pas les yeux de firmament qui trahiraient sa puissance. Lorsqu'il se donnait vraiment du mal, il pouvait même paraître inoffensif.

— Quels dégâts avons-nous occasionnés ?

Même s'il ne s'était écoulé que quelques heures depuis l'attentat, les nouvelles voyageaient vite sur le Net.

— D'après des rapports non confirmés, le prototype a été détruit. Si c'est vrai, il va leur falloir au moins six mois pour le recréer. En revanche, si on élimine Aleine, ils auront perdu des années. Elle est le cerveau du projet.

Judd avait déjà tué auparavant. Et ça avait été propre et efficace. Personne n'avait jamais soupçonné que ses cibles avaient été exécutées, ou avait été en mesure de faire le lien entre leurs meurtres et les Flèches.

— J'ai besoin d'éléments supplémentaires avant de prendre ce genre de décision.

Lorsqu'il était question de cette facette de ses capacités, il ne se fiait plus qu'à lui-même.

— Je préfère attendre, de toute manière. Il se peut que nous ayons besoin des informations qu'elle garde dans sa tête.

Il y eut un silence.

Le besoin que Judd avait de retourner à la tanière le poussait à en finir et à partir.

— Quoi ?

— D'après certaines rumeurs, il se pourrait qu'Aleine ne soit pas pleinement favorable au protocole I.

Qu'elle soit malgré cela la scientifique chargée de concevoir l'implant n'était pas contradictoire : le Conseil avait les moyens de s'assurer la coopération des gens.

— Quelles sont nos chances de la rallier à notre cause ?

— Faibles, voire inexistantes. Elle fait partie des collaborateurs du Conseil depuis qu'elle a dix-sept ans. Sa famille se résume à son fils de quatre ans. Keenan Aleine vit à l'écart du site, dans un appartement à San Diego.

— Avec son père ?

Les Psis donnaient naissance à des enfants dans le cadre de contrats de fécondation. La garde dépendait des termes définis au cas par cas.

— Non. L'enfant est sous la protection du Conseil. Il vit dans le même immeuble que le groupe familial Rika-Smythe.

— Pratique.

— C'est aussi ce que je me disais. Je vais tenter de m'en assurer.

Judd se dirigea vers la sortie.

— Envoie-moi les informations quand tu les auras.

Les tunnels de la tanière SnowDancer étaient relativement déserts lorsqu'il rentra, mais il tomba sur Indigo presque aussitôt. Son regard était lourd de soupçons.

— Où étais-tu la nuit où Tim est mort ?

Il ne s'attendait pas à cette question. Les circonstances l'avaient amené à croire que le lieutenant SnowDancer lui accordait sa confiance. De toute évidence, il s'était trompé.

— Seul. Dans mes quartiers. Et, non, il n'y a aucun moyen de le vérifier. Dommage que vous n'ayez pas sous la main un Justice-Psi disposé à me scanner.

— Oh, bon sang, ne me prends pas la tête ! (Indigo lui lança un regard noir.) J'en ai jusque-là des hommes et de leur attitude. Je devais te le demander et tu le sais.

Elle partit aussi vite qu'elle était arrivée.

Dérouté par ce qui venait de se produire, Judd reprit le chemin de sa chambre. Ça avait du moins été son intention. Il s'aperçut à mi-parcours que c'était à celle de Brenna qu'il se rendait, et que ce besoin qu'il avait de la voir n'était pas qu'une brèche minime dans son conditionnement.

Il cessa de marcher ; il ne pouvait pas se permettre de se trouver près d'elle alors qu'il était peut-être à deux doigts de franchir une dangereuse limite. Il se força à reprendre le bon chemin. Mais il n'était dans sa chambre que depuis cinq minutes à peine lorsqu'on frappa à la porte. Il savait qui venait lui rendre visite mais cette certitude ne l'empêcha pas d'aller ouvrir.

Brenna le repoussa et entra dans la chambre, mains sur les hanches. Elle avait les yeux cernés et des rides au coin de la bouche.

— Tu as de nouveau rêvé.

Malgré la multitude de signaux d'alarme que lui envoyait son esprit, il referma la porte.

Elle relâcha son souffle, les lèvres pincées.

— Où tu étais passé ? demanda-t-elle au lieu de confirmer ce qu'il avait deviné.

Il n'avait pas l'habitude qu'on attende son retour. Qu'elle l'ait fait provoqua en lui une réaction telle qu'il croisa les bras et s'adossa à la porte.

— Ça ne te regarde pas.

— Ça ne me… (Elle serra les poings.) C'était si dur que ça de laisser ton portable allumé ?

Il avait mené son opération dans le silence complet ; le laboratoire avait été équipé de systèmes de détection incroyablement sophistiqués.

— Ça ne m'a pas traversé l'esprit que tu essaierais de me contacter.

C'était la vérité. Il était habitué à agir seul, à survivre seul. C'était un mal obligé lorsqu'on possédait son don. Mais Brenna n'avait pas seulement remarqué son absence, elle s'était inquiétée.

Sa réaction s'intensifia… Assez pour libérer une légère décharge. Les déclencheurs de douleur étaient une part intégrante de Silence. Si l'on brutalisait un enfant pour avoir agi de telle manière, il apprenait bien vite à se tenir. Même s'il devait pour ça aller jusqu'à refouler ses émotions. Ce fut ce rappel, plutôt que la douleur, qui dicta la suite de ses paroles.

— Toi et moi n'entretenons aucune relation qui implique l'engagement d'être disponible en permanence l'un pour l'autre.

La voix de Brenna s'était durcie lorsqu'elle répondit.

— Ne dis pas ça. Il y a quelque chose entre nous, ne t'avise pas de prétendre que ça n'existe pas.

Il décroisa les bras.

— Il n'y a rien entre nous.

Car il n'avait rien à lui donner, pas même le réconfort dont elle avait de toute évidence tant besoin. Le réconfort qu'elle avait passé la nuit à attendre qu'il lui apporte. Au lieu d'être là pour elle, il était parti commettre un attentat.

— Tu t'accroches à moi parce que je t'ai aidée au cours du processus de guérison. C'est une réaction psychologique normale.

— Tu n'es pas comme tout le monde le prétend. (Elle refusait de baisser les yeux.) Je te vois tel que tu es.

— Tu vois ce que je choisis de te montrer. (Il s'écarta de la porte.) Ça vaudrait mieux pour tous les deux que tu ailles voir Faith ou Sascha la prochaine fois que tu auras une question. Tu sembles trop t'attacher à moi sur le plan émotionnel.

Elle se mit à gronder, un son grave qui semblait incongru venant de sa gorge gracile.

— Si j'étais une femme violente, je t'aurais mis en pièces pour ce que tu viens de dire.

Il soutint son regard.

— Tu peux insister autant que tu veux, je resterai un Psi. Je suis défini par Silence.

Le protocole l'avait empêché de devenir un tueur en série en le transformant en tueur légitime. Parfois, il n'y avait pas de bonnes décisions.

— Trouve-toi un changeling qui saura te donner ce dont tu as besoin. Je me passe très bien de perturbations.

Chapitre 10

Elle traversa la chambre en quelques enjambées et ouvrit la porte.

— Tu sais quoi, je crois que je vais suivre ton conseil.

Sur ces mots, elle disparut dans le couloir, croisant des hommes dont le regard s'attarda sur ses courbes mises en valeur par son jean moulant et son pull rouge. Ce ne fut que lorsque l'un de ces admirateurs trébucha sur du vide que Judd se rendit compte qu'il se servait de sa télékinésie. Il claqua la porte avant de causer plus de dégâts.

Une pointe de douleur mesurée lui transperça le crâne, le signal d'une brèche notable dans son conditionnement. Il ne voulait pas la réparer, ne voulait pas freiner l'avancée du chaos. Il ne songeait qu'à faire du mal aux hommes qui avaient osé poser les yeux sur elle.

La fine lézarde qui courait sur le mur devant lui semblait aussi insignifiante qu'un dessin au crayon de papier, et pourtant cette fissure de l'épaisseur d'un cheveu pouvait se changer en trou béant à la moindre pression supplémentaire. Il en allait de même pour l'esprit de Judd. Il parvint à maîtriser le déferlement d'énergie Tk avant qu'il entraîne l'effondrement du mur, mais cette rupture de ses barrages prouvait assez qu'il venait d'échapper de justesse à une perte de contrôle catastrophique. S'il ne remédiait pas aux défaillances de son conditionnement, il causerait peut-être la mort de centaines d'habitants de la tanière : adultes, enfants… Brenna.

La colonne vertébrale ruisselante de sueur, il s'écarta du mur et s'assit au bord de son lit pour s'atteler à la réparation des dégâts majeurs. Les craquelures les plus fines qui fragilisaient la carapace auparavant solide créée par Silence allaient devoir attendre qu'il retrouve son calme. Pour l'heure, sa concentration était anéantie. Il sentait encore l'odeur psychique de Brenna dans l'air.

Elle incarnait la chaleur et la féminité, la peur et le courage, la sensualité et le rire.

Et elle ne lui appartenait pas.

S'il essayait d'y changer quelque chose, il finirait par la tuer. Car il était loin d'être un simple Tk-Psi : il était un Tk-Cell, une sous-classification si rare qu'elle ne figurait dans aucun rapport public. Après l'instauration de Silence, les Tk-Cells étaient devenus le secret bien gardé du Conseil, leurs assassins les plus dangereux. Avant Silence, avant que le concept de maîtrise de soi n'ait été imposé, ceux de sa sous-classification devenaient systématiquement des meurtriers, qui supprimaient en premier leurs femmes et leurs filles. Comme si leur don les poussait à attaquer les seules personnes qui auraient pu les ramener de leur enfer.

Judd prit alors sa décision. Il devait quitter la tanière avant que Brenna libère son don sans le savoir. Elle ne s'imaginait pas quelles horreurs elle pouvait déchaîner.

Il n'était pas un assassin par choix… mais parce qu'il ne pouvait pas en être autrement.

Judd alla trouver Hawke avant l'aube le lendemain matin. Il avait passé l'après-midi et la nuit précédentes à colmater les brèches de son conditionnement ; c'était la seule chose qui protégeait ceux qu'il côtoyait de la folie meurtrière contenue dans son don.

— J'en ai terminé ici, dit-il au mâle dominant.

Il n'avait pas l'habitude de demander la permission et se serait contenté de partir s'il avait été seul, mais ce n'était pas le cas. Une disparition inexpliquée aurait remis en question la place de Walker, Sienna et des enfants au sein de la tanière.

Hawke haussa un sourcil.

— Que pense ta famille de cette décision ?

— Ça ne les concerne en rien. (C'était la pure vérité.) Walker est stable et sera capable d'aider les enfants à surmonter les épreuves. Je n'ai qu'une influence perturbatrice.

Comme le meurtre récent avait permis de le constater, chaque fois que les choses viraient au drame, les regards se portaient sur les Psis, sur lui.

— Ils sont tous plus ou moins intégrés à la meute, poursuivit-il.

Tandis que lui s'était appliqué à ce que ça ne soit pas son cas.

Le chef des SnowDancer n'avait pas l'air convaincu.

— Pourquoi maintenant ?

Judd avait déjà résolu de lui dire « une » vérité. Ce n'était simplement pas celle qui importait.

— Sur le Net, mon rang égalait celui de tes lieutenants. Je savais que, si nous survivions à notre désertion, je perdrais cet avantage. C'est un prix que j'avais accepté de payer.

Pour sauver les enfants de la rééducation, un destin pire que la mort.

— Qu'est-ce qui a changé, alors ?

— J'avais négligé le fait qu'un désœuvrement forcé, que la mise en cage de mes aptitudes, ne serait pas sans conséquences.

C'était vrai aussi. Malgré le travail qu'il avait effectué en secret – à la fois pour le compte du Fantôme et pour nourrir sa famille –, la pression s'accumulait. Ce qui expliquait, se dit-il, que Brenna soit parvenue sans trop de mal à fendre ses boucliers. Ses défenses avaient déjà été fragilisées.

— Ces muscles psychiques que j'ai laissés au repos doivent être sollicités, au risque sinon de se mettre à fonctionner de leur propre accord.

— Comme nos bêtes.

— Oui. (Il avait constaté les dégâts que des loups devenus des renégats étaient capables de faire.) En pire.

— Je suis dubitatif. (Hawke s'adossa à son bureau en bois sombre, ses yeux pâles plus proches de ceux d'un loup que de ceux d'un humain.) Je sais reconnaître quand on a le contrôle. Et tu as affiné le tien à la perfection.

Il n'y avait pas d'autre option viable pour ceux de sa sous-classification. Mais ça, Hawke n'avait pas besoin de le savoir.

— Tu as deviné quel poste j'occupais sur le Net, dit-il à la place. Je le devais à mes talents de combattant. Quand on possède des aptitudes aussi violentes, on doit s'en servir régulièrement pour éviter de perdre le contrôle.

— Et comment tu comptes t'y prendre ?

Hawke n'exprimait pas ouvertement de soupçons, mais son insinuation était claire.

Un court instant, Judd songea à relever l'insulte, avant de juger sa réaction inappropriée et de la refouler. Aux yeux des loups, il était un ennemi, pas un frère d'armes.

— Je n'ai aucune intention de réintégrer le PsiNet ; ce serait signer l'arrêt de mort de ma famille si le Conseil découvrait qu'ils n'ont pas été exécutés en entrant sur votre territoire. Je peux en revanche me fondre dans la masse et faire cavalier seul.

— Et ça consistera en quoi ?

Judd plongea le regard dans les yeux froids du loup.

— À m'occuper du sale boulot, évidemment.

C'était un choix radical, mais qui lui permettrait de surveiller ses aptitudes.

— Je ne peux pas laisser sévir un assassin au milieu des civils, bon sang !

Hawke se passa la main dans les cheveux, dont la couleur était presque identique à celle du pelage argent et or qu'il arborait sous sa forme de loup.

Judd ne voyait pas la nécessité de lui signaler qu'il travaillait déjà en toute discrétion depuis des mois. Ses clients ne le rencontraient jamais. Et il ne tuait pas pour leur compte. Pas encore.

— Il n'y aura pas de sang, dit-il. J'occuperai un poste de surveillance et de défense dans cet État pour les trois ou quatre prochaines années.

Jusqu'à ce que Sienna soit en mesure de le délester de sa charge consistant à s'assurer du bon fonctionnement du LaurenNet, il ne pouvait pas aller bien loin. Ce réseau familial le reliait aux siens et générait assez d'énergie psychique pour les maintenir tous en vie. Aucun Psi ne pouvait survivre sans. En s'éloignant des autres, il étirerait les mailles déjà fines d'un réseau constitué de seulement cinq esprits, augmentant le risque d'erreurs.

— Je n'exercerai pas mon métier sur votre territoire.

— Que se passera-t-il quand Sienna sera grande ? demanda Hawke, malin.

— J'envisage un travail de mercenaire dans un pays africain.

Au plus profond des jungles, là où les changelings régnaient en maîtres et où il n'y avait pas de Psis, on ne risquait pas de le reconnaître. Et il n'y aurait pas non plus de femme au sourire radieux. Il laissa le poids de l'impitoyable réalité écraser cette pensée : le jour où Brenna le verrait réellement tel qu'il était, le jour où elle apprendrait ce qu'il avait fait, il perdrait son sourire de toute façon.

—Il y a une autre solution. (Hawke l'observait avec le calme attentif du prédateur.) Tu pourrais occuper un poste de soldat SnowDancer. Ça te permettrait de te servir de tes aptitudes, n'est-ce pas ?

—Assez pour éliminer le plus gros de la menace qu'elles représentent.

À peine eut-il laissé échapper ces paroles que Judd sut qu'il aurait dû mentir. Qu'est-ce qui l'en avait donc empêché ? Il sonda son esprit et constata que ses boucliers tenaient bon. Et pourtant quelque chose le poussait à s'opposer à sa propre décision de quitter la tanière.

—Mais, dans mon cas, ce n'est pas une solution viable. Aucun de vous n'a confiance en moi... Ce serait grotesque.

—La confiance se mérite.

—La plupart des changelings détestent les Psis. Les SnowDancer plus encore que les autres.

Après avoir vu ce dont Enrique était capable, Judd ne pouvait pas leur reprocher ce parti pris.

Hawke ne contesta pas sa vision des choses.

—Tu as aidé Brenna à s'en sortir... c'est plutôt un bon point de départ. Je te veux comme soldat.

C'était bien la seule réaction que Judd n'avait pas prévue.

—J'aurais pensé que tu exulterais à la perspective de te débarrasser de moi.

—Mon instinct de chef me dit que tu pourrais t'avérer très utile.

Judd savait pourquoi ses talents intéressaient Hawke. Le Conseil avait eu la même motivation. Ceux qui détenaient le pouvoir ne voulaient pas renoncer à un assassin qui leur obéissait au doigt et à l'œil.

—Et si je refuse ?

Les yeux de Hawke se mirent à luire.

—Je retirerai ma protection à Walker.

Seulement à l'adulte, pas aux enfants. C'était plus que ce que le Conseil lui avait offert, et Judd avait baigné dans le sang pour eux.

— Très bien.

Il réduisit au silence cette part de lui-même qui critiquait la rapidité de sa capitulation. Walker n'avait nul besoin qu'il prenne sa défense ; son frère saurait sauver sa peau.

— Mais je souhaite avoir la même autonomie que le reste de tes soldats.

Plus de chaînes, plus de cages.

— Tu n'es pas en position de marchander.

— J'ai mes talents.

Ce n'était pas une menace. Pas encore.

Un grondement sourd sortit de la gorge de Hawke, comme si sa bête avait flairé le danger. Mais, lorsqu'il reprit la parole, sa voix était calme.

— La plupart des hommes se seraient emportés à ce stade. En ce qui me concerne, je t'aurais déjà sauté à la gorge.

— Je ne suis pas la plupart des hommes. (Parfois, il n'était même pas sûr d'être un homme mais un monstre.) Bien entendu, si j'ai des envies de vengeance, il me suffira de t'envoyer Sienna. (Sa nièce avait le don de faire perdre son sang-froid à Hawke plus vite que quiconque.) Elle est d'humeur particulièrement… intéressante depuis que tu l'as obligée à s'entraîner avec Indigo.

L'expression de Hawke s'assombrit.

— Qu'elle ne m'approche pas, cette sale peste… Elle est plus insupportable qu'une bande de chats enragés. (Il tendit la main et prit une carte derrière lui.) J'ai besoin d'un homme pour garder à l'œil certaines choses dans le quart est.

Judd s'avança pour regarder la grande feuille plastifiée que Hawke déroulait sur son bureau.

—C'est une zone isolée, pas une habitation à des kilomètres à la ronde, dit-il en se repérant sur la carte. Elle englobe une portion du périmètre extérieur.

Ce périmètre était la première – et la plus éloignée – ligne de défense de la meute. Ce qui donnait une valeur nouvelle au poste que Hawke lui attribuait. Cherchait-il à le mettre à l'épreuve ?

Hawke lui indiqua la zone limitrophe.

—On nous a rapporté que des gens empiètent sur la frontière. Ce sont peut-être des humains ou des adolescents non prédateurs qui se lancent des défis, mais on doit savoir si c'est plus grave. N'établis pas de contact si ce n'est pas nécessaire. Il me faut plus de renseignements avant de lancer une intervention.

» Si ce sont des gosses, une petite frayeur leur apprendra les bonnes manières. Si ce sont des adultes d'une espèce prédatrice, ils connaissent les règles.

Franchir la frontière sans autorisation était puni de mort. Judd avait vu assez de corps pour savoir que les SnowDancer n'avaient pas le pardon facile. Ce qui expliquait que leur meute ait non seulement survécu, mais soit aussi devenue la plus puissante de Californie.

—Compris.

Il sentit des sections rouillées de son esprit s'éveiller en prévision de ce qui l'attendait.

—On se sent drôlement seul là-bas. (Hawke leva les yeux vers lui.) Il se peut que tu restes des semaines sans toucher personne. Tu suivras un roulement : deux semaines sur le terrain, une semaine ici. La plupart des gens que j'ai postés dans des régions isolées procèdent de cette manière.

—Le besoin du contact physique est propre aux changelings.

Et il leur était apparemment aussi vital que manger ou respirer. Il avait remarqué qu'ils pouvaient devenir très agressifs lorsque ce besoin n'était pas satisfait. Brenna avait souvent été entourée par les membres de sa meute durant sa convalescence.

En revanche, très peu d'entre eux savaient que c'était Judd qui avait assumé ce rôle lors des séances les plus difficiles, celles où elle ne voulait être vue d'aucun des siens mais avait eu besoin de réconfort tactile. Chose étrange, elle lui avait accordé le privilège du contact rapproché – le droit de la toucher – presque immédiatement. Jamais il n'avait eu de contact si prolongé avec quelqu'un d'autre. Il l'avait trouvée douce. Chaude. Confiante. Et elle avait grandement perturbé ses sens de Psi.

— Je suis conçu pour travailler seul.

Le cadeau que la nature lui avait fait.

Hawke le crut sur parole.

— Il y a une vieille cabane ici.

Il lui indiqua un emplacement à proximité de la frontière et de la zone que les SnowDancer ne toléraient pas que l'on franchisse librement. Leur territoire était si vaste qu'il couvrait plusieurs régions où vivaient et travaillaient d'autres espèces, et dont l'accès était moins strictement contrôlé, mais la gigantesque zone forestière qui s'étendait dans toutes les directions depuis la tanière était sacro-sainte.

— Elle est équipée d'un dispositif de communication complet. Tu peux t'en servir comme base.

Judd partit dans l'heure, résolu à parcourir la distance considérable qui le séparait de la cabane à pied, aidé de ses aptitudes Tk qui lui permettraient de progresser plus vite tout en évacuant un peu de l'énergie psychique accumulée dans son organisme.

Tandis qu'il s'élançait dans la neige à une vitesse qui aurait stupéfait les loups, il pensa à la réaction probable de Brenna lorsqu'elle apprendrait son départ précipité.

C'était une louve assez arrogante et assez sûre d'elle-même pour se mettre en colère s'il n'était pas là lorsqu'elle viendrait le trouver. D'un autre côté, puisqu'il avait cessé d'être sa seule source d'informations sur tout ce qui touchait aux Psis, et surtout après ce qu'il lui avait dit la veille, il se pourrait qu'elle ne remarque même pas son absence.

Il resserra les mains sur les bretelles de son sac à dos. Prêtant à son geste un sens rationnel, comme s'il était nécessaire pour maintenir en place son léger fardeau, il accéléra le rythme jusqu'à se déplacer trop vite pour pouvoir se concentrer sur autre chose que les obstacles à éviter sur sa route.

Brenna sentit qu'il y avait un problème à la seconde où elle s'éveilla. Elle en eut la conviction lorsque Andrew lui adressa un grand sourire au petit déjeuner. Il avait été d'humeur massacrante depuis qu'elle était rentrée la veille de sa dispute avec Judd et qu'il avait découvert le temps qu'elle passait avec cet homme. Leur discussion à ce sujet s'était tellement envenimée qu'elle était ensuite restée toute la journée avec Lucy et quelques autres amies, écœurée par l'ensemble de la gente masculine. Et voilà que son frère manifestait un entrain inquiétant.

— Qu'est-ce que tu lui as fait ? demanda-t-elle sans se soucier d'être subtile.

Andrew parvint à prendre un air meurtri, suspendant son geste de porter sa tasse de café à ses lèvres.

— Rien. Je n'arrive pas à croire que tu m'aies posé cette question.

Elle était sa sœur depuis trop longtemps pour tomber dans le panneau.

— Crache le morceau ou je vais là-bas.

— Si tu veux.

En souriant, il se mit à boire son café avec un plaisir manifeste.

Terrifiée à la pensée que ses frères aient pu réellement passer à l'acte, elle courut presque jusqu'à la chambre de Judd. Cette fois encore, elle ne décela pas son odeur dans l'air. Le cœur battant la chamade, elle essaya désespérément de se convaincre qu'il avait simplement disparu comme il avait l'art agaçant de le faire.

— Je l'ai envoyé monter la garde.

Surprise d'entendre cette voix qui lui était familière, elle se retourna vers Hawke.

— Où ça?

— En quoi est-ce que ça te regarde?

Il la regardait fixement de ses yeux pâles, sans ciller.

Elle serra les poings.

— Pas de ça, murmura-t-elle. Pas de ces petits jeux avec moi.

Hawke était au courant de tout ce qui se passait sur son domaine.

— Il y a un an, jamais tu n'aurais osé me parler sur ce ton.

Un an auparavant, elle avait été une autre personne.

— Les choses ont changé.

— Je le vois bien. (Ça n'avait pas l'air de le déranger.) Mais ce n'est pas le cas de tes frères. Laisse tomber cette histoire avec Judd avant que ça aille trop loin.

— Tu es mon chef, pas mon gardien. J'en ai déjà deux, et ça en fait deux de trop.

Il alla jusqu'à sourire; les mâles dominants respectaient ceux qui avaient du cran. Seul un mauvais chef exigeait des siens une obéissance servile.

— Ton Psi est dans le quart est. Je vais te donner une carte.

Elle ne s'était pas vraiment attendue à obtenir une réponse – Hawke méprisait les Psis autant que ses frères – mais, puisqu'il lui en avait donné une, elle insista pour en savoir plus.

— Tu empêcheras Drew et Riley de se lancer à ma poursuite ?

— Ils essaieront de retrouver ta trace.

Il s'avança et caressa la joue de Brenna du dos de la main.

Elle accepta son geste car elle ne risquait rien avec Hawke ; tout comme elle ne risquait rien avec ses frères, même s'ils étaient têtus.

— Je me rappelle que vous êtes tous venus pour moi, tu sais. Que vous m'avez serrée dans vos bras quand je me suis réveillée.

Riley, son frère aîné stoïque et dur à cuire, avait eu les larmes aux yeux ; Drew lui avait adressé des reproches débordants d'amour, tandis que Hawke s'était contenté de la toucher, de lui laisser sentir l'odeur de la meute pour qu'elle sache qu'elle était de retour à la maison.

— Je n'oublierai jamais, mais j'ai besoin d'être libre.

— Je sais, ma chérie. (Retirant sa main, il lui lança un regard impénétrable.) Je n'ai informé personne d'autre de l'endroit où se trouve Judd. Si tu pars maintenant avec l'un des véhicules à transmission intégrale, tu disposeras de quatre jours peut-être avant que tes frères te retrouvent. Il faudra que tu te métamorphoses et termines le trajet en courant, mais tu devrais tout de même arriver avant lui. Il est à pied.

L'idée de courir sous sa forme de louve lui donnait des sueurs froides. Elle refoula cette réaction que n'importe quel autre changeling aurait jugée incompréhensible. Si Hawke la percevait, il n'aurait de cesse de la harceler jusqu'à lui arracher son secret le plus honteux, et il s'agissait d'une chose qu'elle ne voulait confier à personne.

— Quatre jours ?

— Les félins me doivent une ou deux faveurs. J'obtiendrai de Sascha qu'elle dise que tu es avec elle. Tels que je connais tes frères, ils t'accorderont trois jours avant de décider de rendre visite aux léopards.

En souriant, elle posa les mains sur ses épaules et se dressa sur la pointe des pieds pour l'embrasser sur la joue.

— Merci.

Il la tint contre lui.

— Tu es sûre de ce que tu fais, Brenna ?

— Oui.

Chapitre 11

De retour dans les quartiers de sa famille avec Hawke à son côté, elle passa en reniflant devant ses frères à l'air suffisant et alla préparer ses affaires. Lorsqu'elle ressortit de sa chambre, Drew fronçait les sourcils et Riley semblait franchement énervé.

— N'essayez même pas de m'en empêcher, dit-elle. J'ai besoin de m'éloigner de vous deux.

— On n'a rien fait ! (Drew leva les mains au ciel.) Je ne crois pas que tu devrais…

— Si vous ne me laissez pas partir aujourd'hui, je vous jure que je retourne m'installer à côté du campus.

Dans l'appartement à flanc de colline dont elle avait été si fière avant qu'Enrique débarque dans sa vie et la transforme en petite souris craintive, trop effrayée pour quitter la tanière. Eh bien, c'était fini !

Riley lâcha un juron.

— Ces félins ont intérêt à prendre soin de toi.

— Sascha veillera à ce qu'il n'en soit pas autrement, dit Hawke pour apaiser un peu les frères de Brenna. Allez, Bren, je t'accompagne jusqu'à la voiture.

Il secoua la tête lorsque Drew et Riley voulurent les suivre. Même si aucun des deux ne s'en montra ravi, ils obéirent.

Poussant un soupir, elle revint sur ses pas pour les embrasser.

—J'ai besoin de redevenir une louve. (Ce qui était plus vrai qu'ils se l'imaginaient.) On se reverra dans quelques jours.

—Ne laisse pas un de ces léopards te baratiner, marmonna Drew en la serrant dans ses bras. Une seule égratignure, une seule fichue égratignure, et je les étripe.

—Ça ira. (Lorsqu'il la relâcha enfin, elle ramassa son sac et fila sans demander son reste.) Je me sens tellement coupable, souffla-t-elle une fois certaine qu'ils ne pouvaient plus l'entendre.

—Il ne faut pas. (Hawke la mena jusqu'au parking souterrain après avoir fait un détour pour prendre la carte.) Tu es une louve adulte, plus un louveteau.

Elle s'arrêta à côté du véhicule équipé pour les excursions en forêt et jeta son sac à l'arrière.

—Pourquoi tu n'essaies pas de me protéger à tout prix, toi aussi?

—Je suis ton chef. Mon boulot consiste à m'assurer que tu sois un membre de la meute en bonne santé, pas une invalide. (Une déclaration d'une impitoyable franchise, mais Hawke n'avait jamais été du genre à enjoliver la vérité.) Va faire ce que tu as à faire pour recoller les morceaux.

Elle hocha la tête et le serra dans ses bras, sensible à l'affection profonde que cachaient des paroles qu'un étranger aurait pu trouver brutales.

—Compte sur moi.

Elle n'allait pas laisser Enrique gagner. Et elle ne permettrait pas à Judd Lauren de fuir ce qu'il y avait entre eux... quoi que ce fût.

Des heures plus tard, elle déboula dans la petite cour d'une cabane et s'aperçut que Judd s'y trouvait déjà. Prise de court, elle étouffa un cri.

— Comment tu t'es débrouillé pour arriver avant moi ? Je suis venue en voiture !

Il l'examina d'un coup d'œil et elle sut que rien n'avait échappé à son regard, y compris le fait qu'elle ne transportait pas de bagages.

— Tu as couru depuis la voiture sous ta forme humaine.

Comme si elle n'avait attendu que ce moment et cet homme, elle ouvrit la bouche sans réfléchir et révéla le secret qu'elle s'était donné tant de mal à dissimuler.

— Je ne peux pas me changer en louve.

Elle n'avait pas eu l'intention de montrer l'étendue de sa souffrance, mais une larme roula sur sa joue, chaude, mouillée, pleine de colère.

— Il m'a brisée ! Ce sale enfoiré m'a brisée ! (Elle se détourna et frappa du poing le tronc d'un arbre à proximité.) Il m'a brisée !

Ses os vibrèrent sous le coup et elle abattit les poings une seconde fois.

— Arrête. (Il s'avança derrière elle et referma les mains sur les siennes.) Tu vas te blesser.

Attirée par son contact et son odeur, elle s'appuya contre lui.

— Je ne peux pas me changer en louve.

Ce n'était plus qu'un murmure ; l'irruption soudaine de la douleur avait balayé sa colère.

— Je t'ai vu te servir de tes griffes.

Alors que sa voix de Psi était aussi glaciale qu'à l'accoutumée, il l'enveloppait de son corps dans un geste protecteur.

Cette prise de conscience apaisa Brenna, mais pas assez pour empêcher sa voix de trembler.

— Je peux transformer certaines parties de mon corps ; mes griffes, parfois mes crocs, mais c'est plus difficile. Ma force et ma vitesse n'ont pas été altérées. De même que mon odorat et ma vue.

— Comme Dorian.

— Oui.

Le léopard de DarkRiver était venu au monde sans la capacité de se métamorphoser mais, sur tous les autres plans, c'était bien un changeling.

— Mais, moi, je ne suis pas née latente. C'est « lui » qui m'a rendue invalide.

Les paroles prononcées par Hawke prirent un sens nouveau. Que dirait-il lorsqu'il se rendrait compte de l'ampleur de son handicap ?

— Je suis abîmée… mutilée.

Judd ne relâcha pas ses mains, même lorsqu'elle baissa les bras ; sa poigne était ferme, sa peau fraîche par rapport à celle de Brenna.

— Tu en as parlé aux guérisseuses ? Il se peut simplement que ton corps n'ait pas encore eu le temps de se remettre pleinement de tes blessures.

— Je ne l'ai dit à personne.

Sauf à lui. Ça faisait une différence, même si Judd savait que ça n'aurait pas dû.

— Viens. On discutera à l'intérieur.

Il voulut lui lâcher les mains mais elle s'accrocha à lui, le dos collé contre son torse. Il la laissa prolonger le contact. Ce fut alors que le premier signal d'alarme se déclencha dans son cerveau, sans pourtant s'accompagner de douleur. Pas encore.

— Qu'est-ce qu'il y a ?

— J'ai peur. (Un murmure minuscule et hésitant.) Ça doit être bien de ne rien ressentir, rien redouter.

— C'est aussi une forme d'invalidité. (Infligée par des parents à leurs propres enfants.) Tu ne voudrais pas être ce que je suis.

La pensée d'une Brenna froide et dénuée d'émotions lui traversa l'esprit, et il resserra son étreinte. Un second avertissement se manifesta.

Se dégageant avec la vivacité propre aux changelings, elle se tourna pour l'enlacer.

— S'il te plaît.

Il y aurait un prix à payer, comme toujours. Mais Judd leva tout de même les bras pour en entourer sa silhouette plus petite et cala la tête de Brenna sous son menton. Il la sentait trembler sous la violence de ses pleurs. Il voulait faire cesser ces larmes, mais ne savait pas comment s'y prendre. Aussi la serra-t-il contre lui comme elle le lui avait demandé, conscient tout du long de la pression qui s'accumulait à l'arrière de son crâne, du battement sourd qui annonçait un contrecoup psychique imminent.

Ce contrecoup – le recours à la douleur pour contraindre à l'obéissance – portait le nom de « dissonance ». Judd était tombé sur ce terme dans un vieil article hautement confidentiel du *Psi-Med Journal*, article dont il avait forcé les sécurités après avoir compris une chose lorsqu'il était adolescent : Silence, en résumé, fonctionnait sur la base de récompenses et de punitions. Plus la brèche dans le conditionnement était importante, plus la douleur infligée était intense.

L'article du journal référençait les premières expériences d'un scientifique du nom de Pavlov sur des chiens, de même que plusieurs articles plus tardifs qui développaient sa théorie. Judd n'était pas parvenu à accéder à tous ces articles, mais il en avait appris assez pour confirmer ses soupçons… et comprendre que son Conseil l'avait dressé comme on dressait un chien. Si l'on brûlait un chien régulièrement, il commençait à craindre le feu. Si l'on infligeait de la douleur à un enfant chaque fois qu'il riait, il apprenait à ne plus même sourire. C'était une logique déshumanisante, mais Judd ne pouvait pas se permettre de s'en affranchir. Quelle que soit la tentation.

— Brenna, il faut que tu arrêtes, dit-il au bout de plusieurs longues minutes. (Les sanglots de la jeune femme avaient redoublé de violence.) Arrête ou tu vas te faire du mal.

Il la serrait si fort qu'il se demandait comment elle pouvait encore respirer. Mais, au lieu de se plaindre, elle s'agrippait à lui et renforçait leur proximité.

— Plus de larmes.

Son injonction sévère n'eut aucun effet. Jamais il ne l'avait vue aussi accablée. Lors des séances de soins, elle avait été une créature furieuse et à demi-sauvage qui refusait d'abandonner, de laisser gagner Enrique.

Trouvant la réponse qu'il cherchait dans ce souvenir, il pencha la tête jusqu'à lui effleurer l'oreille du bout des lèvres.

— Tu réussiras à surmonter ça, tout comme tu as surmonté toutes les autres choses qu'il t'a faites. Tu n'es pas une invalide, ni maintenant ni jamais. (Il tuerait quiconque prétendrait le contraire.) Tu as survécu une fois et tu continueras à lui cracher au visage en survivant encore et encore.

Ces paroles des plus inattendues transpercèrent Brenna de part en part. La voix de Judd lui parvint indistinctement d'abord, puis, froide et limpide, elle devint pour elle une ancre qui l'arracha sans pitié à ses larmes. Elle ne se préoccupa pas du fait que ces mots sortaient de la bouche d'un Psi, mais seulement qu'ils venaient de Judd, de l'homme qui la tenait dans ses bras, des bras aussi solides qu'un étau d'acier.

Elle frotta la joue contre la laine douce de son col roulé noir et perçut les battements puissants de son cœur.

— Je suis désolée d'avoir craqué devant toi.

Elle s'entêtait depuis si longtemps à tenir le coup que lorsqu'il l'avait touchée – et brisé la barrière de sa réserve de

Psi soumis à Silence –, elle avait déversé toutes ses émotions dans un torrent de souffrance.

— C'est compréhensible.

Ce n'était pas les mots caressants qu'un homme changeling aurait employés, mais Brenna y trouva son compte. Elle n'avait pas besoin de douceur ; elle avait besoin de ce que Judd lui avait donné dans les paroles franches qu'il lui avait murmurées à l'oreille ; son inébranlable conviction qu'elle parviendrait réellement à dépasser cette épreuve.

— Tu veux qu'on aille à l'intérieur ? demanda-t-il alors. Je peux allumer le laz-feu.

Elle secoua la tête.

— J'aimerais mieux marcher un peu. On pourrait aller chercher mon sac.

— Tu ne restes pas ici.

Il la relâcha et recula d'un pas. Se frottant le visage, elle se demanda à quel point elle faisait peur à voir ; pleurer ne l'embellissait pas.

— Si.

Les yeux marron foncé de Judd semblèrent virer au noir complet.

— Tu n'as aucune raison d'être ici. Je ne peux pas me concentrer sur mon travail si je dois jouer les baby-sitters.

Elle étrécit les yeux, sentant qu'ils étaient gonflés.

— Bien essayé, mais tu n'arriveras pas à me mettre en colère pour que je parte.

Elle comprit soudain autre chose : cette façon qu'il avait de se mettre les gens à dos pour que personne ne tente de se rapprocher de lui.

— Je peux m'occuper des tours de garde avec toi, ajouta-t-elle.

— Il n'y a pas à discuter.

Sa déclaration était d'une arrogance telle qu'elle lui rappela Hawke et ses frères. Parfait, vraiment parfait !

—Je te ramène à ton véhicule et tu vas rentrer à la tanière.

—À moins que tu comptes prendre le contrôle de mon esprit, ce n'est pas près d'arriver.

Ce disant, elle le regarda et vit une chose obscure et dangereuse s'éveiller dans ses yeux pailletés d'or.

—Je suis parfaitement capable de le faire.

Un avertissement… une menace.

Se fiant à son instinct, elle posa la main sur son torse.

—À moi ? (Il resta muet ; elle eut sa réponse.) Pourquoi tu me laisses dépasser des limites qui sont infranchissables pour tous les autres ?

Ça devait bien vouloir dire qu'il avait des sentiments pour elle.

—Enrique était de la même espèce que moi. Et il t'a fait du mal.

—Tu te sens coupable ? C'est ça la raison ?

Son estomac se noua.

Lorsqu'il l'attrapa par le poignet, cette sensation désagréable se mua en une expression de désir et de sensualité.

—Je ne me sens pas coupable. Je ne ressens rien.

Au milieu de la neige et de la glace, cet homme incarnait la plus noire des ombres. Et pourtant ses gestes avec Brenna étaient délicats.

Elle sourit, son assurance retrouvée.

—Je reste.

—Je te ramène là-bas tout de suite.

—Je ferai demi-tour dès que tu seras reparti.

Sa peau la chatouillait à l'endroit où il la tenait ; les doigts de Judd étaient puissants et leur contact procurait à Brenna des frissons érotiques. Elle se demanda l'effet qu'aurait cette main sur elle s'il la caressait à d'autres endroits plus sensibles. Une vague de chaleur se répandit au plus profond de son être.

—Pourquoi ma présence te dérange-t-elle tant si tu ne ressens rien ?

Il resserra légèrement son étreinte avant de la libérer.

— Ne reste pas dans mes pattes.

— Je n'oserais jamais. (Un pur mensonge.) Allons chercher mes affaires.

Il lui indiqua la cabane d'un geste de la tête.

— Va allumer le laz-feu. Je t'apporte ton sac.

Elle ne demandait pas mieux que de le laisser évacuer sa mauvaise humeur. Car cet homme avait son tempérament, même s'il n'était pas disposé à l'admettre.

— Le code est quatre-deux-sept-zéro. (Comme le véhicule appartenait à la meute, il ne se verrouillait pas avec une empreinte digitale.) À tout à l'heure.

Il ne partit que lorsqu'elle fut en sécurité dans la cabane. Alors qu'elle le regardait s'éloigner, si grand et si seul dans le paysage enneigé, l'envie la prit de courir le rattraper et le serrer dans ses bras. Juste pour l'envelopper de sa chaleur jusqu'à faire fondre sa froide armure de Psi. Le seul hic, c'était que Judd semblait tenir à son bouclier de glace.

Frissonnant malgré la bonne isolation dont bénéficiait la cabane, elle quitta la fenêtre et alla allumer le laz-feu. Contrairement à la plupart des installations non polluantes, l'énergie LAZ n'avait pas été créée par des changelings mais par des Psis. Pour la simple raison que cette technologie permettait d'économiser de l'énergie et par conséquent de l'argent. La seule modification que les changelings y avaient apportée consistait en l'ajout d'un amplificateur holographique. Il transformait un générateur LAZ portable, bloc efficace mais purement fonctionnel, en ce qui avait l'apparence d'une véritable flambée tout en ne présentant aucun risque de déclencher un feu de forêt.

Brenna vérifia que le générateur était placé au bon endroit dans la cheminée encastrée avant de l'activer. Les flammes dorées qui en jaillirent lui remontèrent aussitôt le moral. Elle ne resta pourtant pas devant le feu et alla plutôt s'installer à la fenêtre. Judd devait savoir qu'il n'était pas seul, qu'elle l'attendait.

Peut-être pensait-il qu'elle n'était pas sincère, ou encore qu'elle ne comprenait pas ce qu'il essayait de lui dire. Elle comprenait très bien ; seulement, elle ne s'y résignait pas. Judd n'était pas condamné à subir Silence, même s'il s'obstinait à le vouloir. Elle connaissait des hommes au caractère dominant, avait grandi au milieu d'eux, aussi devinait-elle ce que ravaler sa fierté et se contenter d'un grade inférieur au sein de la hiérarchie des SnowDancer devait lui coûter. Mais il avait encaissé le coup ; pour protéger Marlee et Toby, et même Sienna.

Peut-être se croyait-il irrécupérable, mais elle savait qu'il en allait autrement.

Sa silhouette surgit des arbres à cet instant-là, le sac à dos de Brenna passé à l'épaule. Fort et assuré, il émanait de lui une arrogance qui disait qu'il se savait trop dangereux pour qu'aucun habitant de cette forêt lui cherche des ennuis.

En souriant, elle alla ouvrir la porte.

— Salut.

Il déposa le sac sur le palier.

— Je vais faire une ronde. Ferme la porte et reste à l'intérieur jusqu'à mon retour.

Alors qu'elle s'apprêtait à lui dire ce qu'elle pensait de cette manière qu'il avait de lui donner des ordres, il fit volte-face et disparut.

Elle cligna des yeux.

Cet homme était rapide… trop rapide pour un Psi. Mais, à vrai dire, elle avait le sentiment que Judd Lauren n'était pas un Psi ordinaire. Repoussant la porte d'un coup de pied, elle ouvrit son sac pour en sortir une petite pièce défectueuse d'un dispositif de communication qu'elle avait promis à Drew de réparer. Son frère avait beau se montrer protecteur à outrance, il respectait ses talents de technicienne.

Rassérénée par la perspective de se refaire la main et la montée de stimulation intellectuelle, elle se lança dans cette forme de chirurgie dont elle avait le secret.

Judd revint à la cabane après la tombée de la nuit et trouva Brenna assise par terre à côté du laz-feu, des outils et des pièces de matériel computronique alignés devant elle. Lorsqu'il entra, elle lui jeta un coup d'œil et sourit, mais ses pensées étaient ailleurs.

— Deux minutes, bébé.

« Bébé ? »

Attribuant l'emploi de ce surnom affectueux au fait qu'elle était absorbée par sa tâche, il accrocha son blouson au portemanteau et retira ses bottes avant de se rendre dans le coin cuisine. Comme il s'y attendait, elle n'avait pas mangé. Sortant deux plats préparés du réfrigérateur, il les plaça sur le dispositif de cuisson. Il était entraîné à tenir sans manger des jours durant s'il le fallait, mais Brenna avait besoin d'absorber des calories. Les changelings épuisaient leur énergie plus vite que les Psis. Sans compter qu'elle se remettait encore des dégâts qu'Enrique avait infligés à son corps.

Lorsqu'il eut terminé, il vint s'asseoir près du feu pour la regarder travailler. Deux choses lui sautèrent aussitôt aux yeux : Brenna aimait ce qu'elle faisait et elle excellait dans son domaine. Même si ça n'avait rien de surprenant. Elle avait été une technicienne qualifiée en computronique et avait suivi des études supérieures jusqu'à ce qu'un sociopathe vienne bouleverser le cours de sa vie.

Les souvenirs lui revinrent : Brenna brisée et meurtrie, le sang sur les murs, le bruit de chair que l'on déchiquetait. Les cris d'Enrique. À la fin, tous s'étaient mis à crier. Tous.

Judd avait regardé l'ancien Conseiller se faire mettre en pièces à coups de griffes et de crocs sans éprouver la moindre solidarité pour cet être de la même espèce que lui. C'était le prix du sang versé. Une vie en échange d'une autre. Telle était la justice des changelings, et Santano Enrique n'avait rien mérité de moins.

Brenna sourit soudain et ce fut comme si un rai de lumière déchirait les sinistres ténèbres de la mémoire.

— Fini.

— Tu es rémunérée pour ça ? demanda-t-il, conscient de la valeur de son travail.

— Oh, c'est pour Drew !

— Et que pense ton frère de ta présence ici ?

Le rouge lui monta aux joues.

— Euh, c'est possible qu'il s'imagine plus ou moins que je suis avec Sascha.

— Tu as honte qu'on te voie en compagnie d'un Psi ?

— Tu sais, dit-elle avec un début de grimace, je crois qu'Indigo a raison au sujet de la taille du cerveau des hommes.

Judd décida de ne pas demander d'éclaircissements.

— Il faut que tu manges.

Il alla chercher les plats.

Pour une fois, elle ne protesta pas. Le dîner se déroula en silence, mais un silence qui ne ressemblait en rien à ceux qu'il connaissait. C'était… facile. Lorsqu'ils eurent vidé leurs assiettes, elle le ramena au coin du feu.

— Assieds-toi.

Il obtempéra et s'installa sur le sofa. L'ayant imité, elle se lança dans le récit de ce qu'Indigo avait découvert au sujet de la victime du meurtre.

— Le Rush est surtout consommé par des changelings ? demanda-t-il, peu renseigné sur cette substance.

— Par des humains aussi, dans une moindre mesure. Leur corps l'assimile différemment du nôtre. (Elle étira les jambes, un mouvement qui tenait davantage du félin que du loup.) Le Ruby Crush a été spécifiquement conçu pour les changelings, tout comme le Jax l'a été pour les Psis.

— Le Jax n'est pas une drogue récréative.

Brenna se tourna à demi pour regarder son profil.

— Tu veux dire qu'il a un usage médical ?

« Médical. » C'était une façon de voir les choses.

— En microdoses calibrées en fonction du poids et du métabolisme du patient, il a l'effet simultané d'accroître la force physique et de renforcer les capacités naturelles des Psis.

Elle s'accouda au sofa.

— Une sorte de complément pour l'esprit psychique ?

— Oui. Mais sans les répercussions sur le physique dont souffrent les consommateurs habituels. Les effets se dissipent au bout d'un temps déterminé et on retrouve alors une force normale. Pas de *bad trip*.

Brenna fronça les sourcils.

— Tu parles des effets physiques. Et sur le plan psychique ?

Tout à coup, il comprit pourquoi il avait abordé le sujet, ce qu'il était sur le point de confesser.

— Ils disaient qu'il n'y en avait aucun… les M-Psis qui s'occupaient de nos doses.

— Tu en as pris ? murmura-t-elle, choquée.

— J'étais une Flèche. Un soldat d'élite. (Jamais auparavant il n'avait confirmé ou nié son rang.) C'est à l'origine pour nous que le Jax a été créé.

Afin de les rendre plus puissants, plus rapides et plus meurtriers que n'importe quoi sur le Net.

— Pris en doses limitées, il n'a aucun des effets psychiques secondaires que l'on observe chez les drogués.

Une perte progressive des pouvoirs Psis, suivie d'une forme insidieuse de folie puis de la mort. Et pourtant son peuple continuait à en consommer. Il avait entendu dire qu'il permettait par un procédé chimique de court-circuiter le conditionnement pendant la durée du trip.

Brenna vint s'asseoir en face de lui et posa une main tremblante sur son genou. Même avec ses vêtements, il eut l'impression qu'elle le marquait au fer rouge.

— Ça me terrifie que tu y aies été exposé. Parle-moi des effets dont les M-Psis ne t'ont pas averti.

Chapitre 12

Il savait devoir repousser sa main mais il n'en fit rien.

— Elle nous transformait lorsqu'on effectuait notre travail sous son emprise, nous rendait moins humains, plus aptes à tuer. Des soldats programmés à la perfection, mais toujours capables de raisonner avec une précision limpide.

Le Jax avait altéré leur notion du bien et du mal, les avait rendus incapables de percevoir la palette de nuances entre les deux.

— Combien de temps tu y as été exposé, Judd ? (Le ton de sa voix trahissait son affolement.) Il pourrait y avoir des effets sur le long terme.

— Un an, lui dit-il. (Il se demanda pourquoi elle ne s'enfuyait pas ; il venait d'admettre qu'il avait du sang sur les mains.) Je pense que je ne risque rien. Mon cerveau n'a pas eu l'occasion de se réinitialiser de manière permanente.

Comme ça s'était produit pour certains vétérans. Ceux-là étaient l'incarnation même des ténèbres, des machines à tuer qui respectaient la volonté de leurs maîtres avec un dévouement à toute épreuve.

— Juste un an. (Elle se redressa sur les genoux et se pencha assez près de lui pour agripper son pull.) Combien de temps as-tu été une Flèche ?

Il s'aperçut qu'il lui avait fait une place entre ses genoux. Il lui suffirait d'un geste pour que ses mains se retrouvent sur ses hanches aux courbes douces. Il lutta contre cette envie en l'opposant à la dure réalité de ses souvenirs.

— De dix-huit à vingt-six ans. Huit ans.

Mais il avait entamé sa formation à l'âge de dix ans, le jour où il avait tué pour la première fois.

Brenna desserra les poings et se détacha de son torse, puis tendit la main pour lui effleurer la mâchoire. Il soutint son regard, fasciné comme toujours par l'explosion de pointes bleu glacier autour de ses pupilles. Il n'y avait jamais vu une cicatrice, mais le symbole de sa force. La plupart des gens n'échappaient pas à la folie après avoir subi la violation de leur esprit.

— Comment ? demanda-t-elle en laissant retomber la main sur sa clavicule. Comment es-tu parvenu à te soustraire aux doses de drogue après la première année ?

La caresse furtive de Brenna avait déclenché la dissonance, mais la douleur était légère. Facile à supporter pour un homme formé à ne pas céder, même si on le soumettait à la plus inhumaine des tortures.

— Je me suis rendu compte de ce que ça me faisait au bout de sept mois.

Il avait su que ses maîtres n'accéderaient jamais à une requête de cesser de consommer la drogue, pas alors que le Jax leur fournissait une armée extrêmement dangereuse qui leur obéissait au doigt et à l'œil.

— Mes aptitudes ne sont pas communes, elles ne correspondent pas à une sous-classification spécifique.

Elle ne devait rien en savoir de plus. Dès l'instant où elle découvrirait ses pouvoirs Tk, elle le rangerait dans la même catégorie que Santano Enrique : « la cabale des meurtriers ». Malgré ses résolutions sur la nécessité de l'obliger à garder ses distances, il ne voulait pas que Brenna ait cette image de lui. Un pic de douleur lui vrilla le crâne ; la dissonance était passée au stade supérieur.

— Et donc personne n'était en mesure de recouper ce que j'affirmais sur le sujet.

Elle tendit la main pour écarter une mèche de cheveux tombée sur son front, et il trouva sa peau extrêmement délicate, tellement différente de la sienne.

— Tu as menti.

— Oui. Je me suis mis à commettre exprès des erreurs psychiques quand j'avais consommé du Jax.

Comme ne pas exercer une pression suffisante pour entraîner la mort ou provoquer la blessure précise qu'on lui avait demandé d'infliger.

— Puis je leur ai dit que je faisais des rêves.

— Des rêves ? (Elle fronça les sourcils sous l'effet de sa concentration.) Qu'est-ce qu'il y a de mal à rêver ?

— Les Psis ne rêvent pas.

Dans le cas contraire, ils étaient jugés défectueux. Il avait commencé à rêver enfant, mais ses rêves d'adulte n'étaient pas les mêmes que ceux de l'époque… avant que son don se manifeste dans toute sa cruauté.

Brenna serra son épaule.

— Aucune liberté, même durant le sommeil.

— Non.

Il eut envie de lui toucher les cheveux ; ils lui paraissaient si doux et si soyeux. La dissonance s'intensifia d'un cran, mais ce n'était rien comparé à ce qu'il avait enduré quand à l'âge de dix ans on l'avait laissé aux mains de ses formateurs. Ils avaient fixé des électrodes modifiées sur les parties les plus sensibles de son corps, l'avaient attaché à une table et entrepris de lui enseigner le sens de la douleur.

Il ne lui avait pas fallu plus d'une semaine pour apprendre à cesser de crier, puis cinq autres pour ne plus s'évanouir. À son onzième anniversaire, il pouvait les regarder lui casser un bras sans réagir.

— Mon plan a marché ; ils ont arrêté de m'administrer du Jax.

Dans la foulée, ils avaient fait de même pour plusieurs autres soldats qui présentaient des aptitudes similaires. Détail intéressant, aucun de ces hommes n'avait jamais demandé par la suite à reprendre la drogue.

— Tu ne peux pas savoir à quel point je suis heureuse de l'entendre.

Il ne répondit pas, son attention retenue par autre chose.

— Tu me dévisages, lui fit remarquer Brenna une minute plus tard, le rouge aux joues.

— Je m'excuse.

Dans la chaude lumière du laz-feu, la peau de la changeling paraissait crémeuse et délectable, ses cheveux dorés et ses yeux… on les aurait dit illuminés de l'intérieur.

— Toi aussi, tu me dévisages.

Son visage s'empourpra davantage.

— Je n'y peux rien. Tu es si beau, si parfait.

Ce n'était pas le mot auquel il s'attendait, et il n'était pas certain que ce soit celui qu'il avait envie d'entendre.

— La perfection t'attire ?

Il ne disait pas cela par vanité. On lui avait dit lors de sa formation supérieure qu'il avait un visage à la symétrie parfaite, une chose qui séduisait tout autant les humains que les changelings, et qu'il pouvait tourner à son avantage. Il n'avait jamais suivi ce conseil ; ça aurait été frôler l'abîme d'un peu trop près.

Elle éclata d'un rire rauque et sensuel.

— Non, beau ne me suffit pas. Sinon Tai aurait réussi à me prendre dans ses filets au lycée.

Le visage du jeune loup lui revint en mémoire : une masse de cheveux noirs et raides, des pommettes saillantes sous une peau brune éclatante de santé, des yeux bleu-vert légèrement bridés. Tous ces éléments formaient un tableau qui, d'après le commentaire de Brenna, plaisait aux femmes. « *Beau* ». Il serra le poing.

— Si je ne t'attire pas, alors pourquoi tu me dévisages ?

— Je n'ai pas dit ça. (La voix de Brenna avait pris des accents plus sombres, plus affamés.) Si tu n'étais que beau, je ne serais pas fascinée à ce point. Tu as un regard dangereux, un air déterminé, le corps d'un soldat et l'esprit d'un chasseur. Ce qui, mon Psi chéri, murmura-t-elle, fait de toi un être merveilleusement séduisant que j'ai envie de lécher de la tête aux pieds.

À sa confession succéda un silence si absolu que Judd put entendre les murmures du vent qui soufflait autour de la cabane. Puis les joues de Brenna s'enflammèrent de plus belle.

— Oh, mon Dieu, je n'en reviens pas d'avoir dit ça à voix haute !

Lui pas plus qu'elle. Qu'elle le trouve à ce point attirant sur le plan sexuel le surprenait tellement qu'il en resta muet. Il était paralysé. Même la dissonance cessa, sans doute parce que sa réaction semblait vide de toute émotion.

— Dis quelque chose.

Brenna referma le poing sur son épaule.

Il se fit violence pour retrouver l'usage de la parole.

— Je ne suis pas certain de savoir quoi dire.

— Je n'ai pas l'habitude de dire des choses pareilles aux hommes. (Elle fronça les sourcils.) Tu es sûr que tu ne te sers pas de tes pouvoirs Psis sur moi ?

— Je n'enfreindrais jamais cette loi éthique.

Piqué au vif par cette accusation, son ton devint froid.

Elle lui tapota l'épaule.

— Je plaisantais, idiot. (Sa rougeur s'était estompée et un sourire provocateur se dessinait lentement sur ses lèvres.) Tu ne sais pas comment t'y prendre avec moi, pas vrai ?

Ça ne lui semblait pas une bonne idée de l'admettre.

— Si tu étais un homme, je me contenterais de te tabasser et de te jeter dehors. Comme ce n'est pas le cas, je ne sais pas trop comment me débarrasser de toi.

— Ça, c'est franchement méchant. (Mais elle souriait toujours.) Je peux te poser une question ?

À cet instant-là, il était sa Flèche rien qu'à elle.

— Vas-y.

— Tu n'aurais pas envie de… (Elle s'interrompit.) À vrai dire, je ne pense pas avoir assez de cran.

— Est-ce que je n'aurais pas envie de quoi ?

— Oublie ce que j'ai dit.

Elle se releva et se passa une main dans les cheveux, hérissant ses mèches courtes.

Toujours assis, il posa la main sur la jambe de Brenna, la zone sensible à l'arrière de son genou. C'était un contact léger, mais qui suffit à relancer la dissonance avec une intensité redoublée et à figer Brenna. Il savait pourquoi. D'après ses recherches sur le langage du corps, il s'agissait d'un geste intime que la plupart des femmes ne toléraient que de la part de ceux en qui elles avaient confiance.

— Dis-moi.

Elle baissa les yeux sur lui, son expression indéchiffrable.

— Tu es un Psi, trouve tout seul. C'est une progression logique. (Sur ces mots, elle se dégagea de son étreinte et se dirigea vers le petit coin cuisine.) Tu veux du café ?

Il changea de position pour pouvoir la regarder.

— D'accord.

Le café n'entrait pas dans le régime alimentaire des Psis, mais il avait pris l'habitude d'en boire depuis sa désertion. En attendant que Brenna prépare le breuvage, il suivit ses instructions et passa en revue leur conversation. Ce qui lui aurait pris moins de temps s'il n'avait pas été sans arrêt déconcentré par la vue de Brenna qui s'affairait avec une efficacité toute féminine à seulement quelques mètres de lui. Le balancement de ses hanches était…

— Est-ce que ça m'arrive d'avoir envie de lécher le corps d'une femme ?

Elle laissa échapper un petit cri puis se tourna vers lui, les mains serrées sur le plan de travail derrière elle.

— Je ne l'aurais pas tout à fait formulé comme ça. (Sa voix était plus aiguë qu'à l'ordinaire.) Mais ouais.

— Toi, dit-il à voix basse, incapable de mentir plus longtemps. Tu me tentes.

— Oh ! (Sa poitrine se souleva lorsqu'elle inspira, tremblante.) Tu ne l'as jamais montré.

Si, il l'avait montré. Si elle pouvait voir la manière dont il la regardait lorsqu'elle avait la tête tournée, elle n'aurait pas douté de l'intensité de la réaction inacceptable qu'elle déclenchait.

— Parce que ça n'a pas d'importance, lui dit-il. Ça ne change rien.

— Menteur ! (Elle le dévisagea sans ciller.) Les autres Psis ne ressentent pas de désir.

— C'est une fracture majeure dans mon conditionnement, reconnut-il, autant pour elle que pour lui-même. Une fracture que je compte réparer.

Ce qu'il ne parvenait pas à comprendre, c'était pourquoi elle était réapparue si vite après le mal qu'il s'était donné la veille pour la refermer. Il aurait dû être immunisé contre la douce attraction qu'exerçait le corps de Brenna sur lui.

— Et après ? Tu renonces à la tentation ?

— Oui.

Le regard furibond, elle lui tourna le dos et se replongea dans la préparation du café.

— Tu te rappelles cette liste te concernant ? J'aurais dû y ajouter « tête de mule ».

Sa colère le fascinait autant que chacune de ses autres émotions. En l'admettant, il se rapprochait dangereusement d'une brèche catastrophique. Lorsque la dissonance s'amplifia, il y fut attentif : la douleur n'était pas simplement là pour l'inciter à contrôler ses émotions, mais aussi son « don ».

Son pouvoir n'était pas passif ; il ne se replierait pas sur lui-même s'il en perdait la maîtrise. Non, il rejaillirait sur le monde extérieur, chercherait à déchiqueter la chair et à briser des os fragiles.

— Tu ne t'es jamais demandé, la questionna-t-il avec froideur, conscient qu'il sabotait toutes ses chances avec elle, si je t'attire à cause de ce qu'Enrique t'a infligé ?

Cette fois-là, elle délaissa ce qu'elle faisait et s'avança pour le regarder de haut.

— Qu'est-ce que c'est censé vouloir dire au juste, ça ?

Il se leva.

— Il était Psi. Moi aussi. Il t'a fait du mal. Peut-être cherches-tu à effacer cette expérience à l'aide d'une autre plus positive.

Les jointures de Brenna étaient blanches tant elle serrait les poings.

— Contrairement à toi, je ne calcule pas mes moindres actes. J'agis selon mes émotions.

Il se tenait à deux doigts d'elle et pouvait presque sentir sa fureur déferler sur lui.

— Cette fois, ça ne suffit pas. Il faut que tu te penches sur les raisons qui se cachent derrière ces émotions.

Elle relâcha son souffle, agacée.

— Admettons que je cherche la confirmation que tous les Psis ne sont pas des monstres sadiques, tu serais capable de me l'apporter ?

— Je ne peux pas te donner l'absolution émotionnelle. (Il risquerait de l'endommager encore plus.) Je ne peux pas t'apporter la relation dont tu as besoin pour guérir.

— Guérir ? Je ne suis pas une chose cassée dont tu dois recoller les morceaux. Je me recolle toute seule !

Elle se frappa la poitrine du plat de la main.

— Mais, en dehors de ton cercle sécurisant, tu ne t'es rapprochée d'aucun homme depuis ta libération.

À part lui. Et elle ne pouvait être sienne, sous aucun prétexte.

— Alors tu pensais vraiment ce que tu m'as dit hier ? (Elle haussa le ton.) Que je devrais me caser avec un gentil loup ?

Il repoussa les incursions de plus en plus violentes de la dissonance, une douleur qui glissait comme des lames de rasoir le long de son tronc cérébral et descendait dans sa colonne vertébrale.

— Ce serait un peu prématuré.

— Oh, je vois ! Tu penses que je devrais baiser quelqu'un pour me remettre de ma mauvaise expérience. (Les mots crus jaillirent de ses lèvres comme des balles.) Non, attends, ce sont apparemment les hommes Psis qui me préoccupent. Alors c'est peut-être toi que je devrais…

— Ne dis pas ça. (Il lui avait saisi le menton entre les doigts, alors qu'il n'avait pas le moindre souvenir d'un tel geste.) Non, insista-t-il lorsqu'elle ouvrit la bouche.

Elle soutint son regard.

— Pourquoi ? C'est ce à quoi tu viens juste d'essayer de nous réduire.

— Il n'y a pas de « nous », Brenna. (Ce n'était pas possible, pas s'il voulait qu'elle mène la vie qu'elle méritait.) Pour une raison que j'ignore, je t'attire. Et oui, dit-il, voyant qu'elle allait riposter par une nouvelle irruption de colère, tu me tentes. Mais ça ne signifie rien.

— Comment tu peux dire ça ? (Elle referma la main sur son poignet, mais n'essaya pas de le repousser.) Regarde-toi. Tu ne réagis à personne d'autre de cette manière. Seulement à moi.

— Je sais. Et, si je continue à réagir comme ça, je vais finir par te tuer, toi ou un autre innocent.

Relâchant son menton, il recula.

— Tuer quelqu'un ? (L'incompréhension la paralysa et balaya le tumulte de ses émotions.) Pourquoi tu t'inquiètes de ça ?

Se dirigeant vers la porte, il décrocha son blouson et enfila les bottes qu'il avait retirées un peu plus tôt.

— Va te coucher.

— Judd ! (Elle tapa du pied.) Ce n'est pas en fuyant que tu vas régler quoi que ce soit.

Il ouvrit la porte et s'engouffra dans le froid. De petits flocons de neige tombaient dans ses cheveux et le vent brûlait son visage découvert, mais son esprit était resté dans la cabane et il y prêta à peine attention. Cette nuit-là, il avait été tout près d'enfreindre le protocole Silence et de se laisser envahir par la plus violente des colères. La colère d'un Tk-Psi doté de pouvoirs tels que les siens n'était normale dans aucun sens du terme ; il l'avait appris à l'âge de dix ans, lorsqu'il s'était retrouvé à côté du corps d'un autre enfant.

Quitter Brenna ne résoudrait peut-être rien, mais elle serait à l'abri. De lui. Il avait su qu'en prononçant ce dernier mot elle l'aurait poussé trop loin. Il sentait encore la texture de sa peau sous ses doigts ; chaude, lisse, faite pour les caresses. En grinçant des dents, il s'enfonça plus avant dans la nuit hivernale, mû par l'espoir que la neige gèlerait le feu dans ce qui aurait dû être le bloc de glace sans fissures de son cœur.

Brenna jeta l'une de ses bottes contre le mur.

— Les hommes !

Elle envisagea de rattraper Judd – elle était rapide, même si elle ne pouvait pas se changer en louve –, mais renonça à cette idée dans un élan de colère. Elle en avait assez de lui courir après ! C'était à lui de venir à elle, pour une fois.

Sauf que, deux heures plus tard, il n'était toujours pas réapparu.

— Très bien, dit-elle, se retournant dans le lit qu'elle avait accaparé. Je partirai demain si c'est ce qu'il veut.

Comment osait-il lui dire des choses pareilles, à elle ?

« Il faut que tu te penches sur les raisons qui se cachent derrière ces émotions. »

Elle avait beau essayer de les oublier de toutes ses forces, les paroles de Judd ne cessaient de lui revenir. Se servait-elle réellement de lui pour dépasser sa peur ? Oui, elle avait peur. Tout le monde la pensait courageuse et forte parce qu'elle avait survécu sans y laisser sa santé mentale. Ça lui donnait envie de rire, mais c'était sans la moindre gaieté de cœur. Comme elle l'avait dit à Judd, et même s'il prétendait le contraire, elle était brisée. Enrique avait détruit son esprit, l'avait rendue méfiante et solitaire, elle qui auparavant savait si facilement lier des amitiés, sourire, voir la joie.

Et voilà qu'elle se retrouvait confrontée à une effroyable réalité : qu'il avait fait d'elle une femme si faible qu'elle avait été prête à se servir d'un autre homme pour trouver du courage. Elle soupçonnait qu'on s'était bien assez servi de Judd comme ça. Elle n'avait pas besoin de connaître les détails. Elle lisait la vérité dans les ombres qui passaient dans ses yeux ; il s'attendait à ce qu'elle prenne ce dont elle avait besoin, puis qu'elle s'en aille.

Elle tira la couverture dans une vaine tentative de réchauffer le froid de son âme.

— Non. Tout ça n'est pas lié au fait que Judd soit un Psi.

Sinon, elle se serait plutôt rapprochée de Walker. Il n'était pas moins Psi que son frère, et bien plus facile d'accès.

Ou alors, s'interrogea une autre partie d'elle-même, son attirance s'expliquait-elle parce que Judd était dangereux et largement de taille à affronter ses démons ?

— Et après, s'il m'attirait à cause de ce qui s'est passé ?

Son combat pour survivre au mal qui s'en était pris à elle l'avait changée, lui avait fait perdre un peu de son innocence. Mais elle en avait également tiré des enseignements, appris qui elle était et ce qu'elle était capable d'endurer. Cette femme nouvelle qu'elle était devenue trouvait Judd Lauren fascinant.

Enfin, avant. À cet instant-là, elle était trop furieuse pour s'en soucier.

Chapitre 13

Judd ne revint pas avant d'être certain que Brenna dormirait à poings fermés. Lorsqu'il entra dans la pièce, il la trouva emmitouflée devant le feu, étendue sur un lit de camp. Elle marmonna au cliquetis de la porte qu'il refermait et il s'immobilisa, prêt à la voir se réveiller. Mais elle continua à respirer avec régularité, plongée dans le sommeil.

Se détendant, il se défit de son blouson et retira sans bruit ses bottes et ses chaussettes avant de s'accroupir devant la cheminée. L'humidité de la neige s'était infiltrée jusque dans son crâne ; il ne s'était volontairement pas servi de ses aptitudes pour se protéger. Mais, malgré son besoin de retrouver le contrôle, il ne s'était guère éloigné de cette femme qui le menaçait à un niveau viscéral, incapable de la laisser seule dans le noir. Aussi avait-il monté la garde et tenté pour la énième fois de réparer les failles qui fragilisaient le plus le mur érigé autour de son esprit par Silence.

Il n'était pas un imbécile. Il comprenait que Silence lui avait été imposé, et qu'il n'avait rien de naturel. Pour la majorité des siens, il constituait une violation de leur libre arbitre. Le protocole I, avec son ambition de trancher directement dans l'esprit des Psis, ne contribuerait qu'à bafouer leur liberté davantage. Mais, en dépit de tout cela, Judd comprenait et acceptait aussi que pour une petite minorité de gens, Silence était un choix qu'ils auraient fait si on leur en avait donné la possibilité.

Il était au nombre de ceux-là.

Pour lui, Silence était la réponse à une prière, un cadeau qui lui permettait de vivre pleinement sa vie au lieu de se retrouver derrière des barreaux ou condamné à l'isolation totale. Son regard tomba sur la silhouette de Brenna assoupie. Non, songea-t-il, il se trompait. Il ne vivait pas pleinement, pas alors qu'il ne pouvait pas vivre à son côté. Mais, au moins, Silence lui permettait de lui parler, de la protéger, d'être avec elle... même si ce n'était que pour quelques rares instants. Sans son conditionnement, il ne répondrait plus de ses réactions en sa présence.

Incapable de résister à cette occasion qu'il avait de se rapprocher davantage, il s'avança de son côté du tapis pour la regarder. Sous ses paupières closes, ses yeux s'agitaient convulsivement, signe d'un sommeil profond, d'un rêve peut-être ; mais ni son visage ni son corps ne trahissaient de peur. En d'autres termes, elle allait très bien et n'avait pas besoin qu'il veille sur elle. Il se dit qu'il devrait partir, que la fascination qu'il éprouvait était précisément ce dont il avait essayé de se débarrasser en se perdant dans la neige.

Au lieu de cela, il serra les poings, pris de l'envie irrépressible de tendre la main pour toucher les ombres délicates que ses cils jetaient sur sa peau. Brenna laissa alors échapper un petit cri étouffé et fronça soudain les sourcils comme sous l'effet de la douleur. Vinrent ensuite des frissons, et elle se mit à trembler de tout son corps malgré la chaleur du laz-feu.

Il savait comment un homme changeling se serait comporté dans ce genre de situation. C'était son instinct qui le lui soufflait, et tant pis si cet acte réduirait à néant le bien que le froid de la nuit avait pu lui faire. La dissonance s'insurgea en envoyant des aiguilles de douleur brûlante dans ses yeux.

Puis un sanglot étranglé dans la gorge de Brenna trancha pour lui.

Grimpant sur le lit, il s'accouda à côté d'elle et lui caressa les cheveux avec douceur, obnubilé par la pensée que son corps ne se trouvait qu'à un centimètre du sien.

— Chut. Dors. Tu ne risques rien avec moi.

C'était une promesse qu'il donnerait tout pour honorer.

Les tremblements de Brenna cessèrent au bout de quelques secondes, et elle referma la courte distance qui les séparait en venant se blottir contre lui. Même avec son tee-shirt et la couverture, la chaleur de la changeling traversait le pull de Judd et lui brûlait la peau. Impossible. Et pourtant, ça ne l'était pas avec Brenna. Lorsqu'elle sortit la main de sous les draps pour la plaquer entre leurs deux corps, il eut toutes les peines du monde à se retenir de la prendre dans ses bras.

Tous les signaux d'alarme dans sa tête passèrent au rouge. En s'exposant davantage à son contact, il risquait de leur attirer des ennuis à tous les deux. Aussi, gardant ses distances – à l'exception des doigts qu'il avait glissés dans ses cheveux –, il la regarda dormir.

Brenna savait qu'elle rêvait. Elle savait également ne pas pouvoir essayer de se réveiller. Il y avait une chose qu'elle devait voir et comprendre.

C'était un véritable rêve. Fracturé, fragmenté. Chose étrange, il était en noir et blanc. Elle n'avait jamais rêvé en monochrome auparavant ; ses rêves débordaient de couleurs et de parfums. Mais cet endroit-ci était froid… métallique.

Le pouvoir.

Elle avait tant de pouvoir. Et elle le contrôlait avec une impeccable précision. Il lui suffit d'une pensée pour que le cœur de sa cible cesse de battre. L'homme rendit l'âme avant de toucher le sol. Ce n'était pas la première fois qu'elle tuait. La mort de celui-ci avait été presque trop facile.

Pour son peuple.

Elle agissait au nom de son peuple.

L'eau froide semblait lui entailler la peau, mais il fallait qu'elle lave le sang. Ce sang que personne d'autre ne devait voir. Car elle avait exécuté un innocent. Ils…

Des bribes de sons auxquels succédèrent des ombres en noir et blanc, des doigts glacés et griffus nés de son propre esprit. Le sentiment d'un danger tout proche.

Mais pas de peur. Pas de rage. Pas de colère.

Ce fut alors qu'elle comprit.

Ce n'était pas son rêve.

Son cœur s'emballa à la seconde où elle ouvrit les yeux. Jusqu'au moment de son réveil, il avait été d'un calme absolu. Comme si l'on avait exercé sur lui un contrôle effrayant. Elle cligna des yeux plusieurs fois pour chasser les images qui dansaient encore devant eux, parvint peu à peu à distinguer la lueur du laz-feu dans l'âtre… et s'aperçut qu'elle n'était plus seule dans le lit.

Judd. Son odeur familière l'apaisa avant qu'elle puisse céder à la panique. Se redressant sur un coude, elle constata qu'il s'était endormi sur les draps. L'un de ses bras entourait l'oreiller de Brenna, tandis que l'autre était replié sur son front. Il était immobile. Silencieux.

Elle ne l'entendait même pas respirer.

Ça l'effraya.

— Réveille-toi.

Elle posa les doigts sur sa joue rêche. C'était la première fois qu'elle le voyait autrement que rasé de près.

— Tu es en train de faire un cauchemar.

Il referma la main sur son poignet avec une rapidité si incroyable qu'elle poussa un couinement de surprise. Il la relâcha tout aussi vite.

— Je m'excuse.

Alors qu'il semblait envisager de se lever, elle posa la main sur son épaule.

— Reste.

Pendant un long moment, il n'y eut plus que le bruit de sa respiration, et elle crut qu'il allait refuser ; puis il lui adressa un léger hochement de tête.

Elle ne retira pas la main de son épaule, consciente des muscles puissants sous son pull noir.

— Tu veux en parler ?

— De quoi ?

Sa voix ne tremblait pas, et il ne semblait nullement perturbé par ce rêve qui aurait terrifié Brenna s'il avait été le sien.

— Ton cauchemar.

Elle était certaine de ce qu'elle avait vu, même si elle était incapable d'expliquer comment elle avait pu le voir.

— Je te l'ai dit, les Psis ne rêvent pas.

En soupirant, elle se blottit plus près encore, la louve en elle avide de contact. Cela mit probablement Judd très mal à l'aise, mais il ne fit rien pour s'éloigner.

— Menteur !

À ce simple mot débordant de tendresse, l'esprit de Judd se figea. Il savait reconnaître une marque d'affection, avait côtoyé des changelings assez longtemps pour comprendre la portée de ce genre de commentaires, malgré leur apparente légèreté. Il ne lui était cependant jamais venu à l'idée qu'on puisse un jour lui en adresser un d'une telle sensualité. Surtout de la part d'une femme qui avait été furieuse contre lui à peine quelques heures plus tôt.

— C'est dangereux, comme accusation.

Ce qui aurait été vrai sur le PsiNet, où personne n'avait envie d'être montré du doigt à cause d'un défaut.

Brenna gloussa et tira sur le bras qu'il avait étendu sur son oreiller pour poser la tête dessus. Elle n'était pas lourde, mais Judd savait qu'elle ne le laisserait pas retirer son bras.

— Je promets de ne rien dire, le taquina-t-elle, son souffle dans son cou. Ta réputation de dur à cuire n'est pas menacée.

Il avait du mal à se concentrer avec les courbes de Brenna pressées contre lui. Il puisa dans sa formation de Flèche pour museler ses instincts. Ce n'était qu'ainsi qu'il pourrait prolonger ce contact défendu.

— Qu'est-ce qui te fait penser que je rêvais ?

L'atmosphère changea soudain et, même s'il ne la regardait pas, il perçut son désarroi à la tension de ses muscles.

— Brenna ?

— Je l'ai vu.

Les mots l'atteignirent comme des balles tirées à bout portant. Il savait de quoi il avait rêvé ; il se rappelait toujours les images qu'il visualisait dans son sommeil.

— Qu'est-ce que tu as vu ?

— Tu as tué quelqu'un, dit-elle dans un murmure oppressé. Puis tu as découvert qu'il ne méritait pas de mourir.

Le cerveau de Judd passa automatiquement en mode « limitation des dégâts », et se mit à lui cracher une option après l'autre. La dénégation figurait en tête de liste.

« Ne te mets jamais dans une situation où tu risques d'exposer ton statut.

» Si tu te retrouvais cependant piégé dans une telle situation, n'avoue jamais quoi que ce soit.

» Garde le contrôle sur tes réactions physiques si l'on te soumet à la torture et réponds à toutes les accusations par la négative. La dénégation est vitale pour protéger les Flèches.

» Nie en bloc. »

C'était l'une des toutes premières règles qu'on lui avait inculquées après l'avoir retiré de sa famille et emmené au centre de formation. Mais il avait depuis longtemps cessé de fuir la vérité.

— Ce n'était pas un rêve, mais un souvenir.

Il se prépara à affronter l'effroi, le dégoût et la réaction de rejet qui ne manqueraient pas de suivre.

Elle leva une main et la posa sur son torse.

— Pourquoi cet homme ?

Il lui dit la vérité ; il refusait de se défendre à coups d'hypocrisie et de mensonges.

— Son nom figurait sur une liste que m'avait donnée Ming LeBon.

— Le Conseiller LeBon ? Les Flèches travaillent pour le Conseil ?

— Non. (Ça n'avait jamais été leur raison d'être.) Si à l'heure actuelle les Flèches sont aux ordres de LeBon, c'est parce qu'il est lui-même un vétéran ; ce n'est pas lié à son rang au sein du Conseil. Les Flèches constituent une force détachée de la politique et de l'argent. En revanche, l'homme que tu m'as vu tuer ne présentait de menace que pour Ming. Il avait eu le malheur d'empiéter sur les intérêts commerciaux du Conseiller.

— Tu n'étais pas censé le savoir. Tu te fiais à ton chef. (Elle déploya la main sur son torse et se mit à le caresser.) C'est ce que fait n'importe quel soldat.

— J'étais un assassin, Brenna, dit-il, rejetant sa tentative de trouver du bon en lui. On me donnait des cibles, m'indiquait la méthode souhaitée de mise à mort, et me fixait un délai. Je n'ai jamais posé de questions sur l'identité de ces gens ou sur ce dont ils s'étaient rendus coupables.

— Comment tu as su pour le type de ton rêve, alors ?

— Un an après avoir rejoint les rangs des Flèches – trop tard, bien trop tard –, j'ai enfin commencé à poser ces questions. Les réponses que j'ai obtenues sonnaient faux, alors j'ai mené mes propres recherches.

Ce qu'il avait découvert l'avait fait passer de loyal soldat à meurtrier insensible.

Pour la deuxième fois de sa vie, on lui avait volé son identité. Il s'était promis qu'il n'y en aurait pas de troisième.

— Sur le PsiNet, certaines franges de la population qualifient les Flèches de « légion de la mort », mais nous nous considérions comme la première ligne de défense, chargés de protéger notre peuple avant même qu'il se sache en danger. Ming a changé les choses en nous transformant en messagers de mort.

— En ce cas, tu n'as rien à te reprocher. (Sa voix était douce, tolérante.) Tu…

— … obéissais aux ordres ? l'interrompit-il. C'est une excuse à laquelle j'ai cessé de recourir le jour où j'ai compris qui j'étais réellement.

La main appuyée sur son torse, elle se redressa sur le coude ; un orage se déchaînait dans ses yeux.

— Et tu comptes donc te torturer indéfiniment à ce sujet ?

— Je suis Psi ; je ne ressens pas de culpabilité.

Elle lui répondit par un grognement peu féminin.

— C'est quoi, ces cauchemars, à ton avis ?

— Tu refuses de voir ce que je t'explique, lui dit-il, absorbé par ses yeux extraordinaires. J'étais un assassin à la botte du Conseil. Il n'y a rien de bon ou d'acceptable là-dedans. Malfaisant est le seul terme qui puisse me qualifier. (Il marqua une pause.) Ça éclaircit au moins une chose.

— Quoi donc ? demanda Brenna, qui n'en avait pas encore fini avec lui.

— Tu n'as pas à t'inquiéter qu'Enrique ait pu laisser en toi une part de lui-même.

— Bien sûr que si… Je ne verrais pas tes rêves sinon.

— Non, Brenna. Tu craignais de devenir un monstre. Mais, cette nuit, est-ce que tu as ressenti les mêmes émotions que lorsque tu as vu la mort de Tim ?

Elle écarquilla les yeux.

— Oh ! (Elle laissa retomber la tête sur son épaule et inspira profondément plusieurs fois de suite.) C'était son rêve que j'ai vu, le rêve de la personne qui a tué Timothy, et c'était ses émotions alors qu'il préméditait son acte que j'ai ressenti.

— Tout tend vers cette conclusion.

Son soulagement se déversa en elle comme une inondation subite.

— Je…

Elle frissonna.

— Je sais.

Des paroles tranchantes, dénuées d'émotion. Plus dérangeant encore, alors qu'il était venu la rejoindre cette nuit-là, il ne s'avança pas pour la serrer dans ses bras comme un homme changeling l'aurait fait dans la même situation. Et elle avait besoin qu'il l'étreigne.

Mais Judd n'était pas un changeling. Il ne le serait jamais.

Chapitre 14

Kaleb lut le résumé du compte-rendu sur son bureau et leva les yeux vers la plus âgée de ses assistantes.

— Tu es certaine qu'il n'y a pas eu d'erreur ?

— Oui, Conseiller.

Les yeux de Silver Mercant, d'une couleur indéfinissable entre le gris et le bleu, étaient apparemment à l'origine de son nom de baptême. Kaleb avait tenu à se renseigner sur ce détail annexe ; il ne laissait l'approcher que des personnes dont il connaissait la vie comme sa poche.

— J'ai passé au crible chaque octet des données que nous sommes parvenus à pirater et télécharger. Hélas ! le complexe a été attaqué avant que nous ayons pu décoder les derniers cryptages, dit-elle, mais nous en savons assez pour établir un rapport concluant. Le feu vert a déjà été donné pour tester le protocole Implant sur des cobayes.

Kaleb se cala dans son fauteuil et le fit pivoter pour contempler la froide grisaille qui planait sur Moscou. Les gens se hâtaient d'un bout à l'autre de la place enneigée, marchant tous comme s'ils devaient se rendre quelque part ; ce qui, pour une capitale dont le statut de mégalopole économique ne s'était pas démenti depuis quarante ans, n'avait rien de surprenant.

— Tu as pu déterminer de qui émanait cet ordre ?

Il se retourna vers Silver.

— Négatif. (Elle posa les yeux sur la fenêtre derrière lui.) Il semble que vous ayez un rendez-vous.

Il avait déjà repéré la traînée laissée par le jet supersonique qui se rapprochait.

— Nous disposons de dix minutes avant que mon hôte parvienne jusqu'à ce bureau. Dis-moi ce qu'il y a d'autre à savoir.

Ce genre d'information était susceptible de l'amener à modifier ses plans.

— L'autorisation est venue de très haut dans les rangs du Conseil. Les cobayes fournis par ce ou ces individus étaient soit des volontaires, soit des parias qui ne manqueraient à personne ; les notes sont vagues sur ce point.

Une omission intentionnelle, songea Kaleb. Aucun Psi sensé ne permettrait que l'on implante dans son cerveau un programme qui n'en était pas encore au stade bêta. Il aurait pu mettre sa main à couper qu'il n'y avait pas eu de volontaires.

— Les données sont incomplètes, poursuivit Silver, mais je suis à quatre-vingt-dix pour cent certaine que le groupe des cobayes se limite à dix personnes. Il y a déjà un mort de confirmé.

— Trouve-moi ce corps.

Ou tout du moins un Psi disparu qui correspondrait à la description.

— J'y travaille déjà. (Elle baissa les yeux sur l'écran plat de son agenda électronique.) Il y a deux autres éléments d'importance cruciale. Le premier est qu'Ashaya Aleine semble avoir résolu le problème de Statique.

Statique : le terme employé pour désigner le « bruit de fond » – les murmures des esprits de millions de Psis – produit lors des simulations visant à vérifier la théorie sur laquelle se fondait le protocole I. Aucun Psi ne pouvait fonctionner correctement avec ce genre de perturbation mentale.

— Le second élément ?

Une petite lumière s'alluma à la surface de son bureau computronisé. Le jet venait d'atterrir sur la piste du toit.

— Tout le monde sait que le protocole I n'aurait pas été viable dans sa formulation initiale, car il aurait ramené toute la population au même niveau. Pour employer une analogie, nous serions tous devenus des abeilles ouvrières.

Et une ruche ne pouvait pas survivre sans reine.

— Tu es en train de dire qu'Aleine a résolu le problème d'implants distincts mais compatibles pour différentes franges de la population ?

Afin d'assurer que le pouvoir reste aux mains de ceux qui s'en serviraient pour maintenir les Psis au sommet de la chaîne alimentaire.

— Pas entièrement, précisa Silver, mais il semblerait tout de même qu'elle soit parvenue à scinder les implants en deux catégories : primaire et secondaire. Sur les dix participants de ces essais cliniques, huit ont reçu des implants secondaires, deux des implants primaires.

Deux dirigeants, exerçant peut-être un contrôle absolu sur les huit autres. Bénéficier d'une telle influence deviendrait la prérogative de ceux au pouvoir si le protocole I venait à porter ses fruits.

— Vois si tu peux m'obtenir des noms.

Il avait ses soupçons, mais il lui fallait des preuves.

— Oui, Conseiller.

Elle lui adressa un bref hochement de tête et sortit de la pièce.

Une autre lumière clignota sur la surface noire, lisse et brillante du plan de travail pour lui signaler que sa visiteuse venait de sortir de l'ascenseur de verre et qu'elle se dirigeait vers son bureau. Il tendit la main vers un panneau dissimulé sous la table et enclencha le mode sécurisé. La surface de la table s'opacifia, masquant le système computronique sans interrompre l'enregistrement de tout ce qui se dirait dans la pièce. Bien entendu, il ne doutait pas que sa visiteuse s'était préparée à des conditions de ce genre.

On frappa à la porte, qu'ouvrit ensuite son assistant administratif, Lenik.

— Monsieur, la Conseillère Duncan est arrivée.

Il referma la porte dès qu'elle fut entrée.

Kaleb fit le tour du bureau pour venir à sa rencontre.

— Nikita. Merci d'avoir pris la peine de te déplacer.

Elle le regarda fixement de ses yeux marron en amande, le regard froid et calculateur.

— Puisqu'il semblerait que nous devons aborder certains sujets délicats, cette décision s'imposait. Tes bureaux ne sont pas aussi étroitement surveillés que les miens.

Il n'avait pas besoin de lui demander des éclaircissements. Les félins de DarkRiver et leurs alliés, les loups SnowDancer, ne s'étaient pas cachés de garder Nikita à l'œil. Elle était la seule Conseillère qu'il leur était facile d'atteindre depuis que Tatiana avait déménagé en Australie deux mois plus tôt.

— Ce ne sera peut-être plus un problème dans un futur proche.

Le Conseil avait pris des mesures pour se débarrasser du problème changeling.

Nikita tourna légèrement la tête et la lumière de l'éclairage au plafond se réverbéra sur sa chevelure noire et brillante.

— Nous verrons cela. Je ne suis pas aussi convaincue que les autres membres de l'infaillibilité de ce plan. Nous avons négligé la mise à jour de nos archives sur les changelings. Les décisions que nous prenons reposent sur des données obsolètes.

Kaleb prit note dans un coin de son esprit de vérifier sa déclaration.

— Le projet DarkRiver continue à avoir des retombées positives, j'imagine ?

Il se référait au contrat immobilier novateur signé entre le groupe Duncan et la meute de léopards qui contrôlait San Francisco et ses environs.

— Oui, confirma-t-elle. Malgré la nuisance que les félins représentent pour les affaires du Conseil, ils servent mes intérêts commerciaux.

— La distinction est claire.

— En effet. Mes marges en prendraient un coup si le plan du Conseil fonctionnait. Mais je suis sûre que tu en es conscient. C'est pour cette raison que tu m'as donné rendez-vous.

Il acquiesça d'un bref hochement de tête.

— J'ai pensé que nous avions peut-être un certain nombre d'intérêts communs.

Nikita passa devant lui pour aller à la fenêtre. Derrière le masque de la femme d'affaires posée, elle cachait un cœur de poison pur.

— Je pensais que tu t'allierais avec Shoshanna. C'est elle qui a permis ton entrée au Conseil.

Il vint se placer à côté d'elle, les mains dans les poches de son costume sur mesure.

— Au contraire, Nikita. Je ne dois mon ascension qu'à moi-même.

Il s'était fixé ce but à l'âge de sept ans et ne s'en était jamais détourné. Il n'avait laissé personne se mettre en travers de son chemin. Mais, en fin de compte, tous les Conseillers avaient du sang sur les mains.

Nikita ne contesta pas sa déclaration.

— C'est ton aspiration au poste de meneur qui a poussé Marshall à soutenir Shoshanna et Henry.

Il regarda la lumière blafarde du soleil se diffuser lentement sur la place et y lut un autre futur, celui qu'il façonnerait.

— Tu te trompes. Je n'ai pas la moindre ambition de diriger. Les meneurs sont les plus exposés, et ce n'est pas en me plaçant sous le feu des projecteurs que je suis arrivé aussi loin.

— En ce cas, tu devrais surveiller ton agressivité lors des séances du Conseil, pour éviter que Marshall s'imagine que sa position est menacée.

— S'il croit une chose pareille, c'est un imbécile. (Il lui lança un regard sceptique.) Ce sont Henry et Shoshanna qui veulent diriger. Marshall aurait plutôt intérêt à s'allier avec nous.

— Reste toujours Tatiana et Ming.

— D'après ce que je constate, Tatiana oscille entre les deux camps. (Si la Conseillère avait noué des alliances, elle le cachait bien.) En revanche, il se peut que nous ayons un problème avec Ming.

— Je t'écoute.

Il lui rapporta ce que Silver avait découvert.

— Puisqu'il est le Conseiller en charge du protocole Implant, il est forcément au courant de ces essais officieux.

— C'est inacceptable. (Nikita semblait enrober ses mots d'une couche de glace.) Tu as des preuves ?

— Oui.

Obtenues par des procédés illégaux, mais légales à présent qu'elles se trouvaient entre ses mains. Après tout, il était Conseiller et il avait un droit de regard sur ces informations.

— Plusieurs fichiers de données.

— Il est beaucoup trop tôt pour effectuer des essais cliniques, ajouta Nikita. Les saboteurs n'auront plus à lever le petit doigt si la masse, et surtout les familles les plus influentes, s'oppose au protocole parce qu'il présente des dangers.

Kaleb rejoignait son avis. Pour recueillir les suffrages, le protocole I devait être prouvé sans risque… tant pour les esprits des Psis que pour leurs dons.

— Il y a déjà eu un mort. Si la nouvelle se répand…

Nikita croisa les bras derrière le dos.

— Ça compromettrait l'avenir de toute l'opération. J'imagine que tu cherches à retrouver les dix individus impliqués ?

Kaleb hocha la tête.

— Il est inutile d'affronter Ming avant d'en avoir appris davantage. Nous ne pouvons pas prendre le risque de nous le mettre à dos. Si les Scott obtiennent le soutien de la majorité du Conseil, ça nuira à bon nombre de nos intérêts.

— Exact.

— Je vois une autre possibilité, dit-il. Que les Scott aient usé de leur influence sur le projet de Ming à son insu… Ils se sont déjà montrés capables d'agir sans l'approbation de la majorité.

— Ce qui encouragerait Ming à changer de camp, ou du moins à limiter le soutien qu'il leur apportera. (Nikita parut prendre une décision.) Nous discuterons de la marche à suivre lorsque nous aurons davantage d'informations, à moins que tu ne voies une raison valable de ne pas attendre.

— Nul besoin de se précipiter.

— Je vois beaucoup de changelings en bas. (Elle indiqua la place d'un geste de la tête.) Comment est la situation dans ta ville ?

On pouvait difficilement qualifier Moscou de « ville », mais il ne releva pas.

— Stable. La meute de loups locale et un clan d'ours bien implanté s'affrontent en ce moment pour la domination.

En conséquence, ils ne s'intéressent pas aux affaires des Psis. Les humains ne constituent pas une menace.

— Ce n'est jamais le cas. (Nikita balaya la race entière d'un geste de la main.) Avant que Sascha se déconnecte du PsiNet, nous avons appris que les meutes de changelings ne sont pas aussi isolées qu'on le croyait ; j'essaie de savoir ce qu'il en est dans les faits. Y a-t-il des signes que tes loups pourraient être rattachés aux SnowDancer ?

Kaleb secoua la tête.

— Les connexions de BlackEdge ne dépassent pas les proches environs. Ils sont trop occupés par de petits problèmes locaux pour voir plus loin.

— Espérons que ça ne change pas.

Nikita se dirigea vers la porte.

Il lui emboîta le pas.

— Tu repars déjà ?

— J'ai une réunion à San Francisco dans quelques heures.

— Le jet t'y amènera en un rien de temps. (C'était l'un des siens, conçu et construit par une société qu'il contrôlait pour l'essentiel.) Je te tiendrai informée. Je suis certain que tu as déjà fort à faire avec l'exécution du plan qui vise DarkRiver et les SnowDancer.

C'était un commentaire tout à fait délibéré de sa part.

Comme Nikita l'avait clairement signifié, elle ne soutenait pas le plan du Conseil. La responsabilité lui en avait malgré tout échoué car Shoshanna avait tenu à préciser qu'il s'agissait d'un problème dont Nikita était à l'origine, et que c'était à elle de faire le ménage. D'autant plus que sa fille était impliquée.

Nikita lui adressa un sourire glacial de Psi. Qui ne signifiait bien sûr rien.

— Si la première étape du plan se déroule comme prévu, nous devrions compter un certain nombre de morts chez les changelings dans les prochaines heures.

Chapitre 15

Le matin après avoir été témoin du rêve de Judd, Brenna sortit se promener. L'air était frais et vif sous les arbres aux branches chargées de neige. Judd était déjà parti contrôler la situation à la frontière, ce qui lui laissait tout le temps qu'il lui fallait pour réfléchir.

« Tu refuses de voir ce que je t'explique. »

Judd s'imaginait qu'elle l'idéalisait, mais il se trompait. Elle comprenait ce qu'il avait fait, percevait sa part d'ombre. Mais elle avait aussi affronté le mal à l'état pur et eu son esprit perverti par ses immondices. Elle savait de manière catégorique que Judd n'était pas taillé dans la même étoffe.

Non pas que sa confession l'ait surprise. Elle avait senti dès le départ qu'il n'avait rien d'un ange. Et pourtant il l'attirait ; son cœur de changeling reconnaissait en lui une force qui serait complémentaire à la sienne et la nourrirait. Elle n'avait jamais eu peur de…

Un bruit s'éleva à sa gauche.

Se figeant, elle huma l'air et écarquilla les yeux. Son premier réflexe fut d'appeler Judd, mais elle n'avait aucune idée de l'endroit où il se trouvait. Elle ne pouvait pas non plus revenir sur ses pas ; elle avait marché un long moment et était désormais coupée de la cabane et des armes cachées à l'intérieur. Elle n'avait même pas la possibilité de se transformer en louve pour se défendre.

Son estomac se noua, mais elle se força à réfléchir malgré l'amertume de sa rage. Si les intrus détectaient son odeur, elle était perdue. Elle avançait dans le sens du vent, ce qui lui donnait un petit avantage ; elle réussirait probablement à en éliminer deux ou trois avant qu'ils comprennent ce qui leur arrivait. Hélas ! il y avait bien plus de trois hyènes qui l'attendaient. Et alors que les changelings hyènes étaient souvent des lâches en combat singulier, ils n'hésiteraient pas à s'attaquer à une cible plus dominante s'ils étaient toute une meute à la trouver seule et sans défense. Il ne leur faudrait que quelques minutes pour la mettre en pièces.

Progressant à pas prudents pour éviter de révéler sa position, elle remercia le ciel d'être à couvert des sapins. En temps normal, elle aurait grimpé dans ces arbres, mais elle ne voulait pas risquer de provoquer une chute de neige.

La neige !

Brenna, espèce d'idiote ! Elle jura en son for intérieur lorsqu'en regardant derrière elle elle vit la piste laissée par ses empreintes de pas. Elle n'avait pas le temps de rebrousser chemin pour les effacer, mais elle prit soin par la suite de recouvrir ses traces. Trop tard. Elle était trop lente, beaucoup trop lente. Elle envisagea de se mettre à courir mais, avec un tel nombre de poursuivants à ses trousses, ils la rattraperaient avant qu'elle puisse se cacher en lieu sûr.

— *Brenna.*

Ce n'était pas vraiment un bruit dans sa tête, ni un mot prononcé de quelque manière que ce soit. Elle ne s'expliquait pas comment elle l'avait entendu, mais elle savait qu'il s'agissait de Judd. Ça avait « son odeur ».

— *Du calme. Ne bouge pas.*

Sa demande contrevenait à toute logique, mais elle se fiait trop à lui – et à ses aptitudes – pour ne pas comprendre qu'il devait avoir un plan. Alors que les hyènes se rapprochaient dangereusement, elle s'immobilisa.

— *Ouvre.*

Elle sentit une pression s'exercer sur son esprit. La bouche sèche, elle barricada son cœur dans sa carapace et le goût de la peur la prit à la gorge.

— *Non !*

Elle ne laisserait plus personne accéder à son esprit.

— *D'accord. Mais ne bouge pas. Fais-moi confiance.*

Les hyènes allaient la voir d'une minute à l'autre, mais elle obéit à son ordre. Lorsqu'il lui sembla que sa peau se mouvait sur son squelette, elle essaya de ne pas s'affoler. Puis elle sentit ses os subir une transformation qui ne s'apparentait en rien à celle qui s'opérait lors de la métamorphose d'humain en animal. C'était plus qu'elle n'en pouvait supporter. Parce qu'instinctives, ses réactions étaient déjà difficiles à contrôler en temps normal ; cela devenait impossible dans une situation où elle frisait la panique. Elle allait se débattre, rompre le silence et se livrer à ses ennemis, lorsqu'il la libéra.

Elle se reçut durement sur le sol malgré l'épaisse couche de neige. Clignant des yeux pour chasser l'étrange sensation de désorientation qui l'empêchait de se concentrer, elle se leva, secoua la tête et se prépara à courir… puis fut frappée de constater que le paysage lui était totalement inconnu. Elle ne se trouvait plus du tout dans les parages des hyènes. Elle était en sécurité, saine et sauve. Mais elle ne voyait Judd nulle part.

— Où es-tu ?

Elle balaya les alentours du regard : la neige était intacte. Il n'était pas passé par là. Surmonter son instinct de louve de s'élancer au secours de Judd et de l'aider à défendre leur territoire lui coûta un réel effort, mais elle se résigna à attendre.

Dans l'état actuel des choses, Judd savait où elle était et il la retrouverait plus facilement si elle ne bougeait pas. C'était une question de bon sens. Ce qui ne l'empêchait pas d'avoir peur pour lui. Il était là-bas, seul contre une meute d'hyènes… des hyènes qui auraient dû être trop terrifiées pour s'approcher du territoire des SnowDancer, même de loin. Leur audace disait à Brenna qu'elles devaient transporter des armes plus redoutables que de simples griffes et crocs.

—Allez, Judd, chuchota-t-elle. Où es-tu ?

Judd était au bord de la combustion ; ce qu'il avait accompli pour Brenna l'avait privé d'une quantité considérable d'énergie. Il envisagea brièvement de téléporter un fusil de la cabane en se servant du peu de puissance qui lui restait, mais comprit qu'un tel acte le viderait de ses forces et ferait de lui une cible facile. Pour employer une expression humaine, il marchait sur des charbons ardents. Il ne lui restait qu'une heure tout au plus avant de s'effondrer sur le plan psychique : ses aptitudes seraient alors inutilisables pendant les vingt-quatre heures suivantes, voire plus longtemps. L'effondrement physique surviendrait quelques heures plus tard.

Si une telle chose s'était produite lorsqu'il avait été connecté au PsiNet, son étoile psychique serait passée au rouge quelques secondes avant qu'il s'évanouisse, assez de temps pour que d'autres remarquent sa défaillance et s'en servent à leur avantage. Ce qui expliquait pourquoi les Psis cherchaient à tout prix à éviter la combustion. Elle les mettait en position de faiblesse ; même si leurs boucliers basiques résistaient, leurs défenses les plus élaborées avaient tendance à tomber et ils se retrouvaient presque sans défense, à la merci de leurs ennemis.

Mais, à l'extérieur du Net, même sa famille pouvait ne pas s'apercevoir de son état. Parce qu'il était difficile d'empêcher trois esprits immatures de se déconnecter par inadvertance du LaurenNet et de tenter de réintégrer le PsiNet, ils avaient appris à Sienna, Marlee et Toby à s'immerger le moins possible dans le réseau familial. C'était une tâche ardue ; il leur était naturel de vivre à la fois sur les plans psychique et physique. Mais leur sécurité primait sur le reste.

Après s'être rapproché des intrus, il s'accorda le droit de s'adosser à un arbre. Même si l'effondrement physique pouvait être retardé, il le drainerait de son énergie petit à petit ; Judd devait s'économiser. Cet effondrement en lui-même n'avait rien de normal : la plupart des Psis ne vivaient la combustion qu'au niveau psychique. C'était la nature de ses aptitudes qui changeait la donne pour lui.

« *Ça te rend vulnérable.* (La voix mentale de Ming LeBon, qui avait tant contribué à façonner Judd.) *Cependant, puisqu'il semble que ce soit un effet secondaire inévitable de tes aptitudes, je te suggère d'habituer ton corps à tenir avec le strict minimum d'énergie.* »

À l'époque, Judd avait eu quatorze ans et avait été fasciné par son mentor. Ming possédait l'un des esprits les plus puissants qu'il ait jamais vus. Le vétéran des Flèches n'avait pas son égal au combat mental, mais c'était parce qu'il avait également endurci son corps que Ming se distinguait de ses pairs. Il pratiquait avec une aisance meurtrière plusieurs disciplines humaines, au nombre desquelles le kendo.

La voie du sabre.

Sauf qu'elle ne nécessitait pas l'usage de lames autres que celles créées par l'habile maîtrise de son corps, rendant les hommes qui s'y astreignaient particulièrement dangereux. Judd avait fait ses armes sous la direction de Ming, puis sous celle d'un professeur humain ; il avait passé une année entière dans le froid glacial du vieux Sapporo. Cette ville japonaise abandonnée était si inhospitalière que seuls y résidaient ceux qui, à l'instar des disciples du kendo, aspiraient à repousser les limites de leur corps. Même si cet art martial très agressif – qui se diffusa pendant la guerre qui avait opposé le Japon et la Corée, plus d'un demi-siècle auparavant – pouvait servir à tuer, sa valeur aux yeux des Psis reposait dans la discipline extrême qu'il inculquait à l'esprit et au corps.

Mais, lorsqu'un Tk-Psi frôlait la combustion, même le kendo avait ses limites. Déployant ses sens, Judd commença à recueillir des informations. N'étant pas changeling, identifier l'espèce exacte aurait pu lui poser un problème, mais quelques-unes des hyènes avaient adopté leur forme animale. Il en détecta vingt dans le périmètre de son scan, dont beaucoup munies d'armes. Il devait examiner ça de plus près.

Sa décision prise, il se rapprocha encore, se servant de ce qu'il avait appris dans le vieux Sapporo pour surveiller la progression sournoise de la combustion et s'assurer que son cerveau continuait à fonctionner. Une fois placé sur la route d'une des hyènes à forme humaine, il s'adossa à un arbre et fit ce que seule sa sous-classification permettait : il flouta son corps et se rendit invisible. L'hypothèse avait été émise que cette caractéristique de son don était issue de la même souche que celui des C-Psis, qu'en réalité il exerçait une influence sur le temps.

Concentre-toi.

Ses processus mentaux désordonnés annonçaient une combustion imminente. Il parvint de justesse à reprendre le contrôle de son esprit. Un homme hyène le dépassa, une arme attachée dans le dos et une autre à la main. Des pointes de douleur fusaient derrière les paupières de Judd, mais il maintint son « invisibilité » jusqu'à ce que l'intrus se soit suffisamment éloigné. Puis il se concentra sur un seul objectif : sortir de la zone à risque sans laisser de traces.

L'explosion survint une demi-heure plus tard.

Brenna entendit la détonation avant de voir la fumée s'élever en spirale dans le ciel. La compulsion à marcher dans cette direction était si puissante qu'elle dut serrer les dents pour la refréner. Sa famille n'avait pas élevé une louve stupide. Avec la neige, l'incendie ne se répandrait pas. De plus, le bois avait été traité pour retarder la progression des flammes, et elle n'avait ni les armes ni les renforts nécessaires pour affronter toute une meute de ces maudits charognards.

Mais la frustration que lui causait son impuissance n'était pas le pire ; elle mourait d'angoisse à l'idée qu'ils avaient pu attraper Judd. Ce fut alors qu'il sortit de la forêt. Se précipitant vers lui, elle posa une main sur son bras.

— Qu'est-ce qui s'est passé ? (Elle le regarda à deux fois.) Judd, tes yeux !

Ils avaient viré au noir absolu, sans blanc ni iris.

— Ils ont fait sauter une partie de la cabane, dit-il sans prêter attention à son exclamation. Avec tout ce vacarme, les patrouilles des SnowDancer doivent sûrement déjà être en chemin.

— Je le sais, ça ! (L'inquiétude surpassa son choc et elle scruta son visage livide.) Je veux savoir ce qui t'est arrivé !

— J'ai utilisé trop d'énergie.

Ses paroles étaient hachées.

— Quand tu es venu à mon secours.

Ce n'était pas une question. Toutes ces semaines de soins avec Sascha lui avaient permis d'apprendre quelques détails sur la manière dont fonctionnaient les dons des Psis.

— Parce que j'ai refusé de te laisser entrer dans mon esprit ? C'est ça, n'est-ce pas ?

— Le moment est mal choisi pour discuter de ce problème.

Il lui indiqua d'un geste de la tête la direction de la cabane, tandis que ses yeux retrouvaient peu à peu leur couleur normale.

— Mes connaissances stratégiques me disent que les hyènes sont parties depuis longtemps maintenant.

On ferait mieux de retourner là-bas pour rejoindre ceux qui ont été alertés.

Il se mit en marche.

Elle courut pour le rattraper.

—Tu vas tenir le coup? Tes yeux…

Il lui jeta un regard en biais si plein d'arrogance masculine que la louve en elle eut envie de gronder.

—C'est ce qui arrive aux yeux des Psis lorsqu'on utilise une importante quantité de pouvoir; je suis parfaitement capable de m'occuper du rapport.

—Je devrais apprendre à garder mon inquiétude pour moi lorsqu'elle te concerne, marmonna-t-elle.

—Ce serait sage.

Grommelant dans son dos, Brenna décida de se focaliser sur un sujet qui ne lui donnerait pas envie de sortir les griffes.

—Comment tu t'y es pris pour m'aider à leur échapper?

—La téléportation.

Le silence complet se fit dans son esprit, le vide froid de la peur et de la colère. S'il pouvait téléporter quelqu'un, il était donc un Tk. Un Tk-Psi très puissant. Comme «lui». Le boucher.

—Quand est-ce que tu comptais me le dire?

Son cœur lui semblait être devenu un bloc de glace.

—Jamais, répondit-il sur un ton saccadé. Tes réactions vis-à-vis des Tk-Psis ne sont pas rationnelles et tes préjugés se propagent aux autres.

Elle ne comprenait pas bien ce qu'il insinuait, mais elle se doutait qu'il ne s'agissait pas d'un compliment.

—C'est entre toi et moi, personne d'autre.

Il s'arrêta pour se tourner vers elle, incarnation d'une beauté Psi parfaite et d'une maîtrise impitoyable.

—Non, Brenna. Ça te concerne toi, ta famille, toute la meute. Si tu commences à me voir d'un mauvais œil, ils suivront.

— Depuis quand tu te soucies de ce que les autres pensent ?

— Depuis que je me suis aperçu que Marlee commence à montrer des signes qu'il y a au moins un peu de télékinésie dans ses aptitudes. Ce n'était pas visible dans ses premiers tests, mais ça arrive parfois avec les enfants très puissants dans un autre domaine. Et maintenant ça remonte à la surface.

La colère de Brenna se mua en culpabilité, avant de revenir au galop.

— C'est une enfant. Personne de la tanière ne s'en prendrait à un louveteau !

Elle s'empourpra d'indignation à cette idée, mais un détail semblait en même temps vouloir lui revenir, une information qu'elle n'arrivait pas tout à fait à formuler. Elle savait seulement que ça avait un rapport avec le lien entre Judd et Santano Enrique.

Il croisa les bras.

— Elle ne restera pas toujours une enfant. Si tu montes toute la meute contre les Tk, qu'est-ce qui se passera pour elle quand elle grandira ?

Démangée par l'envie de sortir les griffes, Brenna laissa sa fureur balayer ce fragment de souvenir impalpable qui flottait dans son cerveau.

— C'est ça que tu penses de moi ? Eh bien, va te faire foutre !

Le plantant là, elle courut jusqu'à la cabane, aiguillonnée par sa colère. Voir que Judd la talonnait n'aida pas à la rendre de meilleure humeur. Il était un Psi ; il n'aurait pas dû être capable de suivre le rythme. Mais elle n'allait sûrement pas lui demander comment il s'y prenait pour aller aussi vite qu'un changeling.

— Les charognards ne sont plus là.

Des éclats de bois et de verre étaient éparpillés dans la neige, et l'air était chargé de l'odeur astringente des explosifs. Chose surprenante, la cabane n'était pas trop endommagée ; l'explosion n'en avait emporté qu'une petite partie.

Judd s'accroupit et tendit la main vers Brenna.

— Tu aurais un mouchoir ?

— J'ai l'air d'avoir un mouchoir ?

— N'importe quel bout de tissu propre fera l'affaire.

— Attends.

Enjambant les débris, elle alla à une fenêtre.

— N'entre pas, l'avertit Judd. On n'a pas vérifié qu'il n'y a pas d'explosifs.

Elle le fusilla du regard et, soulevant la vitre de l'extérieur – après s'être assurée qu'elle n'était pas piégée –, se pencha à l'intérieur pour ouvrir un tiroir. Une seconde plus tard, elle avait récupéré le petit torchon de la cuisine.

— Tiens.

— Merci.

À l'aide du chiffon doux, il ramassa un objet qu'elle n'arrivait pas à voir.

— Qu'est-ce que c'est ? aboya-t-elle.

— Un détonateur. Très générique, malheureusement.

— Les techniciens en tireront peut-être quelque chose.

Les SnowDancer veillaient à rester à la pointe des nouvelles technologies pour pouvoir battre les Psis sur leur propre terrain. Elle avait l'habitude de donner un coup de main pour tout ce qui relevait de la technique… enfin, elle l'avait eue.

— Oh ! murmura Judd. Je crois que la question ne se pose pas.

Il se releva, le détonateur à la main.

— Tu crois qu'il a été placé là exprès ? (Elle décela l'odeur de la meute dans le vent.) Des membres de la meute… Ils devaient être dans le coin pour arriver si vite.

— J'ai envoyé un message à Hawke ce matin pour lui signaler que j'avais relevé des signes de transgression, en lui suggérant qu'il serait peut-être sage d'inspecter les zones frontalières qui jouxtent mon périmètre de garde.

Des loups surgirent de la forêt. Elle reconnut Riley et Andrew. *Et merde !*

Chapitre 16

N'ayant aucune envie de les voir dans leur plus simple appareil, Brenna détourna le regard lorsque ses frères se métamorphosèrent.

— Je vais te tuer, cracha Andrew en guise d'entrée en matière. Qu'est-ce que tu fous avec ma sœur ?

— Plus tard, assena Hawke d'une voix autoritaire.

Brenna leva les yeux et le découvrit face à Judd. Il portait des vêtements et avait son apparence humaine ; il semblait avoir couru sous cette forme, alors que les autres s'étaient changés en loups. C'était un signe de sa force, une part de ce qui justifiait son statut de chef.

— Vous n'avez pas perdu de temps, constata Judd à l'intention de Hawke avant de lui tendre le détonateur. Quelque chose me dit que vous allez retrouver des empreintes là-dessus. Et plutôt arrangeantes.

— Comme sur ça, tu veux dire ?

La voix de Riley.

— Qu'est-ce que c'est ? demanda Brenna, qui ne regardait toujours pas.

Elle en avait bien sûr vu d'autres nus après leur transformation ; rien de plus banal. Mais là, il s'agissait de ses frères.

— Un sweat-shirt, lui dit Judd.

— Un sweat-shirt qui sent le léopard, reprit Riley. Toute la zone empeste le félin.

Un silence pesant retomba lorsqu'il se tut. DarkRiver et les SnowDancer étaient des partenaires commerciaux depuis plus de dix ans, mais leur alliance n'était devenue un lien de sang que quelques mois plus tôt. La confiance tenait à peu de chose.

La mine sombre, Hawke observait l'accablante pièce à conviction.

— Si la meute de Lucas était derrière tout ça, ils auraient mieux nettoyé derrière eux. Je flaire une autre piste sous l'odeur des léopards.

Les autres froncèrent les sourcils, et Brenna vit plusieurs d'entre eux écarquiller les yeux alors qu'ils essayaient, perplexes, de dissocier les odeurs pour identifier la vague trace de « sueur » qui n'aurait pas dû se trouver là.

— C'était une meute d'hyènes, dit Brenna dans le silence.

Tous les regards se braquèrent sur elle. Ils manifestèrent d'abord de l'incrédulité.

— Ces charognards ? dit enfin Drew. Tu es sûre ?

Agacée, elle se tourna vers lui tout en veillant à ne pas poser les yeux plus bas que son cou. Comme la plupart des changelings, son frère était parfaitement à l'aise dévêtu. C'était sa réaction à elle qui n'était pas naturelle. Elle le savait. Mais elle n'avait pas envie de se pencher sur la raison… par peur de découvrir ce qu'Enrique avait mutilé d'autre en elle.

— Ma séquestration ne m'a pas privée de mon odorat, juste de la moitié de ma tête.

Andrew grimaça.

— Bon sang ! ce que tu es méchante quand tu es énervée. Mais difficile de m'en vouloir, si ? Les hyènes ne s'en prennent jamais à ceux qui sont susceptibles de riposter.

— Il faut qu'on parle, dit Judd à Hawke.

Le mâle dominant hocha vivement la tête.

— À l'exception de Drew, Riley et Indigo, je veux que tout le monde se mette à fouiller le périmètre. Essayez de retrouver la trace des hyènes. Je vais passer quelques coups de fil ; avec un peu de chance, on en saura plus si les aigles étaient dans le coin.

— Des aigles ? (Brenna observa le ciel comme si elle s'attendait à en voir.) Combien ?

— Une petite volée. Ils sont venus assister à un mariage humain.

De toute évidence, ils avaient pris la précaution de demander l'autorisation à Hawke avant de pénétrer à pied ou par la voie des airs dans une région contrôlée par les SnowDancer. Sans quoi ils auraient été considérés comme des ennemis puis abattus. La loi était sévère, mais elle garantissait une certaine stabilité dans le monde agressif des changelings prédateurs. Si elle n'avait pas été instaurée, le carnage des guerres territoriales du XVIIIe siècle n'aurait jamais pris fin.

Hawke regarda ses soldats.

— Allez-y.

Durant quelques secondes éblouissantes, le monde se para d'un millier de couleurs vives tandis que les soldats se métamorphosaient. Puis les loups s'élancèrent dans toutes les directions, le mouvement de leurs pattes vif et silencieux sur la neige. Brenna se raidit des pieds à la tête en les observant courir, si puissants et si beaux. Un sentiment détestable de jalousie bourdonnait dans sa tête, qui avait le pouvoir de l'emplir d'amertume et de dépit ; Enrique avait beau ne pas l'avoir tuée, il était parvenu à faire d'elle une invalide.

« Tu n'es pas une invalide, ni maintenant ni jamais. »

À ce souvenir, elle détacha le regard des silhouettes élancées des changelings et le posa sur Judd. Il la dévisageait, sans aucune gêne. La colère qui s'était emparée d'elle plus tôt en fut ravivée, mais Hawke prit la parole avant qu'elle ait pu se laisser emporter par sa mauvaise humeur.

—Dis-moi ce que tu as trouvé.

Judd lui fournit une réponse d'une exactitude toute militaire.

—Ils transportaient des armes laser de première qualité. Aucune d'elles n'est vendue au grand public.

—Fournies par des Psis ?

—Il y a de fortes chances. Elles sont produites par des firmes Psis.

Lorsque Riley changea de posture, son geste attira l'attention de Brenna ; son frère aîné ne s'agitait pas sans raison. C'était d'habitude Andrew qui manifestait le plus son impatience.

Son attitude n'avait pas non plus échappé à Hawke.

—Tu as quelque chose à ajouter ?

—Pour un peuple qui n'aime pas les armes, fit remarquer Riley, les Psis semblent en posséder d'assez sophistiquées.

—Qu'est-ce qui te fait penser que les Psis ont une aversion pour les armes ? demanda Judd, son calme si inquiétant qu'il donna à Brenna envie de frissonner.

Riley le dévisagea avec une insistance qui aurait intimidé des hommes moins valeureux.

—Ils ne s'en sont jamais servis pour nous abattre.

—Seulement parce qu'une offensive aussi directe aurait eu des répercussions trop importantes. Ça risque de fragiliser l'économie si les gens s'imaginent qu'une guerre se prépare entre les Psis et les changelings. (Le ton glacial de Judd évoquait un loup montrant les crocs.) C'est pourquoi ils privilégient des méthodes plus discrètes et moins reconnaissables pour se débarrasser des changelings.

—Comme nous dresser contre les félins. Ils nous prennent pour des imbéciles ? (Hawke sortit un téléphone fin et noir de sa poche arrière et composa un numéro.) Lucas, dit-il une seconde plus tard. On a peut-être un problème.

S'ensuivit une courte pause, et Hawke se figea.

Crispée, Brenna gardait le silence tandis que son chef écoutait ce que le mâle dominant de DarkRiver pouvait bien avoir à lui dire, perturbée surtout par l'immobilité de Judd à côté d'elle. Un Tk-Psi. De la même sorte que celui qui l'avait torturée, brisée.

Ta réaction est stupide et immature, lui dit une partie de son esprit. *C'est faux*, répliqua une autre partie, celle qu'on avait meurtrie et éclaboussée de sang.

— C'est grave ? demanda Hawke, et son ton brutal la ramena à l'instant présent. Je dois mettre les miens à l'abri ? (Une nouvelle pause.) Cherche du côté des hyènes. On se voit dès que tu peux te libérer.

Il raccrocha et rangea le téléphone dans sa poche.

— On les a attaqués, eux aussi, devina Judd.

— Quelqu'un a essayé d'enlever trois de leurs petits dans une crèche en ville.

— Les petits n'ont rien ? intervint enfin Indigo.

Hawke secoua la tête.

— C'était à Chinatown, à proximité de leur siège social. Les gamins se sont changés en félins et ont rugi à se casser les cordes vocales. Une institutrice et plusieurs commerçants sont arrivés en quelques secondes, mais ça a suffi à l'agresseur pour disparaître et se mêler à la foule. Il a aussi trouvé le temps d'abandonner l'un de ses vêtements.

Personne n'eut besoin de demander de quelle odeur il avait été imprégné.

— Les félins doivent être fous de rage… Des têtes brûlées qui n'ont pas les idées claires, dit Riley. On donne l'alerte ?

Hawke secoua la tête.

— Lucas dit qu'il gère la situation. Il a veillé à ce que la nouvelle de l'incident ne se répande pas ; quant aux jeunes qui sont au courant, il leur a dit que ça ressemble à un coup monté par les Psis et leur a confié la tâche de retrouver l'agresseur, ce qui devrait leur éviter de s'attirer des ennuis.

— C'est encourageant, fit remarquer Judd. Il y a seulement un an, cette histoire se serait soldée par un bain de sang.

— Peut-être, peut-être pas.

La lumière du soleil rendait presque argentés les yeux bleu glacier de Hawke ; pour la première fois, Brenna remarqua leur beauté. Il n'était pas le genre d'homme à susciter l'admiration de cette manière ; il était trop viril, trop endurci. Exactement comme Judd.

Soldat. Assassin. Tk-Psi.

— Il reste un détail à prendre en compte. (Judd jeta un coup d'œil à la cabane avant de se retourner vers eux, et quelque chose dans son expression intrigua Brenna.) Il se peut que ce ne soit pas les Psis les responsables. D'autres auraient pu accéder à ces armes, humains et changelings compris.

Andrew gronda.

— Tu essaies de protéger les tiens, Psi ? Qui d'autre oserait entrer sur le territoire des SnowDancer et de DarkRiver sans y avoir été autorisé ?

— Qu'arrive-t-il quand on monte les changelings dominants d'une région donnée contre les Psis ?

Riley fut le premier à comprendre.

— On s'entre-tue, ce qui laisse le champ libre à une nouvelle meute dominante pour s'approprier la région.

— Ou à un conglomérat humain. (Tout comme son expression, la voix de Judd semblait dénaturée, mais Brenna ne parvenait pas à mettre le doigt sur ce qui n'allait pas.) Le Conseil Psi ne prête aucune attention aux humains. Même si ce n'est pas le cas des changelings, vous les considérez malgré tout comme plus faibles. Ils ne le sont pas.

L'Alliance humaine a accès à des ressources considérables, qu'il s'agisse d'armes à feu ou d'argent.

Hawke se frotta la mâchoire.

— Si on retrouve les hyènes, ça nous donnera un point de départ. Tu as relevé d'autres détails ?

— Ceux qui ont fait ça savaient où ils allaient ; ils ont procédé à un repérage avant de passer à l'acte, assez méticuleux pour savoir que la cabane était censée être vide.

— Ça ne colle pas. (Riley laissait parler sa nature pragmatique.) Si leur objectif était de déclencher une guerre intestine, pourquoi attaquer une cabane isolée ?

— Une première étape.

La voix de Judd avait changé. La différence était subtile, mais Brenna la ressentait comme si on la caressait à rebrousse-poil.

— Une escalade, contrôlée et minutieusement planifiée, poursuivit-il lorsque personne ne l'interrompit. Tôt ou tard, peu importe ce que toi ou Lucas ferez, vos meutes vont commencer à se déchirer.

— Ce qu'il dit se tient. (Andrew l'admettait clairement à contrecœur.) Lorsque s'enchaînent des incidents mineurs, la rancœur se renforce peu à peu… et, quand arrive le coup final, on n'est plus capable de réfléchir et de régler le problème posément.

— Il me faut ces hyènes. (Hawke se tourna vers Riley.) Je te charge de les retrouver. Drew et Indigo, raccompagnez Brenna à la tanière. J'ai à parler avec Judd.

— Je n'ai pas besoin de baby-sitters, dit Brenna entre les dents, le grondement de la louve dans sa gorge. Je peux rentrer toute seule.

— Non. (Inflexible, le ton de Hawke était celui d'un chef qui s'attendait à ce qu'on lui obéisse sur-le-champ.) S'ils te touchent, ce sera vraiment la guerre. Tu représentes une faiblesse tactique.

Une vague de fureur mêlée d'impuissance se déversa en elle.

—C'est n'importe quoi! Ils pourraient s'en prendre à n'importe qui d'autre, femme ou louveteau, le résultat serait le même.

—Je n'ai pas l'intention d'en débattre avec toi. (Hawke fit un geste de la tête.) File.

D'instinct, Brenna se tourna vers Judd: elle le savait de taille à tenir tête à Hawke. Il lui rendit son regard, impassible.

—Hawke a raison. Depuis ton enlèvement et ta libération, ton statut au sein de la meute a changé. Tu ferais mieux de rentrer; la sécurité de ma famille dépend de la cohérence de la meute.

Sa trahison la blessa mais, ajoutée à ce qu'il lui avait dit plus tôt, elle alimenta également sa colère.

—À quoi je devais m'attendre d'autre de la part d'un Psi?

C'était de la mesquinerie de sa part, mais elle n'en revenait pas de la manière dont il venait de lui tourner le dos; un homme était censé soutenir sa compagne en toutes circonstances. La vérité qu'elle s'était donné tant de mal à nier s'imposa à elle: Judd était incapable de loyauté, en dehors de celle déjà acquise à sa famille.

Elle se tourna vers Indigo.

—On y va.

—Change de forme. Ça ira plus vite.

La colère de Brenna referma ses griffes sur son cœur.

—Non. (Qu'ils s'imaginent qu'elle se comportait en gamine capricieuse.) Je vais courir comme ça.

Pour confirmer ses dires, elle partit aussitôt, laissant derrière elle les membres de sa meute et ce Psi froid qui n'avait pas hésité à l'abandonner.

Judd regarda Brenna jusqu'à ce qu'elle soit engloutie par les arbres blanchis par la neige. Puis il revint au chef des

SnowDancer. Hawke l'observait également, son expression indéchiffrable. Pour quelqu'un dont l'espèce avait la réputation de valoriser les émotions, le loup excellait à dissimuler les siennes.

— Je ne peux pas t'en dire beaucoup plus, si ce n'est la marque et le modèle des armes que j'ai vues.

Il débita une liste de numéros, mais il se concentrait sur le décompte régulier de la minuterie dans son esprit. Cinq, quatre, trois, deux… combustion.

Sur le plan psychique, il était devenu aveugle.

Il lui sembla qu'on l'amputait d'un membre, qu'il perdait toute notion de son identité. Il était un être psychique, conçu pour évoluer sur deux plans. Il ne pouvait plus désormais accéder qu'à un seul.

— Ça nous aidera peut-être à réduire les pistes, dit Hawke, dont la voix paraissait dénuée d'intonation pour les sens altérés de Judd. Comme tu l'as dit, on ne trouve pas vraiment ces armes en vente libre à la boutique du coin.

Se concentrer devenait de plus en plus laborieux ; il avait l'impression de respirer de la boue.

— Même si tu retrouvais le fournisseur, sois prudent. Si c'est un coup des Psis, ils savaient forcément que les hyènes manquaient trop d'expérience pour mener à bien une opération de ce genre. Leur manœuvre est peut-être beaucoup plus complexe qu'elle semble l'être.

— Je ne me fie jamais aux apparences.

Les yeux de Hawke apparaissaient métalliques aux sens limités de Judd, comme si sa perception des couleurs dépendait entièrement de son esprit.

— Je dois te parler d'autre chose. Que sais-tu au sujet d'un certain Fantôme sur le Net ?

La question était si inattendue que Judd garda le silence. Hawke grimaça.

— Rien ?

— C'est un rebelle.

Ça devait venir de l'une des femmes, songea-t-il lorsqu'il répondit. Sascha ou Faith avait dû garder des contacts sur le Net.

— On ne sait pas grand-chose à son sujet mais, d'après ce que j'ai pu constater avant ma désertion, il est hostile au Conseil.

— Tu aurais moyen d'obtenir plus d'informations sur lui ?

— Non. Il est connecté au PsiNet, pas moi, mentit-il sans hésiter.

Que Hawke ait accueilli sa famille ne suffisait pas à lui assurer sa loyauté. Le Fantôme, lui, avait gagné le silence de Judd.

Le loup le scruta avec l'attention vigilante du prédateur.

— Tu n'es plus un Psi, Judd. Choisis ton camp.

— Je l'ai choisi il y a longtemps. (Il soutint le regard du mâle dominant.) Si j'apprends quoi que ce soit, je te le ferai savoir.

— Tant que tu y es, pense aux décisions que tu dois prendre pour déterminer à qui va ta loyauté.

Judd ne distinguait plus la couleur des cheveux de Hawke ; le monde était passé en noir et blanc. Mais il tenait bon.

— Et toi, tu as déjà pensé à ce que je serais si je n'étais pas un Psi ? Je n'ai pas d'autre identité à ma disposition.

— Tu pourrais être un SnowDancer.

Chapitre 17

— Ce n'est pas une option envisageable pour un Psi adulte. Ta meute n'accepte pas les étrangers.

— Foutaises ! grogna Hawke. Nous accueillons sans arrêt des humains et des changelings qui ne sont pas de notre meute. On ne se renouvellerait pas sinon.

— Avec les Psis, c'est différent.

— Seulement si tu veux que ça le soit. Marlee et Toby sont déjà des SnowDancer.

Aux paroles de Hawke, Judd se figea.

— Ne décrète pas une chose pareille si tu n'as pas l'intention de t'y tenir. (Qu'il se battrait pour les enfants si Judd, Walker et Sienna venaient à être tués.) Tout le monde sait que tu méprises les Psis.

— Je n'ai pas pour habitude de dire des choses que je ne pense pas. (Mais il ne nia pas l'accusation de Judd.) Qu'est-ce qui s'est passé entre toi et Bren ?

— Ça ne te regarde pas.

La réponse lui échappa si vite qu'il n'eut pas le temps de se censurer. « L'instinct. » Un écart qui aurait pu lui valoir la rééducation sur le PsiNet. Qu'était l'instinct sinon le précurseur des émotions ?

— Je suis son chef.

Un verdict, un ordre.

Judd n'avait jamais été très doué pour obéir.

— Comme le dirait Brenna… tu n'es pas son gardien.

Hawke gronda.

— Tu es bien conscient que Riley et Andrew t'étriperont sur place si tu touches à un cheveu de sa tête.

— Ça ne te regarde pas non plus. (Les frères de Brenna voyaient en lui une cible facile. C'était là qu'ils se trompaient.) Mais je te demanderais de veiller sur elle demain.

Jusqu'à ce qu'il puisse s'en charger lui-même.

— Tu vas quelque part ?

La vue de Judd se brouillait peu à peu, les détails avalés par les ténèbres croissantes.

— Je serai de retour dans vingt-quatre heures.

Hawke n'insista pas pour en savoir davantage, ce qui était étonnant vu l'emprise qu'il aimait garder sur la famille Lauren.

— Que penses-tu que Bren dirait si je lui apprenais que tu m'as demandé de la surveiller ?

— Il y a des chances qu'elle sorte les griffes et te réplique qu'elle sait s'occuper d'elle-même.

— C'est le cas. Mais je me moque de ce qu'elle pense, elle n'a pas encore recouvré toutes ses forces. (Hawke haussa un sourcil.) Tu veux un conseil, d'homme à homme ? (Judd attendit.) Crois-moi, les louves entrent dans une colère noire lorsque leurs compagnons ne les épaulent pas en public. (Il se fendit d'un sourire éclatant.) Tu vas devoir te mettre à genoux si tu veux retrouver ses faveurs.

— La loyauté. Je comprends ça.

Et c'était vrai.

Hawke tourna la tête.

— L'un des éclaireurs est de retour.

Judd ne gaspilla pas sa salive. Il se contenta de contourner la cabane et de rejoindre à petites foulées le couvert des arbres. Il lui restait tout au plus trois heures avant de s'effondrer. Alors qu'il avait envie de traverser la forêt au pas de course, il s'assura de maintenir une vitesse assez modérée pour pouvoir garder un œil sur les alentours. Privé de ses sens Psis, il était moins qu'humain.

Les Psis étaient conçus comme des êtres psychiques. Les priver de cet aspect de leur identité leur nuisait sur tous les plans. Il avait déjà perdu une partie de son ouïe ; les bruits semblaient traverser un mur d'eau avant d'atteindre ses tympans ; quant à sa vue, elle n'était plus aussi perçante qu'elle aurait dû l'être. Mais il parviendrait tout de même à conduire.

Arrivé au véhicule que Brenna avait oublié dans sa colère, il composa le code, ouvrit la porte coulissante et s'installa à l'intérieur. Compte tenu de la fragilité de son état, il aurait en temps normal activé le mode automatique, mais c'était impossible sur ce territoire. Le plus souvent, il n'y avait que de vagues chemins forestiers en guise de routes, dépourvus des marqueurs computroniques encastrés grâce auxquels se repérait le dispositif de navigation du véhicule.

Recourant une fois de plus aux leçons qu'il avait apprises dans la désolation du vieux Sapporo, il étira sa concentration au maximum. Il avait à peine rejoint sa destination lorsqu'il céda à l'effondrement. Son esprit vacilla ; quoi qu'il puisse advenir, il était désormais plongé dans un profond coma.

La course du retour avait usé les forces de Brenna ; lorsqu'elle arriva à la tanière, elle était épuisée. Se séparant des deux autres loups, elle se dirigea vers sa chambre. Hélas ! puisque Andrew occupait les mêmes quartiers qu'elle, elle ne pouvait pas se débarrasser de lui.

— Quel train d'enfer, Bren. Ça t'est venu d'où ?

Elle fit volte-face.

— Je ne sais pas. Je ne sais plus d'où vient quoi que ce soit dans ma tête ou dans mon corps. Même si tu me demandais un millier de fois, je ne saurais toujours pas !

— Qu'est-ce qui te met en rogne comme ça ? (Il grimaça.) Ton nouveau petit ami ne t'a pas embrassée comme il faut ? Oh ! j'oubliais. C'est un foutu robot qui ne sait pas embrasser.

Drew avait toujours eu le don de la faire tourner en bourrique, mais elle n'était pas d'humeur à jouer ce jour-là. Elle était folle de rage. À cause de Judd, de ses frères, de Hawke, de ce maudit univers tout entier.

— Ce n'est peut-être pas moi qui ai un problème, dit-elle, se laissant dominer par un accès de méchanceté. Si tu allais voir Madeline pour tirer un coup ? (Les jeunes femmes de la meute étaient toutes très portées sur le sexe, mais la réputation de Madeline frisait celle de fille facile.) Peut-être qu'après une bonne partie de jambes en l'air tu me ficheras enfin la paix.

L'expression de Drew se chargea de colère.

— Tu n'es pas trop âgée pour que je t'apprenne les bonnes manières.

D'ordinaire tolérant, son frère cadet lui rappelait par cet avertissement qu'il était aussi un soldat de haut rang.

— Vas-y, essaie.

C'était presque un sifflement.

Son frère cligna des yeux, pris au dépourvu par le venin qu'elle crachait. Elle avait toujours été la plus douce des trois, celle qui savait convaincre Drew et Riley sur presque n'importe quel sujet. Ils l'avaient maternée, protégée, aimée. Mais ça ne leur donnait pas le droit de fourrer le nez dans ses affaires.

— Tu sembles avoir oublié que je suis une femme adulte, pas une adolescente, dit-elle, voyant qu'il se taisait. Si tu me touches, je t'écharpe.

Sa voix était froide, tranchante… mauvaise.

— Bon sang ! Bren. Ça vient d'où, toute cette hostilité ?

Un goût de bile se répandit sur sa langue alors que son esprit comprenait l'horreur de la situation. *Cette femme violente et hargneuse, ce n'est pas moi.* Même lorsqu'il l'exaspérait, même lorsqu'il se montrait d'une arrogance étouffante, elle adorait Drew. Mais, si ce n'était pas elle, de qui s'agissait-il ? Elle ne rêvait pas ; c'était en toute conscience qu'elle déversait sa haine.

Ça lui donnait envie de vomir.

Se couvrant la bouche d'une main, elle courut jusqu'à sa chambre et claqua la porte. Lorsque Drew se mit à marteler pour entrer, elle lui dit de la laisser tranquille.

— Mince ! Bren. Tu n'es pas en état de rester seule. Sors de là, petite sœur.

À ce témoignage de son affection, les yeux de Brenna s'emplirent de larmes.

— S'il te plaît, Drew. J'ai besoin de réfléchir. Laisse-moi juste réfléchir.

Il y eut un bref silence.

— Je serai toujours là pour toi, tu le sais ça, hein ?

— Oui, je sais.

Mais il ne pouvait rien contre ce qui se passait dans sa tête. Personne ne le pouvait, à part un Psi ; sauf que le Psi à qui elle avait accordé sa confiance lui avait tourné le dos.

Elle entendit le bruit des pas de Drew qui regagnait sa propre chambre. L'eau de la douche se mit à couler quelques minutes plus tard. Se sentant soudain sale et moite de sueur, elle retira ses vêtements avec un tel empressement qu'elle les déchira. C'était sans importance. Il fallait qu'elle lave la saleté, qu'elle se débarrasse de la puanteur du mal et de sa propre laideur.

Fraîche et cristalline, l'eau sentait la pluie. Après utilisation, elle rejaillirait de nouveau, purifiée grâce à un système qui combinait d'anciennes techniques employant des désinfectants naturels et des filtres haute technologie régulés par des processeurs computroniques de précision. Un cycle parfait et paisible qui ne spoliait pas la terre et n'y déversait aucun polluant. Si ingénieux que même les Psis s'en servaient. Non pas parce qu'ils se souciaient de la planète, mais parce que cette méthode était particulièrement économique.

Se frottant la peau jusqu'à ce qu'elle soit rouge, Brenna fit en sorte de s'occuper l'esprit avec ce genre de sujets techniques. Tant qu'ils monopoliseraient son cerveau, elle serait à l'abri du mal putride qu'« il » avait planté en elle, de la pourriture qui rongeait ses entrailles.

Non, ne pense pas à ça. Pense à la technique. Si belle, si complexe.

Avant qu'Enrique l'enlève, elle avait été sur le point de décrocher son certificat de technicienne en computronique de niveau 1. Le dernier de dix diplômes, il exigeait des compétences, de l'intelligence, et un petit quelque chose en plus : la capacité à élaborer des systèmes novateurs, à créer de nouveaux concepts. On n'avait jamais vu une jeune femme de vingt ans obtenir ce certificat, mais Brenna était sortie du lycée à quinze ans en ayant réussi ses examens haut la main. Les cinq années suivantes, elle était progressivement passée d'un rang de technicienne à l'autre, partant du niveau 6 pour aller au 5, et ainsi de suite jusqu'au 2. Elle aurait déjà atteint le niveau 1 s'il ne l'avait pas séquestrée.

Une odeur de sang s'éleva dans l'air. Âcre. Chargée de fer.

Clignant des yeux pour se tirer de son état de semi-hébétude, elle s'aperçut qu'elle s'était frottée si fort qu'elle avait arraché un peu de peau de son avant-bras. Et pourtant elle se sentait toujours sale ; elle voulait continuer à frotter, à retirer des couches. Ces choses que le monstre lui avait faites, ces choses qu'il l'avait obligée à regarder, à graver dans sa mémoire, la souillaient de l'intérieur et transformaient son esprit en une fosse de malveillance, de haine et de désir pervers.

— Non !

Coupant l'eau de la douche, elle sortit et se sécha. Elle allait vaincre le boucher. Et elle y parviendrait sans l'aide de ce Psi qui non seulement lui avait menti, mais l'avait abandonnée au moment où il aurait dû prendre sa défense.

Pourquoi ? l'interrogea son esprit. *Pourquoi t'attendais-tu à ce qu'il te défende ?*

Qu'elle ne trouve pas vraiment de réponse la mettait hors d'elle. Mais cette colère dévorante jaillissait d'une chose en elle que par miracle le mal avait épargnée.

« Tu as tenu le coup et tu as réussi à le chasser de ton esprit. Tu n'as pas cédé. »

Sascha lui avait dit ces mots le jour où elle avait parlé à Brenna alors qu'elle était encore entre les griffes du tueur. D'une manière ou d'une autre, malgré la souffrance atroce qui s'était répandue en elle, Brenna était parvenue à garder une partie d'elle-même intacte, une partie solide et précieuse. Et cette partie savait que Judd aurait dû la défendre, même si elle ne s'expliquait pas pourquoi.

Si elle n'avait pas de réponse à cette question, elle savait en revanche ce qu'elle devait faire pour régler celle de sa carrière. Après s'être habillée en hâte, elle alla au tableau de communication et appela le professeur qui avait supervisé ses cours.

Il parut enchanté de la voir.

— Bren ! Tu es de retour ?

— Oui, professeur Shah. Je voulais vous parler de mon certificat de niveau 1. (Sa bonne humeur revenait déjà, ainsi que son estime d'elle-même.) J'aimerais reprendre le cursus.

Il écarquilla ses yeux semblables à ceux d'un hibou derrière le modèle dépassé de lunettes qu'il s'obstinait à porter.

— Mais on ne t'a pas dit ?

— Quoi donc ?

— Tu es déjà au niveau 1.

Elle sentit sa colère bouillonner de plus belle.

— Je ne veux ni n'ai besoin d'aucun traitement de faveur. Je mériterai mon diplôme.

La pitié détruirait son rêve en achevant ce qu'Enrique avait commencé.

Le professeur Shah éclata de rire.

— Tu es bien la Brenna dont je me souviens, toujours aussi entêtée. Ma chère, tu devrais savoir que je n'insulterais jamais tes capacités de cette façon. Honte à toi de le penser.

Elle fronça les sourcils et sa colère céda le pas à la perplexité.

— En ce cas, comment j'aurais pu obtenir mon diplôme ? Je ne me suis jamais présentée aux derniers examens.

— Ton projet d'études… Fast. (Il prononça l'acronyme en un seul mot.) Je sais que tu as continué à travailler dessus après m'en avoir donné l'ébauche, mais celle-ci m'a suffisamment impressionné pour que je la soumette au jugement de l'Association des professionnels de la computronique et de la technique.

Le cœur de Brenna se mit à palpiter. Seule la validation du projet d'études par cette association dispensait des exigences du programme de formation. Mais les critères de sélection étaient sévères. Au cours des cinq années de son cursus, elle n'avait entendu parler que d'une élève pour qui le jugement avait été favorable.

— Pourquoi ne m'avez-vous pas dit que vous leur soumettiez mon projet ?

— Eh bien, même si en ce qui me concerne j'étais certain de la valeur de ton travail, je ne voulais pas te donner de faux espoirs dans l'éventualité où un membre idiot n'aurait pas eu les neurones pour comprendre ton génie. (Le visage parcheminé du professeur Shah rayonnait.) Mais ils ont compris. Et tu es donc maintenant au niveau 1.

» Comme l'université est restée ton point de contact professionnel, j'ai reçu toute une pile d'offres pour toi de la part de grands conglomérats et de centres de recherche. Veux-tu que je te les transmette, ainsi que ton numéro de diplôme ?

Elle hocha la tête, sous le choc. Le projet Fast constituait une approche très originale de son domaine de spécialité : la communication. C'était une chose sur laquelle elle travaillait depuis l'âge de seize ans. Son objectif était de mettre au point un système permettant des transferts d'un endroit à un autre en temps réel. Pour dire les choses simplement, il s'agissait d'un mode de téléportation rapide et sans danger pour la population.

Ce n'était que de la théorie pure à ce stade, mais elle avait déjà résolu quelques-uns des problèmes initiaux. Il lui faudrait probablement des décennies pour que la théorie devienne un tant soit peu réalité mais, en tant que technicienne de niveau 1, elle pouvait obtenir des subventions de l'association ainsi que des postes au sein de compagnies qui financeraient ses recherches.

— Merci, dit-elle alors que les offres commençaient à se télécharger sur sa messagerie.

— Tu es l'élève qui fait ma fierté, mais ne le dis pas aux autres. (Il lui adressa un clin d'œil malicieux.) Je compte sur toi pour me tenir informé de ton avancement.

— Bien sûr. (De niveau 1 également, le professeur Shah était le mieux placé pour la conseiller en matière de technique.) Votre avis m'a aidé à arriver jusqu'ici.

— Nous reprendrons cette discussion plus tard, dit-il. J'ai un cours à donner à une classe de niveau 3.

La première chose qu'elle fit en raccrochant fut de consulter son compte bancaire. Elle ouvrit de grands yeux. Avant son enlèvement, elle travaillait à mi-temps pour un laboratoire SnowDancer depuis que Hawke l'avait récupérée d'un concurrent humain. Comme les techniciens de niveau 2 et 3 jouissaient de bons salaires, elle avait amassé des économies conséquentes. Mais, en plus, elle s'apercevait que l'école lui avait remboursé le prix des cours qu'elle n'avait pas eu à suivre. Elle était riche, et détentrice d'une excellente qualification dans son domaine.

Le monde lui appartenait, littéralement. Et cette tanière n'avait pas à être sa prison.

Deux heures plus tard – aux environs de 21 heures –, elle partit à la recherche de son « fichu Judd Lauren ». Elle avait des choses à lui dire et il allait l'écouter. Sourde à la voix de la raison, celle qui lui disait que son tempérament de feu avait peu de chances de réussir à ramener dans les rangs un assassin Psi, elle se rendit à ses quartiers. Lorsqu'elle trouva sa chambre vide, elle se rabattit sur l'appartement qu'occupait le reste de la famille Lauren.

Elle n'alla pas plus loin que le couloir à l'extérieur de l'appartement. La petite Marlee Lauren, ses cheveux blonds attachés en couettes et le sourire aux lèvres, lançait une balle contre le mur. Ce qui n'avait rien d'inhabituel… si l'on ne tenait pas compte du fait qu'elle ne touchait pas la balle.

La gorge de Brenna s'assécha au moment où la fillette de huit ans – une enfant dont le comportement calme donnait souvent l'impression qu'elle était plus âgée – s'aperçut qu'on l'observait. Sa balle cessa de rebondir et vint rouler aux pieds de Brenna. Le cœur battant si fort qu'il lui semblait cogner contre ses côtes, Brenna s'accroupit pour la ramasser, sans quitter des yeux la petite fille vêtue d'une salopette en jean et d'un pull rose cotonneux. C'était stupide de sa part, mais elle avait peur de Marlee.

— Salut, dit-elle sans se relever. C'est une jolie balle.

Elle fit rouler la sphère bleue à paillettes jusqu'à Marlee, qui la prit entre ses mains et la tint contre sa poitrine.

— Mon oncle Judd me l'a donnée, précisa l'enfant.

Il n'y avait aucune trace de la froideur des Psis sur son visage ; Marlee et son cousin Toby n'étaient jamais allés au bout du conditionnement imposé par Silence. Pour eux, les émotions n'étaient pas une chose contre laquelle il fallait lutter, mais une simple part d'eux-mêmes.

— Il m'a donné une balançoire aussi, mais ça c'est vraiment dur.

Brenna devina que ces deux choses l'aidaient à développer ses pouvoirs Tk naissants.

— Oh ?

Elle essaya de sourire ; Marlee n'était certainement pas capable de lui faire du mal. Mais la logique n'était pas de taille face au cauchemar de ses souvenirs.

— À vrai dire, c'est ton oncle que je cherchais. Tu l'as vu ?

Marlee secoua la tête et ses couettes virevoltèrent.

— Je pourrais regarder sur notre Net secret, mais je n'ai pas le droit. Je peux juste jeter un coup d'œil, si tu veux.

Par ce chuchotement, elle lui demandait sa permission. Brenna sentit quelque chose se serrer à l'intérieur d'elle-même.

— Ça ira. Je ne veux pas que tu t'attires des ennuis.

Marlee la regardait toujours fixement de ses pâles yeux verts qu'elle avait hérités de son père, Walker.

— Pourquoi tu ne m'aimes pas ?

CHAPITRE 18

Sa question innocente coupa le souffle à Brenna. Se laissant tomber au sol jambes croisées, elle se sentit blêmir. Judd avait-il vu juste ? Était-elle réellement si intolérante ?

—Je te trouve très mignonne, Marlee.

—Alors pourquoi tu ne m'aimes pas ? Pourquoi ?

La courbe de sa mâchoire était douloureusement familière ; il s'agissait apparemment d'un trait distinctif chez les Lauren.

Brenna ne pouvait pas mentir, pas alors que l'expression de Marlee réclamait d'elle de l'honnêteté.

—Tu sais, cette capacité que tu as à déplacer ta balle sans la toucher ?

Marlee hocha la tête et ses couettes rebondirent sur ses épaules.

—Je suis une Tk-Psi. Mais juste un peu. Je n'y arrive pas si bien que ça, pas comme mon oncle Judd.

Ce rappel de ce que Judd lui avait caché secoua Brenna comme si on la frappait à la poitrine. Il n'avait eu aucun droit de faire ça. Il n'y aurait pas dû y avoir de mensonges entre eux. Pour cette certitude-là non plus, elle ne trouvait pas de raison concrète.

—Ouais. (Elle s'obligea à desserrer les poings.) Un méchant homme capable de la même chose, un Tk très puissant, m'a fait du mal une fois. Beaucoup de mal. C'est pour ça que ça m'arrive d'avoir peur des autres Tk-Psis.

— C'est idiot. Certains loups ne sont pas gentils avec moi, mais j'aime tout de même les autres.

— Qui n'est pas gentil avec toi ?

Elle fronça les sourcils, indignée. Les louveteaux se livraient parfois à des jeux brutaux, mais les persécutions n'étaient tolérées sous aucun prétexte.

— Des idiots, c'est tout. (Marlee haussa les épaules.) Oncle Hawke a dit que, comme je suis petite, je peux les blesser s'ils essaient de me blesser.

Brenna savait qu'on avait interdit à Judd, Walker et Sienna de se servir de leurs pouvoirs sur les SnowDancer.

— C'est ce que tu as fait ?

— Je me suis servi de ma télékinésie pour repousser Kiki quand elle a voulu me mordre, expliqua Marlee, l'air malicieux. Elle a pleuré et est allée le dire, mais la maîtresse a répondu que ça lui apprendrait.

Comme les crocs des loups représentaient une sérieuse menace pour les Psis, de constitution plus faible, Brenna ne pouvait que se ranger à cet avis.

— C'est ce que je pense, moi aussi.

— Je ne vais pas te pousser. (Marlee lâcha sa balle et se campa devant Brenna.) N'aie pas peur de moi.

Elle hocha la tête, la gorge nouée.

— D'accord.

En souriant, Marlee se pencha et serra les bras autour du cou de Brenna. Tremblante, Brenna pressa le petit corps de l'enfant contre le sien et laissa les larmes couler sur ses joues.

— Ça va aller, le méchant homme ne t'attrapera pas. (Elle lui tapota doucement le dos.) Mon papa et oncle Judd, et même Sienna peuvent le chasser.

Les larmes de Brenna redoublèrent. Comment avait-elle pu avoir peur de cette fillette au cœur tendre, ne serait-ce qu'une seconde ? Comment ? Était-elle à ce point pervertie, endommagée ?

Elle discerna un mouvement du coin de l'œil.

Elle releva aussitôt la tête et vit que Walker Lauren se tenait à quelques mètres de là. Contrairement à sa fille, Walker était le Psi par excellence, impassible, sans émotions, froid. Et pourtant il émana de lui une aura de protection féroce lorsqu'il posa les yeux sur Marlee.

Détournant le regard, Brenna serra Marlee dans ses bras quelques secondes encore, s'imprégnant de sa généreuse empathie d'enfant.

— Merci, dit-elle après l'avoir relâchée.

Marlee se mit à essuyer ses larmes de ses petits doigts.

— Tu veux jouer à la balle avec moi ?

Brenna regarda Walker.

— Si ça ne dérange pas ton papa.

— Dix minutes, dit Walker. Tu devrais être couchée depuis longtemps.

Marlee poussa un soupir si plaintif que Brenna ne put s'empêcher de sourire.

— Tu sais quoi… je reviendrai jouer avec toi une prochaine fois.

Marlee s'accommoda de cette promesse et, dix minutes plus tard à la seconde près, Brenna lui dit au revoir et partit à la recherche de Hawke. Au lieu de quoi, elle tomba sur Riley. Son frère lui confirma avec joie que Judd n'était pas rentré à la tanière.

— De toute façon, tu n'as pas à lui courir après.

— Ne commence pas. Et je ne lui cours pas après.

Elle lui en voulait toujours de l'avoir abandonnée. Et voilà qu'il enfonçait le couteau dans la plaie en ne daignant même pas revenir pour qu'elle puisse lui arracher la tête. À la guerre comme à la guerre. Disparaître était une marque d'agressivité et de désintérêt.

Très bien. Si c'était ce qu'il voulait... Un de perdu, dix de retrouvés.

Elle se mit en chasse. Il était temps de passer aux choses sérieuses.

Judd s'éveilla au parfum des fleurs et au chant d'une chorale de sopranos. Il resta étendu sur le lit plusieurs minutes à écouter tandis qu'il vérifiait l'état de ses sens. Ses canaux mentaux et psychiques étaient ouverts et pleinement opérationnels. Satisfait, il posa les pieds au sol et se leva pour entamer une série d'étirements qui visaient à éprouver chaque partie de sa masse musculaire. Le verdict était limpide : il avait retrouvé toutes ses fonctions.

Retirant son caleçon, il se baissa pour entrer dans la minuscule cabine de douche à sa gauche. Une fois propre, il enfila le pantalon et le pull dont il s'était débarrassé avant de perdre connaissance la veille. Son blouson était dans la voiture, là où il l'avait laissé. Lorsqu'il ouvrit la porte et s'engagea dans le déambulatoire au fond de l'église, il fut frappé par les voix cristallines de la chorale.

Après l'instauration de Silence, les Psis étaient devenus incapables de produire de telles sonorités, leurs voix trop monocordes, trop éteintes. Mais comme les siens n'écoutaient pas de musique, ils n'y voyaient pas une perte. Ce jour-là, Judd comprit que c'était un mensonge ; c'était une perte, considérable même. Qu'il soit sensible à cette vérité et à la beauté de ce qu'il entendait lançait un nouvel avertissement, auquel il choisit de rester sourd.

Le père Perez sortit d'une autre pièce au bout du couloir.

— Ah ! tu es réveillé. (Il affichait un air pensif.) Ça va ? Tu semblais épuisé quand tu es arrivé.

Il s'en était fallu de peu que Judd n'ait pas la force d'entrer dans la chambre libre et de verrouiller la porte derrière lui.

— Je vais bien. Merci pour le lit.

Et pour s'être gardé de poser des questions.

— À quoi servent les amis ? (Perez sourit.) Que dirais-tu de manger un morceau ? Tu as dormi… (il consulta sa montre) près de vingt heures.

— Je vais…

Alors qu'il s'apprêtait à dire autre chose, un sentiment d'impatience naquit soudain dans son cerveau. Il devait rentrer… retrouver Brenna. Avant qu'il soit trop tard.

— Je dois y aller.

Sur ce, il abandonna le prêtre et sortit en courant.

Sa voiture l'attendait dans la station-service couverte attenante à l'église ; les cellules d'essence s'étaient rechargées pendant que Judd se rétablissait. Il fut tenté de monter et de démarrer sans délai, mais il passa dix minutes à s'assurer qu'il n'y avait de traceurs nulle part. Les SnowDancer tenaient par-dessus tout à garder leur tanière secrète ; leur équipe de techniciens était allée jusqu'à parfaire la technologie permettant de dévier des satellites avant même que le premier satellite espion ait été stabilisé en orbite.

Judd approuvait leur prise de position. Les ennemis ne pouvaient pas prendre pour cible ce qu'ils ne voyaient pas. Il ne ferait rien qui compromette la sécurité des loups, car il risquerait par la même occasion celle de Brenna. Et ça, c'était inacceptable.

Le temps que Judd gare la voiture dans le parking souterrain sous la tanière, le signal d'alarme dans sa tête avait atteint un seuil critique. À la seconde où il toucha le sol, il s'élança à perdre haleine et rejoignit les quartiers de la famille Kincaid en moins d'une minute.

La porte était ouverte.

Il entra et découvrit Riley, Andrew, Hawke et Greg – un loup que Judd savait être violent et intolérant –, debout dans le salon. Le visage de Greg présentait des coupures sanguinolentes, et l'avant-bras gauche d'Andrew était entaillé à plusieurs endroits.

— Où est-elle ?

Les quatre hommes levèrent la tête. Andrew montra les dents.

— Fiche le camp d'ici ! C'est à cause de ceux de ton espèce qu'elle est comme ça !

Judd dévisagea Greg.

— Qu'est-ce que tu lui as fait ?

De la glace se répandit dans ses veines et son pendant obscur, cette partie de lui-même capable d'assassiner sans scrupule, remonta à la surface.

— Rien ! hurla Greg. C'est ce que je me tue à vous dire. Je n'ai rien fait à votre petite princesse, bordel !

— Surveille ton langage ou je me charge de t'assommer, gronda Hawke.

Greg leva les mains, paumes vers l'extérieur.

— Écoutez, elle ne traîne pas avec nous d'habitude, mais elle a passé la nuit d'hier avec moi, Madeline, Quentin, Tilau et Laine. On s'est préparé un truc à manger et on a squatté chez moi. Quand les autres sont partis, elle est restée un peu.

Judd se concentrait de son mieux pour se retenir de tuer Greg. Il avait deviné que Brenna se trouvait derrière la porte fermée à laquelle Riley tournait le dos. Et elle avait des ennuis. Malgré la dissonance qui martelait son esprit, il aurait pu sans mal se téléporter jusque dans la pièce. Pourtant son instinct – encore ce mot – lui soufflait d'attendre, qu'il avait besoin de connaître les faits, de savoir de quoi Greg était responsable.

— J'ai cru qu'elle voulait… Vous voyez le truc. (Greg haussa les épaules.) Mais elle est partie après qu'on a bavardé une heure et je n'ai pas insisté.

— Juste comme ça ? gronda Andrew. Tu n'es pas connu pour ta galanterie.

— Je ne suis pas non plus un crétin. Toi et Riley m'auriez bouffé si j'avais tenté quoi que ce soit. (Une confession qui ressemblait bien au personnage.) Et je me suis dit qu'elle me chauffait peut-être avant de passer au plat de résistance, comme les femmes aiment parfois le faire.

Voyant que les loups ne l'interrompaient pas, Judd déduisit que ce qu'il affirmait était véridique. Mais il ne voulait pas penser au « plat de résistance » et à ce qui aurait pu se dérouler dans cette pièce à moins de vingt mètres de lui.

— Ensuite, poursuivit Greg, elle m'a appelé aujourd'hui pour m'inviter ici. Je n'étais pas très chaud… enfin jusqu'à ce qu'elle me dise que vous deux alliez être absents plusieurs heures.

— Donc tu lui as fait du mal. (Riley s'avança pour refermer la main sur le cou de Greg. Sa voix était dangereusement calme.) Qu'est-ce que tu as fait ?

Greg repoussa le bras de Riley mais ne parvint pas à se libérer.

— Elle portait un peignoir, bon sang ! s'étrangla-t-il. Qu'est-ce que j'étais censé m'imaginer au juste, quand elle m'a invité d'un doigt à entrer et à refermer la porte ?

La vision de la scène ébranla Judd de l'intérieur, brisant l'une des chaînes vitales de son contrôle. Il sentit soudain le cœur de Greg, ses battements rapides et affolés, comme s'il le tenait dans sa main. Il lui suffirait de le serrer une bonne fois et…

Hawke posa un bras sur celui de Riley, obstruant la vue de Judd.

— Il dit la vérité, au sujet du peignoir en tout cas. Laisse-le parler.

Riley ne bougea pas.

— Elle a dit non ? Et ne t'avise pas de me mentir.

La chaîne glissa un peu plus.

— Dis-le-nous ou je t'explose la cervelle. (Judd rendit sa menace pragmatique, car elle l'était.) Tu pourras t'estimer heureux si tu arrives encore à te nourrir ensuite.

Délaissant son cœur, il remonta jusqu'au crâne de Greg qu'il enserra de sa puissance. Une terreur absolue passa dans les yeux de l'autre homme.

— Hawke, arrête-le !

Le regard du chef croisa celui de Judd.

— Ne le tue pas tout de suite. On doit savoir ce qui s'est passé.

Greg enchaîna aussitôt.

— Je vous jure qu'elle n'a pas dit non ! Je l'ai embrassée et j'allais poser la main sur son épaule. C'est à ce moment-là qu'elle a disjoncté. Elle m'a lacéré le visage avant que je puisse bouger. Je ne l'ai même pas repoussée, j'étais trop occupé à essayer de sortir avant qu'elle me crève les yeux.

Riley relâcha Greg. Il s'effondra en toussant. Au même instant, Hawke regarda Judd, ses yeux bleu argenté plus proches de ceux d'un loup que de ceux d'un humain.

— Elle ne laisse personne l'approcher, pas même notre guérisseuse. Lara est partie essayer de trouver Sascha. (Des lignes blanches marquaient la commissure de ses lèvres.) On serait entrés de force, mais à chaque tentative elle hurle si fort qu'on a peur de lui faire du mal.

« En plus de ce qu'elle a déjà enduré. » Judd lisait l'accusation muette sur chacun de leurs visages angoissés. Ce qui renforça sa détermination.

— Je peux la ramener.

Furieux, Andrew se rua vers lui, mais Hawke le repoussa avant que Judd ait pu le faire. Il n'avait pas l'intention de perdre son temps en enfantillages alors que la santé mentale de Brenna était en jeu. Mais il ne pouvait pas se téléporter jusqu'à elle ; le voir se servir de la télékinésie risquait de la rendre folle de rage.

— Tu es sûr ? (Hawke écarta Andrew une seconde fois.) C'est d'abord à cause de toi qu'elle était énervée.

Ce qui expliquait pourquoi elle était allée chercher ce minable qui pleurnichait à leurs pieds. Mais une part de lui restait encore assez lucide pour remarquer qu'un tel acte de trahison n'était pas dans la nature de Brenna. Ça ne collait pas.

— J'ai plus de chances d'y parvenir qu'aucun de vous.

— Pourquoi ? Parce que tu appartiens à l'espèce de psychopathes qui lui a infligé ça ? répliqua de nouveau Andrew, partagé entre la colère et sa frustration de ne pas pouvoir protéger sa sœur.

— Je connais sa part d'ombre.

Ça avait été un effet secondaire inévitable du processus de guérison. Il avait fourni de l'énergie à Sascha par le biais d'un lien télépathique, mais ce lien lui avait en retour transmis la souffrance effroyable contenue dans les souvenirs de Brenna. Il s'était imaginé que l'expérience n'avait eu aucune incidence sur lui. Il avait eu tort.

— Je sais quoi dire pour la ramener.

Plus personne ne se mit en travers de son chemin ensuite. Avant d'ouvrir la porte de Brenna, il marqua une pause et se tourna vers Greg.

— Un seul mot sur cette histoire et tu es mort.

Aucune négociation possible.

Greg ouvrit de grands yeux.

— Je ne dirai rien, je le jure.

Se détournant, Judd posa la main sur la poignée, ouvrit la porte d'une poussée et entra dans la pièce. Elle se jeta sur lui sans un mot, crocs et griffes dehors et le fracassa contre la porte, qui se referma dans un violent claquement. Il saisit ses poignets à temps pour épargner ses yeux.

Son geste eut pour résultat de décupler sa colère. Des entraves, comprit-il aussitôt. Santano Enrique s'était servi d'entraves pour la retenir.

— Rentre les griffes et je te relâche.

Il durcit le ton, lui donnant la rigidité du métal.

Toujours murée dans un silence inquiétant, elle essaya de se servir de ses jambes pour le faire trébucher, mais il changeait de posture trop vite pour qu'elle puisse trouver une prise. Elle se rua alors sur lui dans un déferlement de colère ; ses griffes tranchantes comme des rasoirs se rapprochèrent d'un centimètre avant qu'il l'immobilise. Il ne voyait que folie dans ses yeux aux éclats de bleu et de marron. La Brenna qu'il connaissait s'était réfugiée dans un havre de sécurité, cet endroit de son esprit qui lui avait permis de survivre à Enrique. Ce qui restait d'elle était prisonnier des souvenirs de son agression.

Sascha aurait pu extraire ces images, mais Brenna avait été claire : elle voulait garder ses cicatrices. Et, comme pour prouver qu'elles ne l'affaiblissaient pas, elle s'était rétablie en y mettant un tel acharnement qu'elle s'était érigée en miracle. Mais la rapidité même de son rétablissement avait inquiété Sascha et Lara. Les deux guérisseuses avaient redouté une rechute possible... mais personne n'avait prévu qu'elle serait aussi violente.

Lorsqu'elle découvrit les dents et commença à se débattre, il sut qu'elle allait se blesser s'il ne l'en empêchait pas. Il prit le risque de lâcher ses poignets et de l'enlacer pour lui bloquer les bras. Elle lacéra ses côtes, déchirant son pull et entamant les couches supérieures de son épiderme avant qu'il parvienne à la plaquer contre lui. Elle referma les dents sur sa carotide mais ne mordit pas.

— Brenna, tu vas revenir. Sinon, Enrique aura gagné.

Il sentait son sang couler le long de son abdomen, mais c'était les dents de Brenna qui présentaient un réel danger.

Il pouvait l'immobiliser… s'il était prêt à lui faire du mal. Et ce n'était pas le cas.

— Il est en train de gagner, là, lui dit-il. En faisant de toi une pleurnicheuse qui griffe et que tout le monde croit folle. (Des paroles cruelles, mais les seules qui la provoqueraient assez pour la ramener à la raison.) C'est donc ça que tu es ? Une louve brisée ? Ce qu'il a fait de toi ?

En grondant, elle relâcha sa carotide.

— Ferme-la.

Sa colère l'aveuglait.

— Pourquoi ? Tout ce que j'ai dit est vrai. (Là où d'autres se seraient arrêtés, il insista encore.) Tes griffes sont pleines de sang, tu as l'air d'une bête sauvage et tes vêtements sont déchirés. Tu ressembles à une femme qui aurait sombré dans la folie.

Elle écrasa sa botte sous son pied nu.

— Je parie qu'on t'a appris à parler aux malades au même endroit où on t'a appris l'amabilité : le goulag du Conseil.

Il lâcha ses bras, reconnaissant la vraie Brenna derrière cette déclaration cinglante. Mais elle resta là où elle était, le visage appuyé contre son torse. Au risque de s'exposer à une attaque, il posa une main derrière sa tête ; un geste qui lui vint de manière aussi instinctive que ce qu'il devait faire et dire à cette femme changeling. Une nouvelle entorse au protocole, un nouveau pic de glace dans son cortex cérébral, mais rien d'assez dangereux pour déclencher ses tendances meurtrières. Pas encore.

Brenna posa une main sur son cœur.

— Je t'ai fait saigner.

— Des entailles superficielles. Elles guériront.

— Dommage. Tu mérites qu'on te griffe au point d'en garder des cicatrices.

Des mots durs, mais elle resta blottie contre lui.

Les subtilités des rapports émotionnels lui échappaient souvent, mais pas avec Brenna. Pas à cet endroit et à ce moment-là.

— Ce serait te tirer une balle dans le pied ; mon corps semble être à ton goût tel quel.

Elle glissa son bras libre autour de sa taille et son peignoir en satin le caressa comme une brise fraîche lorsqu'il passa sur ses entailles.

— Peut-être que j'aime les hommes couverts d'égratignures. Peut-être que j'aime les égratigner.

— C'est pour ça que tu as choisi Greg ? Parce qu'il aime la violence ? demanda-t-il, et il s'aperçut soudain que la chaîne qui s'était rompue à l'intérieur était loin d'être réparée.

— Je me suis dit que, quitte à mal tourner, autant que ce soit en beauté. (Elle enfonça légèrement les doigts dans sa peau.) Je voulais attirer ton attention.

Sa franchise était inattendue.

— Tu y es parvenue… J'ai remarqué.

— Mais tu te soucies de moi à peu près autant qu'avant. C'est-à-dire pas du tout. (Sa colère se déversait dans chacun de ses souffles.) Tu m'as laissé tomber à la cabane !

Il comprenait enfin l'importance de la règle qu'il avait brisée.

— J'ai failli tuer Greg, dit-il. À vrai dire, je suis toujours relié à lui. Il me suffirait d'une pensée pour que des morceaux de son crâne se plantent dans sa cervelle.

Chapitre 19

Brenna devint très silencieuse contre lui.

— Retire-toi, murmura-t-elle. Retire-toi.

— Il a tant d'importance que ça pour toi ?

Il pouvait évaluer la résistance du crâne de Greg, savait précisément quelle pression il devrait exercer pour le briser.

Elle releva brusquement la tête, le regard effrayé.

— Non. Tu es le seul qui compte. Si tu tues Greg, Hawke sera peut-être obligé de t'exécuter !

Il réfléchit.

— Il t'a embrassée.

— Il a essayé. Bon sang ! Judd. Retire-toi !

Poussant un cri de frustration lorsqu'il ne répondit pas, elle se hissa sur la pointe des pieds et plaqua plusieurs baisers sur sa mâchoire.

Ils étaient d'une infinie douceur… à la limite du supportable. Judd n'avait jamais rien connu de tel.

— Là, tu as eu dix fois ce qu'il n'a pas même réussi à obtenir. (Elle déposa un autre baiser sur sa gorge.) Il ne compte pas pour moi. Alors retire-toi ou tu retournes sur ma liste noire.

— J'en étais rayé ?

Il rompit le fil psychique qui l'avait maintenu conscient de l'état physique de Greg et de l'endroit où il se trouvait.

— Peut-être. (Elle se frotta contre sa gorge.) Tu as relâché Greg ?

— Oui. Il était dans les quartiers de ta famille quand je suis entré, mais je soupçonne tes frères de s'être débarrassés de lui entre-temps.

Elle appuya le front sur son torse. Il fit glisser la main sur sa nuque, un geste que la plupart des Psis auraient interprété comme une menace, mais elle se laissa faire.

— Comment je vais réussir à les regarder en face, maintenant ? (Sa voix trahissait un sentiment de profonde humiliation.) Greg ne va pas fermer son clapet... Tout le monde va être au courant.

— Il ne dira pas un mot. Fais-moi confiance.

— Mais mes frères, et Hawke ? Ils savent, eux. Je me souviens de leurs têtes quand ils sont arrivés. Ils pensent que je suis folle.

— Alors prouve-leur qu'ils ont tort.

— Et s'ils avaient raison ? (Elle semblait ébranlée, sous le choc.) J'ai perdu les pédales, Judd. J'ai vraiment perdu les pédales.

— On parlera de ça plus tard. (Il y avait bien un problème et ils devaient le régler, pas le mettre au placard.) Mais tu vas commencer par aller prendre une douche et t'habiller pour pouvoir rassurer ta famille. (Il s'adressait à elle comme il s'y serait pris avec une nouvelle recrue, en lui donnant des directives fermes et succinctes.) Vas-y. Je monte la garde.

Relâchant son cou, il laissa glisser la main sur la cambrure de son dos avant de la retirer. Un petit plaisir, qui valait la peine d'endurer le fer rouge de la dissonance qui lui traversait la colonne vertébrale.

Brenna prit une profonde inspiration, puis s'écarta.

— Tu seras là quand je reviendrai ?

Il savait combien cette question avait dû coûter à cette fière changeling.

— Même Andrew n'arriverait pas à me faire bouger.

Elle esquissa un sourire.

— Il n'est pas méchant, tu sais. Juste un peu trop protecteur.

— Je sais.

Mieux que ça, il comprenait.

Après avoir hoché la tête, elle se détourna et disparut derrière une porte qui devait mener à la salle de bains. Il s'adossa à la porte de la chambre ; personne ne la franchirait. Il l'avait promis et tiendrait parole. Au moment même où il se faisait cette réflexion, il sentit des vibrations parcourir sa colonne vertébrale alors qu'on tambourinait à la porte.

— Brenna ?

— Elle va bientôt sortir.

Judd consolida le barrage avec de l'énergie Tk.

La porte de la salle de bains s'ouvrit à peu près dix minutes plus tard. Brenna se tenait enveloppée dans une serviette bleue et cotonneuse, qui lui arrivait à peine en haut de la cuisse et semblait prête à glisser de ses seins à tout instant.

— J'ai oublié de prendre des vêtements de rechange. (Elle rougit.) Je ne voulais pas remettre ce peignoir.

Constatant qu'il peinait à formuler des mots, Judd se contenta de hocher la tête. Elle s'avança timidement dans la pièce et entreprit de rassembler ses vêtements posés sur la commode. Alors qu'elle sortait des affaires du tiroir du haut, il repéra un bout de dentelle jaune pâle et se força à détourner le regard. Rien ne justifiait qu'il envahisse son intimité.

— Tu préférerais que je sorte ?

Brenna lui jeta un regard par-dessus son épaule, les yeux ronds comme des soucoupes.

— Reste. Je me sens en sécurité avec toi.

— Ce n'est pas ce que les gens ressentent en ma présence en général.

Elle haussa les épaules et il dut résister à l'envie qui le démangeait de déployer de l'énergie Tk pour rattraper la serviette qui, il en était certain, était à deux doigts de se défaire.

— Ce n'est pas dans tes habitudes de dorloter une personne qui vient de faire une crise de nerfs.

« Dorloter ? » Recadrer ses pensées exigea de lui un effort considérable.

— J'ai dit qu'on en parlerait plus tard. Habille-toi avant que tes frères décident de fracasser la porte.

Elle retourna à sa commode et attrapa un jean et un pull bleu. Ses jambes étaient presque entièrement nues ; il avait beau essayer de se raisonner, il ne parvenait pas à détacher son regard d'elle. Sa peau paraissait aussi douce que l'avaient été ses lèvres, lisse et rosie par la chaleur de la douche.

Un éclair de dissonance traversa sa colonne vertébrale, assez puissant pour que sa vue se trouble. Comble de l'ironie, il géra la situation en recourant aux méthodes qu'on lui avait enseignées pour supporter les interrogatoires sous la torture. Il savait se trouver en terrain glissant ; il avait déjà failli tuer sur un coup de tête ce jour-là. Son manque de discipline prouvait que des composants essentiels de son conditionnement s'étaient gravement détériorés. Même en le sachant, il ne pouvait pas s'empêcher de la dévorer des yeux tandis qu'un désir inhabituel prenait possession de son corps.

Brenna se retourna, ses vêtements serrés contre elle. Sa poitrine pigeonnante attira le regard de Judd.

— Je sens que tu m'observes.

— Impossible.

Sa serviette allait se dénouer. Il suffirait qu'elle retire les mains pour qu'elle tombe. Il décida qu'en fin de compte il ne se servirait pas de ses pouvoirs Tk pour arrêter sa chute.

Elle fronça les sourcils.

— Tu es en train de dire que je ne vaux pas la peine d'être regardée ?

— Je ne cherchais pas à insinuer ça.

Sa peau était-elle aussi douce partout ailleurs ? Aussi… appétissante.

Un second éclair déchira sa colonne vertébrale, partant de son tronc cérébral pour descendre jusqu'en bas. Conçu pour paralyser un Psi ordinaire. Mais lui était une Flèche.

— On dirait que tu me déshabilles des yeux.

Malgré le combat qu'il livrait pour isoler la douleur, il vint soudain à l'esprit de Judd qu'il effrayait peut-être la changeling, fragilisée par sa rechute.

— Je m'excuse. Je ne voulais pas te mettre mal à l'aise.

Brenna eut envie de rire.

— Pourquoi pas ?

Elle retourna à la salle de bains, balançant les hanches plus qu'à l'ordinaire. Tout de même, cet homme savait choisir son moment. Alors qu'elle s'était sentie à peu près aussi attirante qu'un rat psychotique, il l'avait regardé avec « cet air-là ».

Comme s'il avait envie de la lécher des pieds à la tête.

Elle frissonna. Du désir à l'état pur, voilà ce qu'elle avait vu dans ses yeux de Psi ; un désir brûlant, sauvage et dominateur. Elle serra les cuisses tandis que des images évocatrices lui assaillaient le cerveau. Il essaierait d'avoir le dessus au lit, elle en était certaine. Il ne la laisserait pas le caresser avant… la fin. C'était un homme qui aimait garder la situation en main. Heureusement qu'elle n'était pas une petite nature.

— De belles paroles, Brenna Shane, comme d'habitude, marmonna-t-elle.

Elle laissa tomber la serviette et enfila sa petite culotte ; ses pensées avaient suffi à rendre la peau de ses fesses sensible. Que se passerait-il s'il la touchait là ? Elle inspira une goulée d'air qui souleva sa poitrine.

— Je suis vraiment dans un sale état.

Comme les événements de la journée l'avaient démontré, elle était capable de flirter aussi bien que n'importe qui, mais elle se brisait en mille morceaux dès qu'il s'agissait de passer à l'acte. Ce qu'elle n'arrivait pas à comprendre, c'était pourquoi elle avait jeté son dévolu sur Greg; encore un comportement bizarre de sa part. Bien sûr, elle en voulait à Judd, mais ça ne lui ressemblait pas de chercher à le rendre jaloux en se servant d'un autre homme. Et Greg n'était absolument pas son genre. Tout de même, il n'avait pas mérité ce qu'elle lui avait fait.

En grimaçant, elle se demanda si elle l'avait beaucoup amoché. Il venait à peine de poser ses lèvres sur les siennes lorsqu'elle avait senti la vague noire de la folie déferler sur elle puis l'engloutir. Les quelques minutes suivantes avaient sombré dans l'oubli. Elle se rappelait seulement avoir vu Greg reculer en couvrant son visage ensanglanté. Tout comme sa tentative d'assouvir sa vengeance, sa réaction disproportionnée n'avait aucun sens.

Enrique ne l'avait jamais embrassée. Il n'avait vu en elle qu'un animal, qu'il pouvait à loisir torturer et soumettre à des expériences. Un rat de laboratoire. La simple pensée que c'était devant lui qu'elle avait été louve pour la dernière fois la révoltait. Il avait d'une façon ou d'une autre appris comment l'obliger à se transformer, l'avait humiliée en s'emparant de ce qui lui était le plus cher pour le changer en douleur et infliger à Brenna un viol psychique qu'elle n'aurait jamais pu imaginer. Puis, pour finir, il lui avait arraché son cœur de changeling.

— Brenna.

Elle sursauta.

— J'arrive.

Chassant ces souvenirs, elle acheva de se préparer puis vérifia que sa coiffure était présentable. Ses mèches courtes étaient une autre marque qu'il lui avait laissée, et elle détestait les voir dans la glace.

Judd se tenait presque sur le pas de la porte, si bien qu'elle faillit le percuter. Elle eut toutes les peines du monde à ne pas se réfugier dans ses bras.

— Je suis prête.

Elle lui adressa un sourire radieux.

Il la regarda avec l'insistance d'un chasseur.

— Tu n'as pas besoin de faire semblant pour moi.

Elle déglutit et son sourire s'évanouit.

— Pour mes frères, alors. Pour Hawke. Je leur ai brisé le cœur une fois. Ça ne se reproduira pas.

Cette douleur mêlée de colère qu'elle voyait dans leurs yeux – la douleur d'hommes qui avaient été incapables de protéger celle qu'ils aimaient – l'anéantissait.

— Mens s'il le faut, dit-elle à Judd, mais ne leur laisse pas entendre que c'était grave.

Elle savait que ça avait été très grave, un cauchemar qui avait détruit son espoir de retrouver une vie normale.

— Entendu. Mais tu ne peux pas non plus te comporter comme s'il n'était rien arrivé. (Un ordre.) Ça ne ferait que les inquiéter davantage.

Elle décida de l'écouter.

— D'accord. (Lorsqu'il s'avança pour ouvrir la porte de la chambre, elle remarqua que la laine noire de son pull était lacérée.) Je suis désolée.

— Je te l'ai dit, ce ne sont que des coupures superficielles. Ça a toutes les chances d'apaiser tes frères quand ils verront que tu as fait couler le sang d'un Psi.

Elle se mit à rire, et ce fut le moment qu'il choisit pour ouvrir la porte. Andrew se disputait avec Riley, mais il s'immobilisa à la seconde où elle sortit de la pièce, Judd sur ses talons, nimbé de noirceur et de silence. Hawke s'avança le premier.

— Tu as bonne mine, Bren.

— Je me sens bien.

Elle se pressa contre la main qu'il posa sur sa joue.

Hawke porta son regard bleu glacier par-dessus la tête de Brenna.

— Tu l'as ramenée.

— Elle n'a pas eu à revenir d'où que ce soit. (Tout en mentant pour elle, il conservait le calme absolu d'un Psi.) Vous avez pris une petite rechute pour une dégénérescence totale.

Hawke grimaça.

— C'était sacrément plus qu'une petite rechute.

— Bren, intervint Drew. (Il la détacha de Hawke pour l'attirer dans ses bras. La force de son étreinte avait de quoi l'étouffer.) Greg a juré qu'il ne t'a pas touchée. C'est la vérité ?

Elle savait qu'en le contredisant elle condamnerait Greg. Son sort aurait déjà été scellé si elle n'avait pas retenu la main de Judd. D'un autre côté, la réaction de son Psi laissait songeur. Elle ne lui avait clairement pas été dictée par son protocole, qui bannissait les émotions.

— Greg n'a rien fait, dit-elle. Il a juste eu la malchance d'être le premier homme à qui j'ai fait des avances depuis mon enlèvement.

Son frère la relâcha.

— Je ne t'ai jamais vue dans un état pareil.

— Et ça n'arrivera plus.

Comme elle n'avait pas d'autre explication à lui fournir, elle espérait qu'il n'insisterait pas. Il ouvrit la bouche.

Mais Judd fut plus rapide.

— Sascha et moi nous attendions à une rechute, même si nous ne nous imaginions pas qu'elle serait aussi brutale.

— Quoi ?

Riley se rapprocha et cala Brenna dans le creux de son bras, la tournant de sorte qu'elle ne soit plus dos à Judd.

— Ta sœur a un mental d'acier. (Il plongea son regard couleur chocolat noir dans celui de la changeling.) Durant sa convalescence, elle s'est interdit de pleurer ou d'épancher ses émotions.

— Et la pression s'est accumulée, ajouta Brenna, se dégageant de l'étreinte de Riley pour revenir au côté de Judd. J'aurais dû écouter Sascha.

La guérisseuse l'avait fortement encouragée à reconnaître et accepter qu'on lui avait fait du mal, qu'on l'avait violée de la plus sadique des manières, qu'on avait vidé puis empli son esprit de choses qui ne lui appartenaient pas, qu'on avait torturé son corps. Mais Brenna avait simplement eu envie de tourner la page, de reprendre le cours de sa vie comme s'il n'avait jamais été interrompu.

— Tu pourras écouter les conseils de Sascha quand elle sera là, lui ordonna Hawke. Elle ne devrait plus tarder.

— Non.

Le mot lui avait échappé. Voyant la méfiance sur leurs visages, elle adoucit le ton de sa voix.

— J'ai besoin de temps pour mettre de l'ordre dans ma tête. Judd pourra m'aider si nécessaire.

— C'est un assassin, pas un guérisseur.

La voix de Riley s'était presque muée en grondement.

Brenna souffrait de savoir qu'à cause d'elle ses frères, généreux et cléments, concevaient une haine aussi tenace vis-à-vis de tous les Psis.

— Riley…

— Tu iras voir Sascha, ordonna-t-il.

— Assez. (Un accent d'autorité perça nettement dans la voix de Judd.) Ce n'est pas en la forçant à voir quelqu'un que ça résoudra le problème.

Riley s'avança d'un pas, agressif.

— C'est ce qu'on appelle « prendre soin des nôtres ». Tu as fait ta part, alors dégage. Personne ne veut de toi ici.

Brenna sentit son estomac se nouer. Si Judd avait été un changeling, ce genre de provocation aurait suffi à justifier un combat. Et pas des moindres. Et après avoir vu son regard lorsqu'il avait parlé d'exécuter Greg, elle n'était pas si sûre qu'il saurait se contrôler. Reculant d'un pas avec ce qu'elle espérait être de la discrétion, elle lui effleura la cuisse du bout des doigts. Il avait bandé les muscles, prêt à passer à l'offensive.

— Brenna est parfaitement capable de s'occuper d'elle-même, dit-il. Si vous voulez l'aider, cessez de la rabaisser à la moindre occasion.

Son ton glacial la fit grimacer intérieurement. Oh ! oui, il était énervé, même s'il le cachait sous une couche d'arrogance Psi.

— Il a raison.

Elle regarda Riley et posa la main sur la cuisse de Judd. Ses muscles dégageaient puissance et chaleur. Il ne s'était pas détendu d'un poil.

— Vous deux, vous devez vous éloigner de moi avant de m'étouffer. Toi aussi, dit-elle à Hawke.

Des lignes blanches se formèrent aux commissures de ses lèvres.

— Jusqu'à ce qu'on découvre ce que tramaient les hyènes, les règles demeureront inchangées. Tu es devenue un symbole de force pour les changelings ; si quelqu'un parvenait à t'éliminer, ça se terminerait dans le sang. Alors reste à la tanière ou dans les limites du périmètre intérieur.

C'était désagréable à entendre mais elle hocha la tête, décidée à livrer ses batailles une par une. Pour l'heure, il s'agissait d'empêcher Judd et ses frères de s'entre-tuer.

— Mais tu dois renvoyer Drew à San Diego et assigner Riley à un nouveau poste pour qu'il ne soit plus si souvent à la tanière.

Ses frères se mirent à gronder. Hawke leva une main pour leur intimer le silence.

— Ça, c'est une affaire de famille. J'ai besoin d'eux ici.

— En ce cas, je veux une chambre à l'autre bout de la tanière, insista-t-elle, tirant sa force de l'ange noir derrière elle. Ou je vous jure que je retourne m'installer en ville.

Andrew lâcha un chapelet de jurons.

— Là, tu…

— Stop !

La voix de Judd restait calme, mais la menace était claire.

Le frère cadet de Brenna se figea.

— Qu'est-ce qui me dit que tu ne…

La fin de sa phrase fut noyée dans le cri étouffé que poussa Brenna, les traits déformés par la stupeur.

— Qu'il ne quoi ? Qu'il ne me contrôle pas ? demanda-t-elle, une boule douloureuse dans la gorge. C'est ça que tu penses de moi… Que je n'ai pas de courage, à moins qu'un Psi m'en impose ?

— Ce n'est pas ce que je voulais…

— Alors tu n'aurais pas dû le dire ! (Elle choisit de changer sa douleur en colère.) J'ai besoin que tu me soutiennes, pas que tu piétines mon assurance. Tu sais qui est la seule personne dans cette pièce qui ne m'a jamais fait sentir que je n'étais pas à la hauteur ? Judd.

Comme s'il venait d'encaisser un coup de poing, Andrew aspira une goulée d'air. Riley répondit à sa place.

— Tu n'as qu'à garder ces chambres. Étant donné leur situation, ce sont les plus sûres. On se trouvera des couchettes dans la section des soldats.

Il partit sans laisser à Brenna le temps de répliquer, entraînant Drew avec lui.

Hawke lança à Judd un regard scrutateur.

— Je vais charger quelqu'un d'autre de surveiller la région de la cabane, pour le moment.

— Entendu.

Hawke s'éclipsa dans la seconde.

Enfin, elle était seule. Restait l'assassin derrière elle.

— J'ai besoin que tu t'en ailles, toi aussi.

La cuisse musclée sous sa paume se contracta.

— Je sais ce qu'ils ignorent.

Elle mit fin à leur contact intime – même si elle avait envie de le prolonger, de s'envelopper dans la sensation du corps tendu de Judd –, et se retourna.

— Je parlerai bientôt à Sascha. Promis.

Il lui rendit son regard, avec toute la froideur de ses yeux de Psi.

— Je serai à la tanière si tu as besoin de moi.

— Où tu es allé hier ?

Les cendres encore chaudes de sa colère se frayèrent un chemin jusqu'à la surface.

— En lieu sûr.

Elle fronça les sourcils.

— La tanière est un lieu sûr.

— Pas pour moi. (Pas lorsqu'il perdait connaissance et ne pouvait plus se défendre.) Une partie au moins des gens d'ici croient que j'ai tué Timothy.

— Ça leur passera. (Elle hésita un instant avant de reprendre.) J'ai discuté avec Marlee.

Il attendit qu'elle poursuive.

— Je suis désolée. Je ne savais pas que je me comportais de manière aussi odieuse envers les Tk-Psis. Je le jure. (Elle déglutit mais n'essaya pas de détourner le regard.) Il y a tellement de choses dans ma tête qui ne riment à rien, comme cette lubie qui m'a pris d'aller chercher Greg. Ce type ne me plaît même pas.

Une chose sombre à l'intérieur de Judd s'éveilla à la mention de l'autre homme.

— Vois si Sascha et Faith ont de nouvelles idées pour expliquer ce qui se passe. Je vais creuser la question de mon côté.

Elle se passa la main dans les cheveux.

— D'accord. Mais pour cette histoire avec Greg…

— Ne prononce plus jamais son nom en ma présence.

Brenna en resta bouche bée.

— Tu es toujours furieux.

Sa voix n'était plus qu'un murmure.

Elle se trompait. S'il avait été furieux, le sang aurait giclé sur les murs et il flotterait dans l'air une odeur de chair humaine.

— Passe ces coups de fil.

Il partit avant qu'elle puisse lui poser d'autres questions ; les réponses auraient risqué de lui arracher des hurlements.

Étendue sur le lit à son côté, Sascha se tourna vers Lucas alors qu'elle ressassait l'appel qu'elle avait reçu quelques heures plus tôt.

— Je m'inquiète pour Brenna.

Il passa son bras autour d'elle pour l'inciter à s'allonger sur son torse.

— Écoute-moi, dit-elle tout en se lovant contre lui.

Il lui décocha un sourire de félin satisfait.

— Je t'écoute. Parle-moi de la louve.

— Je ne peux pas. Secret médical.

Il glissa la main sur ses fesses nues.

— Je parie que je peux te faire parler.

— Ce n'est pas l'heure de jouer.

Elle lui mordilla le menton, même si elle avait envie de ronronner.

Il déplaça la main au bas de son dos, ce qui pour lui revenait à bien se conduire.

— Dis-moi.

— Je ne sais pas quoi faire.

Ce que Brenna lui avait dit ce soir-là – en particulier au sujet de ses brusques changements de personnalité et de comportement – avait de quoi la préoccuper.

— J'ai peur que des dégâts dans sa psyché m'aient échappé.

Parce que le protocole Silence l'avait réprimée l'essentiel de sa vie, Sascha devait encore se familiariser avec sa capacité à guérir les âmes. Son don reposait surtout sur l'intuition, mais l'esprit de Brenna avait été gravement écartelé.

— La moitié du temps, j'avançais à l'aveuglette.

Lucas resserra les bras autour d'elle.

— Tu l'as ramenée. Ne te remets pas en question maintenant.

— Non, argua-t-elle. Elle n'a eu besoin de personne pour revenir. Sa volonté, Lucas, est comme une flamme d'acier qui refuse de s'éteindre. Brenna devrait être morte à l'heure qu'il est.

— Si elle a survécu à Enrique, alors elle survivra à son propre esprit.

Sascha enfouit le visage dans le cou de Lucas et inspira son odeur.

— Je n'en suis pas sûre. Faith m'a dit que la plupart des C-Psis sur le PsiNet finissent par devenir fous, et ils sont formés à gérer la pression mentale. Pas Brenna.

Passant la main sur son dos, Lucas la caressa lentement de la nuque jusqu'à la courbe de ses fesses, puis dans l'autre sens. Il l'apaisait à sa manière de panthère.

— Il se peut qu'elle te réserve des surprises. En tout cas, elle a drôlement surpris Hawke avec son dernier coup d'éclat... J'ai discuté avec lui du problème des hyènes.

À l'idée qu'on ait pu oser toucher à leurs petits, sa voix se durcit de colère ; mais il y perçait en même temps une pointe d'amusement.

Sascha songea que les soucis que Hawke rencontrait avec Brenna devaient en être la cause : les deux chefs n'avaient pas encore vraiment appris à se ménager.

— Qu'est-ce qui s'est passé ?

— Elle est casée avec ce fichu Psi.

Sascha releva brusquement la tête.

— Judd ? Brenna est avec Judd Lauren ?

Son félin lécha sa gorge exposée.

— Tu sens bon.

Sascha essaya de rester lucide.

— Mais il est si froid.

— Nous autres changelings avons les moyens de vous dégeler.

Sascha se voyait mal le nier alors qu'elle-même se sentait fondre. Mais, tout en s'abandonnant à son félin, elle s'inquiétait en son for intérieur. Quelque chose ne tournait pas rond chez Brenna, et la réserve glaciale de Judd ne contribuerait peut-être qu'à aggraver le problème ; il ne pouvait pas donner à la changeling ce dont elle avait besoin pour guérir. Des caresses. De la chaleur. Une affection constante.

Chapitre 20

Dans son rêve, Judd se voyait tuer de nouveau, les mains trempées de sang. Rouge. La couleur du liquide tranchait sur le reste du paysage en noir et blanc. Ce fut alors qu'il se rendit compte qu'il tenait le cœur mourant de Brenna entre les mains. Celui-ci battait encore, comme pour l'accuser de l'acte qu'il avait commis.

Se secouant de son sommeil, il déploya aussitôt un scan télépathique. Il localisa Brenna bien plus vite qu'il n'aurait dû être capable de le faire. Saine et sauve, elle dormait. Contrairement à lui qui ne pouvait plus l'envisager. Il se leva et se lança dans une série de tractions sur la barre d'exercice en métal fixée au mur.

Lorsque l'horloge indiqua la venue de l'aube, il avait poussé son endurance à ses limites. Estimant que Brenna serait réveillée, il lui téléphona.

— Qu'est-ce qu'il y a ? demanda-t-elle d'une voix pâteuse.

— Tu as parlé à Sascha ?

Elle alluma l'écran et il vit que son visage était encore bouffi de sommeil. Cette vision éveilla son désir, qui se mit à lui lacérer les entrailles de ses griffes ; comme s'il avait une bête à l'intérieur, lui aussi. Il avait passé plusieurs heures cette nuit-là à colmater les brèches de son conditionnement. Il aurait dû être solide. Mais, à la seconde où il vit Brenna, il s'aperçut de l'existence d'une faille majeure qu'il n'avait pas encore trouvée, d'une source cachée d'émotions subversives.

— Oui, chef, Judd, chef. (Elle esquissa un petit sourire.) Elle vient me voir aujourd'hui.

Il perçut de la réticence dans sa voix.

— Est-ce que tu…

— Non. (C'était sans appel.) Je m'en sortirai seule. On se voit ce soir ?

— Je serai à la tanière.

Désactivant le tableau de communication, il alla prendre une douche puis décida d'évacuer son surplus d'énergie en passant voir Sienna. Les aptitudes de la plus âgée de ses nièces se développaient à vue d'œil ; si lui et Walker ne parvenaient pas à lui apprendre à se contrôler un peu, de véritables ennuis les attendaient au tournant. Comme pour Judd, la télépathie que tous la savaient maîtriser n'était que son talent secondaire. Sa puissance véritable était si instable que même les Psis se tenaient à distance de ceux qui la détenaient.

Sienna s'avéra d'une humeur étonnamment coopérative ; la séance se déroula bien. Il en revenait dans la matinée – après un léger détour – lorsqu'un petit être nu déboula d'un des couloirs principaux et le percuta. Rétablissant l'équilibre du garçon avec de l'énergie Tk, il baissa les yeux. L'enfant posa un doigt sur ses lèvres.

— Chut ! Je me cache. (Sur ce, il se glissa derrière Judd et se précipita dans un renfoncement du mur.) Vite !

Sans bien comprendre ce qui le poussa à obéir, Judd recula pour se poster devant la niche, bras croisés. Quelques secondes plus tard, Lara fit irruption à l'angle, en proie à une vive agitation.

— Tu n'aurais pas vu Ben ? Quatre ans. Nu comme un ver.

— Combien mesure-t-il ? demanda Judd de son air le plus autoritaire.

Lara le dévisagea.

— Il a quatre ans. Combien il mesure, à ton avis ? Tu l'as vu ou non ?

— Laisse-moi réfléchir… Tu dis qu'il était nu ?

— Il allait prendre son bain. Ce petit galopin m'a filé entre les doigts.

Un gloussement s'éleva derrière Judd.

Lara écarquilla les yeux, puis esquissa un sourire.

— Alors comme ça, tu ne l'as pas vu ?

— Sans une description précise, je ne peux rien affirmer.

La guérisseuse se retint de rire.

— Tu ne devrais pas l'encourager… il est déjà bien assez incorrigible comme ça.

Judd sentit des mains d'enfant se poser sur son mollet gauche, puis Ben sortit la tête.

— Je suis incorrigible, t'as entendu ?

Judd hocha la tête.

— Je crois bien qu'on a trouvé ta cachette. Si tu allais prendre ton bain ?

— Viens, bout de chou.

Lara tendit la main.

Le bébé s'accrocha avec une force surprenante à la jambe de Judd.

— Non. Veux rester avec oncle Judd.

Lara devança sa question.

— Ben passe beaucoup de temps avec Marlee.

— Je passe beaucoup de temps avec Marlee, pépia une petite voix.

Judd baissa les yeux.

— Tu es sûre que c'est un loup ? Il me fait plutôt penser à un perroquet.

Ben se rembrunit.

— Suis un vrai loup !

Lâchant Judd, l'enfant se métamorphosa dans une pluie d'étincelles multicolores. Judd retint son souffle jusqu'à ce qu'un petit loup se mette à vouloir l'escalader. Comme il ne se servait pas de ses griffes, la progression de Ben était ralentie.

Judd se pencha pour le soulever du sol et le tint contre lui, incapable de s'expliquer une telle attitude.

— Il n'a pas sorti les griffes.

— Bien sûr que non, dit Lara. C'est la première règle qu'on leur apprend : ne pas sortir les griffes quand ils jouent. Tu imagines le carnage sinon ?

— Logique.

Petit corps tiède et vivant, le louveteau s'agitait dans ses bras.

— C'est pour ça que Tai a tellement honte d'avoir sorti les griffes.

Judd avait déjà sorti l'incident de sa tête.

— Nous ne jouions pas. Ses griffes n'ont jamais posé un problème.

— Pas pour toi. Mais pour lui, si. (Lara souffla entre ses lèvres pincées.) Il n'avait pas eu l'intention de s'en servir. Il a perdu le contrôle, comme un enfant. J'en déduis qu'il ne s'est pas encore excusé ?

— Inutile.

Judd rattrapa Ben qui glissait et le serra davantage contre lui.

— Suis mon conseil, l'avisa la guérisseuse, si le gosse trouve le cran de s'excuser, laisse-le faire. Ça l'aiderait à se sentir mieux.

— D'accord.

— Ben. (Le ton de Lara se voulait sévère, mais elle était à l'évidence sous le charme de son minuscule protégé.) Allez, on y va.

Pour toute réponse, Ben grogna et se cacha le visage contre le torse de Judd.

— Tu veux passer le reste de la journée dans l'Enclos ?

Judd savait que l'Enclos, situé dans la garderie, était un espace délimité par des barrières et dépourvu de jouets. Cette punition apparemment très efficace eut l'effet escompté. Ben se mit à gigoter et se métamorphosa sans crier gare. D'instinct, Judd déploya un bouclier Tk autour de la nuée d'étincelles, gardant les mains à l'endroit précis où elles s'étaient trouvées avant que le garçon opère sa transformation.

Dans la seconde qui suivit, il sentit de nouveau le poids de Ben ; le garçon se tortilla pour tendre les bras vers la guérisseuse.

— Suis obligé d'être propre ?

Après l'avoir récupéré, Lara planta un baiser sonore sur sa joue.

— Oui tu l'es, mon petit fugitif en herbe.

Ben gloussa et tourna la tête pour réclamer un autre baiser.

— Lara, dit Judd alors que la guérisseuse s'apprêtait à repartir.

Elle haussa un sourcil.

— Qu'est-ce qui se serait passé si j'avais bougé et interrompu…

Il ne voulait pas prononcer les mots au cas où ils auraient eu un impact négatif sur l'enfant.

— Ne t'inquiète pas. (Lara caressa la tête de Ben posée sur son épaule.) C'est difficile de troubler le processus. Les Psis auraient déjà profité de cette faiblesse sinon, depuis le temps. (Elle semblait avoir oublié qu'elle s'adressait à un individu de cette espèce.) Si l'interruption est vraiment brutale, ça peut provoquer des erreurs au cours de la métamorphose. On arrive à remédier à la plupart… du moment que ce n'est pas une zone vitale du cerveau qui est touchée.

— Mais se transformer à proximité de quelqu'un implique une relation de confiance.

Lara sourit.

— J'imagine que Marlee doit beaucoup aimer son oncle Judd.

— Sauf qu'elle préfère son papa, chuchota Ben tout bas.

— Oh ! eh bien… (Lara lui fit un clin d'œil) ce n'est pas si mal, la seconde place. À plus tard, Judd.

Judd se surprit à lever la main pour répondre au salut que Ben lui adressa par-dessus l'épaule de la guérisseuse. Il était encore planté là, à essayer de digérer cette rencontre extraordinaire lorsque D'Arn passa devant lui.

Le soldat s'arrêta, puis revint sur ses pas.

— Laisse-moi deviner… Une femme ou un petit.

— Comment tu sais ?

— Il n'y a pas grand-chose d'autre qui puisse faire naître cette expression sur le visage d'un homme. (Il sourit.) On va se faire un entraînement tactique sur le terrain, moi et quelques autres. Ça te dit de venir ? Pour relâcher la tension, tu vois… Tout le monde pense à Tim. Ce n'était pas une perle, mais il ne méritait pas d'être assassiné. Et en plus il y a cette histoire avec les hyènes, maintenant.

— Ça avance de ce côté-là ?

S'il avait pensé que les hyènes avaient sciemment choisi Brenna pour cible, il serait parti les traquer lui-même. Pourtant – et même si aucun argument convaincant ne justifiait ses soupçons –, son instinct lui disait que la réelle menace venait du meurtrier de Timothy. Même en revenant sur la scène du crime ce matin-là après avoir parlé avec Sienna, il n'était pas parvenu à tirer les choses au clair. Il avait la sensation déplaisante qu'un détail lui échappait.

— Un peu. On a trouvé ces pourritures de charognards, mais ça ne sert à rien qu'on soit tous là-bas aujourd'hui. (D'Arn secoua la tête d'une façon qui rappelait étrangement un chien.) Bref, tu te joins à nous ?

Judd hocha la tête. Brenna était en sécurité à la tanière, et aucun travail de surveillance ne l'attendait. Un effort physique intense, c'était peut-être ce qu'il lui fallait pour faire le vide dans son cerveau et raccorder les indices qu'il savait s'y trouver.

— Quelles sont les règles ?

L'autre homme se mit à marcher.

— On garde notre forme humaine. Drew va nous donner des badges laser. Chaque coup porté avec une mitrailleuse laser, à n'importe quel endroit de ton corps, sera enregistré et listé comme une blessure superficielle, une blessure handicapante, la perte de la vue… Tu vois l'idée.

Il poussa une porte.

— Et les équipes ?

Judd avait déjà participé à des entraînements tactiques semblables, tant sur le plan psychique que physique. Une Flèche qui n'était pas une ombre ne survivait pas longtemps.

— Deux. (Il emprunta une sortie.) D'un côté les Psis, de l'autre les humains et les changelings.

— Les Psis ? demanda Judd alors qu'ils quittaient la Zone Blanche.

— Si tu n'es pas un Psi, tu dois toucher ta cible dans le dos. (Il grimaça.) Ça va à l'encontre de toutes les règles d'un combat normal mais, si un Psi te voit arriver au cours de la partie, tu es automatiquement mort. Il n'y a pas de seconde chance.

Judd acquiesça ; même si les Psis n'étaient pas capables de manipuler les esprits des changelings sans effort considérable, ils pouvaient les tuer en une seule frappe ciblée.

— Vous avez des soldats humains ?

Il pouvait compter sur ses aptitudes psychiques pour compenser les avantages des changelings en termes de vitesse, de réceptivité sensorielle et de force physique. Les humains, en revanche, n'avaient rien de tel.

— Des gens qui ont trouvé leur âme sœur ici ?

D'Arn secoua la tête.

— Pas tous. C'est bien le cas de Saul, un ancien de la marine, mais Kieran a été adopté enfant. Quant à Sing-Liu, tu l'as déjà rencontrée.

Judd ne se serait jamais douté que cette petite femme, avec son regard vigilant d'assassin, était humaine. Elle se mouvait plutôt comme les félins de DarkRiver.

— Elle pratique les arts martiaux ?

— Non. Notre petite Poupée de Porcelaine aime les poignards.

À peine D'Arn avait-il prononcé ces mots qu'un poignard siffla à quelques millimètres de son oreille et alla se ficher dans un arbre. Au lieu de se mettre sur le qui-vive, D'Arn éclata de rire et leva les mains en l'air.

— Je plaisantais, chérie.

Sing-Liu se matérialisa à leur droite.

— Un de ces jours, le menaça-t-elle en se rapprochant, tu vas aller trop loin. Et je devrais t'obliger à ravaler tes paroles.

Le SnowDancer récupéra le poignard qu'il avait évité et le tint contre sa cuisse.

— Promis ? Il y aura des choses coquines avec une corde et des poignards ? S'il te plaît ?

Judd se demanda si D'Arn voulait mourir. Mais Sing-Liu se mit alors à rire et embrassa le soldat, troquant son regard d'assassin contre celui de séductrice. C'était peu de dire que Judd ne s'était pas attendu à ça.

— Ils sont en couple. (Les mots venaient de Drew, qui arrivait tout juste.) Poupée de Porcelaine, c'est un surnom. Ça ne la dérange pas… Tu peux l'appeler comme ça si tu veux.

— Pour que je me retrouve avec un poignard dans le dos, dit Judd.

Son cerveau de Psi analysa le comportement de D'Arn avec Sing-Liu et le compara au sien avec Brenna. Il n'avait pas besoin d'être un génie pour comprendre qu'il était très loin de donner à sa louve ce dont elle avait besoin.

— Je crois que je vais m'abstenir.

— Il fallait bien que je tente le coup. (Drew haussa les épaules.) C'est parti pour l'entraînement.

Il se fendit d'un sourire carnassier.

Judd ne demandait que ça ; sa tension était à son comble.

— Allons jouer.

Brenna cherchait Judd depuis vingt minutes déjà, sans succès. Sascha venait de la quitter après plusieurs heures de discussion. L'empathe n'avait pas pu lui fournir de réponses, mais elle l'avait convaincue qu'elle ne détectait pas chez elle « l'odeur » de la folie. Et Brenna voulait partager son soulagement avec Judd, lui dire que sa réaction de la veille, violente au point qu'elle lui avait lacéré la peau, n'avait été que le fruit d'une mauvaise passe… même si elle n'y croyait pas totalement elle-même.

— Lucy. (Elle arrêta son amie dans le couloir, près du bureau de Hawke.) Tu n'aurais pas vu le grand ténébreux muet ?

— Lequel ? répondit l'autre femme, impassible. Le tien est en entraînement tactique avec Andrew et quelques autres.

Brenna se sentit blêmir.

— Quoi ?

— Ne t'inquiète pas, lui lança Lucy alors qu'elle s'éloignait. C'est un grand garçon.

Mais Drew, lui, était sanguinaire ; d'autant plus lorsqu'un homme osait fréquenter sa petite sœur. Et après la manière dont Judd lui avait tenu tête la veille…

— Calme, reste calme, se dit-elle. C'est un Psi. Un Psi très puissant.

Oh, Seigneur ! Et si Judd tuait Drew ?

Elle se passa une main dans les cheveux, puis eut une inspiration soudaine. Elle avait le choix entre se ronger les sangs ou… Tournant les talons, elle courut après Lucy. Son amie lui sourit et ouvrit la bouche pour parler.

Un bruit de fracas monta du bureau de Hawke. Elles levèrent toutes deux les yeux alors que la porte s'ouvrait brusquement et que Sienna Lauren déboulait dans le couloir. La porte claqua derrière elle, comme si on lui avait donné un coup de pied. L'adolescente de dix-sept ans ne les vit pas ; elle se rendait dans la direction opposée, tête baissée et poings serrés.

Lucy haussa le sourcil.

— Celle-là ne se comporte pas comme une Psi, hein ?

— Non.

Brenna envisagea de rattraper la jeune fille, qui de toute évidence était contrariée ; mais Sienna ne la connaissait pas et risquait de ne pas accueillir son intervention avec le sourire.

— Pas comme le tien. Cet homme est un vrai bloc de glace. De la glace sexy, mais ça reste de la glace.

Brenna marqua une pause.

— Comment tu sais qu'on se fréquente ?

Lucy éclata d'un rire franc.

— Tu as reçu un coup sur la tête ou quoi, Brenna ? Tu sens son odeur !

— Oh !

Ça n'aurait pas dû être le cas, pas à ce point. Une odeur ne s'imprégnait réellement – ne devenait impossible à laver – qu'entre deux amants. Ce qui n'adviendrait jamais entre elle et Judd si on l'exécutait pour avoir tué… *Assez !*

— Lucy, j'ai un service à te demander. Tu peux accéder à un véhicule ?

— Bien sûr. Toi aussi.

— Pas sans que Riley le sache. Euh, disons que je suis cloîtrée à la tanière.

Elle allait enfreindre les règles, mais pas en s'y prenant comme une écervelée.

— Riley a les nerfs à vif en ce moment, marmonna Lucy. Il m'a engueulée pour rien hier. Je t'aiderai à sortir avec plaisir. Où est-ce qu'on va ?

— Au salon de beauté de Miss Leozandra.

Au beau milieu de Chinatown.

Il allait régler cette affaire ce matin même. En escaladant la treille de la tanière, il avait pu s'assurer que la garce était enfin seule et sans défense. Il ne lui restait plus qu'à l'attirer dans un coin sombre du parking.

Elle allait le suivre. Si elle s'était rappelé son visage, elle aurait déjà donné l'alerte. Ça ne changeait rien. Elle devait mourir ; il ne pouvait pas courir le risque que sa mémoire lui revienne. Ils l'écorcheraient vif et lui arracheraient les entrailles s'ils apprenaient ce qu'il avait fait. Les drogues et le meurtre de Timothy n'étaient rien comparés à son premier crime.

Il ravala sa peur. Elle allait le suivre. Elle se fiait à lui : il était dans le camp des gentils.

Une fois dans le parking, il lui injecterait une dose massive de Rush avec la seringue, la jetterait dans le coffre d'un des véhicules de la meute et l'emmènerait loin. Personne ne se douterait jamais de ce qui lui serait arrivé. Ou alors, ils feraient porter le chapeau à Judd Lauren. Oui, ça pourrait marcher. Il s'arrangerait pour que l'on croie que Judd l'avait tuée, peut-être en laissant un couteau maculé de son sang dans la chambre du Psi.

Il ricana, sa peur ensevelie sous son excitation perverse.

Il eut une première surprise en arrivant à son appartement. La porte était imprégnée de l'odeur froide et dangereuse du Psi qu'elle devait sûrement baiser. Il s'éloigna sans toucher à rien.

L'odeur pouvait se trouver là parce que Judd avait passé du temps à l'intérieur, mais il avait la certitude que le Psi avait fait quelque chose, posé une sorte de piège psychique bizarre.

— Salut, tu cherches Bren ? (Le visage souriant d'un membre de la meute.) Elle est sortie avec Lucy. Je les ai vues partir.

— Non. Drew, en fait.

Il ne fallait pas qu'elle apprenne qu'il l'avait cherchée. Ses souvenirs pouvaient remonter à la surface.

— Il était question d'entraînement tactique sur le terrain, je crois.

— Merci.

Alors qu'il s'éloignait, son estomac se noua. Il allait devoir reporter son acte, attendre que l'imbécile heureux qui l'avait dérangé oublie l'avoir vu devant cette porte. Mais il ne pouvait pas attendre éternellement. Brenna risquait de se rappeler.

Chapitre 21

À la grande surprise de Brenna, elles sortirent du territoire des loups sans encombre. Elle s'extirpa de sous la banquette arrière et demanda à Lucy de s'arrêter lorsqu'elles ne coururent plus le danger d'être repérées par des patrouilleurs.

— Je peux prendre le volant, maintenant.

— Tu es sûre ?

Une question amicale, sans arrière-pensées.

— J'ai besoin de conduire.

— Fais-toi plaisir. Je vais me dépêcher de rentrer et je feindrai l'ignorance si Riley me cuisine.

Brenna lui rendit son sourire malicieux.

— Merci, Lucy.

— Pas de quoi.

Elle sortit et Brenna s'installa à sa place. Lui adressant un salut de la main, elle regarda son amie disparaître dans les bois. Puis elle prit une profonde inspiration et posa les mains sur le volant. Elle se fendit d'un large sourire. C'était ça, la liberté.

Le trajet, étrangement paisible de bout en bout, la mena des neiges de la Sierra Nevada jusqu'aux rues animées où soufflait l'air froid et sec de San Francisco. Pas d'embouteillages, pas de gardes loups s'élançant pour l'arrêter, pas de feux rouges : la perfection. Elle aurait dû se douter que c'était trop facile. Après avoir trouvé un parking à étages – et garé sa voiture au troisième niveau –, elle se mit en route pour le salon de beauté. Les ennuis lui tombèrent dessus moins d'une minute plus tard.

Un grand homme à la chevelure ambre et or surgit de nulle part et s'adossa au mur devant elle.

— Je croyais que tu étais censée rester à la tanière.

— Je rêve ! (Croisant les bras, elle dévisagea la sentinelle de DarkRiver.) Ils m'ont balancée aux félins ?

Qui, même s'ils étaient leurs alliés, n'étaient pas encore leurs amis. Malgré tout, elle se fiait à Vaughn. Il était venu à son secours ; elle avait été inconsciente alors, mais sa louve s'en souvenait. Elle ne risquait rien avec Vaughn.

Sauf qu'à ce moment-là, bien entendu, il ne semblait pas tellement ravi de la voir.

— La situation est instable. Certains des nôtres ne sont pas d'humeur très avenante.

— Oh !

Ce détail lui était sorti de la tête, une erreur inexcusable compte tenu des événements. Elle avait simplement voulu sortir et réparer la seule chose qu'il était en son pouvoir de réparer, même si son esprit était en train de voler en éclats.

— Je ferais mieux de rentrer, hein ?

Elle ne parvenait pas à cacher sa déception.

— Qu'est-ce que tu racontes… Je suis là pour être ton garde du corps personnel. (Le regard qu'il lui adressa aurait pu venir de l'un de ses frères.) Où va-t-on ?

Prête à lui sauter au cou, elle sourit.

— Au salon de Miss Leozandra.

Le soleil était presque couché lorsque Brenna repartit, après un déjeuner tardif et un en-cas dans l'après-midi préparés par le chef cuisinier de Miss Leozandra. Elle ne se rappelait pas ce qu'elle avait mangé, tant elle avait été obnubilée par sa nouvelle coupe aux épaules. Les extensions synthétiques étaient impeccables ; elle-même était incapable de dire où se terminaient ses vrais cheveux. Et elle avait une frange !

Rien ne pouvait ternir son bonheur, pas même le fait d'avoir été repérée par plusieurs gardes sur le chemin du retour. C'était une question de secondes avant que Riley soit informé mais elle s'en moquait. Sa joie augmenta à chaque exclamation que poussèrent ceux qu'elle croisa en revenant à ses quartiers ; les réactions étaient toutes positives.

Elle n'aurait su dire qui fut le plus surpris des deux lorsqu'en tournant à l'angle elle tomba sur Judd, appuyé contre la porte de sa chambre. Bien sûr, le visage de son Psi ne trahit rien, mais elle perçut une étincelle dans son regard qui lui fit comprendre qu'elle le prenait au dépourvu. C'était réciproque.

— Tu as l'air d'aller bien.

Dubitative, elle l'examina de la tête aux pieds. Il était clair qu'il avait pris une douche et enfilé un jean et un tee-shirt noirs propres. Mais la peau qu'elle voyait ne présentait aucun hématome.

— Je ne devrais pas ?

— Tu étais dans la forêt avec mon frère.

Elle déverrouilla la porte et le laissa entrer à sa suite, parfaitement consciente que l'entêtement de Judd à brider ses émotions ne l'avait pas empêché de venir la voir. Alors qu'elle luttait pour contenir sa joie, il referma la porte du pied.

— Mmm. (S'avançant, il prit une mèche de cheveux entre ses doigts.) C'est très doux.

Elle ne dit rien et le laissa passer les doigts dans sa chevelure encore et encore, comme s'il essayait de déterminer où les fibres sophistiquées rejoignaient ses vrais cheveux… à moins que ce geste lui procurât simplement du plaisir.

— Parfaite.

Il relâcha les mèches.

—Ça te plaît ? s'entendit-elle dire malgré elle.

—Je viens de te le dire.

« Parfaite. »

Ce qu'elle avait pris pour un commentaire sur la qualité de ses extensions lui était en fait destiné.

—Oh !

Prise d'une timidité soudaine, elle tendit tout de même les bras pour l'enlacer. Il se raidit, et elle comprit tout à coup que ce n'était pas à son contact qu'il réagissait. S'écartant, elle remonta son tee-shirt.

—Laisse-moi deviner, des côtes cassées ?

—Brenna.

Il voulut l'arrêter, mais elle repoussa sa main.

—Oh… mon… Dieu ! (Tout le côté gauche de son torse était couvert de bleus.) Pourquoi tu n'as pas de pansements ?

—Je n'en ai pas besoin.

Elle relâcha le tee-shirt.

—À ta guise, si tu veux jouer les caïds. (Un autre détail lui vint à l'esprit. Son sang se glaça dans ses veines.) Judd, dans quel état est Drew ?

—Pire.

—Il est mort ? s'obligea-t-elle à demander.

—Non.

Le soulagement qu'elle en ressentit l'étourdit un peu.

—Je croyais que vous jouiez avec des lasers.

—On a inventé de nouvelles règles.

De toute évidence, il ne comptait pas lui en dire plus. Elle leva les mains au ciel.

—Tu n'es pas mort. Drew n'est pas mort. Ça me suffit. (Elle se retourna pour prendre quelques poches de glace dans le congélateur.) Assis.

—J'ai dit…

—Assis !

Il s'avachit sur une chaise. Lorsqu'elle enveloppa les poches de glace dans une petite serviette et les pressa contre ses côtes, il ne protesta pas.

— C'est quoi le problème des hommes avec la testostérone ? marmonna-t-elle, debout entre ses jambes étendues.

— Je ne pense pas que vous nous aimeriez sans elle. (Il maintint les poches de glace en les plaquant avec son bras.) Ce n'était pas la peine de faire tout ça.

Elle s'apprêtait à lancer une repartie cinglante lorsqu'elle se rendit compte qu'il était venu la trouver justement parce qu'elle allait être aux petits soins avec lui, quoi qu'il ait pu se dire pour se convaincre du contraire. Sa gorge se serra.

— Sois gentil, dit-elle en écartant les cheveux sur son front. Tes cheveux ont drôlement poussé.

Il avait toujours eu une coupe militaire très courte.

— Je les raserai ce soir.

— Non. J'aime assez cette longueur.

Ils lui arrivaient à la nuque, pas trop longs mais assez pour qu'elle puisse y glisser les doigts.

Il leva les yeux et croisa son regard. Le temps suspendit son cours tandis qu'elle repoussait sur les côtés ses longues mèches de devant.

— Je pourrais juste égaliser ces mèches qui te tombent dans les yeux.

— D'accord.

Le simple fait qu'il accepte lui noua l'estomac, et ses défenses s'effondrèrent.

— Ça te dirait, une balade ?

Elle ne voulait pas se battre avec Riley, et il était évident qu'il ne tarderait plus à venir lui passer un savon à cause de son escapade. Elle n'en revenait pas que Judd n'ait encore fait aucune remarque à ce sujet. Mais on ne pouvait pas dire qu'il se comportait comme d'habitude ce jour-là.

Il lui rendit les poches de glace.

—Mets un manteau. La nuit est déjà tombée.

—Et toi ?

Les muscles puissants et bien dessinés de ses avant-bras attirèrent le regard de Brenna. Son envie de le caresser était si forte qu'elle en devenait presque douloureuse. Pourquoi n'éprouvait-il pas le même besoin ?

—Je vais chercher mon blouson et je te retrouve devant la porte du jardin.

Dix minutes plus tard, ils quittèrent la Zone Blanche à la vue de tous ; Brenna espérait que ses frères comprendraient le message.

Judd la mena jusqu'à un coin tranquille où il s'arrêta.

—Je t'écoute.

Elle ne s'étonna pas qu'il connaisse la véritable raison pour laquelle elle lui avait demandé de l'accompagner. Elle prit place sur un tronc couché tandis que Judd, qui semblait se fondre dans le crépuscule d'ébène de la Sierra Nevada, reposait son corps musclé contre un arbre en face d'elle.

—Je cause du tort à ma famille, dit-elle, avouant la vérité. Drew et Riley… tu as vu leurs visages hier ? Ils pensent qu'ils sont en train de me perdre.

Et que la folie gagnait.

—Ils sont adultes, ils s'en remettront.

—Vraiment ? Tu vois bien leur réaction chaque fois que j'essaie de retrouver mon indépendance.

C'était le revers de la médaille : par nature d'une indéfectible loyauté, leur instinct de protection pouvait aussi faire des ravages.

—Ils veulent veiller à ta sécurité.

Elle le dévisagea, incrédule.

—Tu prends leur parti ?

—Dans ce cas précis, ils ont raison. On doit te protéger de ta propre volonté. (Sa voix était d'acier.) Tu pourrais te nuire dans ta précipitation à réparer les choses.

— Les hommes ! dit-elle avec hargne. (Elle se leva puis fit les cent pas à côté du tronc.) Tu es censé me soutenir, tu te rappelles ?

— Seulement en public, répondit-il, sa froide logique de Psi à l'œuvre. Si tu veux qu'on t'obéisse au doigt et à l'œil, prends-toi un chien.

D'un coup de pied, elle projeta un peu de neige dans sa direction. Pris de court, Judd la repoussa avec de l'énergie Tk. Ce qui ne fit qu'accroître la colère de Brenna.

— C'est de la triche.

— J'ignorais que c'était un test.

Il resta impassible lorsqu'elle s'avança pour se camper devant lui, les joues en feu. Il sentit son corps se contracter de l'intérieur et sa peau se tendre. Elle bouillonnait d'une telle passion, d'une telle colère.

— Tu es belle, dit-il, sans se soucier de la montée brutale de dissonance l'avertissant qu'il était près de perdre le contrôle de cette horreur qu'était son « don ».

Elle grogna.

— Il en faut plus pour m'amadouer.

Dépitée, elle lui tourna le dos et revint à côté du tronc. Judd s'aperçut qu'il s'attardait sur le balancement de ses hanches, sur ses fesses moulées dans son jean serré qui révélait sans pudeur la moindre de ses courbes. Il y eut de nouvelles décharges de douleur, d'autres signaux d'alerte. Mais ce n'était pas ce qui lui fit lever les yeux vers le visage de Brenna. C'était son silence soudain.

Il se redressa, les sens en éveil.

— Les léopards.

Il avait appris à reconnaître leur empreinte psychique et était capable de la distinguer de celle des loups.

— Ils sont là, chuchota-t-elle. Et je n'ai pas l'impression qu'ils soient contents.

— Rentre et va chercher Hawke. Je vais les retenir.

Sans discuter, elle fit volte-face et partit en quatrième vitesse. Judd s'avança dans la direction des léopards de DarkRiver dont il avait détecté la présence. Ils attendaient de l'autre côté d'une petite clairière. Lucas, Sascha, Dorian et Mercy. Judd ne connaissait pas bien Mercy, mais il considérait Dorian comme l'un des changelings les plus redoutables des deux meutes ; s'il manquait à l'homme de DarkRiver la capacité à se transformer en léopard, il ne fallait pas s'y fier. La nuit où ils avaient sauvé Brenna, Judd avait vu la sentinelle mettre Enrique en pièces à mains nues.

— Vous ne devriez pas être là.

Ils avaient enfreint les règles. Les deux meutes avaient conclu une alliance et s'étaient donné l'une l'autre le droit de se déplacer librement sur leurs territoires respectifs, mais venir si près de la tanière sans en avoir avisé les loups au préalable était une marque d'hostilité.

Dorian et Mercy s'avancèrent pour couvrir Lucas, qui les repoussa d'un geste de la main. En revanche, lorsque le chef se plaça devant sa compagne, Sascha grimaça mais ne protesta pas.

— Si on voulait la guerre, on serait déjà dans la tanière. (Les cicatrices sur le visage de Lucas – comme si une bête sauvage l'avait lacéré de ses griffes –, étaient rouges de sang.) On est ici pour discuter.

— Attendons, en ce cas.

Judd se posta de l'autre côté de la clairière enneigée, traçant par son geste une ligne invisible dans le manteau blanc.

Aucun d'eux ne l'avait dépassée lorsque Hawke et ses lieutenants arrivèrent. Brenna revint, elle aussi. Elle prit place à la gauche de Judd tandis que les autres se mettaient à sa droite, aux côtés de Hawke. Le chef des SnowDancer s'avança d'un pas.

— Lucas, il vaudrait mieux que tu aies une bonne raison d'être là.

Les traits déformés par la fureur, Lucas imita le geste de Hawke.

— On a attaqué le clan de cerfs DawnSky. Ils ont été massacrés.

Un grondement sourd roula dans la gorge de Hawke.

— Combien de morts ?

— Neufs adultes, trois enfants. (Les cicatrices de Lucas ressortirent davantage.) Il y en aurait eu davantage si Faith n'avait pas eu une vision partielle qui lui a permis de donner l'alerte. Mercy et Dorian se trouvaient assez près pour pouvoir intervenir. Tamsyn et Nate sont restés là-bas pour ramasser les morceaux.

Judd regarda Sascha glisser la main dans celle de son compagnon, se pencher vers lui tout en restant derrière son dos ; elle lui apportait du réconfort, sans pour autant détourner son attention en s'exposant. Lucas referma les doigts sur ceux de Sascha.

— C'était un massacre organisé. Six Psis armés contre un troupeau de cerfs sortis paître.

Pour avoir vécu avec les loups, Judd savait que les cerfs étaient l'une des espèces de changelings les plus pacifiques. Ils étaient également très faibles en termes de force physique.

— Pourquoi ? demanda-t-il, même s'il savait d'expérience que la présence d'un assassin Psi devait probablement attiser la colère du chef léopard. Le Conseil a forcément ses raisons… Ils ont toujours cinq longueurs d'avance.

La voix de Lucas était proche d'un grondement lorsqu'il répondit.

— Je me suis rendu sur place. Ils ont tenté de manière assez habile de maquiller les corps pour faire croire qu'il s'agissait de l'œuvre des loups ; on dirait qu'ils avaient des armes dont la forme imite des griffes. Les corps étaient déchiquetés, mais on a retrouvé une odeur très subtile sur deux des cerfs. Mercy et Dorian ont dû interrompre ces enfoirés de meurtriers avant qu'ils puissent s'occuper des autres corps.

— Si tous les cerfs étaient morts, dit Hawke, un grondement sourd dans la voix, il n'y aurait plus eu personne pour accuser les Psis. Ça nous serait retombé dessus.

— Et votre réputation serait passée de puissants mais justes, à celle de tueurs sans discernement. (Judd jeta un coup d'œil aux sentinelles derrière Lucas.) Vous avez suivi l'un des Psis ?

Mercy regarda son chef et ne répondit qu'après qu'il eut hoché la tête.

— On les a vus partir, mais on a choisi de secourir les blessés plutôt que de leur donner la chasse. Ils ont recouvert leurs traces comme des pros, et les cerfs sont trop traumatisés pour pouvoir nous aider avec des descriptions… Ce sont des instituteurs et des comptables, pas des soldats.

— Et Faith, elle a vu quelque chose ? demanda Judd, connaissant sa réputation de puissante clairvoyante, tant sur le Net qu'en dehors.

Sascha secoua la tête.

— Elle le vit mal… Elle a vu la scène après qu'elle a commencé. Elle dit avoir vu les conséquences, pas l'acte en lui-même… Elle a entrevu un avenir sanglant.

Après une minute de silence total, Dorian prit la parole, sa colère plus palpable que celle des autres.

— Un des gosses pense avoir vu un insigne sur l'épaule gauche de leurs uniformes. Des serpents. Comme le gamin est terrifié par les serpents, il s'en est souvenu.

— Ça va être une vraie phobie, maintenant, dit Sascha.

Sa voix était calme, mais son visage exprimait la colère.

Lucas se retourna et lui effleura les cheveux du bout des lèvres.

— Sascha voulait rester avec les survivants, mais je me suis dit qu'on aurait besoin du point de vue d'un Psi. Je ne savais pas qu'il serait là. (Il adressa à Judd un hochement de tête, geste qui n'avait rien d'amical.) Des idées ?

— Quelques-unes. Donne-moi une minute. (Après tout, la mort était son seul talent.) Je sais que l'emblème du serpent appartient à Ming LeBon, mais ça permet simplement de confirmer l'implication du Conseil.

Une main de femme à l'ossature fine glissa dans la sienne ; il le ressentit dans chaque fibre de son être. Il baissa les yeux et s'aperçut que Brenna le regardait. Elle secoua doucement la tête. Le temps parut alors s'arrêter, et il comprit qu'elle lui disait qu'il n'était pas défini que par la mort. Il faillit la croire. Sauf qu'à cette même seconde il avait conscience de la chose monstrueuse qui l'habitait. Il suffirait d'un moment d'inattention pour qu'elle s'échappe et sème la mort autour de lui, sans discernement. Hommes. Femmes. Enfants.

La main toujours serrée sur la sienne, Brenna se détourna et mit fin à leur étrange échange.

— J'aimerais aider.

Elle avait prononcé ces mots à l'intention de Sascha.

— Je pense que tu t'en sortirais très bien avec les plus jeunes.

Oui, songea Judd, parce que Brenna savait ce que ça faisait d'être fragile et sans défense. Il avait juré de veiller à ce qu'elle ne souffre plus jamais comme elle avait souffert à cause d'Enrique, mais les cicatrices étaient déjà là et elles l'avaient changée.

— Judd ? (Sascha tourna ses yeux de cardinale vers lui.) Je…

— Oui, dit-il avant qu'elle ait pu lui poser la question.

— Ça, je le sais. Mais j'allais te demander combien d'heures tu penses pouvoir m'accorder.

Depuis quand Sascha ne se sentait-elle plus mal à l'aise en présence de Judd et s'était-elle mise à le croire « bon » ?

— Autant qu'il t'en faudra.

Il n'était pas capable comme elle de soigner les esprits traumatisés, mais il pouvait lui fournir de l'énergie supplémentaire, un talent rare chez les Psis qui semblait aller de pair avec sa petite spécialité. Ainsi fonctionnaient certaines aptitudes : elles étaient indissociables.

— Si Bren y va, il faut qu'on assure sa protection. On l'a déjà prise pour cible une fois, dit Riley.

— De quoi tu parles ?

Brenna fronça les sourcils.

Judd regarda l'autre homme.

— Il pense qu'on s'est trompés, que les hyènes savaient peut-être que tu te trouvais dans la cabane.

Chapitre 22

— Comment ce serait possible ?

Brenna fronça les sourcils.

Riley ne lui prêta pas attention.

— Judd ne peut pas en même temps aider Sascha et assurer la sécurité.

C'était la première fois qu'un des frères de Brenna reconnaissait, même de manière détournée, que le Psi était doué pour veiller sur leur sœur. Mais Judd ne le prit pas pour argent comptant. Riley était un stratège, un homme à la froide détermination dont le mode de pensée ressemblait de façon dérangeante à celui d'un Psi.

— Ça ira pour elle… On a conduit les cerfs dans notre périmètre, et ils ont des soldats avec eux en permanence. (Lucas secoua la tête.) Mais mon instinct me dit que les Psis n'attaqueront pas la même cible deux fois.

Judd acquiesça.

— Ils se dispersent pour vous obliger à diviser vos ressources et vous affaiblir en certains points spécifiques, en concentrant leurs efforts sur l'élimination des groupes de civils ou de non-prédateurs susceptibles de vous soutenir. C'est une tactique qu'a employée avec succès l'armée coréenne lors de la guerre entre le Japon et la Corée.

Lucas étrécit les yeux.

— Tu as une idée de leur prochaine manœuvre ?

— Il y a forcément eu autre chose. L'attaque lancée sur les cerfs serait une escalade trop brutale sinon.

— S'ils ont abattu des changelings non prédateurs isolés en rejetant la responsabilité sur nous, dit Hawke, la mine sombre, il se peut que ça ne nous parvienne pas. Les familles des victimes auraient trop peur de nous affronter.

— Et nourriraient leur rancœur, dit Brenna de sa voix rauque à jamais altérée par le cauchemar qu'elle avait vécu. (Comme si elle avait crié si fort que ses cordes vocales étaient irrémédiablement cassées.) Il y a tout de même une chose qui m'échappe, enchaîna-t-elle. Je sais que je ne suis pas un soldat, mais on est tous au courant que les cadavres du Conseil restent enterrés.

— Alors pourquoi avoir bâclé le travail cette fois-ci ? ajouta Lucas. Je vois deux possibilités. La première, ils n'ont pas tenu compte du rôle que pouvait jouer Faith.

— Ou la seconde, dit Judd, ils se sont surestimés en mettant les pieds sur un territoire dont ils ne connaissent rien.

— Qu'est-ce qui te semble le plus plausible ? demanda Riley, son expression toujours calme malgré ce qui s'était passé la dernière fois qu'ils s'étaient parlé.

Toutes les défenses de Judd se dressèrent ; Riley était le genre de chasseur à traquer sa proie avant de frapper.

— Si je devais émettre une hypothèse, je dirais qu'ils n'ont pas oublié Faith et ont probablement choisi leur cible sans rien planifier à l'avance.

— Pourquoi ? demanda Dorian.

— Parce que, s'ils avaient défini jusqu'au nom du groupe qu'ils allaient attaquer, il y aurait eu de plus grandes chances qu'un clairvoyant l'apprenne.

Mercy grimaça.

— Toutes ces histoires de visions du futur me filent la migraine.

— Il est plus probable qu'au lieu de se fixer une cible spécifique ils aient établi les paramètres de ce qu'ils cherchaient… Un groupe de changelings, de grande taille et pacifique, dans une région qui ne soit pas placée sous la surveillance directe des SnowDancer ou de DarkRiver. Ils ont ensuite posté leurs gardes et attendu le moment propice.

— Ces cerfs n'étaient que de la chair à canon pour eux, dit Brenna, si outrée que sa voix tremblait. Des insectes, juste bons à être écrasés.

— Brenna a malheureusement raison. Ils se sont servis des cerfs comme de pions.

Lucas se passa la main dans les cheveux.

— Le lieu était mal choisi pour attaquer… S'ils avaient attendu que les cerfs aillent plus loin, Dorian et Mercy ne seraient peut-être pas arrivés à temps.

Judd hocha la tête.

— Avant les récents événements, les intérêts des Psis entraient rarement en conflit avec ceux des changelings. Le Conseil ignore tout des diverses manifestations de la vie dans les forêts… L'importance des odeurs et du sens du vent, les distances que parcourent les sentinelles léopards, une centaine de petits détails dont dépend le succès d'un raid.

— Ça ne va pas durer, fit remarquer Hawke. Chaque fois qu'ils viennent sur notre territoire, ils en apprennent davantage.

Sascha marqua son approbation.

— Et les Psis sont très doués pour récolter des informations.

— Cette fois, on ne pourra pas se contenter de traquer et d'éliminer ceux qui ont commis les meurtres.

Judd avait observé le mode de fonctionnement des changelings. Œil pour œil. Du sang pour du sang versé. C'était une loi qui s'intégrait à leur système fondé sur l'honneur. Mais les Psis, eux, ne connaissaient pas cette notion.

— Il faut frapper un coup fort.

— Il a raison. (Lucas regarda Hawke.) Ils ont déjà trouvé comment imiter nos odeurs. Assez bien en tout cas pour tromper un observateur lambda. S'ils s'attaquent à la famille d'un humain… il ne va pas prendre le temps de vérifier que cette odeur est la bonne. Il se vengera sur nos petits.

Une description effrayante mais claire des conséquences de l'escalade.

— Vous ne pouvez pas vous permettre de vous lancer dans une guerre totale avec le Conseil. (Judd savait de quoi les dirigeants de son peuple étaient capables, quelles limites ils étaient prêts à dépasser.) Ils tourneront la situation à leur avantage : si vous ouvrez les hostilités, vous leur donnerez une raison de ne pas vous épargner.

Durant quelques minutes, il n'y eut plus que le bruit du vent qui agitait les arbres et, pour Judd, celui du souffle régulier de Brenna. Il n'avait jamais espéré quelqu'un comme elle, et il ne la méritait certainement pas. Il ne pouvait pas lui offrir ce dont elle avait besoin, mais la moitié obscure de son cœur commençait à comprendre qu'il ne serait peut-être pas envisageable de la laisser partir.

Elle éveillait en lui une pulsion sauvage, désespérée et violente, qui ne jaillissait pas de la colère mais de la passion. La sueur perla le long de sa colonne vertébrale tandis qu'il luttait contre les incursions de plus en plus marquées de la dissonance. Elle s'amplifiait à chaque nouvel aveu, à chaque contact. Et il s'en moquait. Une part de lui voulait oublier pourquoi la dissonance avait été implantée si brutalement dans sa psyché, oublier ce qu'il adviendrait s'il abattait les murs du conditionnement.

— Les données, dit Hawke avant que Judd ait pu sombrer dans la folie. Les Psis adorent leurs ordinateurs. Si on pirate leurs systèmes et qu'on détruit des choses, ils vont comprendre le message.

Si vous nous cherchez des ennuis sur notre territoire, attendez-vous à la pareille.

Judd avait toujours su que Hawke était l'un des prédateurs les plus intelligents qu'il ait jamais rencontrés mais, même venant de lui, l'idée était lumineuse. La plupart des mâles dominants auraient cherché à se venger en versant le sang d'une manière ou d'une autre – comme Hawke l'avait fait par le passé – mais, dans cette partie d'échecs-ci, une frappe latérale s'avérait bien plus judicieuse.

— Si vous vous attaquez à l'une des bases principales, comme celles qui fournissent des données au marché boursier, vous sèmerez le chaos dans le monde entier.

— Mais la plupart des informations ne sont-elles pas sauvegardées sur le PsiNet ? demanda Brenna. Je n'ai jamais bien compris pourquoi les Psis aimaient tant les ordinateurs.

Ce fut Sascha qui lui répondit.

— C'est avant tout une question de pouvoir. Comme bon nombre des postes administratifs sont occupés par des Psis de rang inférieur – des gens qui ne disposent pas d'assez d'énergie psychique pour accéder en continu aux chambres fortes sécurisées où sont classées les données –, ça ne sert à rien de stocker des archives commerciales sur le Net au jour le jour. (Voyant que personne ne l'interrompait, elle poursuivit.) L'autre problème, c'est que les Psis doivent traiter avec les autres espèces. Les humains et les changelings exigent d'avoir accès aux informations. Si les systèmes informatiques tombent en panne, les Conseillers risquent de devenir dingues. C'est vraiment une idée brillante, Hawke.

Le loup lui décocha un sourire éclatant.

— Merci, Sascha chérie. Tu as peut-être choisi le mauvais chef, mmm ?

— Je te jure, Hawke, marmonna Lucas en plaquant Sascha contre lui, un bras passé autour de son cou. Un de ces jours…

Pour couper court à la menace, Sascha se retourna dans ses bras et l'embrassa. Même si son témoignage d'affection ne dura pas longtemps, Judd s'aperçut qu'il l'hypnotisait. Mais ce n'était pas Lucas et Sascha qu'il voyait. Lorsqu'il posa les yeux sur la chevelure brillante de Brenna, il imagina soudain ce qu'il éprouverait si elle chatouillait sa peau dans des circonstances plus intimes.

Tournant la tête vers lui, Brenna ouvrit de grands yeux.

— Judd.

Un murmure à peine perceptible, qui n'était destiné qu'à lui.

Il regarda le rouge lui monter aux joues.

— Tu choisis bien ton moment, marmonna-t-elle en se serrant davantage contre lui.

Se refusant à la repousser, il encaissa l'impact psychique de son contact. Contrairement à ce qu'elle disait, il trouvait le moment très bien choisi. C'était lorsqu'ils se retrouvaient seuls et que la température commençait à grimper qu'il prenait conscience de toutes les manières dont il pouvait la blesser, la mutiler. Elle traitait Enrique de boucher… mais elle ignorait ce que Judd avait fait alors qu'il faisait partie des Flèches.

— Tu as des pirates que tu pourrais mettre à ma disposition ? demanda Lucas, apparemment calmé par le baiser de sa compagne. La seconde base souterraine de notre siège social dispose de l'équipement nécessaire pour mener l'opération.

— Vous êtes doués pour ne pas laisser de traces ? Tout le but est de ne rien leur donner qu'ils pourraient retourner contre DarkRiver ou les SnowDancer.

Judd se força à détourner son attention de Brenna et des images répugnantes de son passé.

— Jusqu'ici, ils ne nous ont jamais attrapés. (Lucas semblait fier de lui, comme seul un félin pouvait l'être.)

Dorian est très bon, mais il nous faut d'autres pirates de son calibre si on veut frapper fort.

Hawke croisa les bras.

— On en a trois qui savent passer inaperçus, et une qui peut faire encore mieux.

Judd sentit Brenna se raidir à côté de lui et bander les muscles. Il suivit son regard et s'aperçut qu'elle s'était tournée vers Riley. Celui-ci sembla tergiverser quelques secondes avant de hocher brusquement la tête.

— Bren est la meilleure de tous.

— Je croyais que tu étais diplômée en computronique.

Judd n'apprécia pas de découvrir qu'il ignorait quelque chose à son sujet. Une réaction émotionnelle. La sueur qui coulait dans son dos lui sembla de glace.

— Ça, c'est mon diplôme officiel. (Elle lui lança un regard malicieux qu'il ne lui connaissait pas.) Hawke dit que j'en ai un autre, officieux, dans la « programmation de systèmes créatifs ».

Elle éclata de rire.

L'intensité de la joie qu'elle manifestait par ce son provoqua en lui la rupture d'une nouvelle chaîne mentale. L'extrémité de ses nerfs lui donnait littéralement l'impression de brûler, sa colonne vertébrale de se transformer en une colonne de feu et de douleur liquide ; il frôlait dangereusement la défaillance complète.

Prenant les devants, il lâcha la main de Brenna… mais sans la repousser.

— J'assurerai la sécurité de l'équipe de piratage. (Il croisa le regard de Hawke.) Si Brenna doit se trouver là-bas, j'y serai aussi. Je m'arrangerai avec Sascha pour le reste.

— Lucas, ça te pose un problème ?

Le léopard de DarkRiver secoua la tête.

— Tant qu'il n'y a aucun risque qu'on te reconnaisse. (Il fit la moue.) Tu as tellement une gueule de Psi que c'est comme si tu trimballais une pancarte lumineuse.

Que son expression ait pu tromper un mâle dominant rassura Judd ; il ne laissait rien paraître de ses luttes intérieures.

— Je veillerai à ce que mon apparence ne soit pas un motif d'inquiétude.

— Une dernière chose. (Les cicatrices de Lucas devinrent plus foncées.) Les cerfs ont besoin de savoir qu'ils ne craignent rien. On va d'abord traquer et abattre les assassins, un jour ou deux avant le piratage informatique, pour que le Conseil s'imagine qu'on ne voulait que du sang. Ils relâcheront peut-être leur attention.

Judd regarda le chef de DarkRiver et comprit que celui-ci avait promis aux cerfs d'exorciser leurs cauchemars. C'était ainsi que fonctionnait la société des changelings ; les prédateurs menaient la danse, mais il leur incombait aussi des responsabilités. Contrairement au Conseil Psi, les léopards et les loups prenaient très au sérieux la sécurité et le bien-être de ceux qu'ils régentaient. Assez pour tuer en leur nom. Telle était la justice des changelings mais, comme Lucas l'avait souligné, elle allait cette fois-là servir un double objectif.

Et dire que le Conseil Psi pensait les changelings idiots. C'était là qu'ils se trompaient.

La nuit était tombée durant la réunion et l'heure du dîner passée depuis longtemps lorsqu'ils revinrent à la tanière. Malgré la virulence croissante de la dissonance, Judd suivit Brenna. Leur proximité entre quatre murs ne ferait qu'aggraver les choses ; mais cette faim qui le tenaillait, cette pulsion sauvage et douloureuse qui menaçait de le détruire, ne l'autorisait pas à partir de son côté.

— Je vais préparer un truc rapide à manger, dit-elle en entrant avec lui.

Restant dans la pièce principale, il suivit des yeux les mouvements de Brenna derrière le plan de travail de la cuisine. À la seconde où elle lui tourna le dos, il profita de l'occasion pour inspecter le piège qu'il avait installé sur sa porte. Il y avait été poussé par son instinct et son besoin de la protéger. Quelque chose lui échappait, un lien que son esprit conscient n'était pas encore parvenu à établir, à l'inverse de son subconscient qui croyait dur comme fer qu'elle courait un danger. Ou peut-être voulait-il simplement qu'elle soit en sécurité.

Le piège en lui-même n'était pas psychique ; Judd n'avait pas la capacité de raccorder son pouvoir à un objet de cette manière. À la place, il avait recouru à une technique rudimentaire des Flèches, insérant dans la poignée de la porte un dispositif qui lisait les empreintes digitales de tous ceux qui entraient. Si ces empreintes n'appartenaient pas à Brenna, Andrew, Riley, Hawke ou Judd, le dispositif était programmé pour envoyer un signal d'alerte sur son téléphone. Et, comme Brenna l'avait découvert, il pouvait se rendre d'un lieu à un autre en un clin d'œil. La téléportation l'affaiblissait, mais il suffisait de très peu d'énergie à un Tk-Psi de sa sous-classification pour causer des dégâts catastrophiques.

Il se rassit, rassuré par le bon fonctionnement de son piège.

— Le repas est prêt. (Lorsque Brenna sortit de la cuisine, il posa les yeux sur ses seins que moulait son pull léger.) Des restes réchauffés, ça te va ?

La faim qu'il voulait satisfaire était sans rapport avec la nourriture.

— Oui.

Elle le gratifia d'un sourire radieux.

— Tu n'es pas difficile. Tant mieux, parce que je suis épuisée.

En désespoir de cause, il dressa des barrages psychiques contre sa vision d'elle dans un lit, chaude, nue… et sienne.

— Ne tardons pas trop, en ce cas.

Ils étaient à la moitié du repas quand son portable s'alluma. Il jeta un coup d'œil au numéro de son correspondant mais reposa le téléphone sans avoir vraiment lu le message.

— C'était qui ?

Sa voix rauque frotta comme du papier de verre contre la peau sensible de Judd.

— Personne d'important.

Une lueur de curiosité brilla dans les yeux de Brenna, mais elle haussa ensuite les épaules et retourna à son dîner. Judd l'observa quelques secondes ; il n'avait jamais vu Brenna abandonner si vite, mais elle semblait réellement fatiguée. Ce qui simplifiait les choses. Il valait mieux qu'elle ignore certains aspects de sa vie… Le Conseil n'hésiterait pas à la torturer s'il pensait qu'elle détenait les informations qu'il cherchait.

Elle confirma son épuisement par le bâillement qu'elle lâcha alors qu'ils finissaient de manger.

— Désolée, je suis crevée. Ça t'embête si on abrège ?

C'était justement le prétexte qu'il attendait.

— Bien sûr que non.

Une fois sorti, il resta pourtant de longues minutes devant sa porte. Il était tout sauf changeling ; mais il sentait son odeur chaude et féminine, pouvait presque palper ses formes généreuses, et ses sens psychiques décuplaient et amplifiaient ce qu'il ressentait dans sa chair. Se remémorant la sensation de sa peau contre la sienne, il serra le poing. Son envie d'ouvrir la porte, de retourner à l'intérieur et d'obéir à ses pulsions sexuelles était si forte qu'il avait levé la main vers la poignée lorsque son téléphone s'alluma de nouveau.

La sonnerie le rappela brutalement à ce qu'il était. Ça lui était égal. Il avait dépassé trop de limites avec Brenna pour revenir en arrière. Mais, dans son état, il représentait un danger pour elle. Aussi répondit-il à l'appel.

— Je suis en chemin.

Seulement alors regagna-t-il ses quartiers. Il rassembla ce dont il avait besoin et sortit de la tanière en silence, sans se faire remarquer.

Son véhicule, à l'écart de ceux qui appartenaient aux SnowDancer, l'attendait près d'un des chemins accidentés qui menaient hors du territoire des loups. Lorsqu'il l'eut rejoint, il le trouva en parfait état, tel qu'il l'avait laissé. Le moteur démarra dans un ronronnement presque inaudible.

La seconde suivante, il crut apercevoir une ombre dans la forêt. Il déploya ses sens Tk pour scanner les alentours, constatant que le niveau de performances de son corps et de son esprit était loin d'être optimal. On avait pu profiter de son moment d'inattention avec Brenna pour le suivre. Il ne détecta cependant rien d'autre que les esprits ouverts des créatures de la forêt. Satisfait, il engagea son véhicule sur le chemin forestier et s'enfonça dans les ténèbres épaisses de la nuit nuageuse.

Il reçut la requête télépathique alors qu'il avait presque atteint sa destination.

— Je suis là.

Il gara sa voiture dans un parking à un niveau et sortit.

— Qu'y a-t-il de si important qui exige qu'on se voie ?

— Je voulais vous parler à tous les deux, et les réseaux de communication ne sont pas sûrs à l'heure actuelle… Je cherche à obtenir de nouveaux logiciels cryptés qui bloqueront toute surveillance secrète, répondit le Fantôme. *Le Conseil a déjà commencé à éliminer les fauteurs de troubles les moins discrets.*

Alors qu'il coupait par un square, Judd pressentit la venue de la pluie dans le fond de l'air froid.

— *Ils connaissaient les risques.*

Après avoir traversé la rue, il fit le tour de l'église et entra dans le petit cimetière obscur où se dressaient les tombes de ceux qui avaient choisi de reposer sous le soleil plutôt que dans la crypte.

Le père Perez était assis sur les marches de l'église ; Judd repéra l'ombre du Fantôme sur un arbre en face de lui.

— Qu'as-tu découvert ?

— Je ne t'ai pas vu arriver, dit le Fantôme. Ta déconnexion du PsiNet n'a pas eu d'effet notable sur toi et tes capacités.

Il se trompait, mais cette contre-vérité avait une valeur tactique.

— Je ne reste pas.

La distance augmentait d'un cran son besoin d'être avec Brenna et de veiller à sa sécurité. Une menace pesait sur elle ; le cerveau de Judd était obsédé par cette idée. Mais il ne savait pas si la menace venait de l'extérieur… ou de sa propre capacité à tuer.

Le Fantôme comprit le message.

— Cette information n'a pas encore été confirmée, mais Ashaya Aleine serait peut-être obligée de reprendre son travail à zéro.

— Pourquoi ? Le labo devait forcément avoir sauvegardé des copies des fichiers, dit Perez.

— La perte récente de plusieurs de leurs meilleurs scientifiques enlève toute valeur à de telles copies ; eux seuls connaissaient le sens de leurs notes. Hélas ! la protection autour d'Aleine est trop étroite.

Perez soupira.

— J'espérais que tu n'en serais pas venu à ça. (La tristesse perçait dans sa voix.) Tu es trop prompt à tuer.

Le Fantôme bougea dans les ténèbres.

— Si je n'avais pas supprimé les scientifiques, tout notre travail aurait été vain. Ils auraient commencé à poser les implants sur des cobayes dès cette année. En dix ans, nous serions devenus un seul et unique esprit collectif.

— Pas vraiment, dit Judd. Les Psis ne seraient pas tous égaux sous le régime du protocole I. Il y aurait des pantins, et d'autres qui tirent les ficelles.

Parce qu'il était une Flèche programmée pour tuer, Judd savait ce qui se produisait lorsqu'on permettait à certains d'exercer un contrôle absolu sur d'autres. Aucune drogue ne rendait plus avide que le pouvoir.

— Et donc nous allons encore verser du sang ? demanda Perez. Est-ce juste ?

— Je suis mal placé pour juger les autres, mon père. (Quoi que le Fantôme ait pu faire, Judd savait avoir fait pire.) Dis-moi ce que tu as d'autre… vite.

Lorsque Judd quitta l'église, une pluie glaçante tombait avec régularité. Il la laissa couler sur lui, laver le goût de mort de cette dernière réunion. Dans toute sa cruauté déshumanisante, le protocole Implant était le mal incarné, mais Judd sentait qu'en s'y opposant eux aussi pouvaient devenir mauvais. Cette compréhension jaillissait d'une part ensevelie de lui-même, indissociablement liée à ce qu'il ressentait pour Brenna.

À cette pensée, le besoin qu'il avait de retourner auprès d'elle se fit encore plus pressant. Accélérant le rythme, il inspira les odeurs d'ozone et de la ville. La rue était déserte, l'éclat des laz-lampadaires terni par la pluie. Il changea de trottoir et s'avança dans les ténèbres du parc. Enfant, pas une fois il n'avait joué dans un endroit comme celui-là. On avait supervisé sa formation, régenté ses exercices. Pour le modeler. Faire de lui ce qu'il était.

Repoussant ces souvenirs, il traversa le parc d'un pas rapide et se dirigea vers la voiture qu'il avait laissée de l'autre côté. Il pouvait lire le nouveau cristal de données que le Fantôme lui avait confié sur le navigateur de sa voiture, mais il préférait attendre et le faire sur son agenda électronique, doublement protégé contre les intrusions.

Du mouvement! L'avertissement passa dans sa tête avant qu'il ait pu identifier ce qu'il voyait. Il se tourna de côté pour limiter les dégâts lorsque le grand loup le plaqua au sol. Le souffle coupé, il eut tout juste le temps de lever le bras avant que l'animal referme la gueule et transperce sa peau et ses muscles jusqu'à l'os.

Résorbant la douleur, il projeta assez d'énergie Tk pour que la bête lâche prise et lui laisse une chance de se relever. Jusqu'à ce qu'il puisse ressouder les nerfs et les muscles, son bras ballant ne lui serait plus d'aucune utilité. Tandis que le sang se déversait de ses blessures au bras et au torse, il concentra ses capacités et canalisa son énergie dans son poing droit. Lorsque le loup se rua sur lui une seconde fois, Judd le frappa à l'œsophage. L'animal s'effondra, mais ne resta à terre qu'un instant avant de se jeter contre le torse du Psi et de l'entraîner de nouveau au sol.

Gueule béante, l'intention du loup était claire : lui briser la nuque.

Judd avait essayé de ne pas le tuer, certain qu'il s'agissait d'un SnowDancer... et il savait lequel. Il n'avait pas oublié le calme calculateur de Riley à la réunion. Mais il n'avait plus le choix. Il perdait trop de sang. Rassemblant ses forces, il se prépara à frapper l'esprit du changeling. Il ne restait au loup plus qu'une seconde à vivre.

Chapitre 23

— Judd !

Ce cri était tellement inattendu qu'il se figea. Le loup en fit autant. Une seconde plus tard, il s'arracha d'un bond du corps de Judd et s'enfuit dans les ténèbres à la vitesse de l'éclair. Le Psi aurait pu le détruire à cette distance, mais il se retint. Si ce loup était l'un des frères de Brenna…

— Judd.

Tandis qu'il se remettait en position assise, il sentit des mains lui tenir tendrement le visage et des doigts tremblants essuyer les gouttes de pluie sur sa peau.

— Mon Dieu ! ton bras est en lambeaux !

— Brenna, qu'est-ce que tu fais ici ?

Il envoyait déjà de l'énergie le long de son bras, afin de commencer à ressouder l'os ; la capacité de se guérir soi-même allait de pair avec ses dons Tk-Cell.

— Je ne peux pas croire que tu m'engueules alors que tu saignes à mort !

Elle se saisit du bras indemne de Judd, qu'elle mit autour de ses épaules, et hissa le Psi sur ses pieds. Elle était mince, et cela lui demanda un effort considérable malgré sa force de changeling.

Il avait perdu plus de sang qu'il ne croyait ; ses pensées devenaient confuses, rendant hésitantes ses tentatives de réparer les dégâts qu'il avait subis. Au lieu de tenter d'esquiver, il aurait dû tuer son assaillant dans la demi-seconde entre le moment où il l'avait entendu et l'impact. Mais Brenna l'aurait ensuite regardé avec de la haine dans les yeux. Inacceptable.

— Viens, la voiture n'est pas loin. (Elle plaça un bras autour de sa taille.) Pourquoi tu ne t'es pas téléporté lorsqu'il a attaqué ?

— Cela exige de la concentration. (Il n'avait pas eu le temps de se mettre dans la bonne disposition d'esprit.) Je vais conduire, dit-il quand ils arrivèrent à la voiture.

Elle désactiva la serrure en y appliquant son pouce, puis fit glisser la portière passager.

— Je croyais que vous étiez logiques, vous, les Psis. Tu n'es pas du tout en état de conduire.

Pourtant il en avait envie. Vaguement conscient que ce n'était pas un désir rationnel, il l'autorisa à l'installer sur le siège passager avant de fermer la porte. Une fois qu'elle eut aussi pris place dans le véhicule, il se mit à mobiliser toute son énergie pour réduire au maximum ses blessures. Malgré sa concentration erratique, son bras était presque redevenu fonctionnel, même s'il paraissait mutilé. Cependant, l'effet de la perte de sang s'aggravait. Judd pouvait à peine penser, encore moins se concentrer sur la réparation des plaies sur son torse. Les entailles béantes continuaient donc à saigner.

— Lara est trop loin. (Brenna démarra la voiture.) L'hôpital ! Il y en a un…

— Non.

Alors qu'elle semblait prête à l'ignorer, il l'agrippa avec son bras blessé, ce qui lui envoya une décharge de douleur dans le corps.

— Je ne peux pas me permettre de laisser une trace ADN, ajouta-t-il. Les enfants.

— Oh, Seigneur, j'oubliais ! (Elle lui enveloppa le bras avec quelque chose.) Tu perds trop de sang, on n'a pas le temps de retourner à la tanière.

Le liquide rouge perçait déjà au travers de ce qui était, il en prenait à présent conscience, la laine humide du manteau de Brenna.

— Ton torse, bébé, ton torse ! s'exclama-t-elle.

Il savait qu'il avait besoin d'aide : le loup avait touché une artère ou une veine importante, il ne pouvait dire laquelle pour le moment. Il était capable de s'empêcher de se vider de son sang, mais pas plus.

— On n'est pas loin de chez Tamsyn. Voici les coordonnées.

Il parvint à lui indiquer l'emplacement de la maison de la guérisseuse de DarkRiver avant de sombrer dans les ténèbres.

Environ vingt minutes plus tard, Brenna arrêta la voiture dans un crissement de pneus devant une grande maison aux allures de ranch. Un léopard de DarkRiver à la mine renfrognée ouvrit la porte avant même qu'elle ait eu le temps de contourner le véhicule. Brenna reconnut le compagnon de Tamsyn.

— Aide-moi !

Celui-ci s'élança vers la portière passager.

— Merde ! dit-il en apercevant Judd. Bouge.

Poussant Brenna sur le côté, il se saisit du Psi inconscient et s'apprêta à le charger sur son épaule.

— Non ! Son torse…, commença Brenna en donnant une tape sur le dos nu de Nate, seulement vêtu d'un vieux jean.

Nate baissa les yeux et sembla remarquer ce qui avait été dissimulé par le pull-over et le blouson déchirés de Judd.

— Seigneur !

Après avoir balancé le bras de Judd autour de son cou, il le traîna plus qu'il ne le porta jusque dans la maison.

— Ce foutu Psi est plus lourd qu'il ne paraît, commenta-t-il.

Brenna s'en était aussi aperçue. Judd semblait avoir une masse osseuse plus dense que la plupart des autres Psis. Mais, à cet instant précis, tout ce qui lui importait était qu'il respire. Collée aux basques de Nate, elle se souvenait à peine d'avoir refermé la porte derrière elle.

— Déposez-le sur la table. (Un ordre clair émanant d'une voix féminine.) Kit, va à l'étage et assure-toi que les petits ne descendent pas.

— Oui.

Un grand adolescent aux cheveux auburn et aux yeux endormis passa devant Brenna.

— Une chaise. (La voix de Judd fit bondir le cœur de la louve.) Pas la table.

Une requête.

— Il est aussi têtu que vous tous, murmura Tamsyn en nouant sa robe. Asseyez-le sur une chaise avant qu'il s'écroule et salisse tout mon sol.

Brenna ne réagit pas tandis que Nate s'exécutait.

— Qui a-t-il fait chier cette fois ? demanda le léopard, tandis que Judd se mettait péniblement droit sur la chaise, les yeux dans le vague.

— Mon chéri, peux-tu m'apporter le pistolet de suture ?

Tamsyn œuvrait déjà avec l'efficacité d'une guérisseuse, découpant les vêtements qui couvraient le haut du corps de Judd.

Celui-ci demeurait silencieux et stoïque. Mais, quand il croisa le regard de Brenna, elle fut certaine d'y déceler de l'inquiétude. Pour elle. Pourquoi ? Elle ne voulait pas gêner Tamsyn mais elle avait besoin de le toucher. Elle attendit que la guérisseuse se soit débarrassée des vêtements pour aller se tenir debout du côté indemne de Judd, une main sur son épaule. Sa peau était littéralement brûlante.

Surprise, elle se retint de sursauter. Judd avait toujours eu la peau légèrement plus fraîche qu'elle, tout comme Sascha et Faith. Mais, ce soir, c'était une flamme vive.

— Est-ce que je peux me rendre utile ? demanda-t-elle puisqu'il ne repoussait pas sa main.

— Ici. (La guérisseuse lui tendit un linge humide.) Essuie doucement le sang de son torse pour que je puisse vérifier la profondeur des entailles.

— Pas si profondes, intervint Judd dans un murmure inarticulé mais compréhensible.

— Reste tranquille. (Le ton de Tamsyn était acéré.) On croirait entendre un félin… Saignant à mort, mais refusant de l'admettre.

Nate revint alors avec une petite boîte en métal.

— Julian dort encore. Roman est réveillé, mais Kit s'occupe de lui.

Après un hochement de tête, Tamsyn entreprit de nettoyer le sang couvrant le bras de Judd tandis que Brenna faisait de même pour son torse. Le sang avait au moins cessé de couler ; il coagulait plus vite qu'elle l'aurait cru possible à peine quelques minutes auparavant.

— Des griffes et des crocs de loup changeling si je ne m'abuse, déclara Tamsyn, cherchant du regard la confirmation auprès de Brenna.

— Oui. Sous sa forme de loup.

Elle ne savait pas si cela faisait la moindre différence, mais c'était sans doute le genre de détails qu'une guérisseuse aimerait connaître.

— Ça ne devrait pas poser de problème, mais je vais quand même lui administrer une dose d'antibiotiques. Judd, es-tu allergique à quoi que ce soit ?

Judd secoua lentement la tête.

— Antibiotiques OK.

— Encore heureux que nous ne soyons pas contagieux, ajouta Nate depuis le comptoir contre lequel il se tenait appuyé, sinon tu te serais retrouvé avec des poils en un rien de temps.

Brenna redressa brusquement la tête, prête à lui dire d'arrêter ses plaisanteries, mais elle comprit qu'il essayait de distraire Judd de ce qui devait être une souffrance atroce. Même si rien ne transparaissait sur son visage.

Elle avait grandi entourée d'hommes durs : Riley était un lieutenant SnowDancer, et, quand Andrew ne la couvait pas, il contrôlait le secteur instable de San Diego pour Hawke. Son père aussi avait été soldat. Mais même ses frères auraient à présent déjà grimacé au moins une fois, et elle était persuadée qu'ils auraient lâché une bordée de jurons, et sans doute cherché bagarre à Nate, pour détourner leur esprit de leur chair mutilée.

Pas Judd. Le Psi restait aussi immobile qu'une statue.

Lorsque, en nettoyant le sang, elle toucha accidentellement le bord à vif d'une blessure, elle sentit son estomac se nouer comme si c'était elle qui avait eu mal.

— Je suis désolée, bébé.

Il n'en montrait rien, mais il devait souffrir. Même les Psis devaient être incapables d'éteindre leurs récepteurs de douleur.

Il gardait les yeux rivés sur elle. Elle maintenait ce contact, intense en dépit du brouillard rampant dans le regard de Judd ; elle ne pouvait, ni ne voulait, l'abandonner à sa souffrance dans la froide solitude du Silence Psi.

— Je vais commencer à te recoudre, dit Tamsyn, interrompant leur connexion vibrante. D'abord l'antiseptique.

Brenna avait la main posée sur le torse de Judd tandis qu'elle essuyait un dernier filet rouge et, même si proche de lui, elle ne le sentit pas broncher. Cela allait au-delà du contrôle ; c'était terrifiant. Qu'avait enduré Judd pour acquérir une maîtrise aussi implacable de ses réactions physiques ?

Elle vit Tamsyn extraire le pistolet de suture de sa boîte.

— Attends ! Tu ne l'anesthésies pas ?

Ces points de suture étaient terriblement douloureux.

— Les Psis réagissent bizarrement aux drogues, y compris aux anesthésiants. Sascha et Faith s'anesthésient elles-mêmes. (La guérisseuse croisa le regard de Judd.) Tu peux faire ça ?

Il hocha légèrement la tête.

— Oui.

Il ferma les yeux et se tint parfaitement immobile. Brenna ne l'entendit même plus respirer.

Après avoir tendu la serviette ensanglantée à Nate, la louve se saisit de la main de Judd et observa Tamsyn entamer la réparation des muscles endommagés à l'aide d'un minuscule pistolet de suture à usage interne.

— Tu es douée, fit remarquer Brenna.

— J'ai un diplôme de médecine. Je me suis dit que je ferais bien de compléter mes talents avec une solide connaissance et un équipement professionnel afin de ne pas gaspiller mon énergie de guérisseuse.

Elle parlait avec amertume, comme si elle se remémorait une époque où ses dons n'avaient pas suffi à sauver une vie.

— Et puis, tu le sais, poursuivit-elle, nous pouvons nous aider mutuellement en échangeant des idées et des stratégies, mais les dons des guérisseurs changelings ne fonctionnent vraiment bien qu'au sein de leur propre espèce animale. Mon don ne reconnaît même pas Judd.

Brenna acquiesça.

— Que voulais-tu dire pour les drogues ? demanda-t-elle à Tamsyn.

— Hmmm. (Elle tendit une fine torche métallique à Brenna.) Éclaire ici pour que je voie ce que je fais.

Tout en gardant le contact avec Judd, elle obtempéra. Le faisceau de lumière soulignait chaque entaille, chaque lambeau de chair. L'inquiétude lui tordait l'estomac, mais elle fit en sorte que sa main ne tremble pas.

— C'est lié à leurs dons et à la façon dont ils traitent l'énergie, répondit Tamsyn, reprenant le fil de la conversation. Voilà pourquoi le Jax les embrouille autant.

L'explication de Nate fut plus brutale.

— Les drogues foutent la merde dans leurs pouvoirs. Sascha refuse même de toucher à la bière ou au vin.

Les propos de Judd sur le Jax prenaient un tout nouveau sens pour Brenna.

— Je ne savais pas.

— On se demande d'ailleurs pourquoi ils prennent du Jax, ajouta Nate. Ça ne colle pas avec leur besoin de contrôle.

— Ils veulent peut-être oublier ce qu'ils sont devenus. (La voix de Tamsyn était triste.) Le Jax détériore aussi la mémoire.

Nate grogna.

— Quelle que soit la raison, ce sont toujours les faibles qui en prennent.

Brenna comprenait. Peu importait l'espèce – changelings, humains ou Psis –, c'étaient les individus faibles, brisés ou abîmés qui succombaient. Elle serra les lèvres. La souffrance ne constituait pas une excuse pour devenir accro ; Brenna n'avait pas choisi la voie facile et pourtant… comme elle l'aurait souhaité ! Mais le pire c'étaient les dealers, la racaille qui s'attaquait aux plus vulnérables.

— Tu sais qui a fait ça ? demanda Nate.

Elle sentit son estomac se nouer.

— Est-ce qu'on peut en parler plus tard ? Je pense que ce serait mieux si Judd était réveillé.

— Très bien. Je dois avertir Lucas et Hawke que vous êtes ici.

— Peux-tu attendre quelques heures ?

Judd aurait ainsi le temps de récupérer au moins un peu et elle avait besoin de son soutien. Si ce qu'elle croyait était vrai, elle ne pourrait pas l'affronter seule.

Le léopard l'examina quelques secondes.

— Donne-moi une bonne raison.

Elle ferma les yeux et prit une profonde inspiration. L'odeur métallique du sang submergeait ses sens. Elle rouvrit brusquement les yeux.

— Parce que j'ai senti l'odeur de ma famille sur Judd avant que la pluie efface les marques.

— Merde !

Deux heures après leur arrivée, Judd reprit conscience, le regard un peu fiévreux mais lucide. Trop lucide étant donné l'étendue de ses blessures.

— Et quoi, tu t'es injecté une transfusion de sang psychique ? demanda Tamsyn sur un ton acerbe que contredisait son visage inquiet.

Judd fléchit la main de son bras entouré de bandages ; la fine gaze blanche semblait plus fragile qu'il n'y paraissait.

— Il faut que je mange un peu pour regagner l'énergie perdue.

Ce n'était pas une réponse.

Tamsyn se renfrogna, mais Brenna ressentait seulement de la chaleur émaner d'elle. À l'instar de Lara et de Sascha, la guérisseuse de DarkRiver était d'une nature douce.

— Pourquoi est-ce que tout le monde s'imagine qu'il y a toujours à manger chez moi ?

Nate enlaça sa compagne par-derrière et embrassa la courbe de son cou dans un geste d'affection délibérée.

— Parce que même les Psis savent que tu es une bonne poire.

La grimace de la guérisseuse s'évapora et elle se tourna pour dérober un vrai baiser à son compagnon.

— Pourquoi est-ce que je te supporte ?

Nate murmura sa réponse trop bas pour que Brenna l'entende. Détournant les yeux de leur intimité naturelle, une intimité qui révélait une sensualité et un amour des plus profonds, elle remarqua que Judd observait aussi le couple. Il la regarda après que Tamsyn se fut écartée de Nate pour se diriger vers le frigo. Les yeux de Judd avaient la couleur du chocolat noir.

— Voilà ce qu'il te faudrait, dit-il.

Sa candeur l'ébranla... car cela signifiait qu'il avait accepté qu'il y avait quelque chose entre eux, de beau et de puissant.

— Ouais ? Eh bien, peut-être que c'est toi que je veux à la place.

Elle s'en foutait que leur relation n'entre pas dans une catégorie bien définie, elle s'en foutait que sa louve ne le reconnaisse pas comme son compagnon.

— Toi et personne d'autre, ajouta-t-elle.

— J'ai préparé des lasagnes pour le dîner, cria Tamsyn. Ça vous va ?

Il continua à l'observer, comme s'il voulait la dévorer des yeux.

— Tout me va.

— Alors je ne devrais peut-être pas gaspiller mes lasagnes. (Tamsyn s'empara d'un récipient dans le réfrigérateur.) Que diriez-vous d'un peu de carton à la place ?

Brenna trouva cela amusant malgré l'odeur de sang qui flottait encore dans l'air et la tension présente entre Judd et elle. Les lèvres serrées, elle attendit sa réponse.

— Le carton n'a aucune valeur nutritionnelle, lâcha-t-il d'une voix parfaitement blanche. Les lasagnes conviendraient mieux.

Tamsyn leva les bras au ciel.

— J'avais oublié à quel point vous pouviez être nuls, vous autres les Psis. Cela dit, tu bats Sascha à plates coutures.

On entendit un bruit de fracas à l'étage.

Tamsyn n'eut pas l'air de le remarquer, jusqu'à ce qu'elle dise :

— Mon chéri, pourrais-tu aller voir si Kit survit à nos petits monstres ? On dirait qu'ils sont tous les deux levés.

— Ne t'inquiète pas, il va bien.

Nate ne bougea pas.

— Je ne vais pas attaquer ta compagne, dit Judd au léopard. Je n'en ai aucune raison.

Nate répondit par un grognement. Brenna se renfrogna. Bien sûr, les prédateurs mâles avaient tendance à être incroyablement protecteurs en ce qui concernait leurs compagnes, mais Judd aurait dû à présent avoir gagné le respect des félins.

La fourrure hérissée, elle était sur le point de manifester ses sentiments quand Judd lui lança un regard et secoua légèrement la tête.

— C'est sa maison. (Il parlait suffisamment bas pour qu'elle soit la seule à l'entendre.) Il a une compagne et des enfants à protéger, et je suis un intrus.

— Tu as aidé Sascha et Faith à se déconnecter du Net. Tu es leur ami, souffla-t-elle, furieuse de cette injustice.

— Non. (Judd retira sa main de la sienne.) J'ai toujours agi dans mon propre intérêt.

— Tu n'es pas comme ça.

Elle refusait de le laisser la convaincre du contraire.

Il plongea son regard dans celui de Brenna ; les particules d'or de ses yeux s'assombrissaient, virant à l'ambre.

— Un assassin qui cherche à sauver sa peau. C'est exactement ce que je suis, Brenna. Je préférerais mourir plutôt que de te faire du mal. Mais je pourrais tuer n'importe qui d'autre sans ciller. Je suis né pour ça.

Brenna savait qu'elle aurait dû se réjouir que Judd ait admis ses sentiments à son égard comme il l'avait fait mais, lorsqu'elle entra dans le séjour vers 7 heures le lendemain matin, elle était toujours furieuse qu'il se montre si intransigeant pour tout le reste. Il essayait de boutonner une chemise bleu vif sur son torse couvert de bandages. Même blessé, il était si parfaitement bâti qu'elle en eut le souffle coupé et se mit à rougir. L'intensité du désir qu'elle ressentait la poussa à s'approcher.

— Laisse-moi t'aider.

Son bras devait être douloureux. Et elle refusait de seulement songer à ses autres blessures. Si elles avaient été un peu plus profondes…

— Brenna.

Il n'arrêta pas son geste, mais sa voix était remplie de sous-entendus dominateurs qu'elle ne reconnaissait que trop bien, ayant grandi avec des hommes souffrant de la même tendance machiste.

— Je ne t'ai jamais vu dans une autre couleur que le noir. Le bleu te va bien.

Elle boutonna sa chemise avec une attention pleine de tendresse. Le vêtement était un peu lâche, la constitution de Judd étant légèrement moins musculeuse que celle de Nate. Son Psi était bâti pour la ruse et la vitesse, son corps une arme bien affûtée… qu'elle mourait d'envie de caresser. À la pensée d'en explorer les lignes régulières et puissantes du bout des doigts, ses mains se mirent à trembler.

Une prise masculine lui enserra le poignet.

— Il faut qu'on discute avant que tes frères arrivent.

— On a le temps de prendre un café, suggéra-t-elle d'une voix étranglée par les larmes.

— Non. Ça fait un moment que Nate a appelé, ils ne doivent plus être loin.

Elle savait que le léopard avait différé les appels au maximum, mais elle aurait voulu que ce soit à jamais.

— Juste une tasse, insista-t-elle.

Il tira sur sa main pour la forcer à le regarder.

— Pourquoi est-ce que tu évites le sujet ?

Dans les yeux de Judd, les particules d'or brillaient d'un éclat lumineux ; Brenna ne rêvait pas, elles brillaient vraiment. Avant qu'elle puisse lui demander ce que cela signifiait, un brouhaha s'éleva à l'avant de la maison et les frères de Brenna déboulèrent dans le séjour, suivis de Nate et de Lucas.

Chapitre 24

L'expression de Riley se fit menaçante lorsqu'il aperçut la main de Judd autour du poignet de Brenna.

— Je jure que si tu ne la lâches pas, je vais…, commença-t-il.

— Tu vas quoi ? demanda Brenna en retirant sa main pour se mettre face à Riley. Achever le boulot que tu as commencé hier soir ?

— De quoi tu parles, bordel ? intervint Andrew en tendant le bras pour attirer sa sœur vers lui.

Judd s'interposa soudain ; il avait bougé si rapidement que Brenna en eut le souffle coupé.

— Je ne peux pas te laisser la toucher, pas quand tu es dans cet état d'esprit.

De derrière Judd, Brenna vit Drew serrer le poing.

— C'est ma sœur. C'est un salaud de ton espèce qui lui a fait du mal.

— Quoi qu'il en soit, je ne te laisserai pas l'approcher tant que tu ne te maîtriseras pas.

La voix de Judd était froide, implacable, menaçante.

Des grognements se firent entendre.

— La ferme ! hurla Brenna. Vous tous !

Ses frères la dévisagèrent, abasourdis. Les félins restaient sur les côtés de la pièce, ils ne comptaient sans doute pas intervenir, sauf pour empêcher un bain de sang.

Judd jeta un coup d'œil à Brenna.

— Ne dis rien.

— Ne t'avise pas de lui donner des ordres, Psi ! rétorqua Drew.

Elle en eut marre. Elle repoussa Judd sur le côté pour aller se planter devant son plus jeune frère et lui frapper le torse du poing.

— Tu sais ce qu'il me déconseille de faire ? Vous accuser, toi ou Riley, de l'avoir attaqué.

Andrew s'immobilisa.

— Quoi ?

— Judd est arrivé ici mutilé par un loup, intervint Nate d'une voix traînante. Il a le torse déchiqueté, et je ne vous parle pas de son bras.

— Tu crois que nous sommes responsables ? s'exclama Riley.

Elle fut bouleversée par l'intensité de la douleur qui se lisait sur le visage de son frère.

Mais elle refusait de céder.

— Vous n'avez pas cessé de le menacer. Et j'ai senti l'odeur de notre famille.

Judd posa une main sur son épaule.

— Ça suffit, Brenna.

Cette fois elle obéit, incapable d'affronter la souffrance sur le visage de ses frères. Elle se retourna pour enfouir la tête contre le torse de Judd, oubliant ses blessures jusqu'à ce que l'odeur de chair à vif l'assaille.

— Je suis si..., commença-t-elle.

— Chut !

Judd l'entoura de son bras indemne. Ce geste avait été inconscient mais il découvrit qu'il ne pouvait pas relâcher son étreinte, dissonance ou pas.

Croisant le regard d'Andrew et de Riley, il prit la parole :

— Au début, j'avais les mêmes soupçons que Brenna, mais je me trompais. (Il y avait songé à l'aube... C'était de ça qu'il avait voulu discuter avec elle.) Si vous aviez voulu me défier, vous auriez opéré en plein jour, plutôt que de monter une embuscade sournoise.

Brenna se calma à son contact, une main recroquevillée tendrement contre le torse de son Psi.

Il trouvait cela douloureux, si douloureusement exquis de l'avoir si proche de lui. Resterait-elle une fois qu'elle aurait découvert toute la vérité à son propos ? Et, de la part obscure de son cœur, jaillit une question encore plus cruelle : la laisserait-il partir ?

— Brenna le sait aussi, poursuivit-il en ramenant son esprit à l'instant présent. Elle est un peu perdue parce qu'elle a senti votre odeur sur les lieux. Ça l'a secouée. Ce qui était probablement le but recherché.

Andrew se passa une main dans les cheveux.

— Merde alors, Bren ! Je ne l'ai pas touché. Je ne peux pas croire que tu m'aies suspecté une seconde.

Brenna tourna la tête tout en restant blottie contre Judd.

— Vous vous êtes tous les deux comportés bizarrement ces derniers temps.

Riley lâcha un juron à voix basse.

— Nous t'avons presque perdue par la faute d'un tueur Psi ! Je pense qu'il est normal qu'on n'ait pas envie de te voir fricoter avec un membre de cette espèce de psychopathes.

— Attention à ce que tu dis, intervint Lucas d'une voix douce mais ferme.

— Sascha est différente, précisa Riley sans se retourner. Mais pas lui.

— Je ne t'aurais jamais cru aussi étroit d'esprit, lâcha Brenna dans un silence de plomb.

Judd se surprit à resserrer son étreinte sur elle. Il n'avait pas besoin, ni ne voulait, qu'on se batte pour lui. Que Brenna ait pris sa défense déclenchait en lui des sensations qu'il ne pouvait se permettre d'accueillir, encore moins en raison de ses blessures et de l'énergie que lui demandait son combat contre la dissonance. Mais cela faisait longtemps qu'il n'agissait plus comme il l'aurait dû.

Andrew croisa le regard de Judd.

— Je ne t'ai pas attaqué. Tu serais mort si je m'étais occupé de toi.

Judd en avait entendu plus qu'assez.

— J'ai été blessé uniquement parce que j'ai voulu éviter [illegible] mon assaillant. Si je ne m'étais pas retenu, il aurait été mort avant de me toucher.

Il leur montrait les griffes qu'il avait gardées dissimulées pour faciliter son intégration parmi les SnowDancer.

Car il se rendait compte que certains loups ne respectaient que la force brute. Tant qu'Andrew et Riley le considéreraient comme une proie facile, ils ne lui permettraient pas d'approcher leur sœur. Il savait pourquoi : l'homme de Brenna devait être en mesure de la protéger. Les capacités de la jeune femme n'étaient pas en cause, mais bien leur besoin d'assurer sa sécurité.

— Les Psis ne peuvent pas entrer dans notre esprit, cracha Andrew.

Judd regarda le SnowDancer.

— C'est vrai que nous devons fournir un effort considérable pour vous manipuler, mais une déflagration d'énergie pure à bout portant détruirait toutes vos fonctions cérébrales importantes, à moins que vos cerveaux ne soient directement transformés en bouillie.

C'est ce que lui avaient appris ses expériences personnelles les plus obscures ; c'était l'une des nombreuses images de cauchemar qui hantaient son sommeil.

Bien entendu, un Tk-Cell disposait d'autres moyens, plus rapides, pour tuer. Mais il n'en avait pas eu conscience lorsqu'il était enfant, et les changelings n'avaient pas besoin de le savoir pour comprendre son point de vue.

— Donc, si vous vous en prenez un jour à moi, conclut Judd, je vous conseille de suivre vos propres règles de combat et de me tirer dans le dos.

Une fraction de seconde lui suffisait pour tuer.

— Mince alors ! dit Andrew, sa voix trahissant sa prise de conscience. C'est ce qu'on apprend tous à l'entraînement, mais comme tu t'es battu à mains nues avec tous ceux qui t'ont défié au lieu d'utiliser un don psychique, j'imaginais que c'était juste de la propagande Psi. (Il haussa les épaules.) Est-ce que Hawke est au courant ?

— Quoi ? demanda Brenna. Tu vas lui demander de foutre Judd à la porte ?

— Ce n'est pas ce que je voulais dire, grogna son frère. Arrête de faire ton emmerdeuse !

— Ne lui parle pas sur ce ton, s'interposa Judd.

Il avait choisi son camp, trouvé sa loyauté.

Riley croisa les bras.

— Il y a une chose que je ne comprends pas.

Son ton serein contrastait tellement avec l'atmosphère chargée de tension que tout le monde se tint tranquille pour l'écouter. Le lieutenant leva un sourcil.

— Mais avant de parler de ça, Bren, ma chérie, tu te rends compte que Judd et Drew sont exactement pareils ?

Andrew dévisagea son frère.

— De quoi tu parles, bordel ! ?

Judd se demandait la même chose. Mais Brenna éclata de rire. Lâchant son Psi, elle courut se jeter dans les bras de Riley.

— Je suis désolée. Je savais que tu n'avais rien à voir avec l'attaque.

— Et moi ? s'enquit Andrew en caressant les cheveux de sa sœur.

Brenna leva la tête.

— Je n'ai pas encore tranché en ce qui te concerne.

— Tu deviens méchante dans tes vieux jours.

Mais il la serra contre lui quand elle lui fit face.

En les voyant, le Psi ressentit une douleur sourde et lancinante dans la poitrine. Les blessures, conclut-il, rien d'autre. Brenna s'écarta ensuite de Drew pour revenir à son côté et la douleur s'intensifia.

— Qu'est-ce que tu ne comprends pas ? demanda-t-il à Riley.

— Comment Bren a pu se méprendre sur notre odeur.

Judd acquiesça.

— Je suis d'accord. On a affaire à quelqu'un en qui vous avez suffisamment confiance pour qu'il ait accès à vos effets personnels.

— Accès à un lieu où il aurait pu ramasser des choses suffisamment imprégnées de notre odeur pour l'utiliser comme camouflage. (Andrew sortit les griffes.) Ce fumier doit être soldat. On transpire des seaux pendant l'entraînement.

Lucas vint se placer à côté de Riley.

— Et si ton assaillant était parvenu à te tuer, demanda-t-il à Judd, qu'est-ce que cela aurait changé ?

— Ça aurait un peu semé la confusion. (Judd ne se faisait aucune illusion sur son importance dans la meute.) Mais sans de grandes répercussions. Nous sommes l'ennemi… Notre présence est tout juste tolérée.

Lucas prit un air songeur, son visage balafré ridé par la concentration.

— Et s'il avait cherché à atteindre un des enfants Lauren ?

Judd sentit affluer la face obscure de son pouvoir et dut la forcer à battre en retraite.

— Il serait mort à présent.

Ce n'était pas une menace, mais la réalité.

— Tu l'as dit, gronda Andrew, son loup affleurant dans le ton de sa voix. Les petits sont les petits, point barre. Tu t'en prends à l'un d'eux, tu peux aussi bien t'accrocher une bonne grosse cible sur le dos. Tous les chasseurs se seraient lancés à ses trousses.

— Donc, enchaîna Riley, on dirait qu'on ne cherchait pas à causer des ennuis à la meute ni à attaquer la famille Lauren. On en avait après Judd.

— Ce qui laisse beaucoup de possibilités, fit remarquer le Psi.

— C'est clair. Tu te mets en quatre pour emmerder tous ceux que tu croises. (Andrew avait la mine renfrognée.) Mais une tête brûlée t'aurait attaqué de front. Ce n'est pas un assaut en douce qui va leur faire gagner des points au sein de la meute.

Judd approuva.

— Et il n'y aurait alors eu aucune raison de maquiller l'odeur si…

Des rouages se mirent en marche dans son cerveau de Psi, les pièces de puzzle s'imbriquèrent pour former les contours d'un piège parfait.

— Il voulait isoler Brenna. Il me faisait disparaître, il l'éloignait de vous, et elle devenait vulnérable.

Andrew devint blême.

— Plus facile à enlever.

Judd remit son bras autour des épaules de Brenna. Elle y consentit sans hésiter. C'était un signe de profonde confiance. Mais la part d'ombre de Judd n'était plus surprise et acceptait cela comme son droit. En deux jours, ils avaient franchi une étape décisive. Brenna lui appartenait désormais.

Elle souffla, ce qui fit voler sa frange.

— Franchement, les gars, vous pourriez dépasser le stade de la surprotection ? (Son reniflement n'eut rien d'élégant.) Pourquoi quelqu'un en aurait-il après moi ?

Judd connaissait la réponse, mais elle n'était pas destinée à toutes les oreilles.

— Impossible de le pister maintenant que la pluie est tombée, lâcha Riley dans le silence.

Brenna fit un petit geste.

— Il y aurait bien un moyen.

Les cinq mâles la dévisagèrent.

— OK, disons que j'accepte votre théorie de la conspiration selon laquelle « Brenna est le centre de l'univers », expliqua-t-elle en roulant des yeux. Alors il existe une façon d'en être certains.

Elle se déplaça dans l'étreinte de Judd jusqu'à ce qu'il ait le bras autour de son cou. Elle lui tournait le dos tout en veillant soigneusement à ne pas appuyer sur ses blessures.

— Faites comme si ça avait marché, du moins suffisamment pour me séparer d'Andrew et Riley.

Distrait par les douces courbes de Brenna, Judd faillit manquer la teneur des propos de la louve. Son sang s'échauffait, son pouls s'accélérait… et une vague de douleur atroce et malveillante inonda son esprit. Il pouvait gérer les réactions physiques mais il était incapable de contrôler le besoin qu'avait son cerveau Psi de condamner certaines zones pour se sauver lui-même. Le compte à rebours était lancé.

— Partez sans moi, poursuivit Brenna, et retournez furieux à la tanière. Judd et moi, nous pouvons aller camper dans la cabane ; elle est toujours habitable.

— Non, dit Andrew en croisant les bras.

— Plus de barreaux, Drew, répondit-elle avec calme. Je t'aime, mais plus de barreaux. Avant qu'Enrique m'enlève, tu n'aurais jamais songé à essayer de m'enfermer.

Rejetant la vague de dissonance, Judd leva les yeux.

— Je suis largement en mesure de la protéger.

Aucune des composantes essentielles de son esprit n'avait encore été affectée.

Brenna lança un regard par-dessus son épaule, l'air mécontente.

— Je peux me protéger moi-même. Ce n'est pas parce qu'un fumier a un jour posé ses mains sur moi que je suis démunie.

— Pas sûr que ce soit une bonne idée, intervint Riley. Tout le monde sait qu'on ne laisserait jamais Bren seule dans la cabane avec toi, même s'il fallait l'emmener de force en la traînant pendant qu'elle hurle au meurtre.

Judd hocha la tête.

— On peut mener la même opération depuis la tanière. Vous devrez alors vous comporter tous les trois comme si vous vous étiez disputés.

— Je suis déjà seule dans les quartiers de la famille, murmura Brenna, percevant manifestement le bon sens des propos de Riley. Bien. Mais je jure, ajouta-t-elle la mine renfrognée en direction d'Andrew, que si tu tentes encore de fourrer ton nez dans ma vie je ne serai plus responsable de mes actes.

Son frère arbora un large sourire.

— Je savais que tu m'aimais.

Tamsyn n'était pas ravie de voir Judd s'en aller, mais il voulait retourner sur son territoire à lui, le lieu qu'il connaissait avec la minutie d'une Flèche après l'avoir exploré pendant des mois en solitaire. Brenna n'était guère plus convaincue, mais elle marmonna quelque chose à propos des mâles têtus et obstinés, et le poussa sur le siège passager quand il fit mine de vouloir conduire. Andrew et Riley étaient partis quelques minutes plus tôt pour donner du poids à la prétendue brouille avec leur sœur.

— On se voit demain à votre siège social ? cria Brenna depuis la voiture.

— Je n'irai pas, répondit Tamsyn avec une grimace. Le langage informatique, c'est du charabia pour moi.

— Je passerai, ajouta Nate depuis la porte d'entrée, le regard rivé sur Judd. On s'y verra.

Judd hocha faiblement la tête, se demandant si les félins accepteraient un jour sa présence sans y voir une menace. Probablement pas. Ce qui prouvait leur intelligence… car il constituait une menace, et pas des moindres.

Ils avaient entamé la remontée de la longue allée lorsqu'il aperçut deux petits garçons surgir derrière Nate et Tamsyn. Le mâle de DarkRiver attrapa les enfants et dit quelque chose qui fit rire à la fois sa compagne et les garçons. Judd détourna le regard. Ce n'était pas sa vie et ce ne le serait jamais. Et pourtant, en connaissance de cause, Brenna avait fait un choix on ne peut plus clair.

Et si elle décidait plus tard de changer d'avis ?

Sa part d'ombre, sa part de mal montra les dents. Ce soir, ce soir peut-être, il pourrait la libérer. Ensuite, elle devrait le tuer si elle voulait s'enfuir.

— Judd ? Tu as entendu ce que j'ai dit ?

Obligeant son esprit à revenir sur un terrain plus rationnel, il se tourna vers elle et déclara :

— C'est désormais certain qu'il s'agit d'un loup.

— Quoi ?

Elle quitta l'allée et mit la voiture en pilotage automatique sur coussins d'air, car les routes de cette région intégraient des puces de navigation. Les mains libérées, elle remisa le volant dans son compartiment et le dévisagea.

— De qui parles-tu ?

— Du meurtrier de Timothy.

— Quel est le rapport avec l'attaque dont tu as été victime ? (Elle secoua la tête.) De toute façon, Indigo et toi, vous pouvez vous tromper. Les Psis sont peut-être impliqués d'une façon ou d'une autre.

Il savait qu'elle avait besoin d'un lieu sûr, besoin d'avoir une confiance absolue en son peuple. Mais elle ne pouvait pas se le permettre si elle devait rester sur ses gardes.

— Tu exagères, Brenna. On a retrouvé le corps dans la tanière, dans une zone à l'écart dont aucun Psi ne connaît l'existence.

— Vous êtes capables de vous téléporter sur de longues distances, insista-t-elle.

— Oui, mais nous devons être en possession d'une excellente image mentale de notre destination.

Il tapota du doigt le bord de son siège, un geste qu'il suspendit aussitôt mais qu'il n'aurait pas dû esquisser. Les Psis ne montraient pas de signes d'impatience.

— Même si quelqu'un de mon espèce était parvenu à obtenir ces données, la téléportation tend à nous vider de nos forces : l'énergie consommée dépend directement de la distance parcourue. On n'a trouvé aucune preuve de la présence d'un Psi à des kilomètres autour de la tanière.

— Et ce qu'on a fait à Tim nécessitait beaucoup de puissance et de force, concéda doucement Brenna. Il n'est pas resté allongé sans réagir ; il avait des contusions.

— D'après moi, la lutte a été très physique. La plupart des Psis auraient utilisé des ressources mentales contre un adversaire changeling plus fort.

Il se força à prononcer les paroles suivantes, tout en sachant qu'elles ne feraient qu'établir un autre parallèle entre lui et Enrique.

— Bien sûr, utiliser la télékinésie pour projeter quelqu'un contre un mur provoquerait aussi des contusions.

Brenna leva la main vers le cou avant de la laisser retomber, le regard dans le vide.

— Il n'a pas utilisé la télékinésie, murmura-t-elle. Il s'est servi de ses mains pour m'étrangler tandis qu'il me maintenait immobile à l'aide de ses pouvoirs.

Une autre pièce du cauchemar.

— Brenna.

Un seul mot arraché de la partie la plus primitive de son être. Celle qui voulait baigner dans le sang du Conseiller mort, sans s'inquiéter du coût d'une réaction émotionnelle aussi extrême.

Brenna écarquilla les yeux. Levant la main, elle balaya tendrement les cheveux du front de Judd.

— Pourquoi je passe mon temps à te raconter des choses que j'ai juré d'emporter dans la tombe ?

Ce contact eut l'effet d'une décharge électrique sur les nerfs du Psi.

— Parce que tu sais que je te protégerai toujours des cauchemars.

Le visage de Brenna s'éclaira.

— Oui. Tu es assez solide pour t'occuper de mes démons.

Elle soupira et promena ses doigts le long de la joue et de la mâchoire de Judd, mais il ressentit ce contact dans des endroits bien plus affamés.

— Alors pourquoi parle-t-on de Tim plutôt que de ton assaillant ?

Tenir son désir en laisse se révélait de plus en plus difficile pour Judd.

— Je pense, répondit-il même si son corps le poussait à autre chose qu'à parler, qu'on cherche à t'isoler à cause de la mort de Tim. C'est la raison la plus probable pour que tu sois la cible d'un autre loup. Et je suis persuadé que c'est toi qui étais visée.

Elle immobilisa ses doigts, interrompant ses caresses.

— Quelle pourrait être la raison ?... Les rêves. (Elle suffoqua.) Mais comment a-t-il pu savoir que j'avais vu le meurtre en rêve ?

Chapitre 25

— Ce n'est pas un secret. Tu as crié « Je l'ai vu ! » quand on a trouvé le corps.

— Oh, mon Dieu ! (Elle s'effondra sur le siège.) Le tueur pense que j'ai été témoin de la scène et que je vais l'identifier.

— Ce qui signifie que nous devons le traquer et le capturer avant qu'il recommence.

Judd avait promis à Brenna qu'elle serait en sécurité et il ferait tout pour. L'échec n'était pas envisageable.

Le visage de Brenna changea d'expression.

— Que vas-tu lui faire ?

— Ce que n'importe quel homme ferait.

Il la défiait de l'en empêcher.

— Je ne veux pas que tu t'enfonces davantage dans les ténèbres à cause de moi.

— Il y a une différence entre agir pour protéger quelqu'un et…

Il se tut, prenant soudain conscience de ce qu'il s'apprêtait à dire.

— Et quoi, Judd ?

Il secoua la tête.

— Non, ça n'a rien à voir.

— Tu mens. (Une accusation nette, pleine de colère.) Je n'arrive pas à croire que tu oses me mentir en face après… (La mâchoire serrée, elle se tourna et tira le volant de son compartiment pour repasser à la conduite manuelle.) Très bien. Garde tes secrets.

Il fut pris d'une envie presque compulsive de la pousser afin d'attirer son attention sur lui de nouveau. Et c'est pourquoi il y résista. Car elle n'avait aucune idée de ce qu'elle demandait, des conséquences qu'elle aurait à subir. Cette seule pensée suffit à retenir sa main. Mais il y avait une réponse qu'il devait obtenir. Il attendit qu'ils soient presque parvenus à la tanière pour poser sa question.

— Comment savais-tu où j'étais hier soir ?

Elle lui lança un regard oblique, manifestement toujours furieuse.

— Ton cerveau de Psi en devient dingue, hein ?

Elle semblait extrêmement satisfaite d'elle-même.

— Il n'y avait pas de balise sur le véhicule.

— Pas lorsque tu as vérifié.

Elle avait désactivé la navigation sur coussins d'air pour repasser à la conduite sur pneus et dirigeait le véhicule sur le terrain accidenté avec tout l'aplomb d'une femme en colère.

— Je t'ai suivi quand tu as quitté la tanière et j'ai flanqué une balise sous le châssis une fois que tu étais dans la voiture.

Il se souvenait d'avoir vu une ombre.

— J'ai fait un scan télépathique.

Elle haussa les épaules.

— Je ne sais pas comment ça fonctionne, mais je n'ai pas bougé de là-dessous avant que tu démarres. Ce qui me rappelle... Il faudra envoyer quelqu'un chercher ma voiture.

Judd savait pourquoi le scan ne l'avait pas repérée. Il avait commis une faute élémentaire en ne sondant que le périmètre proche, au lieu d'étendre sa recherche en cercles concentriques de plus en plus grands. Le comble étant qu'il avait été si distrait la veille qu'il avait été suivi par non pas une, mais deux personnes. Le loup devait l'avoir traqué jusqu'à l'église, puis attendu son retour.

Soit il devenait négligent, soit les effets les plus subtils de la dissonance – et du combat qui se déroulait dans son cerveau entre Silence et les émotions – commençaient déjà à se manifester. Mais ce n'était pas ce qui l'inquiétait le plus.

— J'aurais pu t'écraser avec la voiture.

— Pas vraiment. (Elle ne semblait pas inquiète.) Tu ne pouvais aller que dans une direction.

— Brenna.

— Tu es juste en rogne parce que j'ai réussi à suivre ta piste hors de la tanière. (Elle lui décocha un regard perçant.) J'ai su qu'il se tramait quelque chose dès que tu as reçu cet appel pendant le dîner.

— Comment ça ?

Elle se dirigeait vers le garage souterrain, mais il ne lui demanda pas de changer de destination. Trop de personnes de sa connaissance avaient aperçu ce véhicule. Il devrait en obtenir un autre pour ses activités secrètes.

Elle gara la voiture.

— Pas grâce à ton attitude d'Homme de Glace. Mais d'une façon ou d'une autre je… (tout en mordant sa lèvre inférieure, elle haussa les épaules) je ne peux pas l'expliquer. Je savais, c'est tout.

Une fois hors du véhicule, elle en fit le tour pour ouvrir la portière de Judd, mais il était déjà sorti. Elle se mit à traverser le garage vide, suivie par le Psi.

— Ne viens pas chercher du réconfort chez moi si tes points de suture lâchent.

— Compris. (Il avait les yeux rivés sur son déhanchement, le contrôle réglé au maximum.) Tu n'aurais pas dû me suivre.

— Pourquoi ? (Elle lui lança un regard peu élogieux par-dessus l'épaule.) On ne peut pas dire que tu sois du genre à t'épancher.

— Il y a certaines choses que tu n'as pas besoin de savoir.

—Comme ce que tu foutais dans un parc désert au milieu de la nuit ? (Elle virevolta pour lui faire face, les bras croisés.) Tu n'arrêtes pas de me dire que tu es un assassin et puis tu files en douce. L'équation est vite résolue, tu ne penses pas ?

Il refusa d'écouter la voix qui lui intimait de la détromper.

—Oui.

—Foutaises !

Sur cette affirmation très claire, elle tourna les talons et se dirigea vers la rampe d'accès à la zone principale de la tanière.

—Si tu t'étais trouvé dans l'état d'esprit d'un tueur, ajouta-t-elle en ouvrant la porte, tu aurais exécuté ce loup sans hésiter.

Il resta dans le garage plusieurs minutes après son départ, essayant de trouver une réponse qui la satisferait. Il ne pouvait pas, il ne voulait pas, l'entraîner dans le monde morne de la révolte qu'il devait mener. Mettre un terme au protocole I constituait sa façon d'obtenir la rédemption, pour autant qu'une telle chose existât pour un homme tel que lui, mais elle ne devait pas payer pour ses crimes. Il était son bouclier. Contre le mal… et contre le cauchemar qu'il incarnait.

Quand il fut prêt, il monta au niveau supérieur et se dirigea vers l'appartement de Brenna. Elle avait laissé la porte ouverte, il la referma derrière lui.

—Brenna.

Elle préparait du café et leva les yeux.

—Ne me mens pas, Judd. Garde tes secrets mais ne me mens pas.

Des paroles calmes, mais si pleines de passion qu'elles l'atteignirent comme des coups de poing.

Il lui dit donc la vérité.

—Je prendrais bien aussi un peu de café.

Elle soutint son regard un long moment, comme si elle attendait qu'il dise autre chose. Puisqu'il demeurait silencieux, elle se raidit et lui tourna le dos. Il sentit un violent besoin de l'obliger à le regarder, mais il y résista. Enfin – et juste à temps –, elle prenait ses distances. Encore un peu et il savait qu'il ne lui aurait plus accordé sa liberté… même si elle l'avait supplié de la laisser partir.

Même si elle avait hurlé.

Chapitre 26

La salope avait encore ruiné ses plans. Il était sur le point d'égorger l'assassin quand elle était arrivée en trombe. Il avait envisagé de tenter sa chance mais, d'un seul coup de poing, cette saleté de Psi lui avait esquinté la mâchoire ; il n'avait pas été certain de pouvoir maintenir sa prise mortelle. Et si Brenna l'avait vu, elle l'aurait reconnu. Il devait à présent garder profil bas jusqu'à ce que sa mâchoire guérisse. Heureusement, ça ne prendrait pas trop longtemps.

Il se consolait en se disant que le gâchis n'avait pas été total. Andrew et Riley étaient en rogne. Et il avait entendu Brenna et le Psi se disputer. Manifestement, le brillant de leur étrange relation, quelle qu'en soit la nature, était en train de perdre de son éclat. Plus besoin d'essayer d'isoler Brenna, il n'avait qu'à patienter jusqu'à ce que Judd la quitte et la laisse seule dans ce grand appartement.

Elle n'offrirait pas grande résistance… elle avait été bien amochée par Santano Enrique. Il avait finalement décidé de ne pas la tuer d'une overdose. Il replia les doigts, imaginant son mince cou à sa merci. Il désirait voir la vie s'écouler de ses yeux de sorcière. Peut-être, juste avant de mourir, se souviendrait-elle de la dernière fois où il avait tenu sa gorge entre ses mains.

Chapitre 27

Au bout d'une journée marquée par le silence et des échanges embarrassés, Brenna alla rejoindre Judd, occupé à parcourir les fichiers du cristal de données que le Fantôme lui avait remis. Dissimulé dans la poche arrière de son pantalon, le cristal avait réussi à sortir indemne de l'embuscade.

— Pourquoi es-tu encore ici ? demanda-t-elle. Il est 21 heures.

Il ferma le fichier et déposa son agenda électronique.

— Puisque tes frères sont obligés de garder leurs distances, ta sécurité repose entre mes mains.

Il la dévisagea dans la lumière diffuse des lampes dont elle avait réduit l'intensité. Des os à l'aspect faussement fragile sous une peau crème. Des cheveux qui lançaient des éclats d'or et des cils un peu plus clairs, si longs qu'ils semblaient irréels.

Elle surprit son regard.

— Embrasse-moi, lança-t-elle.

Il serra son poing indemne.

— Je t'ai prévenue : je ne peux pas t'offrir ce dont tu as besoin.

— Menteur ! (Elle s'appuya contre le mur face à lui, petite, toute en courbes et déterminée.) Tu te consumes de désir pour moi.

— Le désir m'est étranger.

Brenna aurait pu être découragée par la volonté apparemment inébranlable de Judd. Mais elle avait trop peur de le perdre en l'abandonnant à ses propres démons.

— C'est totalement faux et tu le sais. (Il avait tant de secrets qu'il ne voulait pas partager, mais elle était résolue à ce qu'il avoue au moins celui-là.) Tu me dévorais quasiment des yeux l'autre jour après ma douche. Je te jure, si tu le nies, je ne serai plus maîtresse de moi-même.

Et il lui briserait le cœur.

Il se leva, d'un mouvement souple, dangereux.

— Tu n'as aucune idée de ce que tu demandes.

Sa voix était froide comme l'acier, mais elle était certaine d'avoir vu étinceler les petites taches d'or dans ses yeux.

Brenna fut parcourue d'une vague de désir.

— Je sais que la souffrance fait partie du conditionnement, débuta-t-elle. J'ai appelé Faith aujourd'hui…

— Tu crois que c'est une petite douleur qui m'effraie ? (Sa voix avait diminué de volume et avait pris un ton sinistre et plus inquiétant.) Tu penses que je ne risquerais pas ma vie pour briser les chaînes de mon esprit ?

Elle ne l'avait jamais vu dans cet état. Par ses sens animaux, Brenna comprenait que le contrôle glacial de Judd avait laissé place à une colère affûtée avec le plus grand soin, une colère si pure qu'elle donnait une teinte écarlate à l'air ambiant.

— Quoi alors ? osa-t-elle demander, s'avançant jusqu'à seulement quelques pas de lui. Qu'est-ce qui a une telle emprise sur toi pour que tu sois prêt à renoncer à nous ?

À une chose plus puissante et plus réelle que tout ce qu'elle avait ressenti jusqu'alors.

— Je ne suis pas du tout comme Faith, dit-il. (Elle affrontait un mur de pierre.) Mon don n'a rien de bon. (Il plongea la main dans les cheveux de la jeune femme sans prévenir et lui tira la tête vers l'arrière pour exposer sa gorge.)

Ma sous-classification n'apparaît dans aucun rapport, à l'exception de celui des Flèches.

Brenna sentit la peur lui engourdir la langue en prenant conscience qu'elle était parvenue à faire voler en éclats une part significative des barrières défensives du Psi ; mais pourrait-elle gérer ce qu'elle avait déclenché ?

— Parle-moi, Judd. Je dois savoir.

Car il lui appartenait. Même en cet instant précis, elle avait faim de lui, même sa part d'ombre constituait un aphrodisiaque parce qu'elle était convaincue qu'il ne lui ferait jamais aucun mal. Puis il reprit la parole et mit en pièces toutes ses rassurantes idées préconçues.

— Je pourrais te tuer en te faisant l'amour, dit-il. (Il l'autorisa à redresser la tête mais ne la relâcha pas.) Arrêter ton cœur, t'écraser la trachée, bloquer ta circulation sanguine. (Ces paroles froides l'atteignirent comme une décharge de fusil à bout portant.) Ou alors je pourrais faire exploser ton crâne ou ta cage thoracique. Il existe tellement de façons de tuer, même d'une pensée perdue. Bien sûr, ce serait moins raffiné que si je l'avais planifié, mais le résultat serait le même. Toi dans une housse en plastique.

Elle se glaça tout entière. À cet instant, elle était presque prête à s'enfuir en courant. Cet homme n'était pas le Judd qu'elle connaissait. Cet homme la terrifiait.

— Tu es incapable de manipuler ainsi un esprit changeling, souffla-t-elle, cherchant désespérément une issue.

— Tu ne m'écoutes pas. (Il lui effleura l'oreille du bout des lèvres, mais le geste n'eut rien d'érotique.) Je n'ai pas besoin d'influencer ton esprit pour tuer. Aucun Tk-Psi n'en a besoin. Et je suis un Tk très, très spécialisé, sous-classification Cell. Je suis en mesure d'agir sur la structure physique d'un corps, qu'il soit humain, Psi ou changeling, lui glissa-t-il dans l'oreille avec un froid mortel dans la voix. Mon contrôle est si précis que je peux réarranger les cellules de la peau si je le veux. On pourrait dire que je suis le scalpel, là où Enrique était un instrument émoussé.

Elle ne pleurerait pas ; il avait utilisé le mot « scalpel » à dessein. Ça avait été l'arme favorite d'Enrique, celle qu'il avait utilisée pour amocher ses victimes. Le nom d'Enrique raviva des souvenirs profondément enfouis dans son cerveau, mais elle se concentrait trop sur Judd pour y prêter attention.

— C'est pourquoi tu n'as pas de cicatrices, lâcha-t-elle, cherchant un élément auquel se raccrocher.

Tous les soldats avaient des cicatrices. Mais, sur le peu qu'elle avait aperçu du corps de Judd, elle n'avait pas décelé la plus petite marque, indépendamment des blessures de la nuit précédente.

Il recula et porta le regard sur la lèvre inférieure qu'elle se mordillait. C'est comme s'il l'avait touchée… caressée. Soudain, la peur se transforma en une passion si forte qu'elle en trembla.

— Les cicatrices, répéta-t-elle, le souffle court.

— Lors de ma formation, un des exercices pour améliorer le contrôle consistait à se débarrasser des cicatrices. (Sa voix n'était pas devenue plus chaleureuse, mais un brasier brûlait dans ses yeux.) Avec le temps, mon corps semble avoir retenu le truc et elles disparaissent à présent sans le moindre effort conscient de ma part.

Il la relâcha aussi précipitamment qu'il l'avait saisie et s'écarta de quelques dizaines de centimètres.

Tant de questions bourdonnaient dans la tête de Brenna, mais une seule comptait.

— Il doit bien y avoir une solution. (Hors de question de le perdre, et au diable la terreur qu'elle venait de ressentir.) Arrête d'essayer de m'effrayer et dis-moi comment dépasser ça.

Les particules d'or disparurent des yeux de Judd, ses iris devinrent profondément noirs et se fondirent avec ses pupilles. Brenna inspira une goulée d'air mais elle tint bon.

— Lorsque j'avais dix ans et que je n'étais pas encore entièrement conditionné, lui dit-il, j'ai eu un accès de colère. Dirigé contre un garçon qui s'était emparé du ballon que j'utilisais pour entraîner mes dons Tk. Il est mort avant d'avoir touché le sol. L'autopsie a révélé que son cerveau avait implosé. Il s'appelait Paul, il appartenait à la classification M et il avait huit ans.

— Oh, mon Dieu ! Judd.

Elle s'avança pour l'étreindre, mais il leva une main pour l'arrêter.

— Ta proximité met ma capacité à me contrôler à l'épreuve, et là maintenant il ne faudrait pas grand-chose pour que je bascule. Un faux pas, et on t'enterre demain.

Un avertissement sévère.

Elle sentait la douleur qu'il avait refoulée comme s'il s'agissait de la sienne.

— Tu étais un enfant, avec le manque de contrôle d'un enfant.

— Et je suis à présent un adulte doté d'un contrôle total, mais Silence est à la racine de ce contrôle. (Ses yeux d'un noir absolu croisèrent les siens, l'obligeant à le regarder.) Je ne choisirai jamais de m'en affranchir complètement.

— Je ne pourrai pas l'accepter. (La louve en elle, prise au piège, retroussait les babines à cette seule idée.) Que faisaient les Psis de ta sous-classification avant Silence ?

L'espoir s'enracinait dans son cœur.

— Ils étaient ermites, prisonniers ou morts. (Avec le pouvoir destructeur de la vérité brute, cette déclaration sans fard anéantit tout espoir.) J'ai étudié le sujet, Brenna. (Un ton froid de Psi, mais ses yeux… Ils parlaient de passion et de manque.) Ceux qui prenaient conscience de leur nature suffisamment tôt se retiraient de la société et passaient leur vie à éviter d'entrer en contact avec les autres.

L'isolement inhumain d'une telle existence bouleversa Brenna.

— Ceux qui n'avaient pas cette chance finissaient par tuer accidentellement, poursuivit-il. Cependant, puisqu'en raison de la nature de leurs dons tous ces meurtres se produisaient pendant l'enfance, les Tk-Cell n'étaient pas emprisonnés et on leur offrait une formation et une deuxième chance. (Ses yeux prirent une teinte encore plus sombre, ce qu'elle aurait cru impossible une seconde auparavant.) Certains choisissaient de vivre en ermite. Les autres tentaient de mener une existence normale mais finissaient inévitablement par prendre la vie de quelqu'un d'autre – voisin, épouse, ou même enfant – dans un éclair impulsif de colère. Après quoi, la plupart décidaient de mettre fin à leurs jours. Ceux qui ne le faisaient pas étaient enfermés à vie dans des cellules d'isolement, l'esprit enchaîné de sorte que même le PsiNet leur était interdit.

Brenna comprenait les notions de responsabilité et de punition, mais ce que Judd décrivait là constituait une forme de cruauté perverse.

— Comment pouvaient-ils infliger…

— Nous avions des émotions, Brenna. Les Psis ressentaient tout. Les Tk-Cell emprisonnés voulaient souffrir, ils voulaient passer l'éternité à revivre le cauchemar d'avoir tué ce qu'ils aimaient le plus au monde. (Se rapprochant, il poursuivit son tir de barrage ininterrompu.) Nous n'avons jamais été très nombreux ; d'après la théorie en vigueur chez les scientifiques, nous apparaissons par mutation spontanée. C'est la seule explication à la perpétuation de notre sous-classification, étant donné que nos gènes se transmettent rarement, encore moins sous Silence. Nous ne concluons pas d'accords de reproduction. Nous n'engendrons pas d'enfants. Nous ne nous accouplons même pas.

Elle eut l'impression qu'il l'avait giflée. Mais, au lieu de la douleur, elle ressentait surtout de la colère.

— Donc tu vas laisser la peur dicter ta conduite ? Tu choisis l'isolement de Silence comme prison personnelle ! Comment peux-tu nous faire ça ?

Elle se tenait si proche de ces yeux surnaturels qu'elle apercevait la réflexion de sa propre colère dans leurs profondeurs.

— Je préférerais te voir prendre un amant plutôt que mourir de mes mains.

Elle imaginait la torture de ces paroles pour lui. L'air en était encore ensanglanté de rage.

— Et tu laisserais cet homme en vie ? murmura-t-elle.

Pas de réponse. Ce qui lui donna de l'espoir alors que tout espoir avait paru hors d'atteinte.

— Alors nous nous battrons, Judd. (Elle osa poser doucement la main sur son torse. Il tressaillit mais ne bougea pas.) Nous nous battrons ensemble, tant qu'il y aura de l'espoir. Parce que je ne me détournerai pas de nous.

Des mots puissants, mais elle tremblait. Il pouvait la détruire avec quelques remarques irréfléchies.

— Tu es la femme la plus forte et la plus déterminée que je connaisse. (Il lui caressa les cheveux.) Tu pulvériserais un homme moins solide. Heureusement que tu es à moi.

Elle s'affaissa presque de soulagement.

— Ce n'est pas drôle.

— Je suis sérieux. (Quelque chose de très mâle passa sur son visage.) Si tu dis oui maintenant, je ne te laisserai jamais partir, même si tu décides un beau jour que je ne suis pas ce que tu souhaites. Tu dis oui, tu dis oui pour toujours. Sois sûre de toi.

Pendant un court instant de tension, cette voix possessive et ces yeux implacables l'effrayèrent. Judd n'était pas un loup docile qui ferait tout ce qu'elle voudrait. Il était compliqué, dominant et plus qu'un peu méchant.

Et il était à elle, qu'importe si le lien unissant deux âmes sœurs ne s'était pas établi entre eux. Elle n'avait pas besoin de cette confirmation. Pas avec son ange noir.

— Si je veux un jour ma liberté, je l'obtiendrai.

Les hommes comme Judd devaient comprendre que leurs femmes avaient des griffes.

— C'est une menace ?

Il n'était que froide arrogance Psi tandis qu'il s'approchait suffisamment pour que ses seins l'effleurent à chaque inspiration. Les yeux de Judd reprirent une teinte normale.

Elle avait envie de gémir, elle avait été trop longtemps privée de son contact.

— Tu te contrôles ? s'enquit-elle.

— Pas assez.

Des mots de glace pure.

La plupart y auraient vu un rejet, mais Brenna savait que c'était un signe de l'intensité de ses sentiments à son égard. La gorge serrée, elle lui releva la chemise pour découvrir les arêtes saillantes d'un abdomen qui la faisait saliver.

— Laisse-moi vérifier l'état de tes blessures.

— Je vais bien : je suis capable de déplacer des éléments à l'intérieur de mon corps, de faire circuler le sang, de réparer les dégâts.

Mais il déboutonna sa chemise et la laissa tomber par terre. Une seconde plus tard, les pansements suivirent le même chemin.

Facile, si facile. Car il le désirait, lui aussi.

— Tu es guéri.

Elle parcourut des yeux les contours de chaque muscle, le moindre centimètre carré de sa peau dorée de mâle.

— Magnifique ! s'exclama-t-elle dans un souffle chaud.

Il banda les muscles de son torse.

— Oui. Aucune cicatrice.

— Oui. (Mais ce n'était pas ce qu'elle avait voulu dire.) Ton corps me donne envie d'aller au lit faire des trucs moites, torrides et acrobatiques. Je veux t'embrasser, te lécher, te goûter.

Il serra les poings, ce qui contracta ses biceps.

— Ça suffit. (Il se baissa pour ramasser sa chemise.) Je ne peux pas risquer de te blesser en activant mes dons de façon malencontreuse.

Elle tendit le bras pour lui arracher la chemise des mains.

— J'aime te regarder à moitié nu. Et, si tu peux me donner des ordres, c'est que tu te contrôles toujours.

Judd sentit son abdomen s'enflammer, en même temps que des estafilades de douleur. Elle le provoquait à dessein et savait exactement ce qu'il fallait dire.

— Brenna.

Un avertissement.

Pour toute réponse, elle lui embrassa le centre du torse.

— Ne fais pas ton homme avec moi. J'ai peut-être une idée sur la façon de contourner ton don.

Elle fit glisser les doigts sur sa peau nue, sa peau qui devenait soudain la partie la plus sensible de son corps.

— Je ne peux pas m'empêcher d'être un homme.

Son érection était d'ailleurs un rappel vibrant de son sexe. Bien sûr, une telle réaction constituait une infraction au protocole, mais il en voulait plus. Le corps de Brenna effleurait le sien tandis qu'elle frottait sa peau avec les lèvres et qu'il devait ravaler son envie de lui ordonner de descendre plus bas.

Elle le goûta à petits coups de langue.

— Et quel homme sexy tu fais. Je pourrais te caresser toute la journée.

Un soupir.

— Caresser est un désir changeling, rétorqua-t-il.

Sauf qu'il s'était souvent demandé ce que cela ferait de la caresser jusqu'à ce qu'elle… Des lames de rasoir lui lacérèrent le cerveau et il vit des étoiles blanches.

Brenna perdit le sourire.

— Judd. Tes yeux… Ils ont lancé des éclairs rouge sombre pendant un instant.

La couleur du sang, un rappel visuel de ce qui arriverait à son cerveau s'il poursuivait sur cette voie.

— Tout va bien. C'est quoi, ton idée ?

Sur la pointe des pieds, elle plaça le dos d'une main contre son front.

— Je ne rêve pas. Ta température est plus élevée que d'habitude.

C'était la conséquence de la quantité d'énergie qu'il devait mobiliser pour bloquer la dissonance, tout en accélérant le processus de guérison de ses blessures. Grâce à l'intervention rapide et efficace de Tamsyn, celles-ci avaient disparu mais son organisme continuait de réparer des petites lésions internes.

— À qui la faute ? demanda-t-il au lieu de lui dire la vérité. Tu es là devant moi, à dire que tu veux me caresser.

Elle partit d'un rire sensuel et rauque. Laissant retomber la main sur son torse, elle découvrit les dents en les claquant les unes contre les autres.

— J'aime mordre aussi.

— Et tu ne crains pas que je morde en retour ?

Elle ouvrit grands les yeux.

— J'espère bien que tu le feras.

Des images se bousculèrent au travers de ses boucliers fragmentés : ses dents se refermant sur la courbe opulente de sa poitrine, la douceur de l'intérieur de sa cuisse. Les images étaient précises, nettes : il avait eu beaucoup de temps pour imaginer ce qu'il désirait lui faire. Mais même s'il pouvait y survivre…

— Tu n'es pas prête.

Elle s'était forcée avec Greg, elle s'était nui. Il ne lui ferait pas la même chose.

Elle prit un air renfrogné avant d'esquisser un geste inattendu : elle s'étira et lui mordilla le bord de la mâchoire de ses petites dents aiguisées.

— Qu'est-ce que tu en sais ? Ce n'était peut-être pas l'homme qu'il me fallait.

Il lui empoigna les cheveux et n'eut pas conscience de les tirer vers le haut.

— Je t'ai dit de ne pas me rappeler cet incident.

Elle enfonça les ongles dans son torse.

— Aide-moi à l'oublier alors.

La jalousie et la possessivité surgirent pour prendre possession de l'esprit de Judd. Il constata qu'il tenait la nuque de Brenna dans son autre main. Doux, son contact était doux. Il faisait tout pour ça, mais elle était en son pouvoir pour de bon. Non pas que cela ait l'air de lui déplaire, le sourire qu'elle affichait était une vraie invitation. Il se pencha pour refermer délibérément les dents sur sa lèvre inférieure.

Chapitre 28

Le rythme cardiaque de Brenna s'accélérait au contact de Judd. Il lui libéra la lèvre.

—J'arrête?

—Non, souffla-t-elle. Embrasse aussi mon cou. Il ne m'a jamais touchée à cet endroit.

Il fit descendre délicatement la main jusqu'à ses épaules et se pencha pour goûter la peau de son cou. Douce, soyeuse, c'était la quintessence féminine. Brenna s'accrochait à ses cheveux.

Douleur et plaisir réunis.

La dissonance était à présent continue. Des éclats de verre brisé lui tailladaient le cortex cérébral en un cycle incessant. Mais le plaisir… le plaisir dépassait tout. Il n'avait jamais ressenti de sensations aussi incroyables. Brenna poussa un minuscule cri de désir, et le plaisir se démultiplia jusqu'à ce qu'il sente à peine la douleur.

Une part de lui savait que c'était dangereux. S'il n'avait pas conscience de la douleur, s'il ne tenait pas compte de l'avertissement et ne battait pas en retraite, alors non seulement son don risquait de se libérer, mais la dissonance pourrait aussi causer des dégâts permanents à ses tissus nerveux. Immergé dans la sensualité suave de sa louve, il n'était cependant pas en état de comprendre ces périls bien réels.

Il remonta le long du cou de Brenna et couvrit la ligne de sa mâchoire de baisers avant de revenir à ses lèvres entrouvertes. Acceptant l'invitation, il pressa ses lèvres sur les siennes. Il fut traversé par une onde de chaleur fulgurante, de pur désir sexuel. La main de nouveau sur le cou de Brenna, il sentait le battement irrégulier de son cœur.

Mais elle ne s'écarta pas. Au contraire, elle l'enlaça et se contracta. Le corps de Judd savait ce qu'elle souhaitait, même s'il ne l'avait jamais touchée de façon aussi intime. Il relâcha son étreinte possessive, et l'attrapa quand elle bondit pour l'enserrer de ses jambes. La tenant fermement, il recula contre un mur mais ne se retourna pas pour l'y appuyer. Parce qu'elle tremblait. Elle était terrorisée.

Il rompit le baiser et cligna des yeux pour dissiper les ténèbres qui rampaient aux confins de son champ de vision ; il leva la main pour dégager les cheveux du visage de Brenna.

— Pourquoi crains-tu le contact physique ?

Elle avait été violée sur le plan mental. Avec évidemment des répercussions physiques : une si profonde violation de la psyché était un cauchemar que la plupart des gens ne pouvaient concevoir, encore moins endurer. Mais il sentait que sa peur allait au-delà.

Sa lèvre inférieure tremblait et une larme isolée se forma au coin de son œil.

— Il n'a pas seulement touché à mon esprit, dit-elle dans un souffle douloureux.

Il savait qu'Enrique avait mutilé son corps, qu'il l'avait tailladée, battue, mais…

— Il a abusé de toi sexuellement ?

Une rage froide brûlait dans les veines de Judd.

— Il ne m'a pas violée à proprement parler, répondit-elle, les doigts enfoncés dans les épaules de Judd. Je veux dire… il a violé mon esprit : il l'a ouvert de force et m'a obligée à voir des choses que je ne voulais pas voir, il y a placé des images qui ne m'appartenaient pas, des images qui y sont toujours. Je n'arrête pas de me laver, mais je ne peux pas m'en débarrasser!

— Je sais. (Il la laissa enfouir le visage contre son cou et lui caressa les cheveux.) Mais il a fait autre chose.

Des choses dont elle n'avait pas parlé au cours des séances de guérison.

Un hochement de tête saccadé.

— Il… il aimait démontrer son contrôle Tk en m'introduisant des objets dans le corps à la seule force de ses dons Psis.

L'esprit de Judd s'enflamma mais ce n'était pas de la douleur. Les dents serrées, il se força à demeurer silencieux et à écouter.

— J'avais tellement honte, chuchota-t-elle, la joue humide contre sa peau. J'étais une changeling louve – plus forte, plus rapide, prête à tout – et j'étais incapable de l'arrêter. Il lui arrivait de me détacher mais il me maintenait alors en place par la télékinésie, comme si je le décidais moi-même… comme si je coopérais. Puis il testait mes seuils de résistance. La plupart du temps sur le plan mental, mais parfois… parfois il décidait de voir ce que mon corps pouvait encaisser.

— Tu ne dois pas avoir honte. (Comment avait-elle même pu penser cela ?) Enrique était un Tk-Psi cardinal et un assassin. Il est le seul responsable.

Elle s'accrocha de plus belle à Judd.

— Je commence à reprendre confiance en moi, mais dès qu'il est question de sexe je pense à lui. Je n'arrive pas à dépasser ça même si je sais que j'ai tort. Je sais que tous les hommes ne sont pas comme lui, mais…

— Avec lui, c'était de la souffrance. Ça, c'est du plaisir.

Même une Flèche rebelle savait faire cette distinction.

Elle pleurait en silence. D'une façon déchirante.

— Il s'est arrangé pour que mon corps ressente du plaisir, il a trafiqué mon esprit jusqu'à contrôler mes réactions et m'a même fait aimer chaque humiliation, chaque truc dégradant qu'il me faisait subir.

Ses murmures étaient empreints de honte.

Judd aurait souhaité qu'Enrique ne soit pas mort afin qu'il puisse torturer ce fumier. Il le garderait en vie, il le ferait souffrir. On pouvait arracher des parties d'un homme sans le tuer pendant des jours, voire des semaines si on se montrait patient.

— Enrique était Tk, répéta-t-il. Son rang en télépathie était moyen. Il a voulu pénétrer ton esprit, mais il n'a jamais atteint le point central, la partie qui gouverne tes émotions. Son don n'allait pas aussi loin. Quand il faisait réagir ton corps, c'était en contrôlant tes nerfs.

Brenna s'était calmée, elle semblait se concentrer sur l'explication factuelle de Judd.

— Tu as toujours été consciente de ce qui se passait, n'est-ce pas ?

Il sentit un souffle chaud dans son cou.

— C'était comme si j'observais ce qu'il me faisait sans pouvoir y mettre fin. Je haïssais ça, mais mon corps faisait tout ce que voulait Enrique.

— Il n'y avait donc aucun plaisir, seulement une réaction physique.

— Ce n'est pas la même chose ?

Relevant la tête, elle plongea les yeux au fond des siens : les larmes avaient donné une étrange clarté à son regard.

— Ça fonctionne dans l'autre sens.

Il connaissait le raisonnement, on le lui avait enseigné dans le cadre du processus de conditionnement. Devant son froncement de sourcils, il décida de lui prouver son point de vue.

— Si je te disais que je n'ai jamais vu un plus beau corps que le tien, est-ce que ça te ferait plaisir ?

Elle piqua un fard.

— Tu le penses vraiment ou tu dis ça pour ta démonstration ?

— J'en pense chaque mot.

Elle était douce, bien faite, et voluptueusement féminine. Parfaite.

— Bien sûr que ça me ferait plaisir.

Elle balaya ses lèvres d'un baiser, si inattendu qu'il dut lutter pour retrouver le fil de ses pensées.

— Et si un inconnu te disait la même chose au fond d'une ruelle sombre ?

— Je m'enfuirais aussi vite que possible. (Elle grimaça.) Tu prétends que le plaisir est déterminé par le cœur et l'esprit. Je te fais confiance, je te trouve terriblement sexy, et donc tu me donnes du plaisir. Un autre homme, même s'il parvenait à obliger mon corps à réagir, ne me procurerait aucun plaisir.

Chaque homme possédait ses propres limites. Judd estimait qu'il avait déjà dépassé les siennes depuis plusieurs semaines.

— Le corps a besoin d'être connecté à un esprit libre, expliqua-t-il. Sans ce lien, ce n'est pas du plaisir mais un faux-semblant si malsain que c'est de la souffrance.

Elle se tut pendant une petite minute.

— Je n'y avais jamais songé ainsi, mais tu as raison. C'était vraiment de la souffrance. J'étais déchirée de sentir mon corps réagir contre ma volonté, ça me faisait si mal que je devais me recroqueviller à l'intérieur de mon esprit pour survivre. Sascha disait que c'est le plus élémentaire des instincts de survie, ce que font les êtres vivants quand il n'y a pas d'autre issue. Il arrive qu'ils ne sortent jamais de cet état catatonique.

Poussé dans ses retranchements, mais voulant éviter de blesser Brenna, il dirigea plutôt sa colère sur un objet inanimé. Le canapé derrière elle quitta le sol.

— Oui, dit-il, espérant qu'elle ne remarque rien. Alors accueille à bras ouverts le plaisir que je t'offre. Il n'est pas corrompu.

Elle esquissa lentement un sourire lumineux.

— Tu es merveilleux, tu sais ? Tout en logique et en rationalité, mais merveilleux. (Une seule phrase, qui voulait tout dire.) Et d'autant plus que tu m'as portée tout ce temps sans te plaindre. Je ne suis pas un poids plume.

Il hésita, mais opta pour la vérité.

— Je suis un Tk-Psi. Je te porte sans aucun effort.

Son expression s'assombrit.

— Tu utilises la télékinésie pour me tenir ?

— Oui. C'est ma nature. (Il était temps d'en parler.) Regarde derrière toi.

Avec un froncement de sourcils, elle jeta un coup d'œil par-dessus son épaule et en resta bouche bée.

— Tu fais flotter le canapé… et la table ! Pourquoi ? demanda-t-elle en se retournant vers lui.

— Trop d'énergie. Je dois trouver un moyen d'en relâcher.

Elle gigota et il comprit qu'elle voulait être libérée. Il la laissa sauter à terre, se demandant ce qu'elle allait faire ensuite. Puisqu'il était en mesure de refréner ses émotions les plus dangereuses à présent qu'elle ne le touchait plus, il fit redescendre le mobilier au sol.

— Soulève-moi, ordonna-t-elle de but en blanc.

— Brenna…

Elle recula de quelques pas pour lui donner plus d'espace.

— Allez, je veux sentir ton… énergie, la différencier de la sienne.

Elle lui lança un regard obstiné.

Judd comprit soudain que s'il lisait un jour dans ses yeux qu'elle avait peur de lui il serait anéanti à jamais.

— Tiens-toi tranquille.

Il pouvait aussi y arriver si elle bougeait, mais elle risquait de se blesser par inadvertance si elle avançait au mauvais moment et redirigeait son énergie cinétique.

Puis il s'exécuta.

— Judd.

Elle avait les yeux écarquillés tandis qu'elle flottait dans les airs, soixante centimètres au-dessus du sol.

— Tu veux que je te fasse redescendre ?

La porter ne lui prenait littéralement aucune énergie. Au contraire, la discipline requise pour gouverner sa Tk permettait de réduire la dissonance.

— Non. Encore plus haut.

Il obéit. À sa surprise, elle se mit à rire.

— On dirait que je vole.

Elle se roula en boule et fit un salto dans les airs, ce qui força Judd à se concentrer davantage pour compenser ses mouvements. En cet instant, il était sa Flèche personnelle, un esclave qui aurait continué aussi longtemps qu'elle le désirait, juste pour l'entendre rire.

— Autre chose ! ordonna-t-elle dans un sourire en revenant à la verticale.

Il se mit à exercer une pression sur ses jambes. Au bout d'une seconde, elle parut comprendre et coopéra tandis qu'il l'amenait à l'horizontale. On aurait vraiment dit qu'elle volait à présent. Son visage affichait une expression à la fois ravie et surprise.

— OK, dit-elle ensuite. Ça suffit. Je ne veux pas t'épuiser.

— Tout va bien, protesta-t-il mais il obtempéra tout de même.

Car elle l'avait demandé. Brenna ne devait jamais avoir l'impression que sa Tk l'emprisonnait.

— Bébé, j'ai des projets pour ton corps sexy et tu auras besoin de toute ton énergie pour les mettre en application, annonça-t-elle.

Il veilla à ce que l'atterrissage se fasse en douceur.

— Mon pouvoir t'a effrayée ?

— Non. (Elle avait l'air un peu étonnée.) Je pense que c'est parce qu'il n'a jamais rien fait de tel. Tout ce qui l'intéressait, c'était torturer et humilier, pas jouer.

« Jouer. » Encore un concept changeling.

— C'est ce qu'on vient de faire ?

Il l'observa traverser la pièce pour le rejoindre, gracieuse et mortelle : Brenna Shane Kincaid pouvait le détruire, et pourtant il n'offrit aucune résistance lorsqu'elle posa la main sur son torse.

— Ta peau est brûlante ! (Elle prit un air renfrogné.) Qu'est-ce qui cloche ? Et ne me raconte pas de conneries en prétendant que ce n'est rien. Tes iris sont de nouveau tout à fait noirs ; les particules d'or ont disparu et je ne distingue même pas les pupilles. Non… attends. (Elle fronça les sourcils.) Les iris ne sont pas noirs… Ils sont rouge foncé !

— Tu ne dois pas t'en inquiéter.

Elle laissa échapper un grondement sourd qui semblait provenir d'une créature beaucoup plus grande.

— Je te jure, un de ces jours, tu vas me pousser aux coups et blessures.

Il ne put résister. Il tendit le doigt pour le promener sur sa joue, le long de sa mâchoire et de son cou, avant de refermer de nouveau la main sur sa nuque. Il la caressait. Tendrement.

— Alors tu devras te trouver un autre corps sexy.

Elle fit la moue et retira la main de son torse pour enserrer le poignet qui la tenait.

— Très drôle, mais on ne me distrait pas si facilement. S'il te plaît, bébé.

Il avait presque pris l'habitude qu'elle l'appelle « bébé ».

— Tu ne peux rien y changer. Pourquoi je devrais t'encombrer avec ça ?

— Parce que, mon Psi chéri, rétorqua-t-elle en dégageant sa main d'un petit coup sec et en entrecroisant leurs doigts, c'est ce que font les amants. Partager.

— Nous ne sommes pas amants.

Il devait solliciter la moindre miette de raison disponible, car le contact de la main de Brenna jouait le rôle d'un bélier propulsant des émotions en lui.

— Judd, s'il te plaît.

Elle aurait pu être Psi tant elle était têtue. Mais il l'était encore davantage : il avait appris à ne rien céder, même sous la plus forte des pressions. Pourtant il prit la décision insensée de lui expliquer.

— Chaque fois que j'agis à l'encontre de Silence, il y a une réaction, tu le sais.

Elle acquiesça d'un air solennel.

— La douleur dont Faith a parlé.

— Ça s'appelle « la dissonance » et elle s'accumule. (La douleur dans la tête, les nerfs, même les os.) Je dois utiliser un certain volume d'énergie pour la contenir.

Brenna s'écarta brusquement.

— En clair, tu as mal chaque fois que je te touche, chaque fois qu'on entre en contact !

Il lui reprit la main.

— Il s'agit d'une réaction programmée, que je peux gérer.

Elle fit de nouveau mine de se retirer, mais il s'y opposa.

— Comment se fait-il que tu sois si fort ? (Elle n'attendit pas la réponse.) Qu'est-ce qui se passerait si tu essayais de t'affranchir du conditionnement qui provoque la dissonance ?

— Je ne peux pas me permettre de m'en affranchir. (Un fait immuable.) J'ai besoin des pointes de douleur : elles m'empêchent de tuer en m'avertissant que je m'approche d'une réaction émotionnelle qui pourrait déclencher mes dons à mon insu.

—OK, mais pourquoi tu ne peux pas te débarrasser des autres éléments du protocole pour ne plus souffrir d'émotions qui ne dépassent pas ce niveau de sécurité ? (Elle se mordit la lèvre inférieure et lui adressa un regard coupable à travers ses cils.) J'ai demandé l'aide de Faith pour t'amener à t'affranchir de Silence.

Un éclair rouge.

—Si tu as des questions à mon propos, viens me les poser.

—J'avais besoin de conseils !

Cette fois, ce fut Judd qui s'écarta. Il alla s'appuyer au mur, dos à Brenna.

—Il n'y a pas moyen de s'affranchir de Silence. Pas pour moi. Je refuse de devenir un danger pour toi ou pour qui que ce soit. Ce qui s'est passé ici ce soir… Je ne peux pas aller plus loin.

Brenna aurait bien donné un coup de pied dans quelque chose. Cependant, elle alla se placer derrière lui et, après une brève hésitation, posa une main sur son épaule musclée. Sa peau était brûlante. Elle souffrait de savoir qu'il avait mal à son contact, mais elle savait aussi que si elle cessait de le toucher elle l'abandonnerait dans les griffes de Silence.

—Écoute-moi au lieu de jouer au mâle dominant.

—Cette hiérarchie est un concept changeling.

Elle lui entoura la taille des bras et se pressa contre lui. Puis elle mordilla… légèrement son dos nu. Il ne grogna pas comme l'aurait fait un loup, mais ce qu'il fit fut aussi dominateur, aussi délicieusement sexy. Elle ne voulait pas d'un louveteau ; elle voulait un homme avec des crocs. Et Judd en avait à revendre.

Jetant un coup d'œil par-dessus son épaule, il lui lança un regard sinistre.

— Continue à insister et tu risques de ne pas aimer le résultat.

Elle sentit un grésillement sous ses doigts, un millier de minuscules morsures taquines. Ravie, elle appuya un baiser sur la peau qu'elle venait de mordre. Judd détourna le regard, et augmenta la pression de ses mains sur le mur. Cela eut pour effet d'accentuer les muscles puissants de son dos.

— Qu'est-ce que tu as fait ? demanda-t-elle.

— J'ai utilisé la Tk de façon contrôlée.

Sa voix était glaciale tant il se concentrait pour garder le contrôle.

Dangereux, il était dangereux. Le cerveau de Brenna essayait de nouveau de lui signaler une chose importante, mais elle était trop occupée à tenter d'entrer en communication avec Judd.

— Contente-toi d'écouter, d'accord ? (Elle poursuivit sans lui laisser le temps de l'interrompre.) J'ai pas mal parlé avec Faith. Elle pense que Silence n'est peut-être pas entièrement mauvais.

— Le protocole offre toute latitude aux sociopathes.

Des paroles froides, brutales, tranchantes.

Elle frissonna.

— J'ai presque eu l'impression que tu me tailladais.

Elle avait eu la sensation qu'un couteau lui effleurait la peau. Elle était terrorisée : Santano Enrique l'avait menacée de ses scalpels pendant des heures. Et il avait parfois dépassé le stade de la menace.

Judd se pétrifia.

— Arrête de me toucher. Je perds le contrôle.

Au ton de sa voix, elle obéit. Elle se détacha de lui et recula de quelques pas. Il parla sans se retourner.

— Je peux provoquer des dégâts Tk qui font l'effet d'une entaille, littéralement transformer ma volonté en une lame.

— OK, déglutit-elle en se représentant l'image.

— Je ne voulais pas te blesser, dit-il, tous les muscles de son dos tendus.

Sa peur se mua en pure tendresse. Dieu ! cet homme était si obstiné, refusant à tout prix de voir la vérité. Il préférerait sans doute se tuer plutôt que de lui faire du mal, et il croyait devoir l'en convaincre ?

— J'ai dit que j'avais eu l'impression que tu m'avais tailladée. Mais ce n'est pas le cas.

— Il s'en est fallu de peu, Brenna. De si peu. Tu devrais t'enfuir, plutôt que de chercher à me convaincre de tester davantage mes chaînes.

— Justement, dit-elle en serrant les poings afin de garder ses distances.

Le contact était une chose naturelle pour elle, et son manque était insupportable. Surtout lorsqu'il s'agissait de Judd.

— Tu peux peut-être choisir quelles parties de Silence tu souhaites. Où est-il écrit que tu dois accepter ou rejeter tout le protocole ? Faith affirme que les méthodes qu'elle a apprises sous Silence l'aident à combattre les vortex déclenchés par les mauvaises visions.

— Et Sascha ?

Elle poussa un soupir de soulagement : il écoutait.

— Tu connais la réponse. Silence était clairement mauvais pour elle ; ça allait totalement à l'encontre de ses dons. Mais ce n'était pas le cas de Faith…

Il se tourna enfin vers elle. Avec une expression qui l'interrompit en pleine phrase.

— Si Sascha existe, alors il est logique que j'existe aussi.

— Je ne comprends pas.

Ses instincts changelings la poussaient à le prendre contre elle, à rechercher le contact tactile. Le besoin était si puissant qu'elle devait physiquement se contraindre à l'écouter.

— Je suis son exact contraire. (Judd croisa les bras sur ce magnifique torse qu'elle avait envie de caresser.) Elle guérit. Je tue. Voilà nos dons.

La sensualité de Brenna était dévorée par les flammes de la colère, mais de façon paradoxale celles-ci attisaient la faim tapie au plus profond d'elle. Oh ! comme elle désirait Judd Lauren.

— Pourquoi veux-tu absolument te voir sous cet angle ? Tu m'as aidée à guérir, tu te souviens ?

Il avait « nourri » Sascha de sa force psychique, terminant souvent la journée totalement épuisé, avant de revenir le lendemain.

Il balaya ce souvenir.

— Une capacité mineure. Mon don principal ne sert pas à grand-chose d'autre qu'à tuer. Pour moi, Silence – dans son entièreté – est nécessaire. Tant que je pourrai discipliner mes émotions, je ne tuerai pas. C'est aussi simple que ça.

— Je ne suis pas d'accord.

— Tu as oublié ce qui est arrivé à mes semblables avant Silence.

— Non. (L'idée de son Judd, beau, loyal et fort, passant sa vie seul ou dans une cellule était un cauchemar pour elle.) Mais ils représentaient l'autre extrême : pas le moindre contrôle. Je te demande d'envisager qu'il puisse exister un juste milieu.

Un « bip » se fit entendre, et elle sursauta légèrement. Judd sortit un mince téléphone argenté de sa poche et lâcha quelques mots laconiques. Seuls les derniers lui importèrent vraiment : « J'arrive dès que possible. »

Elle attendit qu'il ait raccroché pour demander :

— Tu vas où ?

— C'était Indigo. Ils pensent avoir retrouvé l'une des hyènes responsables de l'explosion de la cabane. (Il ramassa sa chemise sur le sol et l'enfila.) Ils la tiennent prisonnière là-bas.

— Pourquoi ont-ils besoin de toi ?

Son ardent désir de toucher, de le toucher lui, était devenu une douleur dévorante. N'y tenant plus, elle s'approcha et se mit à boutonner sa chemise.

— Les soldats ont l'habitude de mener des interrogatoires, insista-t-elle.

S'ils obtenaient la mauvaise réponse, ils faisaient plus qu'interroger. Brenna acceptait cette nécessité ; dans leur monde, la pitié était souvent synonyme de faiblesse. Raison pour laquelle les SnowDancer cultivaient leur image de brutes sanguinaires.

Judd ne la repoussa pas.

— Pour l'effrayer, quoi d'autre ?

Ayant terminé avec la chemise, elle laissa retomber ses mains et releva les yeux.

— C'est-à-dire ?

Les yeux de Judd n'avaient toujours pas repris leur aspect normal.

— Chacun dans la meute a une fonction. Tu es technicienne, Riley est soldat et Lara guérisseuse. Tu ne t'es jamais demandé quel était mon rôle ?

— Tu es soldat comme mes frères, dit-elle tandis qu'un nœud douloureux se formait dans le creux de son estomac.

— Le genre de soldat auquel on fait appel pour nettoyer le merdier.

Chapitre 29

— Hawke ne te demanderait pas ça.

Il n'exigerait pas ce prix en échange de l'asile que Judd avait cherché pour le salut des enfants.

— Hawke ferait tout ce qui est nécessaire pour maintenir les SnowDancer au sommet de la chaîne alimentaire. (Une réponse abrupte.) Mais tu as raison : les changelings n'aiment pas trop recourir à des assassins.

Attaquer de front. C'était une question de fierté. D'honneur.

— Toutefois, poursuivit-il d'une voix glaciale, je peux faire beaucoup de choses sans tuer, ni même laisser une égratignure, afin de contraindre quelqu'un à parler.

Brenna savait qu'il s'attendait à ce que ces paroles la fassent fuir. Mais elle avait grandi entourée d'hommes implacables. Elle n'était pas une ingénue ignorant ce qui rendait les SnowDancer aussi puissants.

— Je n'ai pas peur, Judd.

Mais elle mentirait si elle prétendait qu'elle n'était pas inquiète... pour lui. Que devenait un homme quand il était le plus sinistre des hommes de main ?

— Bien, car, je te l'ai dit, il n'y aura pas de retour en arrière.

Il se tourna vers la porte.

— Va te faire foutre, lâcha-t-elle, frustrée par son obstination, par son refus d'au moins envisager une issue à Silence.

Dans l'intervalle tendu qui suivit, elle prêta enfin suffisamment attention à ses propres instincts. Elle comprit alors ce qu'elle avait su inconsciemment depuis le jour où il lui avait parlé de ses dons de télékinésie. Sa frustration se transforma en une colère qui la consuma tout entière.

— Tu sais ce qui me fait vraiment chier ?

Il s'arrêta, la main sur le bouton de porte.

— Je n'ai pas le temps de jouer aux devinettes, Brenna.

— Ce qui me fait vraiment chier, poursuivit-elle comme s'il n'avait rien dit, c'est que tu oses te montrer si possessif et si protecteur alors que tu me mens depuis des mois.

Il ne broncha pas.

— C'est une grave insulte.

— Tu es un Tk-Psi. Enrique était un Tk-Psi. Tu es capable de balancer un homme contre un mur pour lui briser les os. Tout comme il le pouvait. J'ai raison ou pas ?

— Viens-en au fait.

Sa réponse glaciale fit bouillir le sang de Brenna.

— Si les Tk-Psis les plus puissants sont tellement dangereux, comment les soldats SnowDancer et ceux de DarkRiver ont-ils réussi à exécuter Enrique sans subir la moindre perte, ni le moindre blessé grave ? (À grandes enjambées, elle alla se poster devant lui.) Tu étais présent la nuit où ils m'ont secourue et ont exécuté ce monstre.

Elle ne doutait pas de la capacité de sa meute à affronter un Psi meurtrier, mais Santano Enrique avait été un Tk-Psi cardinal luttant pour sa vie.

— Je n'ai pas raison ?

— Qu'est-ce que ça changerait ?

Son cœur se glaça ; elle avait souhaité que sa soudaine intuition ne soit rien de plus que de la paranoïa.

— Ça change que tu ne me l'as pas dit ! Pourquoi, bon sang !

Le téléphone de Judd sonna de nouveau. Aucun des deux n'y prêta attention.

— Parce que tu n'avais pas besoin de le savoir. (Il serrait les dents à s'en faire craquer la mâchoire.) C'était sans conséquence.

— Tu parles ! (Elle cogna du poing sur son torse, l'obligeant à s'écarter de la porte.) Tu m'as donc menti depuis le début ! Si tu mens là-dessus, sur quoi d'autre tu mens encore ?

Il se saisit du poignet de Brenna au moment où elle faisait volte-face pour s'éloigner.

— Tu agis de façon tout à fait irrationnelle. Ceci n'a rien à voir avec ce dont on parlait.

Elle se libéra de l'étreinte de Judd pour éviter de succomber à la chaleur brute de son toucher. Elle avait si faim de lui qu'elle pourrait aisément devenir son esclave. Il suffisait d'une caresse pour qu'elle fonde. Encore heureux que Judd n'était pas du genre câlin.

— Tu sais quoi ? À l'extérieur du PsiNet, ça s'appelle « être furieuse ». Et, pour ta gouverne, je compte rester ainsi un bout de temps.

Elle ouvrit la porte d'un geste brusque, quitta la pièce et se dirigea vers une sortie.

Elle attendit d'être dans le périmètre intérieur, dissimulée par la sombre épaisseur de la forêt, pour céder à sa crise d'angoisse. Elle posa une main sur un tronc d'arbre et tenta d'inspirer régulièrement l'air froid, mais elle ne put que haleter de façon saccadée. Judd avait raison. Sa réaction avait dû paraître déraisonnable, comme si elle se lançait dans une dispute sans importance. Il ne comprenait pas.

Qu'il lui cache des choses pour éviter de l'attrister, qu'il la traite comme une infirme, suffisait déjà à la rendre folle. Mais, ce qui la terrassait, c'était d'avoir compris qu'il l'avait vue au moment où elle avait été la plus vulnérable, la plus humiliée. Attachée sur un lit, bras et jambes écartés, dans la salle de torture personnelle du boucher. Nue. En sang.

Elle ne voulait pas que Judd ait à l'esprit cette image d'elle. Bien sûr, il l'avait vue pendant les séances de guérison, mais elle luttait alors pour revenir, fière d'elle-même d'avoir survécu. Tandis que, dans le repaire d'Enrique, elle avait été sur le point de craquer, sur le point de voir sa volonté anéantie. Dans les dernières heures avant qu'elle se retranche entièrement dans son esprit, elle avait supplié. Si le boucher lui avait promis de la libérer, elle aurait rampé, elle aurait coopéré à ses jeux de malade, elle lui aurait léché les pieds… N'importe quoi pour arrêter la souffrance.

Les larmes baignaient son visage pour la deuxième fois de la journée, mais celles-ci n'étaient pas calmes et silencieuses, elles coulaient dans la douleur et brûlaient sa peau comme de l'acide. Elle se mordait les lèvres pour éviter de pleurer trop bruyamment. Mais les larmes refusaient de s'arrêter. Elle était humiliée, blessée, furieuse, seule… Le mélange amer de ces émotions l'empêchait de respirer normalement.

Elle sentit des mains sur ses épaules.

Elle fut si surprise qu'il eut le temps de la faire pivoter, avant qu'elle essaie de garder ses distances en dressant les poings. Il la prit malgré tout contre lui.

— Chut ! Laisse-toi faire.

Ses pleurs redoublèrent. Quand Judd l'entoura de son corps protecteur et frotta la joue contre ses cheveux, elle en eut presque le cœur brisé. Elle savait ce qu'il lui en coûtait. Et pourtant il la tenait contre lui.

— Pourquoi ? (Elle tenta de le repousser mais il l'en empêcha.) Pourquoi ?

Il leva une main pour enserrer sa nuque en ce geste dominateur qu'elle commençait à connaître ; elle avait confiance en lui et l'y autorisait.

— Je sais à quel point tu es fière et forte. C'est ainsi que je te vois et c'est tout ce qui compte.

Elle avait la gorge écorchée à vif.

— Est-ce que tu m'as vue ?

Écartelée sur ce lit, réduite à l'état de chose, l'esprit déconnecté du corps.

— Non.

— Ne me mens plus. Je ne le supporterai pas.

— Je ne t'ai pas vue. Tes frères n'ont laissé personne s'approcher.

Mais plus tard il était entré dans la pièce. Il avait vu où elle avait été détenue, les entraves qu'elle avait tachées de son sang en essayant de s'en libérer, les instruments de torture qu'Enrique avait préférés à ses dons Psis.

Ses larmes avaient diminué, mais elle continua à pleurer pendant plusieurs minutes. Il refusait d'encore entendre un jour ces sanglots déchirants. Quand elle devint silencieuse, il se sentit atteint dans des endroits auxquels personne n'aurait dû accéder. Il aurait voulu la forcer à parler.

L'éclat bleu autour des yeux de Brenna semblait briller lorsqu'elle releva enfin la tête.

— J'ai demandé à Drew et à Sascha de me raconter les détails de l'opération de sauvetage. Ils n'ont pas parlé de toi, sauf pour dire que tu avais créé une diversion psychique à un moment donné de l'embuscade.

— Sascha n'a jamais su que j'avais été impliqué, lui répondit-il. J'étais un ajout de dernière minute lorsque Hawke a pris conscience de la nature de l'adversaire qu'ils affrontaient. Il s'est dit que ce ne serait pas du luxe d'avoir un Psi dans l'équipe, en particulier un soldat entraîné. Je devais contrer toute attaque psychique.

— Hawke te faisait confiance ?

— Non. (Judd n'entretenait pas d'illusions à ce propos.) Mais il savait que je ne tenterais rien, pas avec les enfants à la tanière. (Elle resta silencieuse, il poursuivit.) Je suppose qu'Andrew n'a pas mentionné ma présence, car ses souvenirs de cette journée sont pour le moins confus. Il était guidé par une rage froide. Il ne m'a peut-être même pas aperçu. Je suis entré avec l'équipe pour exécuter Enrique, tandis que Riley et lui se portaient à ton secours.

Elle avait été séquestrée dans une grande pièce insonorisée de l'appartement d'Enrique, à quelques mètres seulement de l'endroit où dormait son ravisseur.

— Enrique était fatigué après le combat contre Sascha sur le PsiNet. (Celle-ci était parvenue à affaiblir l'ancien Conseiller, tout en confirmant qu'il était le ravisseur de Brenna.) Mais il n'était pas hors circuit.

Judd avait bloqué la salve d'objets lancés par Enrique lors de l'assaut des loups et des félins, mais il avait été incapable d'utiliser ses dons Tk-Cell pour arrêter le cœur d'Enrique car son adversaire parvenait à dévier l'énergie Tk. Mais c'était aussi le cas de Judd. Et tandis qu'Enrique avait concentré ses efforts sur Judd, le considérant faussement comme la plus grande menace, les léopards de DarkRiver et les loups SnowDancer l'avaient encerclé.

Dès qu'ils avaient été en position, Judd avait projeté tout ce qu'il pouvait sur le Conseiller, transperçant ses boucliers physiques. Les changelings avaient sauté sur l'occasion. Ils avaient mis Enrique en pièces en l'espace de quelques minutes. Un jet de rouge artériel avait recouvert les murs… Un épilogue adapté à la vie d'un tueur. Dans la mêlée, personne ne s'était rendu compte du rôle exact de Judd, et le secret de ses dons de télékinésie avait pu être préservé.

Brenna ouvrit la main contre la chemise de Judd.

— Tu ne m'as pas vue.

— Non.

Il pouvait au moins lui confier cette vérité.

Elle hocha la tête, comme si elle acceptait son explication.

— Je suis contente.

Il lui embrassa le bord de l'oreille.

— Plus de larmes. Jamais.

— Désolé, mon sucre d'orge, mais je suis une louve. Nous avons du tempérament ; il faudra t'y habituer.

— Pas ce mot. J'accepterai chéri, et même bébé, dit-il, libéré de l'entendre redevenir elle-même, mais sucre d'orge jamais.

— Pomme d'amour ?

Elle se frotta le visage contre son torse.

Il s'inspira d'Andrew.

— Là, tu es juste méchante.

Elle rit et il n'avait rien entendu d'aussi beau depuis une éternité.

Judd arriva en retard au rendez-vous avec Indigo – d'autant plus qu'il avait encore dû appeler Riley pour l'informer que Brenna était seule – mais il s'en fichait complètement. Seul lui importait que l'hyène capturée avait représenté une menace pour Brenna ; son arrêt de mort était déjà signé.

Indigo attendait à l'extérieur de la partie intacte de la cabane ; son souffle gelait au contact de l'air nocturne.

— Je croyais que tu n'arriverais jamais, déclara le lieutenant.

— Où est-elle ?

— À l'intérieur. Un mâle de la meute de PineWood ; ils contrôlent une toute petite partie de l'Arizona. (Elle secoua la tête en direction de la porte, ce qui fit voler ses cheveux noirs.) Il ne dit rien. C'est pourquoi je t'ai appelé. Normalement, les hyènes craquent sous la pression. Ce sont des charognards, pas des prédateurs.

Des charognards : ceux qui attaquaient les faibles et les démunis. Si Brenna était tombée, les hyènes se seraient jetées sur elle sans pitié. Il lança un bref coup d'œil aux fenêtres de la structure en bois derrière Indigo, les sens en alerte jusqu'à déceler l'odeur mentale peu familière du prisonnier. L'envie de lui écraser le crâne était irrépressible et suffisamment néfaste pour que la dissonance lui conseille de battre en retraite. Il l'écouta car l'hyène ne devait pas mourir. Pas tout de suite.

— Si ces changelings sont des lâches, où celui-ci a-t-il puisé son courage ?

— Il a davantage peur de quelqu'un d'autre, dit Indigo d'une voix mécontente. Et d'habitude on fait ses prières quand on m'aperçoit.

— Tu penses qu'il s'agit du Conseil.

Ses membres représentaient le cauchemar, le monstre sous le lit, les ténèbres les plus profondes. Et ils savaient se montrer très patients. Comme une araignée.

— Ouais… ça ne peut pas être une autre meute. (Elle se frotta les mains l'une contre l'autre pour les réchauffer.) Sinon, il se serait déjà mis à chanter comme un canari.

— Il a les yeux bandés ?

Si, pour une raison improbable, Judd laissait l'hyène en vie, il devait l'empêcher de devenir une menace pour sa famille. Bien entendu, puisqu'il perdait toute rationalité lorsque Brenna était impliquée, les chances que le détenu s'en sorte vivant étaient quasi nulles.

Indigo hocha la tête.

— Oui, je m'en suis occupée quand j'ai entendu ton véhicule arriver.

— Je vais le faire parler.

Indigo conduisit le Psi à l'intérieur de la cabane. Le prisonnier en sueur était assis sur une chaise au centre de la pièce. En l'apercevant, Judd lança un regard à Indigo.

— Tu as raison.

Personne d'aussi pétrifié n'aurait pu tenir longtemps autrement… pas avec quatre loups dans la pièce : Indigo, D'Arn, Elias et Sing-Liu, la lanceuse de couteaux.

L'homme hyène était mince. Il avait le teint cireux, les cheveux noirs et un bouc pitoyable de la même couleur, une tentative hirsute pour dissimuler un menton fuyant. C'était un miracle qu'il ne se soit pas encore pissé dessus. Ses yeux étaient recouverts d'une bandelette de tissu brun foncé mais Judd n'avait pas besoin de les voir pour deviner que la panique devait le prendre aux tripes.

Judd alla prendre position derrière l'hyène et plaça un doigt contre sa tempe.

— Quelle partie de ton cerveau aimes-tu le moins ?

Il n'avait pas besoin du contact pour agir, mais la mise en scène aidait. Au même titre que la poussée mentale qu'il appliquait, qui devait donner à l'hyène l'impression de tenailles se déplaçant lentement autour de son crâne.

Le prisonnier se mit à haleter mais ne dit rien.

— Alors c'est moi qui vais choisir la partie que je détruirai, poursuivit Judd sur le ton typiquement métallique des Psis.

Même s'il luttait contre la menace pesant sur Brenna, cela ne l'amusait pas. Il remplissait son devoir. Les prédateurs et les charognards ne respectaient que la force brute. Les changelings n'étaient pas si différents des Psis à cet égard.

L'homme eut une réaction surprenante. Des larmes s'échappèrent de sous son bandeau.

— Vous n'étiez pas là ! cria-t-il. Vous n'étiez pas là, bordel !

Judd rompit le contact, car ses dons télépathiques lui communiquaient une sensation étrange. Il regagna les ombres et se mit à travailler au niveau psychique, tout en restant conscient des conversations dans la pièce grâce à une autre zone de son esprit.

Indigo le dévisagea. D'un hochement, il l'autorisa à abaisser le bandeau.

— Ne te retourne pas, ordonna-t-elle. Nous n'étions pas où, Kevin ? avança-t-elle tandis que l'homme se taisait. Parle, ou sinon je le laisse exercer ses talents. Je pense que tu peux imaginer le résultat.

C'est ça, songea Judd, *menace-le avec l'ogre Psi.* Mais il était beaucoup plus intéressé par autre chose qu'il avait trouvé chez l'homme hyène.

Indigo émit un grognement sourd.

— Parle. Dernier avertissement.

— Parrish, le chef de notre meute... (Kevin hésitait sur les mots en s'efforçant d'obéir.) Il a dit que si nous obéissions aux Psis, ils ne nous toucheraient pas.

— Pourquoi ? (Indigo toisa l'homme en croisant les bras ; Judd y vit un geste dominateur.) Kevin, je t'ai posé une question.

Ils purent l'entendre déglutir.

— Parce qu'autrement ils nous anéantiraient. Ils ont tué huit de nos petits en guise d'avertissement.

Indigo jura en décroisant les bras.

— Pourquoi diable vous n'êtes pas venus nous voir ?

Judd savait que, même si les loups n'hésiteraient pas à exterminer des intrus sur leur territoire, ils viendraient en aide à un groupe changeling plus faible contre un ennemi qui ne respectait pas les règles du combat. Dont l'une des plus importantes était de ne pas s'attaquer aux enfants.

— On l'a fait ! (Le cri de Kevin s'évanouit dans un gémissement.) C'est vous qui avez refusé de venir.

— Qui t'a dit que nous ne voulions pas venir ?

Indigo avait adopté un ton plus doux et s'était accroupie face à Kevin. Pas un signe de soumission mais une indication qu'il pourrait s'en sortir vivant.

Kevin prit une profonde inspiration saccadée.

— Parrish. Il a rencontré Hawke, et votre chef lui a ri au nez. En disant que c'était un bon débarras, la perte de nos petits. Puis les léopards ont dit qu'ils ne nous aideraient que si les loups le faisaient !

Cette fois, Indigo lâcha un juron nettement plus obscène.

— Alors là, je peux t'assurer que c'est un mensonge absolu. Hawke adore les petits, et les félins prennent leurs décisions seuls.

Kevin s'insurgea violemment, jusqu'à émettre des sons de gorge agressifs.

— Je ne mens pas !

— Votre chef de meute vous a vendus.

Indigo se redressa ; la colère dessinait un masque froid sur ses traits acérés.

— Non ! Il n'avait aucune raison.

— Ah ouais ? Et la folie des grandeurs ? Il espère peut-être pouvoir remplacer Hawke et Lucas.

Kevin abandonna la lutte. Le silence régna pendant de longues secondes.

— Il a dit que ce serait notre revanche : prendre votre place.

— Quels étaient les ordres de Parrish ? demanda Judd, presque certain de la réponse.

Kevin tressaillit, comme s'il avait oublié le danger dans son dos.

— Faire ce que les Psis demandaient.

— Et qu'ont demandé les Psis ? intervint Indigo.

Chapitre 30

— Des trucs bizarres à propos d'abaisser des boucliers. (Kevin semblait confus.) Ils nous ont hypnotisés pour corrompre ceux qui ont refusé.

— Attends un instant, Kevin, l'avertit Indigo.

Après avoir replacé le bandeau sur les yeux du prisonnier, elle croisa le regard de Judd. Celui-ci indiqua la porte de la tête.

À l'extérieur, le lieutenant s'appuya contre le véhicule de Judd.

— Contrôle de l'esprit ? demanda-t-elle, tendue.

Il secoua la tête.

— Plutôt une sorte de programmation. Pour un contrôle total de l'esprit, un lien constant entre le Psi et sa victime doit être maintenu, ce qui consomme de l'énergie.

Judd n'avait jamais franchi cette ligne, mais on lui avait enseigné les aspects techniques. Il ne doutait pas que, s'il était resté connecté au Net, il aurait fini par utiliser ces connaissances. Le mal avait tendance à avilir l'humanité. Le Fantôme n'était pas encore conscient de cette vérité.

— Pour éviter ça, poursuivit-il, on peut programmer un individu à accomplir certaines tâches. Par rapport au contrôle de l'esprit, les avantages et les inconvénients sont les mêmes : la victime ne peut pas et ne veut pas dévier du plan établi. Les hyènes n'auraient pas rebroussé chemin, même si elles avaient rencontré des loups armés.

—Quel bordel ! (Indigo frappa la neige de sa botte.) S'ils ont été jusqu'aux hyènes, on ne sait pas qui d'autre ils ont pu influencer.

—C'est votre boulot de le découvrir. (Judd reprit le chemin de la cabane.) Le mien, c'est de nettoyer l'esprit de Kevin.

—Attends ! (Indigo courut le rejoindre.) Il peut nous servir d'yeux et d'oreilles.

Il croisa son regard.

—Non.

Ce serait franchir cette ligne qui séparait l'humanité des griffes des ténèbres qui chuchotaient sans cesse dans les recoins de son esprit.

—Je ne vais pas substituer une forme d'esclavage à une autre.

Indigo blêmit.

—À t'entendre, je suis un monstre.

Judd ne répondit pas, il se trouvait déjà à la porte. Il l'ouvrit et entra dans la cabane. Kevin n'avait pas changé de position, mais sa terreur semblait s'être amenuisée pour laisser place à une sinistre acceptation. Il pensait qu'il allait mourir.

Judd s'avança vers lui.

—Je vais retirer ce qu'ils ont introduit. Tu prendras dorénavant tes propres décisions.

Le prisonnier releva brusquement la tête en direction de la voix de Judd qu'il ne voyait pas.

—Tu ne vas pas me tuer ?

—Pas aujourd'hui.

Judd alla se placer derrière l'hyène.

—*Abaisser les boucliers*, prononça-t-il par télépathie.

C'était la première d'une longue liste de commandes que les programmateurs avaient pu utiliser. Mais il n'eut pas besoin d'aller plus loin : les solides boucliers changelings de

Kevin disparurent comme par enchantement. Judd n'avait jamais été témoin d'une telle cruauté. On avait laissé le changeling grand ouvert à tout Psi qui connaissait, ou pouvait deviner, les mots de code.

Une fois à l'intérieur, Judd se mit à vérifier la structure de la programmation. La tâche n'exigeait aucun effort : non seulement il était un puissant télépathe, mais de plus il avait été formé aux mêmes techniques que celles utilisées sur Kevin. Il découvrit que la liaison était rudimentaire, elle avait été établie à la hâte. Manifestement, le Conseil ne se souciait pas d'un échec. Cela dit, pourquoi se seraient-ils inquiétés ? Même si d'autres Psis étaient en mesure d'entrer dans l'esprit de Kevin, seul un Psi avec un don très spécifique pouvait défaire la programmation initiale.

Quelques minutes plus tard, il s'apprêtait à réinitialiser les voies neurales compromises quand il la vit. Une Clé Noire. Un minuscule morceau de code psychique qui se déclencherait à l'instant même où il lancerait la réinitialisation. Kevin mourrait d'un anévrisme foudroyant en moins d'une minute.

Il revint prudemment sur ses pas. Une fois assuré que la Clé Noire était le seul imprévu, il passa dix minutes à la désactiver et à l'enlever. Puis il fit le ménage.

—*Kevin.*

—Oui.

La voix était lointaine : l'homme hyène se trouvait toujours dans l'état de transe initié par les mots de code.

— *Ton esprit est désormais libre. À partir de maintenant, tu ne vas plus réagir lorsqu'on te demandera d'« abaisser les boucliers ». Tu comprends ?*

—Oui.

Conscient du regard des loups, perplexes devant cette apparente conversation à sens unique, Judd vérifia si d'autres phrases d'activation étaient présentes. Il répéta ensuite plusieurs fois ses instructions pour s'assurer que Kevin avait bien compris, avant de lui ordonner de se réveiller en se souvenant de tout ce qui s'était produit.

L'homme hyène se plia immédiatement en deux, pris de haut-le-cœur. Judd regarda le soldat le plus proche.

— Va chercher un verre d'eau.

D'Arn obéit sans un regard pour Indigo. Quand le soldat revint et se prépara à abaisser le bandeau de Kevin, il jeta un coup d'œil à Judd. Celui-ci comprit et retourna dans l'ombre.

Indigo attendit que le prisonnier ne soit plus secoué de tremblements pour lui demander de leur communiquer tout ce qu'il savait.

Kevin fut en mesure de leur fournir les détails de trois autres attaques planifiées. Pour l'esprit militaire de Judd, il était évident que le leader de PineWood n'avait pas essayé de taire les détails de l'opération. Il s'en était remis à la programmation pour garantir le silence de ses troupes.

— Je pense qu'il pourrait y en avoir d'autres. (Kevin paraissait anéanti et perdu.) Je vais voir si je peux découvrir quoi que ce soit.

Judd n'était pas changeling mais il comprenait l'affolement de Kevin. La hiérarchie était essentielle dans leurs meutes et était fondée sur la confiance. Parrish avait détruit la capacité de Kevin à comprendre le monde dans lequel il vivait. Il s'agissait d'un trauma psychologique comparable à celui qui avait détruit tant de jeunes enfants à l'aube de Silence. On avait appris aux petits de la phase transitoire – ceux qui avaient moins de sept ans au moment de la mise en œuvre du protocole – à mépriser l'amour, la chaleur, le contact, tout ce qui les faisait se sentir en sécurité. Seule une minorité d'entre eux avaient survécu.

— Ne cours pas de risques inutiles, disait à présent Indigo à Kevin. Avec ce que tu nous as fourni, on peut mettre fin à cette opération. Combien êtes-vous dans ta meute ?

— Une centaine en comptant les anciens et les très jeunes. (Il toussa quelques fois.) Nous sommes une quarantaine d'adultes en âge de combattre. Les Psis n'ont pas pris la peine de parler aux autres.

— Ça ne fait pas beaucoup. (Elle regarda par-dessus Kevin, en direction de Judd.) Tu peux t'en charger ? (Judd acquiesça et Indigo reporta son attention sur Kevin.) Votre meute est-elle stable ?

— Oui. Si Parrish disparaît, Mahal ou Lou-Ann peuvent prendre sa place. (Sa voix trahissait l'acceptation de la mort imminente de son chef.) Je ne sais pas s'ils sont impliqués.

— Ne t'inquiète pas pour ça, nous le découvrirons. (Indigo leva un sourcil en direction de Judd.) Ils pourraient tous avoir subi un lavage de cerveau.

— Possible.

Il estimait cependant que c'était peu probable, étant donné la nature sommaire de la programmation. Le Conseil n'y avait pas consacré beaucoup de temps.

— Qui sont les Psis qui t'ont programmé ? demanda-t-il. Est-ce qu'ils portaient un uniforme ?

— Non. Un costume comme tous les autres. (Kevin n'essaya pas de regarder derrière lui.) Je n'ai vu personne qui semblait important. Rien de particulier.

Judd aurait été surpris du contraire.

— Des noms ?

— Pas que je m'en… (Il marqua une pause.) Attendez. Un jour où je suis allé voir Parrish, il était au téléphone. Il a dit qu'il ne pouvait rien changer sans l'autorisation de Duncan.

Brenna se sentait étonnamment fraîche le lendemain matin après sa crise émotionnelle de la veille. C'était comme si les larmes l'avaient libérée en évacuant une substance toxique qui macérait en elle. De plus, Judd lui avait envoyé un message pour l'informer qu'il n'était pas encore revenu à la tanière. Elle sourit. L'Homme de Glace apprenait.

Elle sortit de son appartement pour aller trouver Hawke. Elle avait du travail ; elle n'avait pas oublié que le meurtrier de Tim pouvait essayer de l'atteindre et elle n'allait pas courir de risques inutiles, mais elle n'allait pas non plus se laisser dicter ses mouvements par cette espèce d'ordure.

Hawke leva un sourcil lorsqu'elle le dénicha dans une des salles d'exercice.

— Voilà un regard qui n'annonce rien de bon.

Il avait tout le haut du corps trempé de sueur, mais sa respiration restait fluide. En pleine santé et musclé, il était assez splendide dans toute sa virilité.

Elle était suffisamment femme pour l'apprécier, mais sans en désirer davantage.

— J'ai promis à DarkRiver de les aider à s'introduire dans les bases de données Psis. Tu peux m'assigner une escorte jusqu'à leur siège social ?

Car elle n'était pas soldat et n'était pas capable de se battre comme eux.

— Ils ont décidé d'installer d'abord un équipement spécial indétectable. (Il ramassa une serviette et s'essuya le visage.) Il devrait être prêt demain. Tu veux aller aider Sascha en attendant ?

Brenna secoua la tête.

— Elle a dit qu'elle n'avait pas besoin de moi pour l'instant. Les cerfs sont encore trop traumatisés pour accepter ma présence.

— C'est normal. J'ai une réunion dans le coin demain ; je peux te déposer, dit-il en jetant la serviette autour de son cou. J'ai déjà placé des gardes SnowDancer, et DarkRiver surveille aussi les lieux.

— Tu fais confiance aux félins, Hawke ? dit-elle d'un ton taquin.

Il renifla.

— J'ai dit que j'aurai mes propres hommes là-bas.

Soulagée qu'il ne se soit pas opposé à ses projets, elle s'apprêtait à retourner vers sa chambre quand le téléphone de Hawke sonna. Puisque l'appareil était plus près d'elle – sur le sol avec le sweat-shirt qu'il avait ôté pour s'entraîner –, elle le ramassa pour le lui tendre. Elle n'avait pas l'intention d'écouter, mais il lui signala de rester.

La conversation fut brève et, vers la fin, Hawke demanda : « Avez-vous traqué la meute ? » Une pause, une angoisse mortelle. « Alors faites-le aujourd'hui. On ne sait pas pour quoi d'autre ils ont été programmés. »

— Programmés pour quoi ? demanda Brenna après qu'il eut raccroché.

— Judd ne va pas rentrer avant la nuit tombée, dit-il au lieu de répondre. Il m'a demandé de garder un œil sur toi.

Elle s'arrêta à la première partie de sa réponse.

— Qu'est-ce qu'il fait pour toi, Hawke ? demanda-t-elle, le cœur pareil à un bloc de pierre froide dans la poitrine.

L'expression de Hawke devint dangereusement neutre.

— Je ne suis pas certain d'apprécier le ton de ta voix.

C'était un rappel de ce qu'il était.

Mais elle connaissait aussi le statut qui était le sien.

— Je ne suis pas un jeune qu'on peut rembarrer. (Elle le confronta, les yeux dans les yeux.) Réponds-moi. Que demandes-tu à Judd en échange de l'asile pour les enfants ?

Le regard pâle de Hawke devint glacial.

— Judd est un assassin parfaitement entraîné, et expérimenté dans les expéditions punitives secrètes. Je serais stupide de ne pas utiliser ses dons.

Elle ravala un cri.

— Comment peux-tu lui demander ça ?

Un mâle dominant veillait sur les siens, il ne les anéantissait pas. Mais peut-être que Hawke ne considérait pas les Lauren comme les siens. Après tout, et pour des raisons qu'elle ignorait, il haïssait les Psis, tout comme ses frères.

Son visage s'adoucit ; c'était une détente inattendue pour des traits masculins durs. Se rapprochant d'elle, il prit sa joue dans la main.

— Il est qui il est et ce qu'il est, Brenna. Si tu veux autre chose, tu ne devrais pas être avec lui.

— Il est le seul avec qui je veux être.

— Alors accepte sa bête comme tu acceptes la tienne.

Les mots de Hawke la poursuivirent tout au long de la journée. Il était perturbant de songer qu'elle pourrait demander à Judd de changer alors qu'elle prétendait le vouloir pour ce qu'il était.

— Mais lui demander de s'affranchir de Silence, c'est différent, se chuchotait-elle en passant en revue les détails d'une des offres d'emploi que le professeur Shah lui avait transmises.

Si Judd ne passait pas outre au conditionnement, il continuerait à avoir mal chaque fois qu'ils se toucheraient, chaque fois qu'il ressentirait quelque chose pour elle. Comment une relation pourrait-elle survivre à ce genre de pression ?

— Non, Brenna, sois honnête.

Elle soupira et passa à l'annonce suivante. Bien que tout ce qu'elle avait cru jusqu'à présent était vrai, une autre réalité existait : elle voulait que Judd la prenne dans ses bras, lui offre de l'affection… l'aime. Un besoin égoïste.

Et si accepter sa bête signifiait nier les besoins de la sienne ?

Elle en avait mal à la tête, surtout quand elle y ajoutait le fait que sa bête ne reconnaissait pas Judd comme son compagnon. Le lien entre âmes sœurs brillait par son absence.

— Ça suffit.

Se creuser les méninges jusqu'à l'épuisement n'allait rien arranger. Et, si elle continuait à penser à Judd, elle allait se mettre à spéculer sur la nature de ses occupations du jour.

« Expéditions punitives secrètes. »

Elle en eut l'estomac retourné. S'il revenait les mains trempées de sang, l'accepterait-elle ? Ses doigts tremblaient. Elle n'avait pas de réponse claire à cette question, ce qui l'ébranlait. Prenant une profonde inspiration, elle se força à prêter attention à l'annonce suivante sur la liste. Elle émanait d'une société appelée Sierra Tech.

Elle en savait pas mal sur ST : les SnowDancer étaient l'actionnaire majoritaire, avec soixante pour cent des parts, tandis que DarkRiver et un conglomérat humain du nom de Dekell se partageaient le solde à parts égales. ST lui proposait une offre alléchante et sa louve préférerait travailler pour la meute. Non pas que tous les employés étaient des loups. ST était considérée comme une société en or pour les scientifiques et les techniciens du monde entier. Si elle n'embauchait pas de personnel Psi, c'était uniquement car elle était en concurrence directe avec plusieurs labos soutenus par le Conseil.

Elle plaça Sierra Tech sur le dessus de sa liste, mais elle n'avait pas encore pris sa décision. Son état d'esprit du moment ne se prêtait pas vraiment à cette tâche. Même après avoir passé en revue toutes les offres et puis s'être attelée à la réparation de petits dysfonctionnements de communication pour des membres de la meute, le chaos régnait encore dans son esprit. Le déjeuner et le dîner se passèrent sans qu'elle obtienne de réponses à ses interrogations désagréables.

Est-ce qu'elle prendrait Judd dans ses bras s'il venait à elle après s'être servi de ses talents d'assassin ?

Elle alla se coucher mentalement épuisée mais se réveilla après seulement quelques heures de sommeil agité... car elle sentit l'odeur de Judd dans ses quartiers. Elle sortit du lit à moitié endormie et vit qu'il était 4 heures. Elle quitta sa chambre pieds nus, vêtue de la nuisette de satin qui lui servait de chemise de nuit.

— Judd ?

Pendant un court instant, elle ne put le localiser. Puis sa vision nocturne prit le relais et elle l'aperçut assis dans un fauteuil à côté de la table basse.

Il l'observait, totalement immobile. Il ne lui vint pas à l'esprit qu'elle aurait dû avoir peur ou même être sur ses gardes. Tout en bâillant, elle s'avança pour aller s'asseoir sur ses genoux et se pelotonner dans le fauteuil. Il l'enlaça sans hésiter, un bras autour de ses épaules, une main glissant jusqu'à se fermer sur la peau nue du haut de sa cuisse.

Ce contact sensuel acheva de la réveiller. Elle mit les bras autour de son cou et enfouit le visage dans sa gorge.

— Tu vas bien ?

Il déplaça la main pour venir la glisser entre ses cuisses, ce qui lui fit pousser un petit cri de surprise :

— Judd ? Bébé ?

Quelque chose clochait. Avec un mâle changeling, elle aurait utilisé son corps pour l'apaiser, elle l'aurait touché pour établir la connexion. Mais Judd était Psi... et il était à elle. Elle eut alors la réponse à la question qui l'avait tourmentée toute la journée : elle le prendrait dans ses bras, elle l'accepterait tel qu'il était, peu importait.

C'était ce que faisaient les âmes sœurs.

Elle s'en foutait qu'il n'y ait pas de lien : elle ne laisserait personne lui dire qu'elle n'était pas supposée être avec cet homme.

— Qu'est-ce que tu veux ? demanda-t-elle.

Mais il resta silencieux. Décidant de suivre son instinct, elle se radoucit pour lui.

Il avait l'autre main enfouie dans ses cheveux et tira sa tête en arrière d'un geste brusque. Elle se laissa faire plutôt que de résister. Une femme qui aimait un mâle dominant devait savoir quand plier… et quand mordre. Il écrasa ses lèvres sur les siennes, tout en lui malaxant l'intérieur de la cuisse. Gémissant sous le baiser, elle ouvrit la bouche. Il n'eut pas besoin d'autre permission et se rua sur elle dans une furie sensuelle qui la poussa à tenter de se rapprocher encore davantage.

Son corps était accro à Judd. Elle n'avait aucune envie de battre en retraite, peut-être car elle n'avait pas eu le temps d'avoir peur, ou peut-être car elle sentait la faim en lui, une faim qu'elle seule pouvait assouvir.

Il lui mordit la lèvre inférieure et elle le mordit en retour.

Les muscles du dos de Judd étaient de la pierre dure sous ses paumes tandis qu'elle écartait les mains et s'abandonnait avec délice à la chaleur masculine qui émanait sans retenue de lui.

— Non ! protesta-t-elle lorsqu'il rompit le baiser pour promener ses lèvres le long de sa mâchoire et sur son cou.

Elle lui tira les cheveux. Il lui mordilla le cou en représailles. Quelque chose fondait littéralement entre ses jambes et quand il fit remonter ses mains le long de son corps, elle eut envie de lui intimer d'aller plus vite.

Il la tenait. Fort. Hardi. Possessif.

Elle sentait ses griffes affleurer sa peau, des étincelles jaillissaient sous ses paupières fermées. Et puis il se mit à la masser, tandis qu'elle tentait à la fois d'approcher son corps et de s'éloigner en se tortillant. Sa nuisette se souleva et ses fesses vinrent au contact de l'arête dure de son érection.

Un bruissement de peur papillonna dans son ventre.

Mais sa culotte était partie, lui avait été arrachée, et – *oh Seigneur!* – il la touchait peau contre peau et frottait de ses doigts l'entrée de son corps et… Dans un cri, elle connut l'orgasme, une contraction presque douloureuse de muscles internes qui n'avaient plus servi depuis longtemps. Elle enfouit le visage dans son cou et il la maintint là, d'une main sur la nuque, tout en lui donnant de plus en plus de plaisir avec ses caresses.

Son odeur l'enveloppa, la titilla, jusqu'à ce qu'elle se mette à le lécher, avalant le parfum de sel, de glace, d'homme. Lentement, l'orgasme se mua en un bourdonnement de chaleur sensuelle qui la combla. Murmurant de plaisir, elle se relâcha, reprit sa position lovée puis ouvrit les yeux. Elle ne comprit tout d'abord pas ce qu'elle voyait. Pourquoi y avait-il des morceaux de bois partout? Et pourquoi le banc de la cuisine était-il de travers?

Judd enfonça les dents dans son épaule, comme s'il savait qu'il ne recevait plus son entière attention et elle sursauta.

— Judd. Judd!

Elle lui tira les cheveux.

Il répondit par une explosion de minuscules morsures Tk sur des endroits très sensibles. Tout son corps s'arqua tandis que le plaisir court-circuitait ses terminaisons nerveuses. Du coin de l'œil, elle vit le banc de la cuisine s'effondrer dans un ultime craquement douloureux. Puis elle n'entendit plus que sa propre respiration saccadée.

Une fois redescendue sur terre, elle se retrouva étendue au travers de ses genoux, la nuisette autour de la taille, les bretelles arrachées. Judd ne touchait pas sa chair ainsi exposée, il se contentait d'observer ses seins avec un désir proche de la folie.

Dans un sanglot, elle le serra de nouveau très fort, les yeux écarquillés devant la violence qu'elle apercevait par-dessus l'épaule du Psi.

— Arrête. S'il te plaît, bébé, arrête. (De petits morceaux de mobilier volaient à travers la pièce dans une ronde infernale.) Judd, chéri.

Chapitre 31

Judd était secoué de frissons.

— Brenna, lâcha-t-il.

Un son brut, dénué du contrôle habituel.

— Oui. (Elle le serra plus fort, les seins pressés contre la douce froideur de son blouson de cuir synthétique.) Je suis là.

— Est-ce que je t'ai fait mal ?

« Mal ? »

— Tu m'as donné du plaisir.

L'exquise chaleur continuait à se diffuser en elle.

Il retira la main de son entrejambe et elle dut réprimer un gémissement.

— Bébé, les meubles…

Les débris continuaient à voler.

Il leva la tête tout en gardant Brenna serrée contre lui.

— Violation critique. (Il commençait à reprendre un ton presque normal.) L'énergie a été envoyée vers l'extérieur plutôt que dirigée vers toi.

— Tu ne m'as pas fait mal, répéta-t-elle. Même hors de contrôle, tu ne m'as pas fait mal.

— Pas cette fois.

Les débris de mobilier se mirent à retomber au sol.

Elle se recula, afin de croiser son regard. Ses yeux étaient sombres, dépourvus de leurs étincelles d'or.

— Qu'est-ce qui s'est passé ? s'enquit-elle.

Il n'allait jamais croire qu'il ne lui ferait pas mal ; elle devrait espérer qu'il change d'avis avec le temps.

— Parle-moi, insista-t-elle.

Balayant d'une main les cheveux sur le front de Judd, elle remonta de l'autre sa nuisette.

Elle devait retenir le tissu glissant sur la courbe de ses seins et Judd ne pouvait s'empêcher d'admirer ce spectacle.

— Tu dois d'abord t'habiller.

Elle aurait pu protester si les restes du banc n'avaient pas choisi cet instant pour s'effondrer dans un craquement, projetant de la poussière jusque dans sa bouche.

— Je vais me dépêcher. (Elle se leva en se tortillant et rougit.) Tu es toujours…

— Vas-y !

Elle s'exécuta. Parfois, prudence était vraiment mère de sûreté. Elle laissa tomber la nuisette et enfila un pantalon de jogging et un tee-shirt, ce qui lui prit peut-être deux minutes. Elle revint en courant.

— Oh !

Judd avait allumé la lumière et déjà nettoyé le gros du désordre à l'aide de ses dons Tk. Elle vit les derniers débris se déposer en un tas bien ordonné près de la porte.

— Je vais tout remplacer, précisa-t-il.

— Ce n'est pas ce qui me tracasse.

Elle s'approcha, résistant à une furieuse envie de le toucher. Il était tout en muscles noueux, et d'une telle intensité. Sinistre. Dangereux.

Prends-le comme il est.

Elle se raidit.

— Maintenant, dis-moi ce qui s'est passé.

Il lui parla de la meute de PineWood sur un ton neutre :

— Nous y sommes allés et avons nettoyé à fond leur tanière. Plusieurs d'entre eux étaient compromis ; j'ai dû les déprogrammer.

Soulagée qu'il n'ait pas dû utiliser ses autres talents, elle laissa échapper un soupir.

— Tu ne dois pas culpabiliser. Ce que tu as fait était bien.

— Ce n'est pas ça.

Une goutte de sueur perla sur sa tempe et elle se rappela la douleur. La dissonance. Mais, avant qu'elle puisse parler, il poursuivit :

— Ce que notre contact ne savait pas, c'était que les Psis avaient aussi essayé de placer des commandes dans des esprits immatures.

— Des enfants ? (Sa voix tremblait.) Ils ont essayé de faire ça sur des bébés ?

Elle aurait voulu mettre la tête dans le sable pour ne pas entendre la suite. Elle était presque morte après avoir eu l'esprit violé, et des enfants étaient tellement plus fragiles.

— Combien ?

— L'un d'eux était mort avant qu'on arrive à leur tanière. (Judd avait les pommettes saillantes, telles des lames contre sa peau.) J'ai pu retirer la programmation chez les autres, mais deux petits sont mal en point. Leur cerveau n'a pas pu résister à la pression.

— Oh, Judd ! (Elle ressentait sa douleur en elle.) Tu n'aurais rien pu faire.

Une nouvelle goutte de sueur, la seule indication du niveau de douleur qu'il devait endurer.

— Ils n'avaient aucune raison de trafiquer des cerveaux d'enfant, proféra-t-il. Aucune raison ! Ils étaient trop jeunes et trop faibles pour servir leur plan. On a voulu transmettre un message.

Brenna explosa d'une rage viscérale.

— Ils ont franchi la limite. Mais pas toi, dit-elle en le regardant dans les yeux.

— Je sais.

Elle se tut, ébahie.

— Alors pourquoi… ? demanda-t-elle en indiquant les ruines de son séjour et de sa cuisine.

— Tu ne reconnais pas la colère quand tu la vois ?

— Oh ! (Elle ne savait pas trop quoi répondre à cet aveu brutal.) Tu t'es affranchi de Silence ?

Elle se doutait que cela ne pouvait être aussi facile.

Elle en eut la confirmation dès qu'il reprit la parole :

— Si c'était le cas, tu n'aurais pas pu me retenir.

Il parcourut son corps des yeux et, bien qu'elle fût décemment couverte, elle sentit ses tétons se durcir et pressa ses cuisses l'une contre l'autre.

— J'ai encore ton goût sur les lèvres.

Elle s'appuya d'une main sur le mur pour garder l'équilibre, certaine que ses genoux étaient sur le point de défaillir.

— Tu as transformé ta colère en désir sexuel.

Afin de la consumer sans blesser un seul être vivant.

— Ce n'était pas prévu. (Il ne semblait pas pouvoir détourner le regard de ses lèvres.) Je m'apprêtais à partir lorsque tu es sortie de ta chambre. Je n'aurais pas dû venir ici.

— Ça ne m'a pas dérangée.

L'atmosphère de la pièce était lourde, chaude, presque palpable. Brenna baissa les yeux sur la puissante érection de Judd qui déformait le tissu de son jean. Elle voulait le toucher, poursuivre son exploration de la passion animale qu'il lui avait montrée cette nuit.

Quelque chose se brisa par terre, l'arrachant d'un coup sec à sa rêverie érotique. Elle écarquilla les yeux en constatant que Judd venait de détruire le fauteuil ; l'une des rares pièces de mobilier encore intactes dans la pièce.

— Je dois partir, dit-il.

Il tira un téléphone de sa poche, les traits tendus.

Elle lui lança un regard. Obstiné. En manque. Un regard de changeling à son Psi.

— Brenna !

— Pourquoi pas ? Je m'en fous si tu détruis tout l'appartement.

Il avait la main contractée sur le mince téléphone.

— Comme le prouve l'état de cette pièce, je ne prête plus attention à la dissonance. Elle ne me contrôle plus. Il suffirait d'une erreur dans le feu de la passion pour te tuer. Une seule.

La tension contenue dans la voix de Judd anéantit Brenna.

— Judd, j'ai besoin de toi.

Ils devaient trouver un moyen de s'en sortir. Elle était si affamée qu'elle était presque au bord des larmes.

— J'ai besoin que tu me touches et j'ai besoin de te toucher en retour, reprit-elle.

Une fissure apparut à la surface du téléphone qu'il tenait à la main.

— Où se trouve ton tableau de communication ? Je vais appeler quelqu'un pour monter la garde, tu n'es pas à l'abri de l'assaillant de Timothy.

— Non.

Elle se passa vivement une main dans les cheveux, ses doigts tremblant sous l'effet d'un besoin tel qu'elle n'en avait jamais connu. Tous les changelings avaient un besoin impérieux de contact, mais il s'agissait ici d'une sensation si primitive qu'elle lui fouaillait les entrailles de ses griffes.

— Je suis réveillée. Je ne vais plus me rendormir. Je t'appellerai en cas de besoin.

— Quelqu'un essaie de te faire du mal.

Une lueur qui n'avait rien d'angélique oscilla au fond des yeux de Judd.

Elle était déjà résolue à ne pas fuir ce qu'il était, mais cela n'impliquait pas qu'elle se soumette à ses moindres désirs.

— Je peux me passer de baby-sitter si je suis complètement éveillée. (Elle déglutit.) File. Rien que de te regarder me donne envie !

L'espace d'une seconde hors du temps, elle eut l'impression qu'il n'allait pas l'écouter. Puis il tourna les talons et partit alors qu'elle tendait le bras pour toucher le curieux éclat rouge sombre qu'elle pensait avoir vu sur le côté de son visage.

— Oh, mon Dieu !

Elle résista à la tentation de s'effondrer, de laisser libre cours à la rage qu'elle ressentait. À la place, elle retroussa ses manches, alla chercher le robot aspirateur, le commuta en position manuelle et commença à nettoyer la poussière que Judd n'était pas parvenu à rassembler.

Judd toucha la zone humide près de sa mâchoire et leva la main. Un rouge pâle lui tachait les doigts. Il songea d'abord qu'un débris volant avait dû l'entailler mais, quand il vérifia dans le miroir au-dessus du lavabo, il s'aperçut de son erreur.

Le sang avait coulé de son oreille.

Dissonance extrême.

Son corps se battait littéralement contre lui-même, le conditionnement et les contrôles par la douleur qu'il incorporait venaient se heurter aux émotions qu'il n'aurait pas dû ressentir. Il essuya le sang et opéra une vérification interne. La rupture était déjà complètement guérie, son corps avait recouru automatiquement à la même technique que celle utilisée pour éliminer les cicatrices.

Mais il savait qu'il ne pourrait pas continuer ainsi. Il devait condamner toute émotion, toute étincelle de passion au plus vite. Sans cela son cerveau finirait par ressembler exactement à ceux des enfants hyènes qu'il avait vus.

En sang. Meurtri. Irrémédiablement brisé.

Quelques heures après sa frénésie de nettoyage, Brenna était de mauvaise humeur à cause du manque de sommeil, du manque de contact et d'un besoin sensuel qui refusait de partir. Ce n'était sans doute pas le meilleur moment pour planifier une attaque informatique mais elle avait promis son aide. Elle se trouvait donc avec Dorian dans le deuxième sous-sol du siège social de DarkRiver.

La sentinelle blonde lui avait plusieurs fois grogné après, mais elle avait réagi en montrant les dents.

— Tu t'y prends complètement à l'envers, dit-il pour la quatrième fois en une heure.

Brenna plissa les yeux.

— Le plan consiste à s'introduire en douce, pas à débarquer avec fracas pour que tout le monde nous entende, depuis le Conseil Psi jusqu'à ton oncle de Poughkeepsie.

— Poughkeepsie ? Qu'est-ce que c'est que ce patelin ?

Dorian envahit l'espace personnel de Brenna : debout une main sur sa chaise, il se pencha par-dessus son épaule pour regarder l'écran.

Brenna avait une folle envie de se battre après la frustration de la nuit précédente. Mais elle voulait avoir une discussion avec Dorian.

— Je peux te poser une question ?

— Quoi ?

L'air renfrogné, il tapota l'écran de Brenna, menaçant de modifier le chemin qu'elle avait défini.

— Tu aurais dû…

— Dorian !

Le ton de sa voix dut l'alerter car il alla s'asseoir sur la chaise à côté d'elle et pivota pour la voir de profil.

— Qu'est-ce qui se passe, ma petite ?

Il était le seul à pouvoir l'appeler ainsi ; elle avait deviné que Dorian, qui avait perdu sa sœur à cause d'Enrique, la considérait comme une autre petite sœur. C'était pourquoi il se montrait si autoritaire avec elle. Elle s'en accommodait : Dorian était difficile à cerner mais, s'il était semblable à Drew et à Riley, le meurtre de sa sœur devait l'avoir anéanti.

— Pour commencer, il n'y a que Judd qui est au courant. Ne le répète à personne d'autre, d'accord ?

Ses yeux bleus de surfeur étaient perçants.

— Je ne peux rien te promettre sans savoir si cela aura un impact sur l'une de nos meutes.

— Aucun impact.

Elle jeta un coup d'œil derrière elle pour s'assurer que personne n'écoutait, puis elle se tourna vers la sentinelle de DarkRiver pour lui demander ce qu'elle devait savoir.

— Comment tu gères ça, de ne pas pouvoir prendre ta forme animale ?

Le visage de Dorian refléta la surprise.

— La plupart des gens tournent autour du pot. Comme s'ils craignaient de me blesser.

À l'entendre, on comprenait que c'était une crainte ridicule.

— Dis-moi, s'il te plaît. (Elle soutint son regard.) S'il te plaît, Dorian.

Il commença à saisir.

— Oh, merde, ma belle ! Ce salaud t'a bousillée, c'est ça ? (Il tendit la main et lui caressa les cheveux.) À quel point ?

Sa douceur lui fit monter les larmes aux yeux.

— J'arrive à utiliser mes crocs et mes griffes, mais je ne parviens plus à me transformer complètement. Pas de perte de force, de vitesse ou de souplesse.

Dorian laissa retomber la main sur le dos de la chaise de Brenna.

— J'ai grandi latent ; je n'ai jamais rien eu à perdre. (Son ton était neutre.) Mais c'est différent pour toi. Tu es sûre que c'est permanent ?

— Je n'en sais rien. Mais je veux me préparer au pire.

Ainsi, elle ne pourrait plus avoir le cœur brisé.

— Bien. (Dorian arbora un air sévère.) La première chose à faire, c'est d'arrêter de t'apitoyer sur ton sort.

Elle déglutit mais ne chercha pas à se justifier. C'était pourquoi elle s'était adressée à lui. Dorian la considérait peut-être comme une sœur, mais il était le genre de frère à ne pas s'encombrer de détours.

— Tu as survécu, poursuivit-il, et tu n'es pas cinglée. Tu devrais être vachement fière de toi. Il a essayé de te mutiler, mais il n'y est pas parvenu.

— Non. Mais il m'a volé une chose précieuse… Il a volé ma louve.

L'ampleur de la souffrance contenue dans ces mots brisa net l'élan de Judd. Il avait couru jusque-là après avoir découvert que Brenna avait quitté la tanière, prêt à affronter les conséquences de la nuit passée. Mais il ne s'attendait pas à retrouver Brenna les mains tremblantes et la voix réduite à un souffle.

S'éloignant sans bruit du cadre de la porte, il alla s'appuyer contre le mur en espérant qu'ils étaient trop absorbés pour percevoir son odeur. Il savait qu'il aurait dû partir, préserver l'intimité de Brenna. Mais il en était incapable. Elle aurait dû demander l'avis de Dorian en sa présence, mais elle ne l'avait pas fait. Parce que Judd était Psi et qu'il ne pouvait pas la réconforter.

Il n'avait jamais vraiment compris à quel point elle souffrait de la perte de son pouvoir de transformation. En plus, il l'avait abandonnée aux premières heures du matin alors qu'elle avait désespérément besoin de lui. Comment pouvait-il lui reprocher d'aller chercher de l'aide auprès d'un autre homme ? Et pourtant c'était en train de se produire.

— Enrique t'a pris beaucoup de choses. (La voix de Dorian fendit l'air.) Mais tu peux en récupérer une partie.

— Comment ?

— Repose-toi sur tes forces, Brenna. Deviens si douée dans tes domaines que personne n'osera te reprocher le reste.

Bon conseil, songea Judd, les poings serrés.

—OK. OK.

Brenna semblait disposée à utiliser sa force de caractère.

—Appelle-moi en cas de besoin. D'accord, ma petite ?

Judd risquait de se fracturer les os tant il serrait les poings. Il comprenait que Brenna avait eu besoin de parler à Dorian. Il comprenait même que le léopard voyait Brenna comme une petite sœur, pas comme une amante potentielle. Mais rien de tout cela ne comptait. Judd voulait être celui vers lequel elle se tournait en cas de besoin.

Des pointes de douleur glacée lui vrillèrent le crâne ; la dissonance était si violente qu'elle l'empêchait presque de réfléchir. Le compte à rebours se rapprochait inexorablement de son terme. Dépliant les doigts par la seule force de sa volonté, il observa le sang qui y coulait de nouveau. Les événements de la nuit passée avaient clairement prouvé qu'il avait déjà franchi trop de lignes, enfreint trop de règles. Bientôt, il serait trop tard pour reculer.

—Merci, Dorian.

Non, il ne battrait pas en retraite. Brenna lui appartenait. À lui de lui donner du plaisir. Et à lui de la consoler. Redressant les épaules, il s'avança dans l'entrée.

Chapitre 32

Dorian et Brenna levèrent la tête. Judd s'était attendu à de la surprise, peut-être à de l'agacement, mais le visage de Brenna reflétait une expression qu'il pouvait seulement définir comme du soulagement. Elle bondit de sa chaise pour venir se blottir contre lui, le visage enfoui dans son torse.

— Il faut que tu me serres.

Il savait suivre des ordres, surtout lorsqu'ils émanaient d'une voix féminine familière qui dissimulait un tremblement. Il leva les bras et l'enlaça. Ça ne semblait pas la déranger d'être écrasée, elle le serrait même encore plus fort.

Il croisa le regard de Dorian par-dessus la tête de la jeune femme. Le visage du léopard était insondable. Mais, quand Judd inclina la tête en signe de remerciement, Dorian lui retourna le geste.

Après avoir escorté Brenna jusqu'à la tanière vers 15 heures, Judd partit aider Sascha à soigner les cerfs. Brenna avait décidé de rester car elle devait résoudre un problème viral, mais il était évident qu'elle était partagée entre ses différentes loyautés.

— Ton travail est important, lui dit-il. Nous devons frapper le Conseil en plein cœur.

— Je sais, répondit-elle avec un sourire étincelant. Mais merci de l'avoir dit quand même.

Il la laissa les épaules voûtées sur son ordinateur et passa le reste de la journée à alimenter Sascha en énergie. Quand il devint clair qu'il ne pourrait pas retourner à la tanière avant l'aube du lendemain, il appela Riley.

— Garde un œil sur elle. Le harceleur se tient calme, mais il rôde à l'affût.

Riley acquiesça.

— Elle ne va pas apprécier, commenta-t-il.

— Tu t'en soucies ?

— Je me soucie de la garder en vie. (Une pause.) Je passe en revue la liste des soldats.

— Un indice sur son identité ?

— Pas encore. (Le ton de Riley reflétait que, malgré sa frustration, il était totalement alerte.) Fais ce que tu dois pour aider DawnSky. Je prends soin de Bren.

Judd mit fin à l'appel, l'esprit focalisé sur le tueur et sur la menace qu'il représentait pour Brenna. Il était plus que jamais déterminé à regagner la tanière le plus vite possible. Cependant, en raison du nombre des victimes, il ne fut pas de retour avant 8 heures le lendemain matin. Il était fatigué mais pas épuisé ; comme Sascha devait travailler très lentement, la ponction sur sa force psychique avait été constante mais pas intense.

Beaucoup des enfants de DawnSky étaient presque catatoniques. Plusieurs avaient vu leurs parents déchiquetés. Un jeune garçon avait été pris au piège sous le corps de sa mère agonisante ; un autre avait tenté de protéger ses frères et sœurs, et avait eu le torse écharpé. Il avait survécu, son esprit était fort. D'autres… d'autres étaient brisés. Le processus de guérison allait être long, mais Judd s'était engagé à y participer.

Avec ces pensées à l'esprit, il se dirigea vers sa chambre pour se débarbouiller avant de se rendre chez Brenna. Il lui était inconcevable de ne pas la voir. Il arriva à son appartement peu après 9 heures. Cependant, il ne trouva pas Brenna dans ses quartiers – elle lui en avait donné l'accès – mais une note épinglée sur le nouveau banc de cuisine qu'elle avait assemblé à partir d'une planche épaisse et de soutiens parfaitement ajustés en briques synthétiques. Astucieux.

La note était brève et tout à fait dans le style de Brenna.

« Partie avant l'aube pour mettre à contribution mon autre diplôme. Avec gardes du corps donc pas de souci. Suis de retour quand travail fini. Dors un peu. Bren. »

Il rangea le bout de papier dans sa poche, puis appela le siège social de DarkRiver pour obtenir confirmation. Clay lui répondit.

— Elle est au sous-sol avec Dorian. Andrew est avec elle. Riley est parti monter la garde auprès des guérisseurs.

Tant pis pour le plan qui voulait que ses frères gardent leurs distances. Vu comme ils étaient proches, Judd avait su que ce serait difficile.

— Merci.

Il raccrocha, puis utilisa la Tk pour se débarrasser des débris près de la porte, les téléportant discrètement dans l'une des grandes bennes de recyclage qui se trouvaient dans un coin du garage souterrain.

Il décida ensuite de se plier aux ordres de Brenna et d'aller dormir. Le manque de sommeil ne pourrait qu'accélérer sa dégradation mentale. Mais il se réveilla après seulement trois heures. Quelque chose clochait. Des parties de son cerveau qu'il n'avait jamais vues actives s'éveillaient en produisant des étincelles. Et elles apportaient avec elle le goût de Brenna… et de la terreur.

Il appela Clay.

— Où est-elle ?

— Elle est partie il y a environ deux heures. En voiture avec ses frères.

Il fallait plus de deux heures pour revenir à la tanière à moins de conduire à fond de train.

—Pourquoi sont-ils partis?

—Ils ont reçu un appel urgent. Tout va bien?

—Oui.

Il raccrocha, toujours convaincu que quelque chose clochait. Si l'appel avait été suffisamment urgent pour arracher Brenna à sa tâche capitale, ils auraient poussé leur véhicule jusqu'à ses limites et seraient à présent arrivés. Il appela le téléphone portable de Brenna mais personne ne décrocha.

Quitte ces murs.

L'ordre provenait de la zone nouvellement éveillée de son cerveau. Il le suivit. Il était à peine sorti de la tanière que les étincelles se muèrent en un incendie dévastateur. C'est comme s'il pouvait sentir Brenna crier. Fermant son esprit à toute autre intrusion, il concentra son attention sur cet étrange écho psychique. Dès qu'il put établir un lien –un lien inexplicable–, il se mit à courir. Il les retrouva à vingt minutes de la tanière, aucune voiture n'était en vue.

La route sans doute barrée… Ils ne pouvaient pas la dégager. Ils ont été obligés de continuer à pied. Embuscade.

Dans un sinistre recoin de son esprit, la Flèche en lui évaluait la situation tandis qu'il embrassait la scène: Andrew couché sur le sol, entouré de Riley et de Brenna, à genoux. Il était évident qu'il ne respirait pas. Judd ne sentit pas non plus son pouls lorsqu'il plaça les doigts contre sa gorge; pas étonnant, étant donné la taille du trou dans son torse.

Brenna tremblait; elle le dévisagea de ses yeux fous de chagrin.

—Judd.

Le côté droit de son vêtement était maculé de neige boueuse et elle avait de légères égratignures au visage.

Lorsqu'ils se tenaient debout, Brenna avait la tête au niveau du cœur d'Andrew. En rassemblant ces observations – la blessure d'Andrew, les habits sales de Brenna –, Judd reconstitua la scène en un rien de temps. La balle avait été destinée à la tête de Brenna. Andrew avait senti le danger au dernier moment et poussé sa sœur sur le côté. Il lui avait sauvé la vie, mais n'avait pas été assez rapide pour esquiver la balle lui-même.

Riley tentait de ranimer son frère, mais Judd savait que ce ne serait pas suffisant. Le cœur d'Andrew était manifestement en bouillie, la balle du sniper l'avait atteint à l'endroit exact où elle provoquerait le maximum de dégâts. Judd ne trouva aucune blessure de sortie, ce qui signifiait que la balle devait être logée dans la chair déchiquetée. Judd caressa fugitivement la joue de Brenna ; son esprit fonctionnait à toute allure.

— Arrête, Riley.

Celui-ci leva les yeux vers lui, le visage livide, les traits crispés.

— Je dois continuer.

Judd mit une main sur son épaule.

— Son cœur est endommagé. Je dois le réparer.

Il n'avait jamais rien entrepris de semblable, ni même envisagé qu'il en serait capable. Son boulot consistait à arrêter les cœurs, pas à les réparer. Mais il connaissait le fonctionnement de l'organe dans ses moindres détails ; pour détruire une chose, on doit savoir comment elle marche.

— Respire pour lui, mais ne touche pas à son cœur, ordonna Judd.

Riley ne protesta pas.

— Vas-y.

Judd envoya tout d'abord un choc Tk au cœur brisé d'Andrew pour le redémarrer, dans l'espoir qu'il n'était pas trop tard pour garder son cerveau en vie. Tandis que Riley se courbait pour insuffler de l'air dans les poumons de son frère, Judd fit battre son cœur par télékinésie. Puis il se mit à imaginer comment manipuler les cellules détruites pour que le cœur d'Andrew puisse battre seul.

Il devrait reconstruire la zone endommagée à partir du niveau cellulaire, rassembler le cœur du SnowDancer comme le plus complexe des puzzles. Le problème était que certaines pièces manquaient ou étaient trop abîmées pour fonctionner. Il faudrait trouver un moyen de fabriquer de nouvelles pièces. Judd n'était pas M-Psi mais il pouvait déplacer les choses, leur donner une autre forme… aplanir les cicatrices en manipulant les cellules. Un truc de gamin qui trouvait là une application inédite.

Durant toute l'opération, il resta concentré. Il devait être absolument certain du degré exact de chaque mouvement cellulaire. Une erreur, et le cœur d'Andrew ne prendrait pas le relais quand Judd cesserait de le faire battre. C'était une issue que le Psi refusait d'envisager… car cela ne briserait pas seulement le cœur d'Andrew.

À un moment, une fine main lui agrippa l'épaule et il sut que c'était Brenna. Son contact aurait dû le déstabiliser, mais il eut l'effet opposé, il l'ancra. Une réaction anormale qu'il devrait examiner plus tard, lorsque son esprit serait accessible à d'autres pensées que la réparation méthodique d'un cœur qui avait volé en éclats.

— Seigneur, lâcha Hawke dans un souffle bien des heures plus tard, alors que le jour commençait à tomber.

Le chef de meute était arrivé avec plusieurs autres sur les lieux peu de temps après Judd ; Brenna était parvenue à rassembler suffisamment de sang-froid pour appeler la tanière avec le téléphone de Riley. Le sien était resté dans la voiture.

Elle savait pourquoi Hawke était surpris. Ils voyaient littéralement la peau de Drew se mouvoir! Au début, on aurait cru une illusion, mais elle avait ensuite compris que l'horrible blessure de son frère disparaissait lentement, seconde après seconde. Au bout de quatre heures, un morceau de métal s'était faufilé hors de sa chair. La balle.

Les doigts tremblants, Brenna l'avait saisie dès qu'elle s'était échappée pour la remettre à Hawke. Celui-ci l'avait enveloppée dans un bout de tissu arraché à la chemise qu'il portait sous son blouson. Il y avait une heure de cela. Judd n'avait ni parlé ni détourné son attention à aucun moment pendant les cinq dernières heures, Riley avait continué à faire respirer Drew, et Brenna s'était cramponnée à Judd, guidée par son instinct.

Judd retira soudain les mains du torse d'Andrew.

— Riley, bouge.

Il avait la voix rauque, rouillée de ne pas avoir servi.

Riley rompit le contact et, juste après, le corps de Drew sursauta comme s'il avait été traversé par un choc électrique. Brenna serra les dents : elle savait que Judd venait d'essayer de relancer le cœur de son frère après avoir cessé de le maintenir en marche, quoi qu'il ait fait pour ça. Mais il y avait tellement de sang sur le torse de Drew! Elle s'agrippait à l'épaule de Judd. Il lui prit la main un instant, la tachant de rouge sombre.

— Son cœur fonctionne tout seul, dit-il. Il respire.

Incrédule, elle s'approcha pour tâter le cou de Drew. Son pouls battait vigoureusement. Tremblante, elle se saisit du bord de son chemisier et s'en servit pour nettoyer le sang.

— S'il vous plaît, murmura-t-elle.

S'il vous plaît, faites qu'il s'en sorte!

Riley fut le premier à s'en apercevoir.

— Il n'y a plus rien.

Puis Brenna le constata de ses propres yeux. La blessure avait disparu. Sous le sang, la peau de Drew était rosée et tendre, mais intacte. Elle se tourna vers l'homme à son côté.

—Judd, oh, mon Dieu!

Il semblait incapable de garder son attention sur elle. Au début, ses yeux étaient devenus noirs avant de revenir à la normale vers la fin. À présent, ils étaient presque perdus dans le vague. Inquiète, elle s'écarta de Drew.

—Bébé, qu'est-ce qui ne va pas?

Elle posa les mains sur son visage avant de se rendre compte qu'elles étaient tachées de sang, et se pencha vers lui.

—Judd, parle-moi.

—Combustion.

Un seul mot avant que ses yeux virent de nouveau au noir complet, les blancs disparaissant comme auparavant. Sauf que cette noirceur comportait des nuances de rouge sang. Elle fut terrifiée. Elle s'attendait à ce qu'il s'évanouisse mais il secoua la tête.

—Une heure.

—Une heure.

Elle se rappela sa disparition après qu'il l'avait téléportée pour la sauver des hyènes et fit le rapprochement. Il devait se trouver en lieu sûr d'ici à une heure.

—OK, OK.

À cet instant, Andrew toussa et elle reporta son attention sur son frère, consciente que Judd faisait de même. Après une quinte de toux, il souleva les cils pour dévoiler des yeux bleus familiers.

—Qu'est-ce qui s'est passé, bon sang!?

En larmes, elle l'embrassa sur la joue. Il s'efforça de lever les bras pour l'enlacer, mais il ne semblait pas en avoir la force.

—Hé, ma belle! Allez.

— Tu as perdu beaucoup de sang, intervint Judd. Il faudra du temps pour que tu te rétablisses entièrement.

Elle se détacha de Drew pour se blottir contre Judd.

— Tiens bon, chuchota-t-elle au creux de son oreille, sachant qu'il ne voudrait pas montrer sa faiblesse devant les autres. Tu peux marcher ?

Un léger hochement de tête, mais elle ne le crut pas vraiment, pas à voir son visage qui perdait ses couleurs. C'était plus grave qu'à la cabane. Elle se mit debout.

— Emmenons-les tous les deux à l'intérieur, ordonna-t-elle.

À ces mots, tout le monde se mit en branle. En un rien de temps, Drew fut placé sur un brancard qu'on avait eu la prévoyance d'apporter, et Riley et Tai le transportèrent vers la tanière. Lara marcha, inquiète, au côté du blessé. Congédiant les autres, Hawke s'accroupit, plaça le bras de Judd autour de ses épaules pour le remettre debout.

— Dans ma chambre, indiqua Brenna.

Hawke ne discuta pas et, peu de temps après, Judd se trouvait dans la chambre de Brenna. Il s'appuyait d'une main sur le mur.

— Pas besoin d'aide, déclara Judd.

Hawke regarda Brenna.

— Il est sérieux ? Je peux demander à Lara de venir dès qu'elle en aura fini avec Drew.

— Non, persista Judd.

Brenna voulait qu'il aille se coucher.

— Il est toujours conscient et il est capable de prendre une décision, dit-elle à Hawke. Laisse-le se rétablir au calme et il ira bien.

Sinon, elle appellerait elle-même les toubibs.

Hawke prit un air renfrogné.

— S'il te faut quoi que ce soit, braille. (Il jeta un regard à Judd.) Ce que tu as fait aujourd'hui… Je n'ai jamais rien vu de pareil. Je ne croyais pas que c'était possible. Repose-toi un peu et puis on parlera.

Il partit.

Brenna fut la seule à entendre la réponse de Judd.

— Selon mes instructeurs, c'est impossible.

Il chancela.

Elle accourut pour le soutenir.

— Au lit. Tout de suite.

— J'ai besoin d'une douche.

Elle s'apprêtait à dire qu'il n'en était pas question, mais elle se ravisa en prenant conscience qu'il était couvert de sueur et de sang, ce qui ne favoriserait pas un sommeil réparateur. Elle l'aida à se rendre dans la cabine de douche, et commençait à tirer sur ses vêtements lorsqu'il l'arrêta en lui saisissant le poignet.

— Non.

Elle allait le rabrouer mais elle vit l'expression de son visage. Pure fierté masculine.

— Bien. (Elle soupira.) Mais, si je n'ai pas de tes nouvelles dans cinq minutes, je viens voir.

Elle le laissa, mais garda tous ses sens en alerte maximale tandis qu'elle rabattait les draps et préparait rapidement une boisson énergétique à partir d'un mélange que Drew utilisait souvent. La douche s'arrêta après exactement quatre minutes.

Lorsqu'elle revint dans la chambre, Judd était déjà endormi. Déposant la boisson, elle balaya des cheveux humides de son front, le cœur débordant de tendresse.

— Dieu, comme je t'aime !

Elle l'embrassa sur la tempe et pendant un instant elle eut l'impression qu'une part de lui répondait. Mais il avait plongé dans l'inconscience.

Elle secoua la tête, puis se leva et se mit à ramasser les vêtements qu'il avait abandonnés en tas sur le sol. Elle fut frappée par cette négligence peu habituelle chez lui.

Ironiquement, Drew se remit avant Judd. Il se montra douze heures plus tard, alors que Brenna venait de terminer son petit déjeuner ; un terme peu approprié car elle n'avait en fait pas dormi, trop inquiète pour Judd. Il avait le sommeil si profond qu'elle ne cessait pas de vérifier s'il respirait.

— Comment tu te sens ?

— En pleine forme pour un type qui a apparemment eu la moitié du torse explosée.

Elle fit attention en le serrant contre elle, car la blessure réparée devait être douloureuse.

— Drew, tu as pris cette balle à ma place.

Tout s'était déroulé si vite qu'elle ne parvenait toujours pas à remettre les événements dans l'ordre dans sa tête.

Il rit.

— Je voulais te pousser sur sa trajectoire. Flûte !

— Imbécile ! (Elle rompit l'étreinte avec un reniflement.) Je t'aime.

— C'est à ça que servent les petites sœurs. (Il ouvrit le poing pour montrer la balle qu'elle avait récupérée de son torse.) Tu connais le nom de ce minuscule fragment d'enfer ?

Son estomac se tordit à la vue du bout de métal tordu.

— Non.

— ShrapnelX. On ne peut plus illégal. (Il était furieux.) C'est prévu pour éclater en cinq morceaux à l'impact et creuser un sillon à travers tout ce que ça croise en chemin. (Il mit la balle dans sa poche.) Je suis donc un miracle ambulant. Il paraît que c'est grâce à ton petit ami.

— Tiens, c'est mon petit ami maintenant ?

Une concession majeure.

Il se renfrogna.

— C'est bon, n'insiste pas. Lara dit qu'il me manque un peu de chair en dessous du torse, mais qu'autrement on ne voit plus rien ; c'est comme si Judd en avait déplacé des bouts pour combler les trous.

— C'est ce qu'il a fait. (Elle l'avait vu de ses yeux.) Tu resteras de travers ?

Elle redoublait d'efforts pour ne pas pleurer. Elle ne pouvait imaginer un monde sans Drew pour se disputer.

Il la prit malgré tout dans ses bras.

— Nan. Le trou se rebouchera. (Une pause.) Sans doute. (Il la serra plus fort.) Alors, où est-il ?

— Il dort, dit-elle contre son torse. Et, non, je ne vais pas le réveiller : il est épuisé. Je suis tellement contente que tu ailles bien.

Il l'écrasa contre lui.

— Pas question de partir où que ce soit. Il faut que je reste dans les parages pour m'assurer qu'il te traite bien.

— Il le fera. (Elle sourit et s'écarta pour le dévisager.) Ne le juge pas sur la base de son personnage d'Homme de Glace. Il est différent.

— Non, il n'est pas différent, ma belle, répliqua Andrew. Je pense que Judd est comme tous les autres loups de la tanière ; il dissimule simplement mieux son animal.

Venant d'un changeling, être traité « d'animal » était le plus beau des compliments.

Chapitre 33

Judd s'éveilla, conscient de la chaleur d'un corps féminin imbriqué contre le sien, le dos appuyé sur son torse. Il n'avait enfilé aucun vêtement avant de s'écrouler sur le lit et Brenna portait seulement ce qui semblait être une fine nuisette qui était remontée pendant son sommeil pour la dénuder jusqu'en haut des jambes. Un des bras de Judd lui servait d'oreiller, tandis qu'il avait l'autre main posée sur la douceur du haut de sa cuisse et une jambe passée entre les siennes.

Contact peau contre peau tout du long. Mais pas le moindre signe de dissonance.

Il vérifia ses boucliers, ils étaient solides. Ses réserves d'énergie, c'était une tout autre affaire : il était à sec. Lorsqu'il jeta un coup d'œil à l'heure projetée au laser vert foncé sur le mur d'en face, il comprit pourquoi. Malgré l'obscurité, il était un peu plus de midi ; Brenna avait sans doute éteint le simulateur de lumière diurne. Il avait dormi dix-sept heures maximum et ses dons psychiques avaient besoin de près de vingt-quatre heures pour se régénérer. Pourtant, il se sentait bien physiquement. Cela n'avait pas de sens, mais il ne s'en plaignait pas.

Se sentant très vivant et très mâle, il déplaça la main sur la cuisse de Brenna. Elle murmura, ce qui envoya une onde de chaleur à travers ses intestins. Il attendit que la réaction douloureuse s'enclenche et vienne le punir d'être passé outre au conditionnement. Rien ne se produisit. Il affermit sa prise.

— Judd.

Une plainte endormie.

Il adoucit le contact.

— Désolé.

Il embrassa la courbe de son cou, s'attendant de nouveau à voir surgir la douleur. Rien.

— C'est relié à mes dons.

Évidemment. C'est pourquoi la dissonance avait été si extrême, pourquoi il s'était mis à saigner. Parce que sa Tk fonctionnait en exerçant une pression !

— Quoi ça ?

Brenna semblait à moitié endormie.

— La dissonance.

Ils avaient utilisé ses propres dons pour le punir. C'était tout à fait logique : lier négativement ses dons aux émotions renforçait le besoin de repousser lesdites émotions, ce qui par la suite permettait d'éviter que sa Tk devienne incontrôlable.

Mais à présent qu'il était épuisé, même si les contrôles liés à la dissonance existaient toujours, ils étaient à court d'énergie. Et surtout, jusqu'à ce que ses dons se régénèrent, il ne constituait plus un danger pour Brenna. Il pouvait la toucher, la goûter, l'aimer. Il fut dur avant d'avoir achevé sa pensée.

Remontant la main sur sa cuisse, il sentit le bord en dentelle de sa culotte, si délicat au toucher, mais pas autant que sa peau. Il glissa un doigt en dessous, et se faufila jusqu'à aller effleurer son sexe.

— Judd ! (Elle hoqueta et se réveilla complètement.) Qu'est-ce que tu fais ?

— Je te touche.

Elle déplaça la tête sur son bras.

— Oh ! (Un soupir.) Et tu n'as pas mal ?

— Non.

Écartant les doigts, il la cueillit dans la main comme il l'avait déjà fait une fois auparavant.

Elle glapit.

— Bébé, tu as déjà entendu parler des préliminaires ?

Il aurait même pu répondre par un sourire s'il avait su comment en esquisser un.

— Je commence seulement. (La chaleur émanant d'elle lui brûlait la peau.) J'ai vraiment eu beaucoup de temps pour mettre mon plan au point.

— Un p… plan ? (Elle toussa comme pour s'éclaircir la voix.) Qu'est-ce que tu entends par là ?

Il retira la main de sa culotte pour promener le doigt le long de l'élastique, relevant en même temps la cuisse pour se frotter plus intimement contre elle. Son érection l'élançait sous l'effet d'une telle proximité.

— Je me disais que je devais être prêt si l'occasion de te toucher sans risques se présentait un jour.

Les abdominaux de Brenna se contractèrent au contact de la paume de Judd.

— C'est un plan détaillé ?

— Très.

Il respira l'odeur de la courbe de son cou, avant de l'embrasser.

Elle frémit et essaya de se tourner mais il ne l'y autorisa qu'à moitié, gardant les parties inférieures de leurs corps entrelacées. Puis il s'appuya sur un coude pour simplement l'observer. De si près, l'obscurité ne l'empêchait pas d'examiner ses traits. Elle avait les yeux qui brillaient un peu, surtout l'éclat bleu autour des pupilles.

Il était fasciné.

— Magnifique !

Elle passa la main dans les cheveux de son Psi.

— Laisse-moi me tourner convenablement, réclama-t-elle.

Il remonta encore la cuisse pour la presser contre sa chaleur moite. Brenna hoqueta, à la fois surprise et excitée. Il fit quelques allers et retours avec la cuisse. Elle ferma les yeux.

— Allumeur ! dit-elle.

Une accusation voilée.

— Au contraire. Je compte bien être à la hauteur.

Il retira d'un coup la main qu'elle avait dans ses cheveux et la poussa du coude pour qu'elle reprenne sa position antérieure, afin de se lover contre elle.

Elle manifesta son mécontentement.

— Je n'arrive pas à te toucher…

— Je sais.

On l'appelait l'Homme de Glace mais, quand il était question de Brenna, il était tout le contraire. Si elle le caressait, il ne pourrait même pas mettre à exécution le dixième de son plan. Et, pour un homme qui avait été affamé aussi longtemps que lui, un amuse-gueule n'avait aucun attrait. Il voulait prendre son temps, se gaver, savourer. Avec cette pensée à l'esprit, il plongea de nouveau la main sous sa nuisette et effleura sa peau chaude et soyeuse.

— Ta peau est aussi douce partout ?

Le cœur de Brenna cogna avec un bruit sourd lorsque Judd remonta encore la main.

— Certains endroits sont encore plus doux.

— C'est qui l'allumeuse maintenant ?

Il souligna du pouce la courbe d'un sein.

Elle lui empoigna l'avant-bras. Tout en l'embrassant sur le côté du cou, il répéta la caresse, mais plus haut. Encore. Plus haut. Il sentait qu'elle retenait son souffle alors qu'il s'attardait juste sous son téton.

— Judd, s'il te plaît !

Il donna une petite chiquenaude sur le bourgeon durci. Elle gémit pour en obtenir davantage mais Judd battit en retraite pour dessiner un cercle lent, plus bas, sur son nombril.

— Je vais te tuer, gémit-elle.

Il gloussa ; il n'avait jamais entendu ce son sortir de sa propre gorge.

— La patience est une vertu.

Elle parut prête à répliquer mais il reprit alors le tracé de son précédent périple, avec pour destination le sein délaissé. Elle ne bougea plus.

L'attente qui emplissait l'air était telle que Judd pouvait presque la goûter. La peau de Brenna s'empourprait de chaleur, sa respiration se faisait haletante. Et, quand il remonta jusqu'à sa poitrine, les battements de son cœur se firent plus rapides. Cette fois, il ne se contenta pas d'une pichenette, il referma la main sur la chair brûlante de son sein.

— Tes seins me donnent envie de mordre.

Elle s'arqua sous son emprise, pressant son bras de la main.

— Oh oui !

Un défi. Une invitation.

— Pas encore. (Il refusait d'accélérer ce qu'il comptait éterniser.) Je veux savourer ma première morsure.

Elle le pinça avec ses griffes.

— Fini de jouer.

Il lui mordit le cou en réponse ; elle tressaillit et rentra les griffes.

— Si impatiente.

Il fit glisser sa main le long de son ventre et la passa de nouveau sur l'élastique de la culotte de Brenna. Il appuya du pouce sur son clitoris tout en utilisant ses autres doigts pour attiser l'entrée humide de son corps.

Elle lâcha un cri de surprise avant de se raidir. Un liquide chaud recouvrit les doigts de Judd, projetant dans l'atmosphère une puissante odeur sauvage. Il continua de la caresser et elle frissonna à plusieurs reprises avant qu'elle se détende, comblée. Même alors il ne s'arrêta pas, assouvissant son besoin de la cajoler par de longs mouvements tranquilles, tandis qu'elle se laissait faire.

Lorsqu'elle voulut se retourner, il retira sa cuisse pour lui permettre de bouger mais continua de lui caresser le sexe. Elle enfouit le visage contre sa gorge et parcourut son torse de la main. Il ne trouvait plus étrange qu'elle le touche, mais le contexte sexuel changeait le ton de ses caresses, leur donnant un poids différent. Il aimait le résultat.

— Où as-tu appris tout cela ? murmura-t-elle. Tu es vierge.

Il faillit s'interrompre.

— Je suppose que tu as raison, techniquement parlant.

Le sexe avait effectivement été effacé par Silence. Bien sûr, son espèce avait continué à le pratiquer dans un dessein reproductif – du moins avant que la technologie le rende superflu – mais comme un acte mécanique, sans passion. À l'heure actuelle, un Psi normalement constitué considérait le sexe comme un exercice « animal » peu pratique et sans intérêt. Ses semblables n'appréciaient pas à sa juste valeur la beauté qui résidait dans le lien avec un autre être à un tel niveau d'intimité.

Brenna dessinait une ligne de baisers en travers de son torse.

— Techniquement parlant ? s'enquit-elle.

— Je suis doué pour la recherche ; on pourrait même dire que j'étais obsédé par ce sujet précis.

Il retira les doigts de sa culotte et posa la main sur son abdomen.

Elle promenait les dents sur sa peau.

— Plus précisément, quel genre de recherches as-tu fait ?

— Une Flèche ne divulgue jamais ses sources.

Il passa la main dans ses cheveux avant de lui immobiliser la tête pour réclamer un profond baiser. Elle réagit avec plaisir mais sous la surface il perçut une étrange tension dont elle n'était sans doute pas consciente.

Les cicatrices de l'enlèvement.

Elles prendraient du temps à guérir. Il s'interdit d'anticiper le moment où il la pénétrerait. Ce serait le moment le plus délicat, tant ces sensations étaient profondément connectées au cauchemar.

— Tu préfères être au-dessus ? demanda-t-il, bouche contre bouche, se rappelant sa désinvolture quand elle l'avait enfourché sur le fauteuil.

— Ça contrecarre ton plan stratégique ?

Elle esquissa un sourire, qu'il sentit plutôt qu'il ne le vit. Elle commença à faire descendre sa main.

Il la repoussa vers le haut.

— Le plan admet une certaine dose de flexibilité. Mais tu n'as pas encore le droit de me toucher.

Elle partit d'un rire sensuel.

— Tout va bien, bébé. (Elle l'empoigna par la taille.) Je te préviendrai quand j'aurai besoin d'autre chose.

Elle était donc bien consciente de son anxiété ; ce n'était pas surprenant, étant donné sa force de caractère.

— Ne griffe pas trop fort, demanda-t-il.

Un autre rire.

— Je ne suis pas la plus dangereuse dans ce lit. Tu me rends dingue, tu sais.

— Parfait. Mes recherches m'ont appris que c'est mon rôle en tant qu'amant. Il paraît que les prédatrices changelings sont des critiques exigeantes.

— Crois-moi, tu n'as pas à t'inquiéter.

Elle lui lécha la peau du cou.

Il rompit le contact, puis s'allongea sur elle, attentif à sa réaction. Elle ne se dégagea pas, de sorte qu'il se redressa sur un bras et fit remonter sa main libre pour envelopper son sein couvert de satin. Elle inspira une goulée d'air. Et, quand il pressa contre elle la dureté douloureuse de son érection, elle n'hésita pas à lui entourer la taille des jambes.

— Un baiser ? quémanda-t-elle.

Il accéda à sa requête ; il était déjà accro à son goût. Ses instincts de mâle tiraient sur les rênes, désireux d'aller plus vite, plus profond, mais il tint bon, grâce à ces mêmes talents qui lui donnaient habituellement une froideur distante. Tout en l'embrassant, il massait son sein, expérimentait ce qui la faisait gémir, ce qui la faisait se tortiller. Il découvrit que Brenna appréciait un toucher ferme. Les caresses douces suscitaient seulement des plaintes d'impatience féminine.

Il était on ne peut plus satisfait de la préférence de son amante. Il savait qu'il pouvait se montrer doux – il avait le contrôle nécessaire – mais ce soir il voulait l'aimer de tout son être.

— Enlève ça, lui ordonna-t-il en faisant remonter sa nuisette.

Il avait de l'avance sur le plan, mais il n'avait pas pris en compte les capacités de séduction particulières de la femme si voluptueuse et si accueillante allongée sous lui.

Elle leva les bras et il remonta le tissu par-dessus sa poitrine, bien décidé à lui faire franchir sa tête… mais il ne put aller plus loin. Ses seins se dressaient en une tentation pure, les tétons durs et tendus. Il voulait les observer convenablement. Sans réfléchir, il tenta d'utiliser la Tk pour allumer une lampe mais, bien sûr, rien ne se produisit.

Il allongea le bras pour allumer manuellement la petite lampe intégrée à la tête de lit. Celle-ci émit une lueur chaude, presque brumeuse. Brenna hoqueta de surprise, mais se tut et lui permit de la dévorer des yeux. Ses tétons avaient une teinte foncée de fraise et les courbes supérieures de ses seins étaient de couleur crème… hormis des taches de rousseur éparses dont la dispersion sauvage défiait son esprit analytique de Psi.

— Judd ?

Sa voix contenait un tel désir… Ce fut le coup de grâce. Il baissa la tête et se mit à sucer un bourgeon tendu. Elle lui agrippa les cheveux tout en se tortillant sous lui comme si elle voulait s'échapper. Mais, quand il relâcha le téton pour reporter son attention sur l'autre, elle protesta.

Le chaos régnait en lui. Le feu, le besoin, l'érotisme torride. Toutefois, se mêlant à cette sombre passion mâle, il y avait une chose plus douce, une émotion qui n'émoussait pas les bords rugueux de sa faim mais qui le connectait aux réactions de Brenna à un niveau presque subconscient. La tendresse… C'était un sentiment étrange. Si brut, si puissant, et, malgré cela, il engendrait un intense désir de prévenance.

Il relâcha son téton. Elle tenta de le retenir, mais il voulait dévorer du regard l'humidité luisante de sa poitrine, une humidité dont il était la cause. Un élan possessif le saisit à la gorge. Oui, elle lui appartenait vraiment. Il ressentit soudain le besoin de découvrir davantage ce corps exotique de femme, si effrontément voluptueux, si différent du sien. Il tira sur la nuisette retroussée, l'ôta par-dessus sa tête et la jeta sur le côté.

— Laisse-les là, ordonna-t-il alors qu'elle faisait mine d'abaisser les bras qu'elle avait relevés.

Elle plaça les doigts autour des barreaux de la tête de lit, l'observant avec un intérêt non dissimulé. Cette position laissait tout le haut de son corps exposé à son regard et il en profita de façon éhontée. Il se pencha pour souffler sur ses tétons. Brenna resserra son emprise sur les fines barres de métal.

— C'est l'heure de ma morsure, prévint-il.

— Oh, mon Dieu !

Le désir implicite dans ce gémissement fit battre son érection au rythme de son cœur.

— Je commence de quel côté ?

Elle déglutit et se lécha la lèvre inférieure.

— À toi de choisir.

Il entoura son sein gauche de la main, en prit la forme, le caressa. Puis il mit ses menaces à exécution : il referma les dents sur un versant pulpeux et serra juste assez fort pour qu'elle se mette à ruer sous lui. Après l'avoir longuement goûtée, il répéta l'opération sur l'autre sein.

— Mmmh, murmura-t-il en levant la tête. J'en reprendrais bien un petit peu.

Il s'exécuta.

La poitrine de Brenna se soulevait et s'abaissait en va-et-vient irréguliers.

— Bébé, tous tes plans sont-ils aussi détaillés et aussi lents ?

— Pourquoi ?

Il mordilla le dessous d'un sein.

Elle frissonna.

— Parce que je pense que tu vas finir par provoquer un arrêt cardiaque de plaisir en continuant ainsi.

Baladant les mains le long de sa cage thoracique et jusqu'à sa taille fine, il parcourut de baisers sa poitrine et son estomac.

— D'autres fois, dit-il, je vais sans doute me contenter de te plaquer contre le mur et de m'enfoncer en toi si sauvagement que tu hurleras.

Avec deux doigts, il pinça fermement son clitoris au moment où ce dernier mot sortait de sa bouche.

Elle explosa et son corps s'arqua avec une telle violence qu'elle se souleva du lit. Relâchant la perle de chair capable de susciter un plaisir si exquis, il se redressa pour lui embrasser le cou tandis qu'elle tremblait sous l'effet de l'orgasme.

Elle lui agrippa les cheveux.

— Tu l'as fait exprès.

Rauque, comblée.

— Quoi ?

Il se mit à tracer un sentier pour retourner vers le bas de son corps.

— L'image de toi s'enfonçant en moi juste avant de me toucher. (Elle ne l'arrêta pas quand il commença à déposer des baisers le long de sa culotte.) C'est ta façon de prouver les liens entre l'esprit et le corps.

Il leva les yeux. Il avait essayé de le cacher mais il devait probablement avoir l'air renfrogné.

— Tu es censée être trop comblée pour penser.

Ou pour t'inquiéter.

Elle gloussa.

— Mon splendide et sexy Judd, à cet instant, mon cerveau est en bouillie. (Elle tendit la main pour balayer de son front des mèches de cheveux trempées de sueur.) Mais je sais reconnaître la tendresse quand je la sens.

Il bougea et sa barbe naissante lui effleura la peau. Elle lâcha un gémissement de plaisir purement féminin.

— Je ne pense pas qu'il soit possible de jouir trois fois dans la même séance, fit-elle remarquer.

Se déplaçant encore plus bas, il frotta la joue contre sa cuisse.

— J'aime les défis.

— Et j'aime ce que tu as dit à propos de me coincer contre un mur jusqu'à ce que je hurle. (Un aveu sensuel.) Quand vas-tu passer à l'acte ?

Il semblait impossible que son érection durcisse encore ; les vaisseaux sanguins gonflaient en étirant sa peau jusqu'au point de rupture.

— Arrête de parler.

— Pourquoi ?

— Tu fais dérailler le plan.

Elle plaça une jambe par-dessus son épaule.

— Je pense que c'est à mon tour de toute façon, fit-elle remarquer. Je veux te toucher.

Il mordit l'intérieur de cette cuisse si bien galbée.

— Non.

Elle trembla, mais pour une bonne raison.

— C'est injuste, se plaignit-elle.

Elle passa le pied sur son dos.

Il se rendit alors compte qu'il devrait bouger pour la débarrasser de sa culotte.

— Tu tiens particulièrement à ceci ?

Il fit passer ses doigts dans le creux entre sa cuisse et son sexe et joua avec la dentelle de sa culotte.

— Qu… quoi ?

Il constata à quel point elle était réceptive aux caresses sur cette zone-là et retint l'information avant de poursuivre :

— Je prends ça pour un « non ».

L'agrippant par le devant, il arracha le fragile tissu. Les morceaux d'étoffe retombèrent comme de la brume.

Elle parut choquée, avant de s'immobiliser complètement, comme si elle venait de s'apercevoir à quel point elle était exposée. Il fit glisser la main le long de sa cuisse, tout en levant les yeux, ravi que la lumière lui permette de voir les émotions se succédant sur son visage.

— Je peux te mordre là aussi ?

Chapitre 34

Elle écarquilla les yeux mais elle eut besoin de quelques secondes pour parvenir à s'exprimer.

— Comment… comment tu sais que ça te plaira? déglutit-elle.

Sa changeling jouait avec lui. Et, ce soir, il pouvait lui donner la réplique.

— Tu as raison. Laisse-moi essayer.

Soutenant son regard, il fit passer un doigt sur son sexe, jouant à l'entrée avant de se retirer. Puis il le leva et le suça, conscient que Brenna rougissait.

Quand il eut fini, elle demanda:

— Alors?

Une question très sexuelle.

Pour toute réponse, il baissa la tête et se mit à la goûter. Elle poussa un cri rauque, excitant, et lui enfonça le talon dans le dos en se tortillant. Quand elle releva l'autre jambe par-dessus son épaule, il se servit de sa main pour se faciliter l'accès et continua à la savourer. La savourer comme seul un homme qui avait été affamé pouvait le faire. De tout son être, avec une concentration absolue.

Brenna s'efforçait de respirer, mais sans trop de succès; l'air lui parvenait par saccades. Judd était… Oh, Seigneur! il l'anéantissait de plaisir. Pour un homme qui n'avait aucune expérience pratique, il était incroyablement doué.

Elle était très curieuse de connaître le type de recherches qu'il avait effectuées.

Il la mordilla.

Elle gémit tout en s'exhortant à regagner un semblant de contrôle. Sinon, Judd deviendrait affreusement arrogant. Sauf que sa bouche si habile était en train de lui faire les choses les plus exquises, faisant passer le contrôle pour un concept inconnu.

Il commença à jouer avec ses doigts, fit monter l'excitation. Mais il ne la pénétra pas. Il la caressa encore. Et encore. Quand il finit par introduire son doigt en elle, l'attente l'avait rendu folle d'excitation au point que la pointe de peur que son esprit associait à une invasion de son corps fut enfouie sous une avalanche de sensations.

— Tu es trop contractée, dit-il d'un air complètement et délicieusement dominant.

Elle resserra les muscles internes autour de son doigt en guise de représailles.

— Il paraît que c'est bien d'être contractée, parvint-elle à articuler.

Il se mit à faire bouger son doigt.

— Pas à ce point-là… Ça pourrait être douloureux.

Cela devenait impossible d'avoir une pensée cohérente mais elle essaya.

— Judd, bébé, viens avant que je perde ce qui me reste d'esprit.

Elle avait senti toute l'étendue de sa raideur contre elle, elle savait combien il la désirait. Toute cette chair brûlante, dure…

— Je te veux en moi.

— Tu as besoin d'un peu plus de préliminaires.

— Je retire ! cria-t-elle. C'est nul, les préliminaires !

Pourquoi n'avait-elle pas compris que le contrôle glacial de Judd, une fois dissous, se traduirait en une patience infinie au lit ?

— Je ne suis pas d'accord, protesta-t-il.

Puis il l'embrassa de nouveau, se délectant de sa chair la plus intime comme s'il s'agissait d'un mets délicat qu'il avait attendu toute sa vie de savourer. Le rouge sombre du désir déferla dans l'esprit de Brenna et, quand elle s'abandonna, ce fut aux profondeurs de son être.

Judd ressentit l'abandon de Brenna dans son propre esprit, comme s'il lisait ses pensées les plus intimes à l'aide d'un sens jusqu'alors inconnu. Il leva la tête, se dégagea de son emprise, et parcourut son corps de baisers de bas en haut avant d'appuyer un bras sur le lit, l'autre main toujours entre ses cuisses.

Quand il l'embrassa sur la bouche, elle enserra son cou et lui offrit tout ce qu'il demandait. Et, quand il inséra un deuxième doigt en elle, elle ne protesta pas, rompant seulement le baiser avec un hoquet et déplaçant une main pour s'agripper à son biceps. Il demanda, les lèvres appuyées sur les siennes :

— Brenna ?

Elle battit des paupières ; ses yeux incroyablement beaux brillaient.

— Viens en moi maintenant. J'ai besoin de toi.

Cette simple requête réduisait son plan en miettes.

— J'ai peur de te blesser.

Pas physiquement, mais mentalement, psychiquement.

Elle repoussa ses épaules.

— Moi au-dessus.

Il comprit, retira les doigts, ce qui la fit gémir, et se mit sur le dos. Il lui était difficile de céder le contrôle mais il faisait confiance à Brenna comme à personne d'autre auparavant. Quand elle s'assit pour le chevaucher, il resta ébahi, sans voix, devant sa fière beauté féminine. Il s'abandonna avec délice à ce sentiment, conscient qu'il devrait battre en retraite dès que son énergie serait régénérée.

Elle tendit la main pour refermer ses doigts délicats sur son érection douloureuse. Il serra les dents et empoigna les barres de la tête de lit sans la quitter des yeux. Le jeu des émotions sur son visage était pure séduction. Plaisir, surprise, faim.

— Tu as raison, chuchota-t-elle en examinant sa chair turgescente de ses yeux brillants. Je vais te sentir me pénétrer centimètre par centimètre.

Elle bougea pour placer son corps au bon endroit, puis guida son extrémité en elle avant de le lâcher.

Il cessa de respirer quelques secondes tandis que le plaisir circulait à travers tout son corps depuis le sommet de son érection. Il n'avait jusqu'alors jamais pris conscience de la sensibilité hallucinante de ce paquet de nerfs ; comment son peuple avait-il pu renoncer à cet incroyable assaut de sensations ? Quand il ouvrit les yeux, qu'il ne se souvenait pas d'avoir fermés, il vit Brenna agenouillée au-dessus de lui, la tête rejetée en arrière.

— Regarde-moi ! lui ordonna-t-il.

Elle obéit d'une secousse qui fit vibrer tout le corps de Judd. Elle tendit en même temps les bras, et il leva les mains pour les joindre à celles de Brenna. S'appuyant sur lui, elle se mit à abaisser son corps, l'acceptant lentement en elle. Ils ne se quittaient pas des yeux et l'intimité était si intense… Judd savait que la dissonance l'aurait tué si elle avait été opérationnelle.

Elle s'arrêta soudain, hors d'haleine.

— Tu me combles tellement, c'est presque insoutenable. (Elle grogna et se remit à bouger.) Pitié !

Il n'était pas loin de demander grâce lui aussi : il se consumait dans la chaleur suffocante de Brenna, il se trouvait projeté dans un embrasement sensoriel plus intense que tout ce qu'il avait jamais ressenti. Il serra ses mains plus fort, mais elle ne s'en plaignit pas. Au contraire, après une profonde inspiration, elle appuya ses doigts contre les siens et pesa sur son érection, pour qu'il s'enfonce au plus profond d'elle.

Pur mélange de plaisir et de souffrance.

Il cambra le dos en tentant de rester conscient malgré cette surcharge sensorielle. Pour une Flèche entraînée à résister à tout prix aux émotions, un tel afflux de sensations revenait à être jeté dans les plus dangereuses des flammes.

Ce fut le contact de Brenna qui l'éloigna du bord du précipice ; il lui semblait qu'elle était partout à la fois, mélange séduisant de grâce, d'exigence féminine et de faim. Ouvrant les yeux, il la découvrit assise, médusée.

— Qu'est-ce qui ne va pas ?

Il avait la voix éraillée, comme s'il avait crié.

— Je m'habitue à toi.

Elle se pencha, étendant les bras jusqu'à poser les mains autour de sa tête.

— Tu me combles, dit-elle en lui effleurant les lèvres des siennes.

Il grogna, et se retint de se redresser pour prendre les commandes. Elle avait accepté son intrusion, c'était déjà beaucoup. Pour cette fois. Parce qu'il était bien décidé à réitérer l'expérience, peu importe ce qu'il devrait accomplir pour provoquer une autre combustion.

Brenna l'embrassa de nouveau, cette fois d'une manière sauvage, furieuse, passionnée.

— Bouge en moi, murmura-t-elle.

Elle relâcha ses mains et posa les paumes sur son torse.

Il était incapable de parler, alors il la prit par les hanches et se mit à la soulever et à l'abaisser en cadence avec les mouvements de son propre corps. Toutes ses recherches s'étaient évaporées : il était guidé par un instinct ancestral et par une tendresse infinie pour son amante.

Il suivit d'abord un rythme lent, pour qu'elle s'habitue à lui tandis qu'il se noyait dans la folle extase de son contact. Puis elle eut l'air d'exiger un rythme plus vif ; il répondit en s'écrasant contre elle, levant son corps quand elle descendait le sien. Avec un cri, elle planta les doigts dans son torse et le chevaucha, sauvage et libérée.

Quand elle exprima sa frustration, il l'attrapa et la fit basculer sur le dos. Elle ne protesta pas et entoura sa taille de ses jambes. Il tendit la main pour lui caresser le clitoris tout en reprenant la cadence, les emmenant tous les deux vers un plaisir qui semblait irréel. Quelque part en route, il perdit toute faculté de penser.

Brenna avait les jambes en compote.

— Je ne peux plus bouger, grommela-t-elle dans le cou de Judd où elle avait le visage enfoui.

Il répondit par un grognement et lui caressa une fois les fesses avant de laisser retomber la main… comme s'il n'avait pas la force d'en faire davantage.

Elle promena les doigts sur son torse, enfouit le visage près de son pouls et inspira son odeur. Elle la portait déjà sur elle mais, à partir de ce moment, l'odeur de Judd serait à l'intérieur même de ses pores. Cela lui donnait la sensation d'être possédée, protégée, adorée. C'était bon de lui appartenir, même s'il avait tendance à être dominateur.

— Encore une fois.

Elle crut avoir été victime d'une hallucination auditive.

— Tu ne viens pas de dire « Encore une fois ».

— Avant que la Tk revienne.

Elle secoua la tête.

— Tu es fou. (Après cette séance, il pourrait s'estimer heureux si elle bougeait encore au cours de ce siècle.) Heureusement que j'aime la folie.

— Sieste. Une heure. Puis encore.

Malgré son épuisement, elle trouva le ton féminin approprié pour réagir à sa voix déterminée.

— Tu es si sexy.

— Je sais.

Ce qui la fit sourire.

— Ah ouais ?

— Il y a cette splendide changeling qui n'arrête pas de me le dire. (Il referma la main sur sa nuque.) Dors maintenant.

Elle lui obéit. Une heure plus tard exactement, elle s'éveilla au contact de lèvres et de doigts masculins, le corps détendu de la plus sensuelle des façons. Ils dansèrent plus langoureusement cette fois, et Judd la laissa le câliner et le caresser autant qu'elle le voulait.

Ses muscles étaient durs et chauds sous ses doigts, sa peau exhalait un parfum de sel et d'homme. Elle était profondément heureuse d'être si intimement connectée à lui.

— Je veux faire ça tous les jours de ma vie, murmura-t-elle.

Les yeux de Judd étaient des étincelles d'or dans l'obscurité.

— Oui, répondit-il.

Pourtant, une fois la Tk régénérée, il lui fallait partir.

— Brenna…

— Chut ! (Elle secoua la tête, mourant d'envie de combler le fossé entre eux.) On se verra demain matin.

Il était clair qu'il ne voulait pas la quitter. Et, comme elle le connaissait si bien, il était tout aussi clair… qu'il refusait de montrer que la dissonance le faisait souffrir.

— Demain matin, bébé.

Brenna dut encore le persuader quelques minutes, puis il partit enfin. Alors seulement elle s'appuya contre l'oreiller et laissa couler ses larmes. Devraient-ils se contenter de cela : de moments dérobés lorsque Judd était privé d'une part cruciale de sa psyché ? C'était si désespérant. Elle aurait pu pleurer jusque tard dans la nuit, mais elle se laissa rapidement emporter par l'épuisement et, à son réveil, l'espoir se réveilla avec elle.

— J'ai fait l'amour avec Judd Lauren, murmura-t-elle, ébahie.

Encore un mois auparavant, un tel rêve aurait semblé idiot.

— Je dois être folle.

Le sourire aux lèvres, elle sauta du lit, prit une douche et mangea un morceau. Ensuite, sachant que cela ne ferait aucun bien à Judd de se trouver piégé dans les limites d'un appartement marqué par les échos psychiques de leurs ébats, elle se dirigea vers une des salles réservées à la technique pour travailler un peu.

Elle rencontra Judd à mi-chemin.

— Tu ne devais pas aller à DarkRiver ? demanda-t-il.

Des paroles guère romantiques, mais le feu sombre qui brillait dans ses yeux inquiéta Brenna, même si elle se sentait pleine de vie.

— Judd, tu dois battre en retraite ou la dissonance te punira.

— Je n'aurais jamais cru t'entendre dire ça.

Son regard resta tout aussi intense.

Secouant la tête face à son entêtement, elle répondit à sa question :

— J'ai quasi terminé ma part de programmation ; Dorian m'appellera en cas de besoin.

Ses paroles eurent pour effet de passer outre à la résonance sensuelle qui faisait encore vibrer le corps de Judd et il put se rappeler une chose très importante.

— Pourquoi as-tu quitté DarkRiver avant-hier ? Qui a appelé ? l'interrogea-t-il.

Brenna pâlit.

— C'était une embuscade. Ce salaud aurait pu tuer Drew ! C'est seulement parce que Riley l'a pourchassé qu'il a cessé de tirer.

Il voulait la prendre dans ses bras, mais il ne pouvait risquer un contact physique, pas alors que le souvenir de leurs ébats était encore si vivace. Il serra le poing.

— Tu sais d'où provenait l'appel ?

— Le message a été transmis par l'accueil principal de DarkRiver. (Elle se passa la main dans les cheveux.) Il est arrivé sur leur ligne générale. On aurait dû se douter que quelque chose clochait, mais on n'a pas réfléchi car il disait que des Psis avaient attaqué les louveteaux et que plusieurs d'entre eux étaient morts.

— Riley n'a pas rappelé pour avoir confirmation ?

C'était la procédure opérationnelle standard dans la plupart des unités tactiques et militaires.

Elle grimaça.

— Je pense qu'il était trop furieux… et le tireur comptait là-dessus.

La faiblesse des émotions… C'est ce qu'on lui avait toujours enseigné.

— Pourquoi les félins n'étaient pas au courant d'une telle nouvelle ?

En tant que sentinelle, Clay aurait dû être averti par l'accueil de DarkRiver.

— Le message était libellé dans le code que les soldats de la meute utilisent, révéla-t-elle. Il ajoutait qu'il y avait cette fois une preuve irréfutable de l'implication des félins. Seigneur, nous avons été idiots!

—Pas forcément. Si c'était codé, Riley avait raison de supposer que le message provenait d'une source légitime. Même s'il avait rappelé, le tireur aurait pu se tenir prêt à intercepter l'appel.

Rusé. Mais, malgré son intelligence, le meurtrier de Timothy avait peut-être commis une erreur fatale.

—Combien de personnes connaissent ce code? s'enquit-il.

—Je n'en ai aucune idée.

—Je demanderai à Riley. Est-ce que tu peux retracer l'appel lui-même?

—Je vais voir si Dorian peut se connecter au système de communication de DarkRiver, mais si le tireur a appelé depuis un des téléphones publics de la tanière… (Elle haussa les épaules.) Comment avons-nous pu engendrer un être si malfaisant? Je ne parviens pas à le croire, et pourtant c'est la réalité. (Elle semblait à la fois furieuse et triste.) Me voilà arrivée à destination; je resterai sans doute des heures dans cette salle. On se voit au dîner?

Il savait qu'elle prenait délibérément ses distances avec lui. Elle était trop perspicace pour ne pas comprendre l'impact dévastateur que leur intimité frénétique avait eu sur lui, lui qui n'avait rien ressenti pendant la plus grande partie de sa vie.

—Oui. Cette salle est bien protégée?

Elle lui montra le système de sécurité.

—On réalise toutes sortes de travaux techniques dans ces salles et elles sont donc quasiment inviolables, davantage pour protéger le monde extérieur que nous-mêmes. Une fois que j'entre et que je ferme la porte, personne ne peut neutraliser la serrure. Ne t'inquiète pas; je n'ai pas l'intention de faciliter la tâche à cette espèce d'ordure.

Satisfait, il partit trouver Riley.

— Combien d'hommes et de femmes connaissent ce code ? demanda-t-il au lieutenant.

— Environ une centaine. (La voix de Riley grondait.) Quarante d'entre eux effectuaient leur garde ailleurs au moment de la fusillade. Il m'en reste donc soixante à vérifier.

Encore pas mal de monde.

— On doit obtenir le détail de leurs mouvements à l'heure de l'attaque, reprit Judd.

— Ouais, sauf que la plupart des soldats sont seuls et indépendants comme des loups. Ça prendra du temps et ce psychopathe commence à dérailler : c'était stupide de sa part d'utiliser ce code.

Riley n'avait pas besoin d'ajouter que, stupide ou pas, le tueur était à présent pour de bon à la poursuite de Brenna.

Judd continuait à avoir l'impression de louper quelque chose, mais il avait beau y réfléchir, il ne trouvait pas.

— Est-ce que tu veux que je t'aide ? proposa-t-il à Riley.

Le lieutenant marqua une pause.

— Je ne peux pas justifier que tu forces les esprits d'hommes et de femmes loyaux à cause d'un salopard. (Mais il semblait vouloir l'autoriser.) Tu protèges Bren, et je me charge de le traquer et de le capturer.

Judd n'avait aucune intention de suivre cet ordre – pas quand leur proie était une menace pour Brenna – mais il se contenta d'acquiescer. Après avoir laissé Riley, il passa un autre coup de fil.

— Je ne peux pas venir aujourd'hui, annonça-t-il à Sascha. Je m'excuse.

— Ne t'inquiète pas ; je pensais te le suggérer de toute façon, répondit-elle à sa surprise. On a déjà beaucoup travaillé, les cerfs ont besoin de récupérer. C'est le genre de guérison qui prend du temps.

Judd raccrocha après lui avoir demandé quand elle pensait avoir de nouveau besoin de lui, puis il retourna à sa chambre. Même si la chasse au tueur occupait une large place dans son esprit – il approchait volontairement le problème sous un autre angle que Riley afin que leurs efforts ne soient pas redondants –, il devait réfléchir à autre chose.

Il fit des tractions à la barre d'exercice. Cet acte répétitif l'aida à focaliser son esprit et à le faire fonctionner en mode multitâche. Une chose était certaine : il refusait de ne plus jamais ressentir d'intimité avec Brenna. Pas à cause du sexe, même si cette expérience avait été la plus étonnante de sa vie. Mais pour la façon dont il l'avait fait rire, sourire, se plaindre, avant de la câliner. Car elle s'était sentie en sécurité, rassurée par la force de leur connexion émotionnelle.

Il ne la priverait pas de cette sensation. Et il allait encore moins l'abandonner à un autre mâle qui pourrait lui offrir ce dont elle avait besoin. Cette seule pensée le mettait en rage. Toutefois, malgré ce qu'il avait envisagé dans le feu de la passion, il ne pouvait pas continuer à provoquer des combustions afin de la protéger de sa Tk-Cell. Il ne lui restait donc qu'un choix et une question qu'il avait rejetés jusqu'ici : comment s'affranchir du protocole Silence, en particulier de la dissonance, sans déclencher la fureur assassine de son don ?

Son téléphone sonna. Il se laissa tomber de la barre et décrocha.

— Judd.

— C'est Hawke. Tu peux me rejoindre près de la chute d'eau ?

Il se dit que le chef de meute voulait sans doute lui poser des questions sur la déprogrammation qu'il avait effectuée sur les hyènes de PineWood.

— J'arrive.

En chemin, il croisa plusieurs changelings. Qui réagirent étrangement à sa présence. Des sourires, des signes de la main, des cris de salutation et même des claques dans le dos s'il ne s'écartait pas assez vite.

Il avait presque atteint la sortie quand Indigo l'arrêta.

— J'ai une info qui t'intéressera, lui dit-elle.

Chapitre 35

Elle l'entraîna dans l'ombre d'une alcôve proche.

— Un des amis de Tim est revenu en ville aujourd'hui et a trouvé un message sur son tableau de communication à la maison… Laissé la nuit du meurtre. Tim disait qu'il avait des infos qu'il voulait transmettre à Hawke en passant par un canal sûr. Ça confirme qu'il était sur le point de dénoncer le dealer.

Ce n'était pas grand-chose mais c'était une autre donnée avec laquelle alimenter le programme psychique qui tournait en permanence dans la tête de Judd.

— Tu es parvenue à retrouver d'autres clients fidèles ?

— Ouais, répondit-elle. Mais ils savent que dalle ; ce gars est rusé, il ne leur a jamais montré son visage. Un lâche. Sans toi, on pleurerait Drew aujourd'hui. Je vais me délecter à égorger le tueur quand on l'aura capturé.

Elle le quitta sur un sourire sinistre.

Judd appréciait qu'Indigo l'ait tenu informé, mais il se demandait pourquoi. En dépit de ses actes, il restait en dehors de la hiérarchie SnowDancer et les loups ne faisaient pas confiance à un étranger. Il n'y avait toutefois pour l'instant aucune place dans sa tête pour ce problème insignifiant.

Après avoir quitté la tanière, il progressa dans le froid piquant de ce jour d'hiver glacial jusqu'à la rive gelée près de la chute d'eau. Hawke y était déjà, les bras croisés. Deux loups se trouvaient assis à ses pieds. Étant donné leur taille et leur attitude, Judd savait qu'il ne s'agissait pas de changelings. Ce n'était pas la première fois qu'il voyait le chef SnowDancer entouré des loups sauvages qui erraient dans les environs. Il avait même entendu une rumeur selon laquelle ces créatures considéraient aussi Hawke comme leur chef... Ce qui était probablement vrai. Hawke était par moments si proche de son animal qu'il n'était pas évident de deviner qui – ou quoi – vous regardait derrière ces yeux pâles.

Les loups observèrent Judd approcher sans manifester la moindre agressivité, que ce soit par la voix ou les mouvements.

— Tu es en retard, fit remarquer Hawke.

— J'ai été ralenti par plusieurs membres de la meute.

Le mâle dominant hocha la tête.

— Après ce que tu as fait pour Drew, je pense qu'ils veulent organiser un foutu défilé en ton honneur.

— J'espère que tu les en as dissuadés.

— Je ne sais pas ; ça mettrait peut-être enfin ta nièce de bonne humeur.

C'était donc la raison de cette entrevue.

— Qu'est-ce que Sienna a encore fait ?

Âgée de dix-sept ans, la fille de sa défunte sœur marchait sur la corde raide. Elle était presque entièrement conditionnée lorsqu'ils avaient déserté, ce qui l'avait mise dans une position difficile, d'autant que les problèmes associés à ses dons apparaissaient avec l'âge. Mais surtout elle semblait s'être fixée comme nouvel objectif dans la vie d'ennuyer Hawke de toutes les façons possibles et imaginables.

— Elle a persuadé certains jeunes qu'elle pouvait lire dans leurs pensées et que je la payais pour le faire. (Le mâle dominant avait l'air renfrogné, mais une lueur d'amusement brillait dans ses yeux.) Les confessions me sortent par les oreilles.

— Je lui parlerai.

Walker s'était occupé des deux plus jeunes enfants : sa fille Marlee bien entendu, et leur neveu, Toby. Judd avait trouvé normal de jouer un rôle similaire pour Sienna ; il pouvait lui apporter une aide spécifique. Évidemment, sa nièce n'estimait pas avoir besoin d'un protecteur adulte.

Hawke fit un geste de la main.

— Ne t'inquiète pas pour ça. Je m'occuperai d'elle.

Dans les premiers mois suivant leur désertion, Judd s'y serait opposé. Mais, ayant été témoin de la façon dont le chef de meute gérait les jeunes loups, il savait que Sienna ne courait aucun danger, même si elle risquait de s'écorcher à la langue acérée de Hawke.

— Alors pourquoi as-tu demandé à me voir ?

— À cause de toi. (Une réponse dure qui fit grogner les loups.) Tu es un problème.

— Tu parles d'un défilé ! (Il marqua une pause.) La meute est-elle au courant des détails de mon intervention ?

Hawke secoua immédiatement la tête.

— Ils pensent que tu as réussi à détourner la balle, peu importe comment. On contribue à propager cette rumeur.

— Bien. (Son nouveau talent demeurait donc un avantage tactique.) Alors quel est le problème ?

Si le mâle dominant cherchait à l'éloigner de Brenna, il aurait un duel sur les bras. Un duel sanglant.

— Tu fais des ravages dans la meute. Tu as combien de combats à ton actif ?

— Tu veux le nombre exact ?

Judd avait affronté des adversaires depuis le jour où il était arrivé à la tanière.

Hawke renifla.

— Je connais le nombre. Je sais aussi que tu as remporté chacun de ces combats.

Il s'accroupit et caressa les loups. Ils grognèrent et se frottèrent contre sa main avant de s'élancer dans les bois. Hawke se releva.

— J'ai donc dans ma meute un mâle influent qui reste en dehors de la hiérarchie.

Il se remémora l'attitude récente d'Indigo ainsi que de plusieurs autres.

— Certains ont déjà commencé à me traiter comme si j'avais un statut, dit le Psi.

— Ouais. Ils essaient de te pousser à bout.

— Dans quel dessein ?

— Rejoindre la meute à part entière ou foutre le camp. (Un choix brutal.) Je ne peux pas me permettre d'avoir un puissant loup solitaire sur mon territoire.

— Tu veux me donner un grade officiel.

Chacun en avait un dans la meute. Le statut pouvait changer de deux façons : à travers un combat physique ou en recourant à un système complexe d'aptitudes et de respect qu'il ne comprenait pas entièrement. Cependant, il vivait parmi les SnowDancer depuis suffisamment longtemps pour en saisir des bribes : Lara avait apparemment le même statut qu'Indigo, tandis que Dalton, le vieux bibliothécaire, avait l'oreille de Hawke chaque fois qu'il daignait parler.

— Oui, répondit le chef de meute.

— J'avais un grade autrefois.

En tant que Flèche. Membre de l'élite.

— Cela m'a enseigné que la confiance aveugle dans une hiérarchie est une idiotie, poursuivit Judd.

Il avait dix-neuf ans lorsqu'il avait compris à quel point il avait été trahi et manipulé sans pitié.

— Nous ne sommes pas Psis. (Hawke se renfrogna.) Est-ce que tu vois Indigo ou Riley se prosterner et ramper devant moi ?

En effet, les changelings prédateurs se montraient implacables avec leurs dirigeants. Il en avait vu un exemple sinistre dans l'exécution de Parrish. Aucun membre de la meute des hyènes n'avait demandé la clémence pour son chef. Et le nouveau chef n'avait laissé à personne d'autre le soin de la mise à mort rituelle. Justice sanglante mais justice néanmoins.

La population Psi se voyait refuser un tel système de freins et de contrepoids depuis plus d'un siècle.

— Même si tu me nommes soldat, je serai peu enclin à obéir au moindre de tes ordres.

— Si j'avais cherché l'obéissance muette, j'aurais choisi un troupeau de moutons. (La réponse de Hawke s'apparentait à un grondement féroce.) Tu acceptes ou pas ?

Il ne renoncerait jamais à Brenna. Ni à sa loyauté envers sa famille.

— Oui.

Il était prêt à accepter un grade inférieur à celui qu'il avait occupé sur le PsiNet, même si ça l'irritait. Fierté. Une faiblesse émotionnelle, mais il n'avait jamais prétendu être parfait. C'était l'objectif de perfection glaciale de son espèce qui avait privé les Psis de leur humanité.

Hawke afficha un large sourire.

— Tu aurais dû demander quel grade je t'accorderais avant de dire oui. Trop tard à présent.

— J'imagine que je serai soldat de basse à moyenne catégorie.

Et un Psi n'émettait pas d'hypothèses non fondées.

— Je me donne la peine de faire tout ce cinéma pour te dire que tu es bigrement trop fort pour te laisser errer et tu crois que je vais te donner un grade qui sèmerait la confusion dans la meute ?

Le mâle dominant s'avança et le tailla da avec ses griffes, d'un mouvement si rapide que Judd n'eut pas le temps de réagir. La logique aurait voulu qu'il réplique par une décharge d'énergie Tk, mais son esprit militaire aiguisé analysa le langage corporel de Hawke et parvint à la conclusion qu'il n'était pas attaqué. Il tâta et sentit quatre fines entailles sur son cou. Des coupures superficielles mais suffisantes pour lui colorer la main.

Hawke se tailladа la paume et laissa le sang s'écouler sur la neige. D'instinct, Judd écarta ses doigts rougis pour attraper une goutte du sang de Hawke. C'était brûlant, comme si elle contenait du feu. Il y eut un claquement sec en lui mais, quand il examina le plan psychique du LaurenNet, il ne trouva aucune nouvelle connexion.

La sensation de brûlure persista même après qu'il eut laissé retomber la main.

— Qu'est-ce que c'était ? demanda Judd.

— La mise en place d'un lien de sang.

Hawke ferma la main, endiguant le flux écarlate.

— Tu es désormais un lieutenant SnowDancer, ajouta-t-il.

Judd baissa les yeux sur la neige tachée de rose avant de les reporter sur le regard pâle.

— Tu méprises les Psis.

Il ne connaissait pas l'origine de cette haine, mais il savait qu'elle était réelle.

— Si je vous haïssais tous sans raison, j'aurais l'esprit étroit. (Hawke esquissa un rictus.) Et je préfère me voir autrement.

La voix du mâle dominant avait une profondeur particulière ; elle contenait des couches d'émotions que Judd ne parvenait pas à déchiffrer.

— C'est grâce à Sascha ? s'enquit Judd.

Hawke avait une affection particulière pour la compagne de Lucas.

Un sourire balaya l'expression sinistre de son visage.

— Elle a en quelque sorte chamboulé mes opinions sur les Psis, mais… (il secoua la tête comme pour se taire avant d'en dire trop) je fais confiance à ceux qui ont prouvé leur loyauté. Tu l'as démontrée plus qu'à ton tour ; il n'est pas nécessaire d'être chaleureux et affectueux. Bienvenue dans la meute.

Judd se baissa pour nettoyer le sang avec de la neige, devinant que le lien ne pouvait être effacé aussi facilement. Hawke fit de même. La blessure du loup avait déjà coagulé. Alors que la cicatrisation de Judd était le résultat de ses dons Tk-Cell, celle de Hawke provenait de la force changeling. De la force changeling d'un chef de meute.

— Alors, dit Judd, que font les lieutenants ?

— Un sacré boulot, répondit Hawke avec un sourire maléfique.

— Je suppose que les vacances sont finies.

La dissonance pointa au diapason de son sentiment d'appartenance, de sa fierté et de ses pensées pour une femme au regard bleu éperdu.

Brenna eut le souffle coupé dès qu'elle ouvrit la porte de la salle technique.

— Hawke t'a saigné !

Avec un cri d'excitation, elle bondit dans ses bras, les jambes autour de sa taille.

Il l'attrapa d'instinct.

— Attention. Mes dons se sont régénérés.

— Je pensais… (Elle haussa les épaules.) Je pensais que le temps passé chacun de son côté aurait pu contribuer à refroidir les sentiments de la nuit passée.

— Tu as raison.

Il ne voyait pas l'utilité de préciser que la dissonance n'empirait plus à un rythme constant mais de façon exponentielle. À aucun moment de la journée, elle ne s'était arrêtée complètement. Des parties non essentielles de son cerveau étaient déjà compromises.

Elle se frotta le nez contre le sien en signe d'affection espiègle.

— Te voilà lieutenant alors.

— Ça change quelque chose pour toi ?

Il se posait vraiment la question.

— Bébé, je savais que tu étais tyrannique le jour où je t'ai rencontré. J'en ai maintenant la confirmation. (Elle lui mordilla la lèvre inférieure.) La seule différence, c'est que je suis heureuse pour toi. Toi et moi, on a toujours été faits l'un pour l'autre.

— Le destin ?

— Tu l'as dit. Alors comment est-ce qu'on va le réaliser ?

Elle changea soudain d'expression et reposa les pieds par terre, rompant tout contact.

— Tes yeux… La douleur, c'est pire qu'avant, n'est-ce pas ?

— Ça…

Elle leva la main avant qu'il puisse lui dire que ça n'avait pas d'importance.

— Ce n'est pas rien, pas quand je vois des taches de sang dans le blanc de tes yeux.

Sa voix trembla brièvement avant qu'elle parvienne à en reprendre le contrôle.

— À quel point ?

Il ne pouvait pas lui mentir.

— À ce rythme, ça causera bientôt des dégâts permanents au cerveau.

Une forme dure, brute, de rééducation, capable à le transformer en légume.

Chapitre 36

Dans le cœur des ténèbres du PsiNet, des données défilaient sur le noir profond des murs de la Chambre du Conseil… des colonnes argentées sans fin, trop rapides pour l'œil mais lisibles par l'esprit psychique.

— *Nous avons perdu le contrôle de PineWood*, dit Nikita. *Parrish, le mâle dominant, est mort et quelqu'un a non seulement déprogrammé le reste de la meute, mais il, ou elle, a aussi armé les esprits des hyènes contre toute interférence future. Du personnel entraîné pourrait être en mesure d'abattre ces murailles, mais au prix d'un effort considérable. Nous avons mieux à faire de notre temps.*

— *Sascha ?* demanda Shoshanna.

— *Non.* (Nikita en était certaine.) *Elle ne possède pas les aptitudes nécessaires.*

— *Faith NightStar non plus*, fit remarquer Marshall.

— *Nous aurions donc affaire à un inconnu*, intervint Kaleb, qui s'était tenu inhabituellement calme jusque-là. *Si je ne me trompe pas, la programmation et la déprogrammation sont exclusivement enseignées à certaines branches de nos forces armées.*

— *Exact.* (Le flamboiement glacé de Ming.) *Ce doit être l'un des soldats d'élite.*

— *Quelqu'un hors du Net ?* demanda Nikita.

Elle savait parfaitement que, en dépit des croyances des masses, il existait des Psis qui n'étaient pas connectés au PsiNet. Pas des renégats comme sa fille… mais ceux qui ne s'étaient jamais connectés, car ils disposaient d'une autre option. L'existence des « Oubliés » était l'un des nombreux vilains secrets du Conseil.

— *Pas nécessairement*, dit Kaleb. *Je pense qu'il devient évident que nous affrontons une grave menace interne.*

— *Le Fantôme.*

L'étoile de Marshall vira au blanc polaire.

— *Il doit opérer avec un ou plusieurs associés*, ajouta Nikita. *Un seul Psi ne peut être aussi doué à la fois dans l'art guerrier physique et psychique. Les explosions des labos étaient très précises, elles impliquaient un degré élevé de connaissance technique. Rien à voir avec l'expertise requise pour siphonner des données à partir des bases sécurisées du PsiNet.*

— *Et puis il y a les assassinats*, ajouta Tatiana. *Nous avons perdu plusieurs scientifiques de haut niveau.*

— *Je consulte mes bases de données à propos de renégats potentiels.* (Ming resta silencieux pendant une minute.) *Au cours des dix dernières années, nous avons perdu une Flèche et sept soldats disposant des talents requis, dans des circonstances qui ont rendu impossible la récupération de leurs corps.*

— *Qui était la Flèche ?*

Tatiana de nouveau.

— *Judd Lauren.*

Nikita se souvenait de l'affaire.

— *Je pense que nous pouvons le rayer de la liste sans hésitation*, souligna-t-elle. *Toute la famille Lauren est morte depuis plus d'un an.*

— *Est-ce certain ?* demanda Marshall. *Nous n'avons retrouvé aucun corps.*

Nikita connaissait les loups.

— *Les SnowDancer ne laissent pas de corps. Je ne les vois pas donner asile à un Psi, et encore moins à un Psi avec les aptitudes de Judd Lauren. Il aurait constitué une menace évidente ; ils ont pour règle de tuer d'abord, puis d'interroger les cadavres.*

— *En parlant des loups,* intervint Shoshanna, *Brenna Kincaid est toujours présente dans la base de données de l'Association des techniciens en tant que niveau 1 en activité, ce qui signifie qu'elle est en vie.*

— *Un peu de patience... Ils ne vont pas tarder à s'entre-tuer.* (Le ton froid de Tatiana.) *Et concernant les sept autres soldats que tu as perdus, Ming ?*

— *Je vais retrouver leur trace,* répondit Ming. *Mais je suis d'accord avec le Conseiller Krychek : certains autres événements récents semblent indiquer un problème interne.*

— *Où en est-on avec le salon de discussion ?* s'enquit Tatiana.

Marshall sélectionna un fichier parmi les données qui défilaient.

— *Henry est chargé de ce dossier spécifique.*

Mais ce fut Shoshanna qui répondit :

— *Nous nous en sommes occupés. Nous avons conseillé à ceux qui discutaient ouvertement de sujets brûlants de cesser leur activité.*

Nikita se demanda si « conseillé » était un euphémisme pour la forme la plus légère de rééducation, qui laissait intactes la plupart des fonctions supérieures du cerveau tout en supprimant de grandes parties de la mémoire. Elle devait admettre que c'était un bon choix. Ils ne pouvaient tolérer un nombre exagéré de disparitions après la récente vague de meurtres provoqués par des opérateurs qui avaient échappé à leurs dresseurs.

— *Il nous reste donc ceux qui opèrent incognito,* conclut Nikita.

— *J'ai demandé au Gardien du Net d'investiguer,* indiqua Kaleb, se référant à l'unique être vivant dans le PsiNet, qui ordonnait son chaos.

— *Ce qui soulève une autre question*, dit Marshall. *Le Gardien du Net est devenu très fantasque ces derniers temps. Il n'a que récemment signalé la présence potentielle d'un tueur en série ayant pu opérer en toute quiétude depuis des années.*

Ils l'avaient tous remarqué. Les enregistrements du Gardien du Net étaient plus fragmentés qu'auparavant, et il y avait des trous noirs, ainsi qu'un bourdonnement sourd en arrière-plan, presque un écho, qu'aucun de leurs esprits supérieurs ne parvenait à filtrer.

— *C'est une théorie qui ne s'appuie sur aucune recherche*, avança Kaleb dans le silence, *mais je pense que le Gardien du Net pourrait traverser une phase d'adolescence. Si c'est le cas, cette phase pourrait durer des décennies, si ce n'est des siècles. Nous n'avons pas d'idée concrète de son âge, ni du rythme auquel il se développe.*

Shoshanna enchaîna immédiatement :

— *Puisque plus d'un siècle de recherches ne sont pas parvenues à révéler le fonctionnement interne du Gardien du Net, on peut supposer qu'il ne sera pas facile d'apporter une réponse à cette question.*

— *Je suis d'accord.* (Marshall.) *Nous devons recourir à d'autres moyens pour découvrir l'identité des membres de la seconde vague de contestataires. Ming, as-tu des effectifs disponibles ?*

— *Mes forces sont pour l'instant réquisitionnées par la délocalisation du laboratoire Implant. À cause du risque de sabotage, nous le déplaçons dans un lieu dissimulé au milieu des champs de maïs du Nebraska.*

— *Je crois me souvenir qu'Aleine s'opposait à l'idée d'un déménagement ?* intervint Nikita.

Elle avait rencontré la responsable des recherches. Celle-ci avait une force de caractère qui n'avait rien à envier à celle d'un Conseiller.

— *Ce problème a été résolu.*

Nikita se demanda quel moyen de pression Ming avait utilisé ; cela avait dû être très convaincant.

— *Mais alors, pourquoi ne pas la muter hors des États-Unis ?* objecta-t-elle.

Certains sites d'Europe de l'Est étaient beaucoup mieux adaptés à la recherche clandestine.

— *Zie Zen*, répondit Ming. *Il est le père biologique de l'enfant unique d'Ashaya Aleine. Ils ont un accord parental commun et il souhaite que son coparent ne quitte pas le pays, car elle forme le gamin à certains aspects inhabituels de ses dons.*

Nikita savait parfaitement qui était Zie Zen, ayant croisé plusieurs fois le chemin du puissant homme d'affaires quand ils étaient rivaux pour l'obtention de contrats.

— *Nous ne pouvons pas nous permettre de nuire aux affaires… pas après le fiasco Faith NightStar.*

Nikita destinait ses paroles aux Scott, qui avaient été à l'origine de cette débâcle.

Mais ce fut Tatiana qui prit la parole :

— *Quel est le degré de sécurité du nouvel emplacement ?*

— *Très élevé*, répondit Ming. *Personne dans le labo ne sait où ils vont déménager et, une fois arrivés sur place, ils seront soumis à un blocus des communications, à l'exception d'appels surveillés à leur famille et de groupes de travail hebdomadaires. Leur accès au PsiNet sera contrôlé à tout moment ; c'est d'ailleurs la mise en place des traceurs qui réquisitionne à ce point mes forces. Et, au niveau du Conseil, le nombre de personnes informées de la nouvelle localisation a été limité au plus strict minimum. La liste compte une centaine de noms. En cas de fuite, nous saurons où regarder en priorité.*

— *Est-ce que tu as vérifié la présence de menaces changelings ?* (Nikita avait envisagé de poser la même question que Kaleb.) *Tout ce mystère ne servirait à rien s'ils nous localisent.*

— *Il n'y a aucune meute ou unité familiale puissante dans les environs.*

— *Et*, ajouta Tatiana, *les changelings ne se soucient guère de nos agissements tant que cela ne les affecte pas. Je pense que nous devons nous concentrer sur la menace interne.*

L'étoile de Ming s'enflamma.

— *J'approuve. Il n'y a aucun risque d'une attaque extérieure sur le labo.*

— *Espérons que ta confiance soit justifiée*, dit Shoshanna.

Nikita aurait voulu formuler les soupçons que Kaleb et elle entretenaient, ne fût-ce que pour mettre un terme à l'arrogance de la Conseillère. Mais le moment n'était pas venu ; ils rassemblaient encore des preuves. Toutefois, ils pouvaient certainement initier le processus.

Elle attendit la fin de la séance du Conseil pour demander à Ming une entrevue privée. Kaleb lui avait laissé la responsabilité de la première salve. Ce qui n'impliquait pas une relation de confiance : elle ne faisait confiance à personne, tout comme lui. Mais il pourrait être un allié utile. S'il se révélait être un ennemi… eh bien, certaines morts pouvaient passer pour un accident.

Ming la suivit dans la crypte de la famille Duncan.

— *Nikita, que puis-je pour toi ?*

— *Ming, je ne voulais pas amener ce sujet en séance au cas où tu aurais une bonne raison de garder le secret vis-à-vis d'une certaine faction.* (Il convenait de planter lentement sa graine…) *Mais pourquoi ne nous as-tu pas parlé des essais cliniques du protocole Implant ?*

— *Tes renseignements sont inexacts. Il n'y a eu aucun essai clinique.*

— *J'ai confiance dans ma source*, dit Nikita. *Il y a apparemment dix participants. Et un décès à ce jour.*

Elle lui montra le fichier de données et observa Ming tandis qu'il le téléchargeait dans son esprit.

Lorsque le Conseiller reprit la parole, la glace de son esprit aurait pu tailler un diamant.

— *Merci d'avoir porté ceci à ma connaissance. Je compte bien découvrir qui a donné l'autorisation et ordonner l'annulation immédiate de ces essais. Le procédé n'est pas assez abouti pour ça.*

Elle crut à sa réfutation. En tant que Conseiller en charge des forces armées, Ming ne tolérait aucun écart par rapport à la voie hiérarchique.

— *C'est bien ce que je pensais.*

Elle l'abandonna à ses réflexions. Que Ming parvienne à ses propres conclusions, qu'il détermine seul qui étaient ses ennemis. Les Flèches, même les anciennes Flèches, excellaient dans l'art de tuer. C'était leur raison d'être.

Chapitre 37

À minuit le jour de son entrée dans la hiérarchie SnowDancer, Judd se tenait dans le fond de l'église de Perez, derrière les rideaux qui servaient à dissimuler l'arrivée de la chorale. Ce soir-là, il n'y avait ni chorale ni lumière, seulement lui et un homme qui était peut-être une autre Flèche.

Le Fantôme parla depuis les profondeurs des ténèbres qu'il semblait apprécier.

— Je me demandais si tu allais réagir à mon message.

Judd s'appuya contre le mur.

— Pourquoi ?

— Je t'avais mal évalué : tu as changé, tu as subi l'influence du monde extérieur au PsiNet.

— Mon opinion sur le protocole I ne changera jamais.

C'était une abomination, une profanation qu'on ne pouvait pas tolérer.

— Pas de conflit de loyautés ?

— Pas encore.

Mais, s'il en arrivait là, son choix était déjà arrêté. Il avait pour nom Brenna, elle était sa raison d'être.

— J'aimerais que tu m'autorises à communiquer certaines de nos informations à ceux qui partagent désormais ma vie, avança Judd. Ce sont tes alliés.

Et il n'allait pas mentir, ni dissimuler des informations essentielles à ceux qui lui faisaient confiance.

— Mes alliés. Pas les tiens ?

La voix du Fantôme était mesurée, froide, Psi.

— C'est ma famille dorénavant.

Il était peut-être une Flèche déchue, mais il était aussi un lieutenant SnowDancer.

— Et ta famille se soucie des Psis ?

Le Fantôme ne cherchait pas à savoir de qui il s'agissait exactement, s'en tenant à leur code tacite. On ne pouvait pas trahir ce qu'on ne connaissait pas.

— Elle se soucie de la stabilité du monde. Les Psis sont capables de le détruire s'ils poursuivent dans la voie actuelle.

Qu'on le veuille ou non, les Psis étaient l'espèce la plus puissante de la planète. Par le passé, ils avaient pris en considération les effets de leurs décisions sur les autres espèces. Plus à présent.

— Il n'est pas nécessaire qu'on sache d'où proviennent mes informations, ajouta Judd.

— Nous faisons équipe, Judd. Je me fie à ton jugement.

— De quoi voulais-tu discuter ?

— Le laboratoire Implant est sur le point d'être délocalisé. Voici les détails. (Il lança un cristal de données.) Ces données sont sensibles. Sur la base de ce que j'ai pu vérifier, il apparaît que seul un faible pourcentage des collaborateurs du Conseil connaît sa localisation précise.

Un passage à l'acte pourrait donc compromettre l'anonymat du Fantôme.

— Tu as pu confirmer les dégâts occasionnés par notre dernière frappe ? demanda Judd.

— Oui. Pas de doute, ils ont été retardés. Ils sont presque revenus à la case départ.

— On peut donc temporiser avant d'attaquer le nouveau labo. Des fuites peuvent se produire.

Le Fantôme attendit avant de poursuivre :

— Des rumeurs circulent à propos d'essais cliniques. Si c'est avéré, cela signifie qu'il reste des copies des implants expérimentaux.

L'esprit de Judd se révoltait à l'idée d'êtres uniques transformés en automates.

— J'avais l'impression que les implants n'étaient pas encore au point.

— En effet, toutes mes informations vont dans ce sens. Je suppose donc que quelqu'un a agi dans la précipitation et que les implants sont livrés à eux-mêmes ; je ne serais pas surpris qu'ils aient déjà commencé à flancher.

— Tiens-moi au courant. Si nécessaire, je peux maquiller la destruction du nouveau labo en un accident malheureux.

Avec plus de préparatifs et la coopération de la meute, c'était envisageable.

Le Fantôme répondit par un hochement de tête.

— Est-ce qu'il t'arrive parfois de souhaiter redevenir comme avant ?

Une question insolite, mais la réponse était facile.

— Non.

Brenna était au lit quand il arriva chez elle. Il se déplaça sans bruit, et s'arrêta pour vérifier que l'appareil de sécurité placé sur sa porte fonctionnait parfaitement. Il lui serait difficile de se reposer tant que le tueur n'aurait pas été capturé ; la logique lui avait déjà permis d'écarter vingt des soixante suspects initiaux de Riley, mais ses instincts lui dictaient qu'il allait bientôt manquer de temps.

Brenna ouvrit les yeux quand il entra dans la chambre.

— Tu es de retour.

Depuis son nid sous les couvertures, elle lui sourit d'un air endormi.

Il s'assit sur le bord du lit.

—Je dois te parler.

—Je t'écoute.

Elle se rapprocha vivement de lui, mais sans le toucher.

Il savait que l'éloignement devait mettre à rude épreuve son besoin changeling de contact. Sa virilité en était furieuse : il était censé lui donner ce dont elle avait besoin, et pas la faire souffrir.

—Je veux te dire où je vais, et ce que je fais, lorsque je disparais de la tanière, dit-il en lui offrant une autre forme d'intimité.

Il commença par le commencement : la rencontre décisive sur le PsiNet, une rencontre qui, il en était certain, avait été orchestrée par le Fantôme. Mais celui-ci avait uniquement pu le trouver car Judd l'avait bien voulu.

—Il me tenait à l'œil, il avait constaté mon insubordination discrète. J'ai rencontré le père Xavier Perez un an plus tard.

Dans un bar où Judd cherchait des informations et où Perez cherchait à se soûler. Mais c'étaient les secrets du prêtre. Ils n'avaient rien à voir avec leur travail.

—Des frères d'armes, commenta Brenna.

Elle s'était encore approchée, comme si elle ne pouvait pas tenir ses distances.

C'était pareil pour lui, même si, à l'intérieur de son crâne, il sentait exploser une multitude de vaisseaux sanguins qui étaient instantanément réparés. Ses dons Tk-Cell parvenaient à suivre le rythme des dégâts. À peine.

—Nous voulons tous les trois protéger les Psis de la plus grande menace depuis Silence.

Bien que les motivations de Xavier Perez demeurent un mystère pour lui, la loyauté de l'homme ne pouvait être mise en doute.

— Le protocole I mènera à la destruction des jeunes ; on s'immiscera de force dans leur esprit, on détruira leur identité individuelle.

Brenna prit sa main dans la sienne, avec la couverture pour seule barrière. Il sentait sa chaleur. Ça ne suffisait pas. Il avait si faim d'elle. Son désir était déchirant, presque animal.

— Judd… je sens l'odeur du sang.

Elle bondit et tendit la main pour allumer une lampe.

— C'est juste mon nez qui saigne.

Un court silence, puis elle s'écarta de lui.

— Non ! (Un souffle douloureux.) Ça te tuera si on ne se sépare pas.

Il essuya le sang avec la manche de son col roulé ; il savait qu'il était sombre et riche.

— Il y a une autre option, comme tu l'as déjà dit. Je dois m'affranchir du protocole.

Tout en veillant à ne pas devenir un meurtrier par inadvertance.

Chapitre 38

Le premier corps fut découvert vingt-quatre heures après la réunion du Conseil. Le jeune homme, qui avait été libéré de façon anticipée et inopinée d'un Centre de prérééducation, était mort d'un trauma neurologique.

Kaleb déposa le rapport et se tourna vers Nikita, qui avait le regard perdu sur la ville de San Francisco. Ils se trouvaient dans le bureau de la Conseillère, à l'abri des oreilles indiscrètes.

— Ils font le ménage.

Nikita secoua la tête.

— L'autopsie a montré une implosion localisée dans la partie de son cerveau qui devait contenir l'implant. Il est tombé en panne avant de s'autodétruire.

Kaleb n'en était pas si sûr.

— Ça tombe trop bien.

— Oui. C'est vrai, concéda-t-elle.

— Quoi qu'il en soit, il semble que le problème est en train d'être enterré.

— C'est sans importance. (Nikita parlait d'une voix basse, mesurée.) Ming doit avoir des doutes, si ce n'est des preuves directes. Il retirera son soutien à toute autre proposition venant des Scott.

— Tu crois qu'ils ont été assez fous pour se faire implanter eux-mêmes ?

— Si les implants sont effectivement déficients, nous ne tarderons pas à le savoir.

Kaleb hocha la tête, observant le soleil matinal qui se reflétait sur l'étendue d'eau baignant la ville. Il ne pouvait s'empêcher de comparer cet endroit à celui d'où il venait, sans accès à la mer. Deux villes on ne peut plus différentes, mais détenir le pouvoir procurait les mêmes sensations où qu'on se trouve.

Chapitre 39

Brenna avait le cœur tordu par la douleur et la colère quand elle croisa Hawke le lendemain. Maudit soit le Conseil pour avoir inoculé ce poison dans le cerveau de Judd. Le contact et les émotions représentaient pour elle les fondements de sa nature, mais ils étaient toxiques pour lui. Il était parti tôt ce matin-là, en disant qu'il devait réfléchir à la manière de briser les chaînes de Silence sans devenir un danger pour elle ou pour quiconque, mais elle n'était plus certaine que c'était la bonne solution. Et si cette tentative se soldait par la mort ?

Hawke se renfrogna en la voyant.

— Qu'est-ce qui se passe ?

Elle fut submergée par une sensation de force brute, de domination pure et simple. Ça ne lui ressemblait pas... tout comme ses précédentes crises ne lui ressemblaient pas. Se débarrassant d'une peur panique de replonger dans la folie, elle répondit :

— Rien.

— Allons, chérie, tu vas bien ? s'enquit-il d'un ton brusque.

Elle se colla à lui.

— J'ai besoin d'un câlin.

Il obtempéra sur-le-champ. Elle renifla, c'était une facette de Hawke que les hommes ou les femmes soldats ne voyaient jamais.

— Je peux te poser une question ? demanda-t-elle.

Il lui caressait le dos.

— Vas-y.

— Pourquoi tu n'as jamais pris de compagne ?

Il s'immobilisa.

— D'où sort cette question ?

— J'ai pas mal réfléchi à l'union entre âmes sœurs, reconnut-elle. J'en suis venue à me dire que tu ferais un super compagnon, pour une femme suffisamment solide pour t'affronter.

En tant que mâle dominant il pouvait devenir brutal, mais il ne toucherait jamais à un cheveu de sa compagne. Tout comme sa Flèche déchue.

— Tu sais qu'il n'est pas si facile de s'unir à quelqu'un, rétorqua-t-il.

Elle le savait. Tout comme elle savait qu'il « manquait » quelque chose entre elle et Judd, quelque chose d'important. Pourtant il était bien à elle. Elle refusait de croire qu'il n'était pas son compagnon.

— Au-delà d'un certain âge, beaucoup de loups prennent un partenaire permanent lorsqu'ils n'ont pas trouvé l'âme sœur, fit-elle remarquer.

L'union était une chose magique, merveilleuse, mais on pouvait vivre une relation épanouissante autrement.

Hawke gloussa.

— Je n'ai que trente-deux ans, je ne suis pas encore vraiment gâteux.

Elle gronda doucement.

— Sérieusement… J'entends les femmes parler… Elles disent que tu n'essaies même pas de nouer de relations sur le long terme, que dès qu'on tente de devenir un peu possessif, tu t'en vas.

— Je devrais te répondre que ça ne te regarde pas.

Elle le serra plus fort.

— Quelque part, si.

En tant que chef de meute, Hawke leur appartenait autant que la meute appartenait à Hawke.

— Je veux que tu sois heureux et je ne pense pas que c'est le cas.

Peut-être car elle souffrait tant elle-même. La pensée d'une vie sans Judd était un cauchemar.

Hawke mit longtemps à répondre.

— Elle avait deux ans quand nous nous sommes rencontrés. J'en avais sept. J'ai tout de suite su que c'était ma meilleure amie. En grandissant, j'ai aussi su qu'elle deviendrait ma compagne.

Brenna ne voulait pas entendre la suite, elle avait une horrible sensation au creux de l'estomac; elle savait ce qui était arrivé aux SnowDancer deux décennies auparavant, le carnage, le malheur. Elle s'agrippa à Hawke, s'agrippa fort, pour tenter de l'ancrer avec les liens de la meute.

— Personne ne me correspondra jamais comme elle. Et elle est morte à l'âge de cinq ans… j'en avais dix.

Une larme solitaire roula sur la joue de Brenna. Elle aurait donné n'importe quoi pour remonter le temps et sauver cette vie, car l'occasion de s'unir était unique. Même si Hawke était trop jeune pour que le lien se matérialise, il avait réellement trouvé la femme qui lui était destinée. Ça n'arrivait pas deux fois.

— Je suis tellement désolée.

— J'ai appris à vivre avec. (Il frotta le menton sur le sommet de sa tête.) Mais rien ne t'oblige à en faire autant. Si tu t'es unie à Judd, je ne te ferai pas chier.

Elle ne put lui avouer qu'elle ne sentait qu'un vide terne en lieu et place du lien d'union. Ce n'était pas juste: elle aimait Judd. Pourquoi sa louve ne le reconnaissait-elle pas comme compagnon? Avec une profonde inspiration, elle se dégagea de l'emprise de Hawke.

— Je ne le dirai à personne.

D'un pouce, il effaça la larme de son visage.

— Je ne sais même pas pourquoi je te l'ai dit. (Il paraissait perplexe.) Tu es dangereuse.

Elle éclata de rire.

— Non. J'ai juste la mauvaise habitude de me préoccuper d'hommes qui n'ont pas l'air de se préoccuper d'eux-mêmes.

— En parlant du maudit Psi, où est-il ? J'aimerais qu'il participe à une réunion.

— Il n'est pas loin, dit-elle, sachant que son ange noir la surveillait. Je peux connaître le but de la réunion ?

— Les félins pensent en savoir plus sur les Psis qui ont frappé DawnSky. Le chef des hyènes n'était au courant de rien ; c'était un raid entièrement Psi. (Il avait baissé la voix et prit un ton mortellement calme.) Ces putains de salauds ont tué des enfants.

— J'espère que tu leur arracheras les intestins pendant qu'ils respirent encore.

Hawke esquissa un sourire sauvage.

— C'est pour ça que je t'aime, Bren. Tu es plus louve que femme.

Il n'aurait pas dû utiliser le code. Il avait été trop confiant. À présent, Riley interrogeait ses subordonnés. Tôt ou tard, ils allaient deviner qu'il ne se trouvait pas là où il aurait dû être le jour où on avait tiré sur Andrew.

C'était sans importance. Tant que Brenna n'était pas dans les parages pour le pointer du doigt, ils ne seraient jamais en mesure de prouver qu'il avait fait plus que quitter la garde sans autorisation.

Assez traîné. Aujourd'hui, il allait achever le boulot.

Chapitre 40

Judd prit position contre un mur de la salle de réunion, impatient d'en avoir fini afin de pouvoir rejoindre Brenna. Bien entendu, il ne l'approcherait pas, mais il pouvait garder un œil sur elle à distance. Ses instincts bien affûtés lui hurlaient que le danger était à présent tout proche.

S'il le pouvait, il l'enfermerait par mesure de sécurité. Mais cela la tuerait aussi sûrement qu'un coup de couteau.

« Je ne laisserai plus jamais personne m'enfermer dans une boîte… »

Non, il ne pouvait pas lui faire ça.

— Nous sommes en direct, annonça Indigo tandis que l'énorme écran de communication s'allumait à un bout de la salle.

Lucas apparut sur l'écran, flanqué de Dorian et de Mercy, tout comme Indigo et Judd flanquaient Hawke.

Le chef léopard croisa le regard de Judd, leva un sourcil, puis se tourna vers Hawke.

— Tu as enfin pris une décision à son propos. Il était sacrément temps.

Judd bougea pour ramener l'attention de Lucas sur lui.

— Je dirais que nous sommes parvenus à un accord mutuel.

Ce fut ensuite Dorian qui intervint :

— Alors comment chasse un lieutenant Psi ?

Judd riva son regard sur les yeux bleus brillants du léopard.

— Avec beaucoup de calme.

— Tout comme les snipers. (Dorian affichait une expression calculatrice.) On devrait bavarder.

— J'aurais peut-être besoin d'un partenaire pour m'entraîner.

S'il parvenait à s'affranchir de Silence, le contact physique dans un autre contexte pourrait lui permettre d'émousser les aspects les plus sinistres de ses dons pour Brenna. Car, quoi qu'il advienne, il ne changerait pas… Tuer était inscrit dans ses gênes.

— Karaté ? demanda Dorian avec une lueur d'intérêt dans ses yeux à l'apparence complètement humaine.

— Kendo.

— Waouh ! Ça marche.

Lucas toussa.

— Si vous avez fini de draguer tous les deux, on doit discuter boulot.

Indigo sourit mais ne dit rien. Mercy se montra moins réservée.

— Alors voilà ce qu'il faut pour s'introduire dans le pantalon de Dorian. Je le dirai aux croqueuses de sentinelles.

Le grognement de son camarade de meute ne fit qu'élargir son petit sourire narquois.

Hawke hocha la tête en direction de Lucas.

— Vous avez quelque chose ?

— On pense avoir retrouvé les assassins qui ont frappé DawnSky.

Toute trace d'amusement s'évanouit. Judd dévisagea Lucas.

— Vous êtes certains ? Je vous ai dit que tous les membres de la force Psi sous les ordres de Ming LeBon portaient cet uniforme.

— C'est le problème, reconnut Lucas. Nous avons déterminé la section d'où proviennent les coupables, mais cela fait encore cinquante suspects. Or on a repéré six Psis seulement pendant l'attaque.

Dorian haussa les épaules, le visage dénué de la moindre pitié.

— Vous connaissez mon opinion : étripons-les tous.

— Ce serait une déclaration de guerre. (À son ton, on comprenait que Lucas ne verrait aucune objection à attaquer les Psis de front.) C'est ce qu'ils recherchent : ils auraient ainsi une excuse pour fondre sur tous les groupes changelings de la région. Une frappe chirurgicale transmettra notre message avec beaucoup plus de précision.

Judd savait que Lucas avait raison.

— Je suis peut-être en mesure de vous fournir les informations qu'il vous faut, annonça-t-il.

Tous les regards se braquèrent sur lui.

— Je possède des contacts sur le Net, poursuivit-il. (Il laissa cette affirmation produire son effet, pour qu'ils puissent apprécier sa loyauté.) Tout le monde n'est pas satisfait de la façon dont le Conseil gère les choses.

Hawke lui lança un coup d'œil, puis hocha légèrement la tête. Un signe de confiance.

— Et comme plan B, dit le chef SnowDancer à Lucas, on pourrait éliminer le nombre exact de Psis que comportait le groupe qui a attaqué les cerfs.

— Ça ferait passer le message avec un peu moins de finesse, mais, ouais, ça pourrait marcher. (Lucas tapa du doigt sur le bois sombre de la table où il était assis.) J'ai réfléchi à leur tactique… essayer de monter les meutes l'une contre l'autre.

— Moi aussi, dit Hawke. Ils doivent l'avoir utilisée auparavant, et avec succès, pour l'essayer sur nous.

Les cicatrices de Lucas devinrent blanches sur sa peau.

— Cela en dit long sur notre intelligence, si nous pouvons être manipulés si facilement.

— Pas nous, mais des meutes plus faibles, précisa Hawke.

— Vous êtes trop divisés, intervint Judd. C'est la première leçon qu'on enseigne aux soldats Psis. N'essayez pas de supprimer les changelings : faites en sorte qu'ils s'entre-tuent.

Quelqu'un grogna et Judd n'aurait pu affirmer que ce son primaire ne venait pas d'une gorge féminine. Il songea au grognement de Brenna quand il la rendait folle. Son côté louve le fascinait : il aimait voir ses griffes.

— Laisse-moi deviner, dit Hawke. Auparavant, le Conseil limitait son ingérence dans la région car les SnowDancer et les DarkRiver se contrôlaient mutuellement.

Judd approuva.

— Oui. Et si le raid informatique ne parvient pas à les décourager, ils continueront à vous harceler, vous et vos alliés non prédateurs, jusqu'à ce que l'assise de votre pouvoir soit érodée au point de disparaître. Alors, ils lanceront tranquillement une offensive pour installer des meutes favorables au Conseil à la place de vos précédents alliés.

Ses dernières paroles eurent l'effet d'une bombe. Il fut assailli de questions de toutes parts jusqu'à ce qu'il lève la main pour réclamer le silence.

— Oui, confirma-t-il. Des meutes ont conclu des accords avec le Conseil en échange d'argent, de terres, ou simplement de l'immunité contre des attaques Psis.

— Donc, même si nous nous entendons avec les autres meutes pour éviter que les Psis lancent une nouvelle guerre territoriale, reprit Hawke, plus loup qu'homme en cet instant, nous n'avons aucun moyen de savoir qui moucharde au Conseil ?

— Je partirais de l'hypothèse que tout ce que vous dites est rapporté.

— On peut retourner cette situation à notre avantage, fit remarquer Lucas.

Hawke approuva.

— Après la prochaine opération, nous devrons discuter de la façon d'améliorer notre communication ; les meutes ne peuvent plus rester isolées les unes des autres. Pas si nous voulons survivre au Conseil Psi.

La réunion fut ajournée peu de temps après et Judd contacta immédiatement le Fantôme. Comme il ne voulait pas quitter la tanière, il prit le risque d'envoyer un message codé pour être rappelé sur une ligne sécurisée. Le Fantôme répondit immédiatement.

— On ne devrait pas pouvoir retracer cet appel, mais nous ne pouvons pas parler longtemps.

— Compris.

Judd exposa ce qui s'était passé avec les cerfs et les Psis, sans mentionner ni DarkRiver ni les SnowDancer. Tout comme il ne connaissait pas l'identité du Fantôme, celui-ci n'avait aucune idée de l'endroit où Judd se rendait après avoir quitté l'église.

— Il te faut les noms de ces officiers ? s'enquit le Fantôme.

— Tu peux les obtenir ?

— Je vais devoir m'introduire dans une base de données sécurisée du PsiNet, mais ça ne devrait pas poser de problèmes, sauf si l'information a été classée ultra confidentielle. Je suppose que tu ne veux pas parler à ces hommes ?

Judd ne répondit pas, c'était inutile.

— Mon but est d'aider mon peuple, dit le Fantôme avec la froideur d'un Psi totalement soumis à Silence, pas de les laisser tomber. Je suis peut-être un révolutionnaire, mais je ne suis pas un traître.

— Combattre un ennemi qui massacre des femmes et des enfants innocents, ce n'est pas trahir.

— Je suis d'accord, du moins dans ce cas. Tuer ces cerfs revenait à supprimer les civils les plus démunis dans une guerre dont personne ne connaît l'existence.

— Tu veux décider au cas par cas ? Pas de problème. Ta conscience te dictera où aller.

— Je n'ai pas de conscience, Judd. (Le Fantôme baissa la voix.) J'ai tant de sang sur les mains que rien ne pourra jamais le nettoyer.

— L'avenir pourrait te réserver des surprises. (Judd avait été littéralement choqué.) Et, si tu n'as pas de conscience, pourquoi es-tu devenu révolutionnaire ?

— Peut-être que je souhaite m'emparer du pouvoir dans mon propre intérêt.

— Non. (De cela, il était certain.) Tu agis parce que tu vois comment le Conseil est en train de transformer les Psis et tu sais que ce n'est pas bien. Nous étions autrefois la plus grande des espèces, les vrais, et justes, leaders du monde.

— Tu penses qu'on peut revenir à cette époque ?

— Non. (Le monde avait changé ; les humains et les changelings gagnaient en puissance avec le temps.) Mais nous pouvons devenir mieux encore. Nous pouvons devenir libres.

Brenna était occupée à réparer une sorte de petit appareil computronique quand Judd la rejoignit dans ses quartiers.

— Judd, s'exclama-t-elle, affolée, en déposant ses outils. Tu ne dois pas venir ici. La dissonance…

Il l'interrompit.

— Je dois te poser une question importante.

— Qu'est-ce qui pourrait être plus important que ta vie ?

Elle semblait sur le point de fondre en larmes.

— La tienne ! Si tu meurs, je ne suis pas certain de rester sain d'esprit.

C'était la vérité pure et simple.

Elle repoussa ses cheveux vers l'arrière d'une main tremblante.

— Vas-y, pose ta question.

— Le tireur te poursuit avec un tel acharnement… Ça ne peut pas être lié à la mort de Tim. Il doit avoir une autre motivation, plus profonde. (Il savait qu'il se trouvait enfin sur la bonne voie.) Il craint que tu révèles autre chose.

— Non, ça doit avoir un rapport avec le meurtre de Tim. Il encourt la peine de mort.

— Mais, Brenna, il sait parfaitement que tu n'as rien vu.

Il se pencha mais s'arrêta avant de la toucher. Même ainsi, il sentait venir un saignement de nez. Il parvint à le stopper avec la télékinésie, mais cela ne durerait pas.

— Il a planifié l'assassinat de Tim dans les moindres détails ; il s'est assuré qu'il n'y ait aucune trace, aucune piste, aucun témoin. Il sait qu'il ne s'est pas trahi, martela Judd.

— Peut-être qu'il est fou. Comme toi ! (Elle avait les narines dilatées.) Tu penses que je ne sens pas que tu saignes ?

Il se concentra sur le début de sa phrase.

— Il agit avec trop de logique pour être fou. Réfléchis, Brenna, qu'est-ce que tu pourrais savoir d'autre ?

— Rien ! (Elle leva les bras au ciel.) J'étais en convalescence pendant des mois, puis j'ai été gardée par Drew et Riley. Et par toi, quand j'y pense. Je continue à être surprotégée !

Judd sentit un frisson glacial lui parcourir l'échine tandis que son cerveau établissait la connexion qui lui avait échappé pendant des jours.

— Tu as commencé à t'exprimer le jour du meurtre de Tim : tu ne respectais pas les ordres, tu te comportais de façon agressive.

— Je me comportais normalement, répliqua-t-elle.

— Oui. (Il croisa son regard.) Pour la première fois depuis ton enlèvement, tu te comportais comme quelqu'un de complètement guéri.

Brenna se renfrogna.

—Judd, il va falloir que tu mettes les points sur les i avant de saigner à mort sur mon sol.

Malgré ces mots durs, l'inquiétude de Brenna pour Judd se lisait dans ses yeux comme une blessure.

—Brenna, qu'est-ce qui s'est passé le jour où Enrique t'a kidnappée ?

—Pourquoi tu me demandes ça ? le rembarra-t-elle. Tu sais que je ne m'en souviens pas.

—Et pourquoi pas ? Tu te souviens de tout le reste.

De chaque entaille, de chaque coup, de chaque blessure.

—À cause du choc. (Elle serra les bras sur la poitrine.) C'est ce qu'ont dit les guérisseurs.

—Ta meute a trouvé des indices de la présence d'une camionnette non identifiée dans les parages à ce moment-là.

—Enrique a dû m'assommer. (Le froncement de sourcils de Brenna rappela à Judd qu'ils avaient déjà souvent débattu de ce sujet.) Je ne monterais jamais dans une camionnette avec un inconnu.

—Non, bien sûr.

—Alors, pourquoi… (L'horreur se peignit sur son visage.) Non, murmura-t-elle, se balançant d'avant en arrière. Non, tu te trompes.

Judd voulait bien se tromper si cela effaçait ce regard du visage de Brenna. Il avait été aveuglé par la loyauté de sa louve envers la meute lorsqu'ils avaient abordé ce sujet pour la première fois. À présent, il n'avait toujours pas le moindre début de preuve pour étayer sa théorie, mais il suivait son instinct. Les détails du kidnapping, voilà ce que Brenna, et Brenna seule, connaissait.

Ce motif paraissait beaucoup plus valable que d'imaginer qu'on cherchait à l'abattre à cause de ses déclarations lors du meurtre de Tim. À ce moment-là, elle se trouvait manifestement en état de choc, et un loup rusé aurait pu démentir tout ce qu'elle prétendait avoir vu. Mais, si elle disparaissait, personne ne serait jamais en mesure de prouver ce que Judd suspectait désormais : un autre loup, un membre de la meute, l'avait vendue à Santano Enrique… pour être dépecée comme un morceau de viande.

Chapitre 41

Nikita téléchargea sur un ordinateur le cristal de données qu'elle avait reçu le matin même. Celui-ci contenait un fichier qu'elle avait payé une petite fortune. Son contact avait estimé que c'était une compensation à peine suffisante pour avoir mis sa vie, et sa santé mentale, en jeu. Nikita avait dû l'admettre. Le charmant don de Kaleb – la rumeur prétendait qu'il avait le pouvoir de causer la folie définitive – faisait réfléchir même les plus expérimentés.

Le fichier acheva de se charger. Il était long de plusieurs pages et était cacheté du sceau du centre de formation où Kaleb avait été placé à l'âge de trois ans, lorsqu'il avait commencé à manifester son extraordinaire force Tk. Comme il était d'usage, les fichiers relatifs à l'adolescence avaient été scellés à la majorité de Kaleb, ce qui expliquait pourquoi elle avait eu tant de mal à se les procurer… et pourquoi elle n'avait pas eu connaissance du nom du formateur de Kaleb : Santano Enrique.

Après avoir pris note de cette information inattendue, elle parcourut le fichier. Elle constata rapidement la présence d'omissions étranges dans l'enregistrement. Il y avait un compte-rendu ininterrompu des progrès de Kaleb jusqu'à l'âge de sept ans et quatre mois, mais l'entrée suivante n'apparaissait pas avant l'âge de sept ans et sept mois. Qu'avait fait Kaleb dans l'intervalle ? À plusieurs reprises, le schéma se répétait. La fréquence des omissions était très irrégulière. Les registres de formation étaient censés être rigoureusement tenus à jour.

Elle reprit depuis le début et remarqua immédiatement un deuxième schéma dissimulé dans le premier. Chaque omission dans le journal apparaissait une semaine jour pour jour après que Kaleb avait eu une session de formation personnelle avec Enrique. S'agissant d'un autre formateur, cela aurait constitué un motif d'inquiétude, mais pas un gros problème.

Cependant, Santano Enrique n'avait pas été un cardinal ordinaire. C'était un sociopathe d'une intelligence exceptionnelle, l'un des membres d'une petite minorité dont les schémas mentaux aberrants avaient pu s'exprimer en toute liberté grâce à Silence. Enrique était passé au travers de toutes les procédures mises en place pour détecter de tels esprits anormaux et était devenu Conseiller. Il apparaissait à présent que Kaleb avait été bien plus que l'étudiant d'Enrique. Il avait été son protégé.

Le récent afflux de rapports fragmentés provenant du Gardien du Net, en particulier relatifs au tueur en série inconnu, prenait une nouvelle dimension à la lumière de cette information. La dernière fois qu'ils avaient connu un problème similaire, le Gardien du Net avait été sous le contrôle d'Enrique.

Revenant au fichier, elle vit que la courbe de puissance de Kaleb avait aussi été inhabituelle. La plupart des cardinaux suivaient une progression constante et prévisible jusqu'à parvenir au contrôle total de leur don. Pour sa fille Sascha, cela avait bien sûr été une tout autre histoire. Il aurait été beaucoup plus facile pour Nikita de recourir à une IVG dès que les tests psychiques in vitro avaient montré de manière quasi certaine la présence de la classification E chez le fœtus. C'était d'ailleurs ce que le Conseil ordonnait durant les premières années de Silence. L'aptitude des E-Psis à soigner les blessures émotionnelles avait été considérée superflue pour une espèce dépourvue d'émotions.

Une décennie plus tard, on avait découvert le Concept de Corrélation : une relation directe, même si elle n'était pas démontrable scientifiquement, entre le nombre de E-Psis dormants et la stabilité globale de la population. En termes simples, moins nombreux étaient les E-Psis, plus il y avait de cas de sociopathie et de folie. À présent, les E-Psis étaient menés à terme et forcés de contenir leurs dons sous plusieurs couches de conditionnement non officielles. C'était ce qui avait conduit au développement irrégulier de Sascha.

Rien de tel ne pouvait expliquer la croissance psychique particulière de Kaleb. À l'âge de dix ans, il avait montré les capacités de concentration d'un adulte. Celles-ci n'avaient pas été affectées pendant la période parfois problématique de l'adolescence, mais avaient accusé une forte baisse à l'âge de seize ans. Cela aurait pu constituer une cause d'inquiétude majeure si Kaleb ne s'était pas stabilisé le mois suivant. Malgré de nombreux tests, les M-Psis avaient été incapables de déceler la moindre preuve de trauma psychique ou physique pouvant expliquer cette rechute. Au final, on avait conclu à une crise d'adolescence à retardement.

Nikita avait des raisons de ne pas être d'accord avec ce diagnostic. Après avoir fermé le dossier de Kaleb, elle en sortit un autre. Il avait été ouvert après que le Conseil avait pris conscience du passé sociopathe d'Enrique. Toutes les ressources étaient mobilisées pour dresser une liste d'anciens meurtres qui auraient pu être commis par le Conseiller disparu… au cas où il aurait laissé derrière lui d'autres preuves que celles en possession des changelings. Il fallait faire le ménage avant que des cadavres ressortent du placard.

Elle passa en revue la liste qu'ils avaient à ce jour et trouva immédiatement quelque chose. Une femme changeling, un cygne, avait disparu sept jours avant le déclin enregistré de Kaleb. Et celui-ci avait débuté environ vingt-quatre heures après que Kaleb était rentré d'une de ces absences inexpliquées, des moments qu'il avait probablement passés avec Enrique.

Pas un protégé. Un complice.

Cela pourrait devenir problématique si Kaleb perdait un jour le contrôle de ses appétits meurtriers. En attendant, elle continuerait à travailler avec lui. Chacun des Conseillers était un tueur sous une forme ou une autre. Kaleb tuait simplement d'une façon moins autorisée.

Chapitre 42

Une heure après avoir été contraint de quitter une Brenna affolée – elle l'avait foutu dehors quand son nez s'était mis à saigner sans retenue –, Judd reçut le message crypté du Fantôme. Une simple liste. Six noms.

Il appela Brenna, en liaison audio uniquement. Voir son visage en larmes le troublait.

— Je dois y aller. Riley envoie un remplaçant pour garder ta porte.

Il avait déjà fait part de ses soupçons au frère de Brenna et celui-ci était occupé à rassembler des listes de service et de permission datant de la période de l'enlèvement. Ces informations permettraient de réduire le nombre de suspects mais, d'après ses sens en alerte, Judd savait que ce ne serait pas assez rapide.

— J'espère que le salaud va encore essayer de m'atteindre : j'ai envie de l'écorcher vif, lâcha-t-elle.

Pas de larmes, seulement une bouffée de colère on ne peut plus naturelle.

— Méfie-toi de tout le monde, l'avertit-il.

Riley avait affecté les membres de leur liste de suspects à des tâches éloignées de la tanière, mais le tueur pouvait toujours revenir se faufiler à l'intérieur. Il était aussi possible que ce n'était pas un soldat et qu'il ait obtenu un accès non autorisé au code secret.

— D'accord. Le saignement a cessé ?

— Oui, dit-il avant de mettre fin à l'appel.

Pas un mensonge au sens strict. Son nez ne saignait plus… à la différence d'autres parties de son corps.

D'Arn arriva rapidement pour le relever et Judd partit donner les noms à Hawke. Il était presque parvenu à destination quand il aperçut Sienna sortir en boitant d'une salle d'exercice. Elle avait une ecchymose sur la joue et sa lèvre ne tarderait pas à enfler. Quelques mois plus tôt, il aurait cherché à découvrir le nom du coupable et réglé ça. Mais plus désormais, plus depuis que Hawke, avec la coopération de Judd et de Walker, avait engagé Sienna dans un programme de formation destiné à la faire passer de « chat domestique apprivoisé » à louve.

— Tu as encore essayé de t'attaquer à Indigo ? demanda-t-il à sa nièce.

Sienna afficha une mine boudeuse.

— Elle n'arrête pas de me demander d'effectuer des exercices, encore et encore. J'ai eu envie de me battre.

— Et regarde où ça t'a menée.

Indigo sortit de la salle. Vêtue d'un ample pantalon noir et d'un tee-shirt gris, elle n'avait pas un cheveu de travers.

— Remarque, c'était utile, déclara Indigo. Pour évacuer la frustration de la merde dans laquelle je patauge.

Il savait qu'elle parlait des affaires de drogue, sur lesquelles elle planchait à présent que Riley avait repris l'enquête sur le meurtre.

— À ce point-là ? demanda-t-il.

— Pas si tu compares avec ce qui se passe à l'extérieur, mais je ne parviens pas à croire que ce poison a pu débarquer ici. Nous sommes une foutue meute. On prend soin les uns des autres, on puise notre force dans la loyauté à la meute, et pas… (Elle aperçut l'expression intéressée de Sienna.) Je te mettrai au courant plus tard.

Judd attendit que le lieutenant ne soit plus là pour demander :

— Pourquoi tu ne suis pas les conseils d'Indigo ?

Les yeux de firmament de Sienna lancèrent des éclairs.

— Ils me traitent comme un bébé ! Je suis une cardinale capable de les tuer d'une seule attaque psychique et ils s'attendent à ce que je fasse des exercices physiques dignes d'un enfant !

Il la laissa se défouler ; pour une raison inconnue, le conditionnement de Sienna avait commencé à se dégrader très peu de temps après leur désertion. Le problème allait devenir sérieux, car ses dons étaient aussi mortels qu'elle le pensait. Peut-être plus encore.

— Tu ne vis plus dans le monde psychique, lui dit-il en durcissant le ton. Et c'est juste une excuse. Tu as les mêmes difficultés à suivre les ordres dans ta formation psychique.

Elle plissa les yeux.

— Peut-être parce que toi aussi tu me traites comme un enfant.

— Et pourquoi à ton avis, Sienna ?

Il croisa les bras ; c'était important. La famille était importante. Elle constituait la base de la meute. Brenna ne le féliciterait pas s'il négligeait ses responsabilités dans ce domaine, quel que soit son besoin de retourner la voir.

— Tu es une cardinale, tu devrais pouvoir saisir ça, souligna-t-il.

Un silence maussade. Il ne comprenait pas ce qui se passait avec sa nièce ; elle était la plus imprévisible des trois enfants Lauren. Cela avait encore moins de sens quand on se souvenait combien son absence d'émotions la rendait polaire sur le Net. À tel point qu'elle avait commencé à recevoir des offres d'emploi, dont une était venue de Ming LeBon lui-même.

— Tu dois construire des remparts, dit-il face à son mutisme obstiné. Sans une base solide, tu t'écrouleras dès que tu rencontreras quelqu'un d'assez rusé pour deviner ton manque de fondations.

Elle déglutit et le regarda dans les yeux.

— J'ai dix-sept ans. Pourquoi personne ne me traite comme telle ? Les loups sont mieux traités !

— Il ne s'agit pas de discrimination, et tu le sais. C'est parce que tu n'es pas capable d'obéir aux ordres, et tu ne peux même pas encore te défendre sans tuer quelqu'un.

— Tu n'es pas un modèle d'obéissance non plus ! (Il attendit.) Je ne suis pas idiote, murmura-t-elle. Je sais que tu étais une Flèche et je sais que les Flèches ont trop de valeur pour être condamnées à la rééducation.

Elle le défiait de répliquer, lui rappelant une autre femme au caractère trempé.

— Et… ?

Il devait découvrir ce qu'elle savait avant de répondre.

— Ils avaient certainement un plan pour que tu évites la rééducation. (Elle se redressa.) Une nouvelle identité, n'importe quoi !

— La condamnation visait tous les membres de la famille Lauren, dit-il.

Il admettait qu'elle méritait d'être traitée en adulte, au moins à ce propos. Agir autrement serait manquer de respect envers son intelligence et son esprit.

— Pourquoi ? Je sais que ma mère s'est suicidée et que nous avons connu des épisodes d'instabilité dans la famille, mais pourquoi tous nous condamner ?

Oui, elle était intelligente.

— Nous sommes très forts en tant que groupe, Sienna. Quand Kristine était en vie, nous avions trois cardinaux. (Sans parler de ses propres pouvoirs considérables, ni de ceux de Walker et de Marlee.) Nous représentions une menace assez grande aux yeux d'une personne puissante pour qu'on cherche à nous éliminer.

— Je pensais… (Elle leva les yeux.) Et toi ?

— Mon nom a été effacé du registre de famille lorsque j'avais dix ans. (L'âge auquel il avait tué pour la première fois.) Mon certificat de naissance n'existe pas, de même que mes fichiers médicaux, à part ceux qui se trouvent dans les dossiers des Flèches.

Y compris un profil ADN qui, s'il faisait un jour l'objet d'une recherche, déclencherait une alarme silencieuse.

— Pour le Net général, je n'existe pas. (C'était le cas de toutes les Flèches.) Une nouvelle identité n'était pas nécessaire. Je n'étais pas considéré comme un Lauren.

Elle écarquilla les yeux.

— Alors pourquoi avoir déserté ? souffla-t-elle. Tu allais au-devant d'une mort certaine.

Observant son visage contusionné et déboussolé, il décida de lui dire la vérité. Car les dons de Sienna, bien que très différents des siens, étaient issus des mêmes ténèbres.

— Il existe une ligne au-delà de laquelle il n'y a pas de retour possible.

Il tendit la main pour lui prendre les cheveux. Les mèches roux sombre étaient douces sous ses doigts. C'était la première fois qu'il la touchait en dehors de l'entraînement.

— Si je vous avais tous laissés mourir alors que je restais à l'abri, j'aurais franchi cette ligne.

Car ils étaient sous sa protection. Il avait peut-être disparu des registres officiels, mais il avait continué à exister pour Walker, Sienna, Marlee, Toby… et Kristine. Elle avait été sa sœur et la mère de cette puissante jeune femme. Mais, au contraire de sa fille tenace et impétueuse, Kristine s'était irrévocablement brisée sous Silence.

Le visage de Sienna révéla une fragilité déchirante. Elle fit mine de s'avancer puis s'immobilisa. Et, grâce à

Brenna, il comprit. Ignorant les dégâts potentiels, il l'attira dans ses bras. Elle resta figée pendant un long moment, ensuite il fut certain qu'elle pleurait. Il ressentit des choses à son contact, car ses défenses étaient presque réduites à néant. De la chaleur, de l'affection... l'amour protecteur d'un frère pour l'enfant de sa sœur disparue. Sienna ressemblait tellement à Kristine, mais jusqu'à présent il n'avait pas admis la souffrance qui en découlait. La dissonance jouait une insoutenable symphonie de marteaux pointus dans sa tête.

— Est-ce que c'est douloureux ? demanda-t-il, soudain conscient que cela pourrait expliquer certains comportements de Sienna.

Comme lui, elle avait des talents guerriers, au contraire de Faith ou de Sascha. De tout ce qu'il avait appris sur la façon dont les deux femmes s'étaient affranchies de Silence, il était presque persuadé que les esprits guerriers étaient conditionnés d'une façon unique, en particulier en ce qui concernait la dissonance.

— Le conditionnement qui vole en éclats, est-ce que c'est douloureux ? répéta-t-il.

Un lent hochement de tête.

— Je ne peux plus être comme avant, mais c'est comme si mon esprit voulait me forcer.

La voix de Sienna était assourdie contre son torse, mais il percevait la douleur incroyable qu'elle contenait.

Il mit ainsi le point final à la décision qu'il avait prise après avoir quitté Brenna peu avant l'aube. Il était affreusement conscient qu'il ne pouvait lui offrir ce dont elle avait besoin pour se sentir en sécurité et heureuse. La décevoir autant avait brisé quelque chose en lui.

— Je vais trouver un moyen de nous débarrasser de la dissonance, lui annonça-t-il.

— Tu sais que ce n'est pas possible. (Un chuchotement.) Toi et moi… il nous faut la douleur pour nous rappeler de garder ça sous contrôle.

« Ça »…

Leurs dons, différents mais tout aussi destructeurs.

— Peut-être que nous pouvons établir de nouvelles règles pour une nouvelle vie.

— Et si ça ne marche pas ? murmura-t-elle. Si nous blessons d'autres personnes ?

Judd vit une cascade d'images de corps tordus et ensanglantés.

— Ça n'arrivera pas.

Il espérait seulement être capable de tenir sa promesse… et que Brenna ne paierait pas le prix suprême pour avoir choisi de donner son cœur à une Flèche rebelle.

Chapitre 43

Il transpirait. Il lui avait fallu deux heures pour retourner à la tanière après que Riley l'avait envoyé effectuer un exercice de formation bidon. Une fois Brenna morte, il retournerait là où il était supposé être sans que quiconque n'en sache rien. L'alibi parfait.

Il jeta un coup d'œil à sa montre, puis à la porte de Brenna. D'Arn était appuyé contre le mur, mais le tueur ne commit pas l'erreur de penser que le soldat n'était pas conscient de ce qui se passait autour de lui, tous les sens en alerte. C'était pourquoi il avait choisi cette cachette, dans la direction opposée aux courants d'air qui transportaient son odeur.

Il n'avait besoin que de trois secondes en compagnie de cette salope qui refusait de mourir.

Il jeta encore un coup d'œil à sa montre, sachant qu'une meilleure occasion ne se présenterait jamais. Le Psi était parti et, si D'Arn tombait dans le panneau, Brenna serait seule pendant au moins une minute cruciale. Plus de temps qu'il n'en fallait pour terminer le boulot. Un dernier coup d'œil à sa montre.

Cinq, quatre, trois, deux… un.

D'Arn se redressa brusquement en position d'alerte, alors que l'alarme retentissait à travers la tanière. Les hurlements du signal codé signifiaient qu'il s'était passé quelque chose à la crèche, quelque chose de suffisamment grave pour déclencher l'état d'urgence général.

Le tueur sourit. Il avait placé la bombe artisanale là où elle créerait un chaos maximal – en démolissant l'entrée de la crèche – mais il avait tenté de s'assurer qu'aucun des louveteaux ne serait blessé. Il n'était pas un monstre.

D'Arn fit mine de courir en direction de la crèche, avant d'hésiter. La porte de Brenna s'ouvrit.

— Vas-y ! cria-t-elle. Je te suis. Je fais partie de l'équipe de communication.

Il était au courant, il avait vu le tableau des équipes d'urgence. Brenna allait à présent retourner en vitesse dans son appartement pour se saisir de son équipement avant de se précipiter vers le centre de commandement pour diriger les opérations à l'intérieur de la tanière.

— File ! insista Brenna.

Elle claqua la porte, mais le tueur savait qu'elle n'aurait pas pris la peine de la verrouiller. Sinon, il l'aurait quand elle sortirait, l'esprit ailleurs.

D'Arn partit au pas de course, donnant la priorité à son instinct de protection envers les jeunes. Le tueur avait compté là-dessus. Les Psis avaient raison : les émotions rendaient les changelings faibles, ouverts à la manipulation.

Il sortit de sa cachette au moment où D'Arn disparaissait au coin du couloir. Il disposait de très peu de temps ; dommage qu'il ne puisse pas l'étrangler comme il l'avait prévu. Il dissimula la seringue remplie de Rush pur dans le creux de sa main et tendit le bras vers le bouton de porte. Celui-ci n'offrit pas la moindre résistance.

Encore une seconde et adieu, Brenna Shane Kincaid.

Chapitre 44

Judd courait à toute vitesse vers la crèche, Hawke à son côté, quand la sonnerie intense et irrégulière de son téléphone se fit entendre.

Il était relié à l'alarme sur la porte de Brenna.

Après s'être brusquement arrêté, Judd mobilisa toutes ses ressources pour se concentrer, malgré tous ceux qui passaient à côté de lui. Une seconde. Deux. Diablement trop lent. *Là.* Il se téléporta. La porte de Brenna était fermée. Il l'arracha par la Tk et envoya le large morceau de plastibéton s'écraser dans le couloir, en renversant presque un autre soldat SnowDancer.

Brenna était sur le sol, la lèvre et la joue entaillées jusqu'au sang. Judd allait s'emparer de son assaillant pour le projeter sur le mur, mais elle secoua faiblement la tête et il se figea. L'homme fit volte-face pour affronter Judd, mais il n'eut pas le temps de parler. Brenna l'envoya au sol d'un coup de pied circulaire avant de lui sauter sur le dos et de le lacérer de ses griffes, suffisamment pour mettre l'os à nu.

Le tueur hurla.

Judd l'immobilisa dans une clé Tk.

— Tu n'as pas le droit de crier.

Brenna leva les yeux tandis que l'homme gargouillait, tentant désespérément de respirer.

— Tu avais raison : il était là. (Un grondement féroce et sauvage.) C'est à cause de lui que je suis montée dans cette camionnette. Il m'a proposé de m'emmener. (Agrippant les cheveux de son assaillant, elle lui tira la tête en arrière.) Écoutons ce que ce salaud a à nous dire.

Judd relâcha son emprise, conscient que d'autres arrivaient sur les lieux.

—Je peux ouvrir son esprit par la force, et télécharger tout ce qu'il sait. Évidemment, il ne sera plus qu'une loque pantelante ensuite.

Le prisonnier de Brenna toussa et parvint à articuler :

—Non. Je vais parler.

Brenna tira plus fort sur ses cheveux.

—Alors parle, Dieter.

Elle n'avait aucune pitié pour lui et Judd la comprenait. Cet homme s'était servi de sa position pour s'en prendre à ceux qui se fiaient à lui. Judd le voyait encore accroupi à côté du cadavre de Timothy, feignant d'aider, leur disant que c'était l'endroit idéal pour se débarrasser d'un corps en douce, et que le tueur devait être rusé.

—Je l'ai rencontré quelques mois avant ton enlèvement, toussa-t-il. Santano Enrique.

Dans l'embrasure de la porte, quelqu'un cracha, plus félin que loup.

Brenna enfonça ses griffes dans l'épaule de Dieter, raclant l'os. Celui-ci poussa un cri aigu et strident, qui masqua le hurlement de l'alarme, mais la louve s'assura qu'il reste conscient.

—Est-ce que tu m'as livrée à lui ?

—Oui.

Dieter cracha du sang et Judd s'aperçut qu'il était en train de broyer les organes internes de l'homme. Il s'obligea à se contenir. C'était le combat de Brenna.

—Pourquoi ? (Elle se sentait affreusement trahie.) Tu étais l'ami de mes frères. Tu faisais partie de la meute.

— C'était juste du business. Il me fournissait en Rush à très bas prix. Je m'enrichissais. (Dieter n'essayait pas de gagner la compassion de Brenna, comme s'il savait qu'il n'avait aucune chance de l'obtenir.) En retour, il me demandait un service de temps en temps.

— Comme m'enlever sur le chemin de l'université, souffla Brenna, la voix âpre. Comme prétendre qu'on avait besoin de moi à la tanière. Est-ce qu'il est aussi revenu d'entre les morts pour te demander d'abattre Andrew ?

Elle bougea alors si rapidement que Judd ne la vit presque pas. Elle écrasa le visage de Dieter sur le sol, juste assez pour l'assommer tout en évitant de le tuer. L'alarme s'éteignit au même moment.

Elle se leva et s'essuya le sang de la bouche avec le dos de la main.

— Elias, Sing-Liu, dit-elle aux deux soldats qui étaient restés à l'entrée de l'appartement, mettez-le en cellule.

Judd bloqua l'entrée.

— Je vais l'emmener.

Brenna grogna.

— Tu le tuerais. Nous devons apprendre ce qu'il a dit à Enrique.

— Je sais.

Judd pouvait presque sentir le goût de l'homme mort sur ses lèvres.

— Son exécution revient à la famille de Tim. (Elle contourna Dieter pour faire face à Judd.) Tim est mort. Pas moi.

Le sang contre la vie. Une vie contre une autre. La justice changeling.

Mais Judd n'était pas changeling. Il tenait le cœur battant de Dieter dans son emprise psychique. Rien qu'une… Brenna agrippa le devant de sa chemise.

— Arrête !

Il la dévisagea.

— Non, répondit-il.

Son esprit identifiait l'odeur du meurtre, celle-ci l'attirait.

Elle l'embrassa, en mordant avec force sa lèvre inférieure. La dissonance s'abattit sur lui, combinée au plaisir sensoriel, au goût métallique du sang et à l'appétit de violence. Ses canaux mentaux furent brouillés pendant un instant. Ce fut suffisant. Quand elle s'écarta, il était toujours d'humeur meurtrière, mais il pouvait surmonter sa rage.

— Tu as raison, reconnut-il. Nous devons apprendre ce qu'il sait. Je l'emmène.

Cette fois, elle ne s'interposa pas quand il hissa le changeling sur son épaule et partit, Elias à son côté. Dieter continua à émettre des bruits de gorge sourds jusqu'à ce que Judd le jette dans la cellule et verrouille la porte.

— Est-ce qu'il a besoin d'un guérisseur ? s'enquit Judd.

Il voulait que Dieter soit en pleine forme pour l'interrogatoire.

Elias avait le regard éteint.

— Je préférerais qu'il meure, mais je vais prévenir Lara. Ça prendra peut-être un moment s'il y a des blessés à la crèche.

Dans le chaos émotionnel de l'attaque sur Brenna, Judd avait oublié l'alarme.

— Tu te sens capable de monter la garde ? Je sais que c'était ton ami.

— J'ai envie de le mettre en pièces. (Elias avait sorti les griffes.) Mais je ne le laisserai pas mourir : la famille de Tim mérite l'honneur d'arracher son putain de cœur à deux faces.

Acquiesçant, Judd le quitta pour retourner auprès de Brenna. Il trouva l'appartement rempli de monde. Il fut surpris de voir Lara ausculter elle-même les entailles de Brenna, tandis que Hawke interrogeait celle-ci et que ses frères ne cessaient de jurer à voix basse. À l'extérieur, quelqu'un essayait déjà de réparer la porte qu'il avait bousillée. Il entendait la voix calme de Sing-Liu donner des ordres.

— Judd.

Le visage de Brenna s'éclaira dès qu'elle l'aperçut. Elle fit mine de tendre la main, mais la laissa tomber à mi-chemin.

Il la saisit quand même. Au diable les conséquences.

— La crèche ? demanda-t-il à Lara.

— Plus de peur que de mal, répondit-elle. Aucun gosse blessé, mais c'est un miracle. Si un petit avait rampé dans l'entrée lorsque la porte s'est effondrée…

Elle secoua la tête.

— Une diversion, dit Judd. Il devait éloigner D'Arn de Brenna.

— D'Arn culpabilise. (Riley soupira.) Mais Dieter savait ce qu'il faisait ; je me serais aussi précipité vers la crèche. Bren est capable de veiller sur elle-même, pas les louveteaux.

Brenna décocha un sourire à son grand frère devant cette marque de confiance, avant de reporter son attention sur Judd.

— J'étais occupée à raconter à Hawke ce qui s'est passé. Je suis allée chercher mon équipement de communication dans ma chambre et, quand je suis sortie, il se tenait là. (Sa voix tremblait, pas de peur mais de colère.) Il m'a souri d'un air narquois, et m'a dit : « Il n'y a plus personne pour te protéger maintenant, petite fille. » Il tenait cette seringue à la main.

Elle désigna le petit objet cylindrique qui gisait dans un coin.

Une tenture murale s'écrasa sur le sol, le dessus en plasti-verre rigide en miettes.

Tandis que tous les autres se tournaient vers le bruit, Brenna pressa la main de Judd. L'avertissement fonctionna.

Judd domina sa colère, mais sa capacité à se contrôler était pour le moins instable.

— Quand as-tu fait le lien avec la camionnette ? demanda-t-il.

— Ce petit sourire narquois. (Elle cracha presque les mots.) J'ai eu envie de tuer Dieter en le voyant et j'ai compris pourquoi.

Hawke donna un coup de pied dans un débris, un grand éclat de la porte.

— Pas étonnant que tu aies refoulé ce souvenir. L'un des nôtres t'a condamnée à mort.

Ses yeux étaient devenus ceux d'un loup.

— Oui. (La voix de Brenna s'adoucit, s'emplissant de tristesse.) Il a tué Tim, il a essayé de tuer Drew, il m'a livrée… et pourquoi ? Pour de l'argent.

— Je découvrirai ce qu'il sait. (Hawke lança un coup d'œil à Judd.) Tu peux m'aider ?

Il se remémora la sensation du cœur de Dieter entre ses mains, si lisse, si fragile.

— Donne-moi une semaine. Là maintenant, je le tuerais.

— Il lui faudra déjà plus que ça pour se remettre des blessures que Brenna lui a infligées. (La voix de Lara n'avait pas sa douceur habituelle.) Je dois aller le recoudre à présent.

Hawke partit avec Lara. Judd regarda Drew et Riley.

— Laissez-nous quelques minutes.

Après un bref instant de tension, les deux hommes partirent. Judd emmena Brenna dans sa chambre et ferma la porte. Elle s'appuya le dos contre celle-ci et il se pencha sur elle, les mains autour de sa tête.

— Tu vas bien.

Ce n'était pas une question car, même contusionnée, Brenna se tenait debout, solide.

— Pas toi.

Elle sortit un mouchoir de sa poche pour lui tapoter la mâchoire et il se rendit compte que son canal auriculaire saignait de nouveau. L'inquiétude laissa une nouvelle marque dans les yeux de Brenna et la couleur de l'auréole passa presque du bleu à l'indigo.

— Tu ne peux pas attendre beaucoup plus longtemps, constata-t-elle.

Prenant le mouchoir des mains de Brenna, il finit le travail et rangea le tissu dans la poche de son jean.

— Tu n'avais pas besoin de mon aide.

Elle sourit, les dents aiguisées.

— Je savais que tu viendrais. C'est pourquoi je me suis battue si férocement. Je savais qu'au moment où je fatiguerais tu serais là. (Son sourire s'évanouit.) Allez, calme-toi. Je vais bien.

Il la laissa ; il n'avait jamais rien fait d'aussi difficile. L'envie pressante de détruire la vie de Dieter battait en lui au rythme de son propre cœur. C'était un écho martelant qui ne devait rien à la logique ou au sentiment, qui ne demandait que justice. Dans son état actuel, Judd ne pouvait même pas mettre à exécution sa décision de s'affranchir de Silence. Il était trop hors de lui.

Il se rendit dans l'étendue enneigée du périmètre intérieur, et tenta de dépenser de l'énergie en passant en revue une série de mouvements de combat à mains nues strictement chorégraphiés. Il dut encore s'essuyer le nez avant de commencer. La couleur du sang était presque noire : le compte à rebours approchait de son terme.

Judd était occupé depuis une heure lorsque Tai sortit de la forêt ; le Psi dut se forcer à ne pas réagir par une agression injustifiée. Sa capacité à se contrôler était toujours instable, sa rage de tuer pareille à celle d'une bête prise au piège.

— Qu'est-ce que tu fabriques ici ? demanda Judd.

— Je retourne à la tanière. Je suis parti courir depuis ce matin. (Il se passa une main dans les cheveux.) Ça m'étonnerait que tu veuilles m'apprendre certains des trucs que tu faisais.

— Il faut de la discipline, répliqua-t-il.

Il se rendit compte que Tai n'avait aucune idée du chaos qui avait régné dans la tanière moins d'une heure auparavant. Pour une raison ou pour une autre, cette prise de conscience calma sa colère.

— Tu ne peux pas te battre à l'instinct : tu dois réfléchir avant de réagir, poursuivit-il.

Tai mit les mains dans les poches, relevant les épaules.

— Tu penses que j'en suis incapable ?

— Je pense que ce serait contre ta nature, mais ce n'est pas une mauvaise chose. Ça t'apprendrait à te concentrer et à canaliser les aptitudes que tu as déjà.

Tai afficha un sourire effronté.

— Ouais, je ne suis pas trop mauvais, hein ? J'échange quelques coups avec toi, et te voilà lieutenant.

— C'est vrai.

Le sourire s'évanouit et Tai retira les mains de ses poches.

— Merci de ne pas m'avoir balancé. Pour avoir sorti les griffes, je veux dire.

Judd se rappela le conseil de Lara. Il se contenta d'écouter.

— Je me sentais frustré et j'ai perdu la boule, admit Tai. Je m'excuse.

— Bien. (Judd secoua la tête.) Si tu veux apprendre, suis-moi.

Tai vint se placer à côté de lui.

— Qu'est-ce que je fais ?

— Réfléchis. Reste dans cette position. (Il lui montra.) Et pense à ce dont ton corps est capable : qu'est-ce qui le poussera ou pas dans ses retranchements ? Pour utiliser efficacement un outil, tu dois d'abord connaître son potentiel.

Tai prit une profonde inspiration.

—Mon corps comme un outil ? OK, je pige. Je crois.

Bizarrement, Judd trouva dans cet enseignement de la discipline à Tai un moyen de contrôler presque parfaitement ses propres ténèbres. Lorsque Brenna le rejoignit quelques heures plus tard, alors que les rayons traînants du jour se fondaient dans la nuit, il avait les pensées relativement claires.

—Je suis désolée, dit-elle après le départ de Tai, resserrant son épais manteau. J'avais besoin d'être avec toi. C'est idiot après m'être montrée si forte et si peu affectée par l'attaque. Je devrais partir ; tu vas avoir mal si on est ensemble.

—Ne sois jamais désolée de venir vers moi. (Il ramassa son blouson dont il s'était débarrassé et l'enfila.) Tu veux aller te promener ?

Elle hocha la tête et sa lèvre inférieure trembla un instant avant qu'elle parvienne à la contrôler.

—Je suis un vrai bébé. J'allais bien tant que je nettoyais mais, dès que je me suis arrêtée, je suis devenue tellement furieuse ! Presque comme si je rassemblais la colère de tout le monde.

Il s'aligna sur son pas moins long et préféra se concentrer sur la partie plus légère de sa remarque ; ils discuteraient du reste plus tard.

—Tu es peut-être un bébé, mais tu es à moi. Et j'aime le baby-sitting.

Elle partit d'un rire étonné.

—Très drôle. Avec n'importe qui d'autre, j'aurais déjà sorti les griffes.

Il repensa à l'interaction entre D'Arn et Sing-Liu le jour de l'entraînement tactique. Il saisissait enfin ce qui lui avait alors paru si curieux. Mais la ressemblance s'arrêtait là. Le couple qu'il formait avec Brenna différait sur un aspect essentiel, une différence qu'ils avaient tous deux pris grand soin de ne pas aborder : le manque d'un lien d'union entre eux.

Judd était un être psychique. Il aurait vu le lien s'il avait été présent sous quelque forme que ce soit. Son absence était un signe que, même s'ils étaient attirés l'un par l'autre, ils n'étaient pas faits l'un pour l'autre. Il s'en fichait. Elle était à lui.

— À propos, qu'est-ce que tu faisais avec Tai ? demanda-t-elle alors qu'il restait silencieux.

— Tai est un bon élève. Mais depuis quand suis-je professeur ?

— Tu es lieutenant, un grand frère pour les plus jeunes.

— Ah ! (Ça faisait sens.) Ils me font confiance.

— Oui.

— Je pourrais leur faire mal.

— Mais tu ne le feras pas.

Quelle foi en un renégat du Net.

— Il est l'heure, lâcha-t-il.

Elle comprit immédiatement.

— Ici ? (Ils se trouvaient dans une toute petite clairière au milieu des séquoias qui se balançaient.) Il fait sombre.

— C'est un endroit qui en vaut un autre. Et je n'ai pas besoin de lumière pour aller là où je vais.

Il s'assit sur un tronc après en avoir balayé la neige qui le recouvrait, et Brenna vint s'installer à côté de lui.

— Je ne vais peut-être pas réagir si tu m'appelles. Ne panique pas.

— D'accord. (Sa voix tremblait. Elle prit une profonde inspiration.) D'accord, répéta-t-elle, plus fort cette fois.

— Tu dois aussi t'attendre à ce que ça ne marche pas, à ce qu'on doive se séparer pour toujours.

Elle pâlit.

— Ça marchera.

— Cette fois, l'obstination ne suffira pas, dit-il en essayant d'être doux mais sachant qu'il paraissait dur. Cela a tenu aussi longtemps parce que c'est solide. Le conditionnement reprogramme les aspects les plus fondamentaux du cerveau. S'affranchir totalement de Silence, c'est une chose, mais n'utiliser qu'une de ses facettes comme je le projette, ça pourrait être complètement différent.

Il ne voulait pas lui dire que cette tentative pourrait se révéler fatale. Mais il ne pouvait pas lui mentir.

— Si je m'y prends mal, je pourrais déclencher le niveau le plus extrême de dissonance.

— Tu es en train de me dire que tu pourrais mourir ?

— Oui.

Elle grimaça.

— Tu ne peux pas mourir. Tu es à moi.

— Je n'ai aucune intention de m'y prendre mal et j'ai toutes les intentions de rester en vie. (Il était une Flèche, ce qui, pour la première fois, pourrait être une bonne chose.) J'ai été formé pour contourner la souffrance et l'utiliser à mon propre avantage. Fais-moi confiance.

Elle approuva en avalant sa salive.

— Je sais que je ne peux pas t'aider, mais…

— Si, tu peux. (Il l'avait compris grâce à la sérénité que lui avait procurée le moment passé avec Tai.) Après avoir réparé le cœur d'Andrew, j'ai récupéré ma force physique beaucoup plus vite que je n'aurais dû. Je pense que c'était grâce à toi.

— Comment ?

— Je ne sais pas. (Il n'y avait pas de lien entre eux, mais elle le touchait comme jamais personne auparavant.) Si tu rencontres un jour ton véritable compagnon, dit-il, je ne te rendrai pas ta liberté.

Sa bonté avait des limites.

Elle se renfrogna.

— Je suis la femme d'un Psi et d'un seul.

Rassuré par cet aveu, il hocha la tête.

— Garde un contact physique avec moi.

Elle blêmit.

— Tu as mal quand je te touche.

— Parce que je suis conditionné à y voir un danger. C'est un tout : le contact me relie à toi, ce qui menace de m'affranchir de Silence.

Elle déglutit, acquiesça et serra son épaule.

— Quand tu reviendras, je commencerai par te caresser partout aussi longtemps que je le souhaite. Promets-moi que tu me laisseras faire.

— Promis.

Avec cet objectif comme guide, il ferma les yeux et plongea dans les profondeurs de son esprit. Plus profond qu'il n'avait jamais été auparavant. Ce qu'il vit menaça d'ébranler sa confiance dans sa capacité à utiliser le protocole à son avantage.

Chapitre 45

Il n'avait jamais compris à quel point les serres de Silence s'étaient enfoncées dans son cerveau. Les enlever donnait l'impression de retirer des épines une à une. Mais le plus étrange était que, même s'il opérait uniquement sur le plan psychique, il sentait la présence de Brenna à son côté ; elle avait bougé la main pour la refermer sur son avant-bras, un contact qui le maintenait ancré.

Extraordinaire.

L'anneau extérieur du conditionnement était faussement facile à démêler. Faussement car, à mi-chemin, il se rendit compte que cet anneau était relié à la boucle de la dissonance, à un niveau susceptible de provoquer l'inconscience. Il s'arrêta, revint sur ses pas et trouva les détonateurs scellés. Les désarmer était sinistrement comparable au désamorçage d'un millier de minuscules engins explosifs. Heureusement qu'il y avait été formé. Bien entendu, c'était un peu différent ici. Une erreur, et il provoquerait une implosion dans son cerveau. Donc il ne commettrait pas d'erreur.

Lorsqu'il eut terminé, il avait encore plus de respect pour le processus de programmation. Ils avaient accompli un sacré boulot sur lui. Pas une, mais six Clés Noires placées dans la première couche, l'une après l'autre. S'il n'avait pas été aussi doué, il aurait pu les activer à de multiples reprises.

Il se demanda comment Sascha et Faith s'en étaient sorties. Le cas de Sascha était facile à expliquer : Silence n'avait jamais eu de prise sur elle. Son don était si contraire au protocole qu'il avait rendu tout conditionnement impossible. Mais Faith avait été soumise à Silence et, de ce qu'il avait compris, elle s'en était affranchie avec fracas au cours d'une crise émotionnelle majeure. Elle n'avait jamais mentionné de facteurs agressifs comme des Clés Noires ou des grenades psychiques destinées à arrêter le corps et l'esprit.

Ces éléments soutenaient sa théorie initiale : la programmation était adaptée aux besoins spécifiques de chaque enfant. Dans son cas, des contrôles extrêmement sévères avaient été nécessaires à cause de ses aptitudes Tk-Cell. Il ne pouvait pas le reprocher à ses formateurs. Mais il soupçonnait que ces contrôles avaient encore été renforcés en raison de son avenir de Flèche. Ils n'avaient pas voulu perdre leur meilleur assassin.

Le pire danger apparut au troisième niveau : des lignes de conditionnement directement reliées à son aptitude à tuer d'une pensée perdue. Après les avoir examinées pendant quelques minutes, il ouvrit les yeux. Le visage inquiet de Brenna fut la première chose qu'il vit.

— Qu'est-ce qui se passe ? demanda-t-elle.

Elle serra son bras.

— Je dois maintenant choisir les parties de Silence que je supprime et celles que je laisse opérationnelles. Si j'en laisse trop, la dissonance continuera à essayer de me mettre hors d'état de nuire. Si je n'en laisse pas assez, j'éliminerai les systèmes de sécurité qui m'empêchent de tuer par accident.

Comme il avait tué Paul, huit ans, un nom qu'il n'oublierait jamais, un visage qui continuerait à hanter ses cauchemars.

— Pourquoi tu ne fais pas une pause ? (D'un geste machinal, elle balaya d'une caresse les cheveux du front de Judd.) Tu t'es absenté pendant une heure.

Il s'autorisa à lui effleurer la joue.

— Non. C'est mieux si j'opère en une fois. Si j'attends, certains des protocoles scellés peuvent se réactiver.

Elle se frotta contre sa main.

— Très bien. Fais ce qu'il faut. Mais n'oublie pas : si tu te tues, tu seras dans un sacré pétrin.

Il hocha la tête, ferma les yeux et repartit dans son esprit. Il y trouva un réservoir caché d'émotions. Le conditionnement était ancré dans la culpabilité, la peur, l'attitude protectrice et un désir féroce de veiller sur les gens. Ils s'étaient servis de ses propres émotions pour l'enchaîner. Une part de lui appréciait une telle efficacité, mais une autre était furieuse au point de lui glacer l'âme.

Cependant, il n'avait pas de temps pour la colère. Pas en cet instant. Retrouvant son calme, il se mit à dénouer les fils du contrôle. Lentement, pas à pas. Des heures semblèrent s'écouler. Puis soudain il parvint au point central, là où un choix devait être effectué. La raison entrait en conflit avec son besoin d'être libre. Le système d'alerte était nécessaire, mais Judd ne voulait pas que ce système le rende infirme. Il en démonta toute la structure.

Il prit le temps nécessaire pour effectuer cette opération. Puis, enfin, ce fut terminé. Ses pouvoirs Psis étaient désormais libres de toute entrave. Mais cette liberté était dangereuse. Tout comme Tai devait apprendre à discipliner sa force physique, Judd devait garder la maîtrise de ses dons psychiques. Avec la différence que Judd n'avait pas le moindre droit à l'erreur.

Il mit du temps à trouver une solution et, encore une fois, ce fut sa formation de Flèche qui lui vint en aide.

— J'installe un piège, dit-il à voix haute, certain que Brenna était terrifiée pour lui.

— Qu'est-ce qui l'activera ?

— Si je tente d'utiliser mon don pour tuer, le piège le bloquera.

Pour tout ce qui était sous le niveau de la rage meurtrière, il devrait se fier à ses talents pour réguler les émotions. Il en était capable.

Une courte pause.

— Est-ce que tu ne seras pas désavantagé ?

— Non. Je peux inverser le piège en une fraction de seconde, tandis que mes autres aptitudes continuent à fonctionner.

— Une fraction de seconde.

Il se rappela son baiser pour l'empêcher de mettre un terme à la vie de Dieter.

— Je n'ai pas besoin de plus.

Un instant de lucidité pour prendre la décision de tuer plutôt que d'être otage de son sinistre don.

Non, songea-t-il, il n'était pas entièrement sinistre. Il lui avait permis de sauver la vie d'Andrew ; on pouvait l'utiliser à de bonnes fins. Les Tk-Cell d'avant Silence, piégés par leurs émotions incontrôlées, ne l'avaient jamais appris. Et les Tk-Cell d'après Silence n'avaient jamais eu l'occasion d'être autre chose que des tueurs autorisés. Mais à présent cette possibilité s'offrait à lui, il pouvait choisir.

— Ça va marcher, dit-il.

— Alors fais-le.

Une déclaration de loyauté, d'unité, de confiance si absolue qu'il la ressentit dans son esprit même. Cela paraissait tellement impossible qu'il se renfrogna intérieurement, avant d'achever de poser le piège psychique. Ensuite, il s'enfonça encore plus loin, jusqu'à l'endroit où le conditionnement formait une coquille dure autour de son centre émotionnel, l'isolant du reste de son être. Les boucliers étaient fragmentés, mais ils tenaient bon. Il posa une main psychique sur le premier d'entre eux.

Une onde de choc atrocement douloureuse le parcourut.

Puis Brenna poussa un hurlement.

Les dents serrées, il ouvrit les yeux pour découvrir son visage blême.

— Brenna ?

— Oh, Seigneur ! Judd. (Elle lui pressa la main.) J'ai senti… l'ombre de cette chose, un écho. Si ce que j'ai senti était dilué, comment peux-tu encore être conscient ?

— Pourquoi l'as-tu senti ? (Ses instincts protecteurs s'éveillèrent en rugissant.) Nous ne sommes pas unis.

Elle écarquilla ses yeux bouleversés.

— Tu en es certain ?

Son cœur cessa réellement de battre l'espace d'un instant, tant il désirait qu'elle lui appartienne définitivement.

— J'imagine qu'on le découvrira, répondit-il.

Il repartit vers le champ de mines de sa conscience, érigeant en même temps un bouclier autour de Brenna. Mais il savait que cette protection ne ferait qu'atténuer l'impact, sans le bloquer complètement, car il ne connaissait pas l'origine du lien qui les connectait l'un à l'autre.

Il passa plusieurs minutes à observer ses remparts émotionnels.

— Je dois les détruire. Sans finesse. Un anéantissement total.

— Quelles seront les conséquences pour toi ?

La vraie question était de connaître les conséquences pour elle. Il pouvait à peu près tout surmonter, sauf la souffrance de Brenna.

— Ce sera douloureux, répondit-il.

Des lèvres tendres sur sa joue.

— La douleur, je peux gérer.

Il ne lui posa pas de questions, il ne douta pas d'elle. Brenna avait gagné son respect le jour où elle était sortie saine d'esprit de cette foutue pièce où elle avait été retenue prisonnière.

— Peu importe ce qui arrive, lui dit-il, ne laisse personne intervenir.

— Mais…

— Personne !

— D'accord, mais pas si tu risques de mourir.

— Entendu.

Pointant ses sens en un fin rayon laser, il trancha les boucliers en deux.

Pendant un instant, rien ne se passa. Le silence total. Le calme absolu.

Ensuite, une douleur atroce stria chaque terminaison nerveuse, chaque synapse, chacun de ses sens. Il entendit Brenna crier et son instinct protecteur s'insurgea. Il dressa un rempart pour la protéger d'une connexion qui n'aurait pas dû exister et fut satisfait de l'entendre frémir de soulagement. Une seconde plus tard, la souffrance effaça tout de son esprit.

Chapitre 46

Shoshanna Scott rejoignit son mari, Henry, dans leurs appartements à la fin de leur opération. Le bras droit d'Ashaya Aleine, qui leur avait déjà posé l'implant, avait procédé à son extraction. La façon dont l'implant s'était intégré dans leurs neurones avait rendu l'opération délicate, de sorte qu'elle avait duré une heure pour chacun.

— Comment tu te sens ? demanda-t-elle.

— Un léger mal de tête et les membres un peu faibles, mais ça va passer.

Henry avait répondu dans l'esprit de la question. En se concentrant sur le physique. Ils étaient uniquement mari et femme pour des raisons de propagande ; les humains et les changelings semblaient apprécier la présence d'un couple au Conseil.

— Pareil pour moi. (Elle s'assit à côté de lui.) C'était une bonne chose d'avoir été implantés après les autres. (Ils avaient eu le temps d'anticiper l'échec désastreux de l'expérience.) Dommage que les implants étaient si détériorés qu'on ne pourra pas les assembler de nouveau.

— Nous devrions peut-être reconsidérer la possibilité de stocker des fichiers de sauvegarde sur le Net.

— Non.

Sur ce point, Shoshanna était d'accord avec les autres Conseillers, malgré le manque de perspective de beaucoup de leurs décisions.

— Avec des sauvegardes sur le Net, nous risquerions des fuites. Aleine va être capable de tout reconstituer.

— Il lui faudra des mois, si ce n'est des années, avant de revenir au stade où elle se trouvait avant le sabotage. (Henry remua.) C'est perturbant de devoir repasser à ce mode de communication inefficace.

Durant les deux derniers mois, ils avaient fonctionné comme une unité psychique parfaite, partageant la moindre pensée. Ils n'étaient pas pour autant réellement devenus un seul esprit : Shoshanna était consciente d'avoir exercé un pouvoir supérieur au sein de l'unité. Ce qui confortait la théorie selon laquelle il fallait toujours un esprit contrôleur. Par exemple, les huit autres participants à l'expérience, qui se trouvaient sous leurs ordres, avaient été incapables de se fondre dans les esprits d'Henry et de Shoshanna, alors que l'inverse avait été possible.

— Ce sera provisoire, lui assura-t-elle. Quel est l'état des quatre participants restants ?

— En vie, mais inquiets.

Shoshanna se leva.

— Occupe-t'en.

— C'est déjà fait.

La position d'Henry reflétait celle de Shoshanna. Leurs esprits restaient accordés à un niveau plus élevé que la normale mais, sans les implants, ce lien finirait par disparaître.

— J'ai donné un dernier ordre avant le retrait de mon implant, expliqua-t-il. Leurs vies s'achèveront l'une après l'autre dans les huit prochaines heures.

— Excellent.

L'exercice réel du pouvoir de vie et de mort... Les autres n'y connaissaient rien. Sinon, ils auraient accéléré le protocole I au lieu de privilégier la cadence de tortue actuelle.

— Voilà qui conclut bien les choses.

Ils devaient à présent s'assurer que le Conseil ne fasse pas machine arrière sur ce projet. Il fallait que celui-ci progresse. Shoshanna avait l'intention de devenir une vraie reine, de celles qui tiennent des vies dans la paume de la main.

Chapitre 47

La louve de Brenna devenait folle, piégée en elle.

— Bébé, s'il te plaît.

Elle avait la tête immobile de Judd posée sur les cuisses, et ne cessait de caresser les cheveux sur son front. Il s'était évanoui trois heures auparavant, emportant la souffrance avec lui. Seule la certitude qu'il était en vie empêchait Brenna de s'effondrer. Son âme en était persuadée. Ils étaient liés, qu'on le voie ou non.

L'obscurité totale s'était installée depuis longtemps, et la température avait chuté. Les lèvres de Judd avaient commencé à bleuir il y a trois minutes, comme si une sorte de batterie interne était morte. Brenna désirait de tout son être courir chercher de l'aide, mais il lui avait fait promettre le contraire. Elle parcourait du regard le corps de Judd, la main serrée sur le téléphone. Elle voyait son torse se soulever et s'abaisser. Elle distinguait l'air qu'il expulsait. Mais il était si froid, si horriblement froid. Plus froid que la neige.

Ce n'était pas juste. Il faisait partie de la meute. Il avait si souvent aidé les autres, il avait à présent droit à la réciproque. S'appuyer sur la meute n'avait rien de honteux. Sauf que Brenna savait qu'il était trop fier, trop habitué à être autonome. Mais elle ne pouvait pas le regarder mourir.

— Je suis désolée, mon chéri.

Elle ouvrit le clapet du téléphone… mais la batterie était à plat.

Elle le jeta sur le côté et se mit à fouiller frénétiquement Judd. Rien. Pourtant elle savait qu'il avait toujours un téléphone sur lui. Elle le revit en pensée enfiler son blouson dans la clairière. Le téléphone avait dû tomber à ce moment-là.

— Non, souffla-t-elle.

Un mouvement dans la forêt. Elle en eut la gorge serrée, avant de ressentir un calme prédateur. *Personne ne le touchera.* Ses griffes affleuraient sous sa peau tandis qu'elle rivait le regard sur la source du bruit, instinctivement prête à défendre son compagnon.

Un loup apparut, presque invisible sur la neige, avec son épaisse fourrure or et argent faisant office de camouflage. Relâchant sa position d'attaque, elle reporta son attention sur Judd tandis que Hawke prenait sa forme humaine et venait s'agenouiller de l'autre côté du Psi.

— Tu n'as pas appelé à l'aide, dit le chef de meute.

Elle secoua la tête et croisa son regard.

— Il est exactement comme toi.

— Diable ! je le sais. Je m'attendais à ce que toi, tu aies plus de jugeote. (Une réprimande cinglante.) Ça fait combien de temps ?

— Trois heures.

— On peut le déplacer ?

— Je pense. (Mais elle n'allait pas courir le risque.) Je ne sais pas s'il y a des… lésions.

Au cerveau. Il était Psi : leur esprit était tout pour eux, et ce qui en jaillissait pouvait les détruire.

— On risquerait d'aggraver son état en le déplaçant, ajouta-t-elle.

Les yeux de Hawke lancèrent des éclairs.

— Ce maudit Psi est trop têtu pour mourir. Garde-le en vie pendant que je file chercher Walker et des couvertures chauffantes.

— Vas-y. (Brenna gardait les mains sur les joues de Judd.) Je reste ici.

Hawke partit sans un mot de plus, et disparut dans les bois tel un éclair d'or et argent. Étant donné sa vitesse, les secours seraient en route dans moins d'une demi-heure. Mais que pourrait faire Walker ? Il n'était pas M-Psi et, même s'il l'avait été, quel toubib pourrait voir à l'intérieur d'un esprit aussi protégé que celui de son Psi ? Elle savait que ses boucliers étaient impénétrables.

— *Pas pour toi.*

Elle retint son souffle, se demandant si le froid commençait à affecter son cerveau.

— Judd ?

— *Je suis là. Je dois réparer quelques lésions avant de reprendre conscience.*

Cela lui ressemblait trop pour que ce soit le fruit de son imagination.

— Des lésions ? chuchota-t-elle.

— *Ne t'inquiète pas, bébé. Je serai entièrement fonctionnel.*

Une emphase nettement sensuelle sur ces deux derniers mots.

Elle aurait voulu le cogner pour l'avoir autant inquiétée, mais l'affection manifeste contenue dans les pensées de Judd l'en empêcha. Elle n'avait jamais entendu cette intonation dans sa voix. Mais il lui parlait à présent sans barrières... avec une confiance absolue. Elle déglutit et s'essuya les yeux du dos de la main.

— Espèce d'idiot. C'est moi qui vais te causer des lésions si tu ne la fermes pas et si tu ne te dépêches pas.

Un rire masculin résonna dans l'esprit de Brenna. Il sonnait exactement comme elle l'avait toujours imaginé si Judd avait su rire : arrogant, un peu mauvais et craquant.

— *J'entends tes pensées.*

— Alors arrête d'écouter.

Mais elle était trop heureuse pour s'inquiéter. Et… il s'agissait de Judd. Il avait le privilège du contact fusionnel.

— D'ailleurs, comment arrive-t-on à parler ainsi ? Aucun des autres ne le peut.

Du moins elle n'en avait jamais été témoin.

— *Je suis un télépathe de haut niveau. J'ai toujours pu émettre, même vers des récepteurs très faibles, et tu n'es pas faible.*

Un court silence.

— Qu'est-ce qu'Enrique a fait ?

Elle avait évité le sujet puisque personne ne semblait en mesure de lui offrir de réponse, mais Judd se trouvait là où elle s'était jurée de ne jamais admettre quiconque. Et c'était bien.

— Dis-moi, je suis prête.

— *Je ne sais pas quelle était son intention, mais on dirait qu'il a pu ouvrir ton esprit comme il n'aurait jamais dû l'être. Voilà pourquoi tu as récolté des fragments des pensées et des rêves des autres, et pourquoi tu as eu des comportements inhabituels. Je dois t'apprendre à te protéger, pas à la façon d'une changeling mais comme une Psi. En attendant que tu en sois capable, je te protégerai moi-même.*

— Enfin, si nous pouvons parler ainsi, il en est au moins sorti quelque chose de bien.

Elle déposa un baiser sur son front. Avant de se renfrogner.

— *Est-ce que je peux aussi te parler en pensée ?* demanda-t-elle.

— *Oui.* (Il semblait ravi.) *Brenna, ce n'est pas seulement mon don télépathique et les changements en toi qui nous permettent de parler. Je l'aperçois : un lien semblable à celui qui me rattache à mon Net familial, sauf que celui-ci est… c'est… je ne suis pas poète…*

Une caresse effleura l'esprit de la louve et elle comprit qu'il voulait qu'elle ferme les yeux. Elle obtempéra. Une seconde plus tard, elle sentit quelque chose voyager le long du lien.

C'était une image du lien lui-même. Un kaléidoscope étonnant, tressé à partir des fils guerriers d'un soldat et des étincelles lumineuses et animales qui la représentaient.

Une larme roula sur le visage de Brenna.

— *Je t'aime*, dit-elle.

— *Tu es à moi.*

Elle rit en entendant son ton possessif.

— J'ai toujours été à toi. Maintenant fais vite, sinon les autres vont me trouver ici en train de parler toute seule.

— *Je t'ai dit que je n'avais pas besoin d'aide.*

— Et je t'ai dit que tu faisais désormais partie de la meute.

Elle le lui enfoncerait dans le crâne, même s'il lui fallait une vie entière.

Il se tut, manifestement occupé à travailler. Elle ne l'interrompit pas, et quand vingt minutes plus tard il leva ses cils noirs elle ne put que sourire.

— Salut, lança-t-elle.

Levant les yeux vers elle, il tendit une main pour lui saisir la nuque.

— Viens ici.

Elle se pencha et déposa un baiser sur ses lèvres. De la chaleur s'écoula entre eux. Le lien vibra, puis produisit des étincelles, envoyant un petit choc électrique le long de la colonne vertébrale de Brenna. Haletante, elle rompit le baiser.

— Je ne pense pas que ce soit normal.

— Tu es unie à un Tk-Psi.

Il sourit et c'était un vrai sourire, même s'il était léger. L'effet en fut pour le moins dévastateur.

— On dirait que je peux te faire toutes sortes de choses maintenant que le lien fonctionne convenablement, ajouta-t-il.

Comme pour le prouver, la pulsation suivante voyagea directement jusqu'à son entrejambe.

Inspirant une goulée d'air, elle se pencha pour lui mordre la lèvre.

— À mon tour. (Compagnon, il était son compagnon. À elle pour toujours.) Tu es à moi.

— Je suis à toi.

Il serra la main sur sa nuque tout en l'autorisant à profiter de lui.

— Pourquoi le lien ne fonctionnait pas auparavant ? demanda-t-elle lorsqu'ils émergèrent pour respirer. Ma louve ne pouvait pas le sentir.

— Silence. (Des ombres dans sa voix.) Le protocole m'avait si bien enchaîné que je bloquais le lien, et sans doute que je t'empêchais de le sentir aussi. L'accepter aurait probablement entraîné un assaut fatal de la dissonance, alors mon cerveau se protégeait de la seule façon possible. (De la colère.) Silence a tenté de nous détruire avant que nous puissions exister.

— Mais le lien a toujours été là, murmura-t-elle. Alors prends ça, Conseil Psi. Même ton maudit Silence ne peut arrêter ce qui doit arriver.

Judd écarquilla les yeux devant une telle véhémence avant d'élargir très faiblement son léger sourire.

— Je croyais t'avoir dit de venir ici.

— Et je croyais t'avoir dit de ne pas te frotter à moi.

Mais elle s'exécuta. Il fallait parfois céder face à un homme. Surtout quand il vous appartenait et qu'il vous dévorait avec cette chaleur brute dans les yeux.

Étonnant ce qu'un homme pouvait accomplir quand on le stimulait correctement, se dit Judd en réajustant les vêtements de Brenna. Juste à temps. Quatre loups surgirent de la forêt quelques secondes plus tard. Walker suivait à peu de distance, ayant fait le trajet sur une motoneige chargée de matériel médical d'urgence.

Le frère de Judd descendit de l'engin et se fraya un chemin parmi les loups qui s'écartèrent.

— Tu vas bien ?

Judd hocha la tête.

— Oui.

Mais une autre conversation se déroulait sur le LaurenNet.

— *Tu t'es affranchi de Silence.* (Aucun jugement dans la voix de son frère.) *Cela influence déjà le Net familial.*

Judd se rendit compte que Walker avait raison.

— *Nous côtoyons les émotions depuis que les enfants ont commencé à s'adapter. Ça ne leur fera aucun mal.*

— *Non.*

La présence psychique de Walker avait une forme d'étoile avec un étrange mouvement de torsion en son centre. Il n'était pas un Psi guerrier, et personne n'avait jamais été capable de deviner ce que signifiait ce mouvement de torsion.

— *Il y a un nouvel esprit sur le Net*, annonça Walker.

Judd cligna des yeux et regarda de nouveau. Elle était là, reliée au Net à travers lui et protégée par son puissant esprit. Aucun des autres ne pouvait la toucher, même si sa nature forte et affectueuse influençait déjà les flux du minuscule LaurenNet.

— *Brenna.*

Elle ne pouvait pas voir sa sauvage étoile argentée avec des myriades d'éclats d'un bleu vibrant, mais l'esprit psychique de Judd en était apaisé. Il pouvait la protéger à présent, peu importe où elle se trouvait. Il serait au courant dès qu'elle verserait une larme.

— *Elle rend le Net plus fort*, affirma Walker.

Évidemment.

— *C'est une louve.*

— *Tu es certain ?*

Judd savait qu'ils ne parlaient plus de Brenna.

— *Je suis hors de danger.* (Il tendit la main en arrière pour prendre celle de sa compagne.) *Tu as vu les autres changements sur le Net ?*

De pâles étincelles de couleur là où il n'y avait eu que du noir et blanc.

— *Je pense qu'il s'agit d'un aspect auparavant réprimé des dons de Toby. Ça ne correspond à aucune classification connue, mais j'ai mon idée.*

Judd aussi.

— *Nous en discuterons plus tard.*

Hawke plissa les yeux alors que Walker reculait d'un pas.

— Je te laisse en train de bleuir, m'imaginant que je vais devoir creuser ta tombe, et je te retrouve… en pleine forme, comme juste après l'exercice.

Le silence s'installa. Derrière Hawke, Lara ne put réprimer un sourire.

— Tu veux m'expliquer ? demanda le mâle dominant.

— Non.

Dans son esprit, Judd sentit Brenna rougir : elle s'était rendu compte que les autres membres de la meute sentaient l'odeur de leur récente union explosive. Il aimait se dire qu'elle était enveloppée de son odeur.

— Il n'y a rien à expliquer, ajouta-t-il.

Hawke grogna, des étincelles d'amusement dans les yeux.

— Très bien, rentrons alors.

— Donnez-moi une minute.

C'était Riley.

Judd croisa son regard alors que tous les autres se dispersaient. À côté de lui, Brenna devint très calme. Son frère s'avança.

— Si tu la fais un jour pleurer, je briserai chaque os de ton corps, je te mettrai en pièces, et j'organiserai un barbecue pour les loups sauvages.

— Riley !

Brenna avait l'air choquée.

Judd ne l'était pas : en dépit de son calme apparent, Riley était aussi férocement protecteur qu'Andrew.

— Je pense que Brenna est tout à fait capable de s'en charger elle-même.

— Judd !

Le visage de Riley se fendit d'un sourire inhabituel.

— Ouais, tu as raison.

Il s'approcha et embrassa la joue de sa sœur ébahie avant de s'écarter et de se transformer. Puis il partit.

— Je ne parviens pas à croire que tu aies dit ça. (Brenna grogna quand il se tourna vers elle.) Je ne te ferais jamais de mal.

Il avait envie de rire en voyant son air indigné.

— Je t'adore.

Et désormais il pouvait réellement la protéger ; il ne lui avait pas dit que les modifications opérées par Enrique avaient soumis son cerveau à une pression excessive. Elle n'était pas Psi et son cerveau changeling n'avait eu aucune possibilité de se libérer de cette pression. Tôt ou tard, son état serait devenu critique.

Elle était à présent en bonne santé car, même en sommeil, le lien avait d'une façon ou d'une autre évacué suffisamment de la surcharge, la dispersant à travers les canaux psychiques de Judd pour que Brenna ne s'effondre pas. Mais il pouvait désormais consciemment réguler cette pression, la réduire et dresser un bouclier autour de sa louve, jusqu'à ce qu'elle apprenne à le faire elle-même. Ce serait difficile mais pas impossible étant donné la force de caractère de Brenna.

— Tu es la femme la plus têtue et la plus belle que je connaisse.

— Oh… comment suis-je supposée rester en colère si tu dis des choses pareilles ? (Elle frappa du pied, mais elle souriait.) Tu es mignon aussi. (Elle s'amusa de son grognement.) Mais tu es l'homme le plus exaspérant que j'aie jamais rencontré.

— Tant pis. Tu restes avec moi.

Debout sur la pointe des pieds, elle dit contre ses lèvres :

— J'aime bien rester sur toi.

Il se préparait à l'embrasser quand elle se dégagea d'un mouvement brusque.

— Tu veux un baiser ? Viens le chercher.

Un sarcasme, une invitation, un jeu d'amoureux.

Judd n'avait jamais beaucoup joué. Il avait l'impression que ça allait changer.

— Tu devrais savoir qu'il ne faut jamais défier une Flèche.

— Tu n'es qu'un beau parleur, Judd Lauren.

Un vague mouvement et elle s'était enfuie.

Sentant son pouls s'accélérer, il fila à sa poursuite. Il obtiendrait un baiser. Et plus encore. À l'aide du lien, il lui envoya des images explicites détaillant la récompense qu'il avait l'intention d'obtenir.

— *Pas juste*, fut la réponse essoufflée. *Me voilà toute chaude et humide.*

Il trébucha.

— *Tu l'as fait exprès*, protesta-t-il.

— *Non, non. Si j'avais voulu t'embêter, je t'aurais parlé de mon fantasme de t'avoir à ma merci.*

Il fut intrigué.

— *Qu'est-ce que tu ferais ?*

— *Ceci.*

Des images dévalèrent en cascade dans son esprit, affectueuses, voluptueuses, et si incroyablement érotiques qu'il se mit à combattre le désir de son corps de plonger dans les sensations pures.

— *Je peux ?* demanda-t-elle.

Il avait l'habitude de protéger ses arrières, de ne jamais abandonner à quiconque le contrôle de son corps ou de son esprit.

— *Je suis à toi*, répondit-il.

La reddition ultime.

Sascha ne put croire à quel point Brenna avait changé quand elle la croisa le lendemain alors qu'elle était venue à la tanière pour voir Lara.

— Elle est heureuse et guérie, rapporta la Psi à Lucas pendant le trajet du retour vers la maison, les oreilles encore remplies du rire de la SnowDancer. Et Judd… je ne l'aurais pas cru si je ne l'avais pas senti avec mon empathie. Même s'il paraît inchangé en surface, il l'aime.

Si profondément et si réellement que c'en était presque douloureux. Sascha le savait : elle aimait Lucas de la même façon.

— Alors pourquoi tu as l'air si triste, chaton ?

Il lui jeta un coup d'œil inquiet avant de reporter son attention sur la route de montagne accidentée.

— Elle a été trahie par l'un des siens, murmura Sascha, secouée. Je croyais que la meute était un lieu sûr, la famille. Si on ne peut pas se fier à la meute, à qui alors ?

Lucas arrêta la voiture au milieu de nulle part et tendit la main pour l'amener près de lui.

— La meute est un lieu sûr. Elle constitue les fondements de ce que nous sommes.

— Alors pourquoi ? Comment ? (Elle blottit la tête contre son menton.) Dieter était un soldat SnowDancer, mais il est si tordu.

Passer devant sa cellule avait suffi à Sascha pour lui retourner l'estomac. Des ondes de pourriture, de putréfaction, émanaient de son âme.

Lucas lui caressa le dos.

— Notre animal nous protège de nombreux péchés, mais même les changelings engendrent parfois le mal.

Elle y réfléchit pendant de longues minutes.

— La lumière a besoin des ténèbres, émit-elle finalement.

C'est ce qu'avait dit Faith après s'être échappée du Net. Mais ce n'est qu'à présent que Sascha comprenait vraiment.

— Si on vise la perfection, on devient exactement comme les Psis, ajouta-t-elle.

Une espèce froide, robotique, incapable de rire, d'aimer ou de chérir.

— Aucune espèce n'est parfaite. (Il enfouit le visage contre elle.) Et je dirais que je t'aime bien, avec les défauts et tout.

Elle retrouva le sourire.

— Oui. La perfection est largement surestimée ; si on mesurait l'indice de satisfaction de l'espèce Psi, les résultats seraient sans aucun doute négatifs.

— Dieu que tu es sexy quand tu parles Psi !

Chapitre 48

— Tu marches drôlement, dit Lucy avec un sourire forcé.

Cinq jours de sexe sensationnel avec un homme affamé pouvaient avoir cet effet sur une fille.

— Tu es juste jalouse.

Brenna poussa la porte d'entrée du siège social de DarkRiver.

L'expression de Lucy se fit mélancolique.

— Oui, je suis jalouse. Bon sang ! qu'est-ce que ton homme est canon. Et il te sourit ! Je l'ai vu, même si personne ne me croit.

— Je sais. (Elle sourit elle-même, si largement qu'elle crut que son visage allait se fendre.) Mais, dis-moi, qu'est-ce que tu fais ici ?

— Je dois parler à Mercy d'un projet commun d'holovision. Un truc de CTX.

Lucy jeta un coup d'œil derrière elle, après avoir cité la société de communications des léopards et des loups.

— Voilà ton bel homme. On se voit plus tard.

Judd posa la main dans le creux des reins de sa louve tandis qu'ils descendaient vers le sous-sol. Il le faisait beaucoup, la toucher. Même si c'était impossible, le sourire de Brenna s'élargit encore.

— Je pense que ce soir on devrait rejouer à « Qui est le plus patient ? », proposa-t-elle.

— Parfait. (Il sonnait tellement Psi, mais sa main avait glissé pour lui caresser la hanche.) Tu te souviens que tu perds toujours ?

Perdre n'avait jamais été si drôle.

— C'est ce qu'on verra.

Elle passa la porte du sous-sol ; Dorian était déjà à son poste.

— Où sont Lucas et Hawke ? s'enquit-elle.

Le chef de meute était parti en avance.

— Sur le chantier, répondit Dorian, faisant référence au projet commun entre les Psis et les changelings qui était conçu et construit par DarkRiver pour Nikita Duncan.

— Je croyais que les loups n'étaient que commanditaires dans le projet, fit remarquer Judd tandis que Brenna s'asseyait à côté de Dorian et se mettait à vérifier les lignes de code pour la dernière fois. Ils se sont contentés de fournir le terrain, non ?

Dorian hocha la tête.

— Lucas et Hawke ont décidé de se fabriquer un « alibi » en béton. (Il esquissa un petit sourire narquois.) Difficile de les accuser d'avoir tout organisé alors qu'ils étaient en réunion avec Nikita à la même heure.

Bien entendu, pensa Judd, le Conseil saurait exactement qui accuser pour ce raid technologique, mais c'était le but. Les mâles dominants adressaient un message : si vous nous attaquez, nous mordrons en retour, là où ça fait mal. Les six assassins Psis qui avaient massacré les cerfs de DawnSky avaient déjà été abattus, le jour même où Judd avait obtenu leurs noms. À présent, l'heure de la deuxième frappe avait sonné.

Il jeta un coup d'œil à sa montre.

— La Bourse ouvre dans dix secondes.

— On va leur laisser quelques minutes… pour qu'ils pensent que tout est en ordre. (Dorian se renversa dans son fauteuil pendant qu'ils attendaient.) OK. C'est l'heure. À toi l'honneur, ma petite ?

— Oh, oui ! (Brenna se frotta les mains et suspendit un doigt au-dessus d'une touche.) Ils n'auraient jamais dû s'introduire sur notre territoire et prendre la vie de ceux dont nous avons la responsabilité. (Elle appuya.) Nous veillons sur les nôtres.

Le Conseil Psi se réunit d'urgence dans les instants qui suivirent la panne du réseau boursier. Ils avaient à peine repris le contrôle que d'autres systèmes se mirent à défaillir en une cascade sans fin. D'importantes banques et de grandes sociétés Psis furent les plus durement touchées.

Il n'y eut aucune revendication, aucun moyen d'identifier les auteurs de cette attaque éclair. Mais Nikita Duncan avait croisé le regard de deux chefs de meute changelings ce jour-là. Elle avait compris le message. Et elle s'assura que le reste du Conseil l'apprécie à sa juste valeur.

Pour la première fois, personne ne la contesta. L'étendue des dégâts était trop importante, l'intelligence derrière cet assaut furtif trop affûtée. Il ne faisait aucun doute que les animaux avaient remporté cette escarmouche.

Épilogue

Ça arriva au cours d'ébats particulièrement vigoureux au milieu d'une nature sauvage. L'hiver s'en était allé avec une douceur languide et le printemps soufflait à présent sa fraîcheur sur la peau de Brenna. Judd se saisit d'elle et l'allongea sur le sol. Elle en eut le souffle coupé : pas parce qu'il avait été brusque – au contraire, son atterrissage avait été divinement doux – mais parce qu'il n'avait pas utilisé ses mains.

Il était tellement en phase avec leur lien qu'il suspendit le geste d'arracher sa chemise, laissant juste une partie de son abdomen dévoilé.

— Brenna.

— Tout va bien. J'ai été surprise, c'est tout.

Elle était sincère. Son compagnon était un Tk-Psi puissant et elle lui faisait confiance pour ne jamais la blesser avec son pouvoir.

Son regard s'assombrit, puis il sourit.

— Tu aimes les surprises ?

Ce sourire, qui demeurait rare, avait le pouvoir d'envoyer des décharges de chaleur dans tout son corps. Pressant ses cuisses l'une contre l'autre, elle hocha la tête. Ce fut à cet instant que son pantalon s'ouvrit tout seul et se mit à glisser le long de ses jambes, en même temps que sa culotte.

Elle était démunie. Elle poussa un cri, surtout quand il lui souleva les fesses pour retirer les vêtements qui s'envolèrent pour aller atterrir sur les branches d'un arbre proche.

— Quelle surprise ! (Le cœur de Brenna battait à tout rompre.) C'est quoi la suite ?

Il ne répondit pas et vint se placer à ses pieds, examinant son corps avec une possessivité éhontée. Son chemisier dévoilait ses seins, le bas de son corps était nu et elle avait les genoux relevés. Elle ne s'était jamais sentie aussi délicieusement exposée.

— Écarte les cuisses.

Un ordre sourd et brusque.

Cette demande la fit rougir mais, alors qu'elle hésitait, des mains fantômes exercèrent une pression sur ses jambes. Choquée, elle ne résista pas car ces mains semblaient réellement être celles de l'homme qui l'observait… qui l'observait comme si elle était un festin dont il attendait de se gaver. Puis ces mains invisibles glissèrent jusqu'à son entrejambe avant de s'arrêter.

De dangereux yeux Psis rencontrèrent les siens.

— Je peux ?

Brenna savait qu'avec Judd elle avait choisi un mâle dominateur. Son ardeur ne l'effrayait pas. Au contraire, celle-ci envoyait une déferlante de désir tout le long de son corps, qui affermissait les sommets déjà tendus de ses seins et humidifiait le cœur de sa féminité. Mais ce qui la séduisait par-dessus tout, ce qui l'amenait à se soumettre totalement à lui, c'était que, même violemment excité, il s'était arrêté pour s'assurer qu'elle parvenait à gérer cette montée en puissance de leur vie sexuelle : l'intégration complète de sa Tk dans leur couple.

— Oui, murmura-t-elle péniblement.

La main fantôme se posa sur son sexe et Brenna se sentit rougir, ainsi exposée au regard de son Psi. Il la caressa de ses doigts invisibles, l'excitant jusqu'à ce qu'elle crie :

— Judd !

Quand elle put reprendre son souffle, elle leva les yeux pour s'apercevoir qu'il avait enfin ouvert son pantalon, libérant son érection.

— J'ai envie, émit-elle.

Une affirmation ouvertement sexuelle qu'elle ne pouvait formuler qu'à son compagnon.

Il empoigna sa verge.

— De ceci ?

Elle n'en revenait pas.

— Tu vas m'allumer ?

On pouvait jouer à deux à ce jeu, même si Judd était indéniablement le plus doué. Faisant glisser une main le long de son propre corps, elle plongea les doigts dans sa chaleur, se donna du plaisir par caresses indolentes, tout en utilisant son autre main pour se caresser les seins et se pincer les tétons.

Judd suivait des yeux les mouvements des mains de Brenna, tandis qu'il caressait son sexe rigide en une synchronisation inconsciente. Cette vision la saisit à l'estomac, lui donnant envie d'accélérer ses caresses, de s'abandonner à l'orgasme. Mais cette fois elle était déterminée à le séduire.

Elle retira les doigts de son corps en gémissant… et les tendit devant elle.

— Tu veux goûter ?

Au-dessus d'elle, les branches des arbres ondulèrent sous l'effet d'une brise inexistante, de jeunes feuilles vertes printanières volèrent en tous sens. *Judd.* C'était son œuvre, il lâchait prise. Elle ne ressentit aucune peur, mais une ivresse totale. Et, quand il se laissa tomber à genoux entre ses cuisses écartées, elle n'aperçut que la braise lumineuse d'un désir très masculin dans ses yeux. Il ramena les doigts luisants de Brenna sur son sexe.

— Caresse-toi, ordonna-t-il d'une voix brusque. Montre-moi ce que tu aimes.

— Tu sais ce que j'aime, répondit-elle en s'exécutant.

Il posa les mains sur ses genoux relevés, lui faisant écarter davantage les cuisses, comme pour avoir une meilleure vue. Elle était si envoûtée par les chaînes de l'appétit sexuel effronté de Judd qu'elle avait à peine conscience des branches des arbres qui se balançaient, des feuilles qui virevoltaient autour d'eux à toute vitesse. Les battements de son cœur l'emplissaient, vivants et exigeants. Tout son corps était chauffé à blanc. Elle désirait quelque chose de plus épais et de plus dur que ses propres doigts pour aller et venir dans la chaleur en fusion de son corps.

Sans prévenir, Judd retira la main de Brenna et prit la relève. Ses caresses étaient plus profondes, plus brutales, ce qui la fit hurler de plaisir. Elle voulait l'entourer de ses jambes mais il avait toujours une main sur son genou.

— Bien, dit-il.

Il glissa cette main vers l'arrière de sa cuisse pour se saisir fermement de sa hanche tandis qu'elle se contorsionnait sous la force de ses caresses. Toute volonté de prendre les choses en main avait disparu, mais c'était sans importance car, dans ce jeu sensuel, l'abandon était la plus douce des victoires.

L'orgasme approchait, avec ses promesses brûlantes et dévorantes, mélange de plaisir et de souffrance qui traverserait son corps comme l'éclair et enfiévrerait son esprit pour de longs moments ruisselants de plaisir. Dans l'attente, elle retenait son souffle. Encore une caresse…

Judd retira les doigts.

— Non, gémit-elle, si prête à jouir qu'elle pouvait à peine penser.

Il se rapprocha. Elle sentit le bout de son érection la titiller. Puis il agrippa fermement sa hanche et s'introduisit d'une poussée. Les poumons de Brenna se vidèrent sur une expiration rauque alors qu'elle sentait chaque centimètre de son sexe s'enfoncer en elle. Elle griffa la terre de ses doigts, mais elle ne quitta jamais son visage du regard. Ce qu'elle y vit déclencha les vaguelettes annonciatrices d'une explosion imminente.

Il regardait leurs corps s'unir, il avait l'expression d'un homme en route vers l'extase. Ses pommettes étaient striées de rouge et ses dents serrées à briser de la pierre. Splendide et si sexy… elle avait peine à croire qu'il était à elle.

Il s'enfonça profondément en elle. Le tissu rêche de son jean et les dents froides de sa braguette contre sa chair intime fournissaient un surplus de sensation érotique, un rappel silencieux que Judd ne contrôlait plus rien.

Il leva enfin les yeux sur les siens ; les particules d'or brillaient presque en contraste avec la teinte chocolat noir de ses iris.

— Je vais commencer à bouger.

Ce fut le seul avertissement avant que son amant commence à aller et venir en elle avec une fougue qui lui fit arquer le dos et lui arracha un cri. Des sensations pures la traversèrent, éclipsant l'attente et cascadant dans son esprit… Un éclair de foudre blanche jaillit des deux extrémités du lien pour former un brasier sensuel.

D'homme à femme. De Psi à changeling. De compagnon à compagne.

Elle enjamba une branche cassée pour récupérer son pantalon.

— Bébé, je t'aime, mais, quand nous irons faire des achats, je choisirai des meubles en titane.

Dans les mois qui avaient suivi leur union, il avait déjà détruit tout ce qui était en bois. À quatre reprises. Pour l'instant, ils n'avaient plus ni table, ni sofa, ni chaises.

— Encore heureux que les murs sont en pierre et que le lit a un cadre de métal, ajouta-t-elle.

En réponse à sa taquinerie, il prit ses aises et, à moitié nu, s'étendit avec indolence sur le sol de la forêt.

— Si tu ne bougeais pas, je pourrais me contrôler.

Sauf qu'il ne paraissait pas particulièrement enthousiaste à l'idée qu'elle ne bouge pas.

Se tournant vers lui, elle enfila son pantalon à même la chair, fourrant sa culotte dans une poche. Elle avait toute son attention.

— Où serait le plaisir ?

Avec un sourire, elle laissa son chemisier ouvert et alla s'agenouiller à côté de lui. Elle toucha son abdomen tout de muscles durs.

— Tu ne comptes pas te lever ? demanda-t-elle.

Il posa une main sur la courbe de sa hanche, un geste possessif qui était déjà devenu une habitude.

— Non. Faisons encore l'amour.

— Tu n'en as jamais assez.

Elle l'embrassa, elle aimait qu'il lui fasse suffisamment confiance pour l'autoriser à le voir sans barrières. Au sein de la tanière, il restait l'Homme de Glace. Les autres ne comprenaient pas comment elle avait pu s'unir à lui. Mais il avait gagné ses galons en tant que membre de la meute, alors ils haussaient les épaules et acceptaient leur couple.

— Un peu plus de sexe, et nous rendrons l'âme. De toute façon, tu n'as pas réunion avec Hawke ?

Un grognement et il daigna se relever. Il l'embrassa quand elle se mit aussi sur ses pieds, et referma sa braguette. Sa chemise pendait encore, ouverte ; à voir son regard, il semblait plus intéressé à l'observer refermer son chemisier.

— Entraînement de tir avec Dorian ? demanda-t-il une fois qu'elle eut fini.

— Il dit que je me débrouille de mieux en mieux.

Même si cela ne compensait pas ce qu'Enrique lui avait fait, la perte de ce qu'il avait volé, c'était utile de savoir qu'elle pouvait encore se défendre et protéger ceux qui comptaient pour elle.

— Hé ! (Son compagnon écarta les cheveux de son visage.) Ne sois pas triste. Je ne peux pas le gérer.

Elle savait qu'il parlait au sens propre. Certaines émotions restaient difficiles pour lui, mais il apprenait.

— C'est juste que… (Elle s'agrippa d'une main à sa taille.) C'est juste que je voudrais pouvoir redevenir louve. (Mais ensuite elle sourit sincèrement.) Je suis désormais heureuse et forte, mais cette part de moi me manquera toujours. Tout comme le Net te manque.

Il ne se plaignait jamais de cette absence, mais elle commençait à comprendre l'ampleur de ce qu'il avait abandonné pour sauver sa famille. Un sacrifice comparable à l'ablation d'un membre.

Il l'embrassa.

— Tu es la louve la plus sexy que je connaisse.

Un battement d'amour parcourut le lien d'union. Somptueux et effronté, il explosa en elle comme une bombe.

Elle était sur le point de répondre quand ses griffes surgirent, coupant Judd au sang. Elle fit un bond en arrière.

— Oh, mon Dieu, je suis dé… !

Tout disparut dans un éclair familier de douleur fulgurante et d'extase infinie ; ses cellules se modifièrent à un niveau clairement changeling.

Judd se figea tandis que le monde se dissolvait dans un chatoiement multicolore autour de Brenna. Il avait déjà été témoin de la transformation chez d'autres loups, mais ceci n'avait rien à voir. C'était sa compagne. Il sentait ce qui lui arrivait comme si cela se produisait dans son propre corps. Du tourment pur et une plénitude insoutenable, un mélange exquis, différent de tout ce qu'il avait pu expérimenter.

En quelques secondes, tout fut fini. Devant lui se tenait une mince louve à la douce fourrure grise qui invitait au contact. Sans réfléchir, il se mit à genoux et lui caressa le cou, le regard rivé sur des yeux si intelligents et si uniques qu'ils ne pouvaient appartenir qu'à Brenna ; malgré sa transformation, ses iris avaient conservé cette lueur de bleu arctique.

Il n'avait jamais rien vu d'aussi beau.

Quelque chose parcourut le lien. L'incertitude. La peur.

— Qu'est-ce qu'il y a ? (Il réfléchit rapidement.) Tu es parfaite, splendide, la rassura-t-il. Pas d'erreurs dans la transformation.

Un rire résonna dans l'esprit de Judd, la joie. Elle se dégagea de son emprise, et courut en bondissant à travers la clairière qui avait constitué leur terrain de jeux. Il la laissa aller, avec une sensation étrange qui lui comprimait la poitrine. Il avait très envie de l'accompagner mais il savait qu'elle avait besoin de sa liberté.

Elle s'arrêta au bord de la clairière et jeta un regard derrière elle. Sa compagne avait beau avoir changé de forme, il la recevait cinq sur cinq. Elle lui lançait un défi. Il se mit debout, avec un sourire qui lui réchauffait tout le corps, même si son visage n'en affichait qu'un soupçon.

— Chiche, Brenna Shane.

La réunion pouvait attendre. Le monde entier pouvait attendre.

Brenna ne lui facilita pas les choses ; elle s'enfuit à travers les arbres comme un éclair d'argent. Il se lança à sa poursuite, concentrant sa Tk sur ce simple exercice afin de pouvoir voler au côté de cette superbe femme qui était sa compagne.

Le début de soirée fit place à la pleine nuit et ils couraient encore, jouaient à cache-cache, essayaient parfois de s'approcher furtivement de l'autre, envoyaient valser des feuilles mortes pour le plaisir de les voir bouger. Par ces jeux simples, il n'avait jamais été aussi près de se sentir un enfant.

Lorsqu'elle en eut assez, ils avaient parcouru une boucle pour revenir à leur point de départ. Ils étaient tous les deux à bout de souffle mais l'air vibrait d'énergie. Elle se retransforma et ce fut encore plus beau, car cette fois il ressentit immédiatement sa joie. Elle apparut au milieu de particules scintillantes, une adorable femme nue, un sourire immense lui barrant le visage.

— Judd !

Elle ouvrit les bras et il se pencha pour la soulever. Elle lui enserra la taille des jambes quand il se mit debout, et elle rit.

— Je peux me transformer !

Tournant avec elle dans les bras, il l'embrassa dans le cou puis sur les lèvres. Elle répondit à son baiser avec un abandon sauvage. Sous ses mains, sa peau était douce, chaude et accueillante. *Le privilège du contact rapproché.* Rompant le baiser, il s'imprégna de la vision de son bonheur.

— Tu es vraiment trop splendide. Sous n'importe quelle forme.

Le visage de Brenna s'emplit de tendresse.

— J'avais peur que tu… que tu flippes en me voyant en louve. Mais tu m'as dit que j'étais parfaite, que je n'avais pas d'« erreurs ».

Ce dernier mot était une taquinerie.

Il était incroyablement content que sa réponse l'ait rassurée, même s'il avait mal interprété la cause de son inquiétude.

— Tu es parfaite.

Il l'entoura d'un bras et promena l'autre main sur sa cuisse avant de la poser sur ses fesses.

— Et tu es nue.

Elle écarquilla les yeux.

— Mes vêtements !

Elle regarda alentour comme si elle espérait les voir réapparaître par magie, alors que le processus de transformation les avait désintégrés.

— Qu'est-ce que je vais faire ?

Il sentit ses lèvres se tordre en un rictus.

Elle lui frappa l'épaule de son petit poing.

— Ce n'est pas drôle !

— Je trouve que tu es exquise, nue. (Il lui embrassa le menton.) Évidemment, je devrai tuer tous ceux qui oseront poser le regard sur toi.

— Je ne peux pas traverser la tanière comme ça ! gémit-elle.

Il l'avait remarqué : même s'ils étaient blasés par la nudité, les loups se devaient d'être vêtus dans la tanière, à l'exception des louveteaux.

— Pour une louve aussi intelligente, murmura-t-il contre ses lèvres, tu témoignes d'un cruel manque de logique.

— De logique ?

Elle se renfrogna mais lui rendit son baiser.

— Mmm. (Il lui pétrit les fesses.) Transforme-toi. Porte ta fourrure.

C'était permis. Souvent, les soldats n'avaient plus accès à des vêtements et devaient revenir sous forme animale.

Elle ouvrit la bouche.

— Oh ! (Elle soupira faiblement.) Il va falloir que je me réhabitue à tout ceci.

— Pour moi, tu peux oublier les vêtements quand tu veux.

— Merci. Mais tu n'as pas voix au chapitre : tu me désires. (Elle lui mordilla la lèvre inférieure.) Pourquoi tu penses que c'est revenu maintenant ?

— C'était peut-être le moment ; tu étais prête.

Elle lui donna un doux baiser.

— Je pense que tu m'y as aidée. Tu m'as fait comprendre que mon âme n'avait pas été détruite par ce monstre. Que j'avais survécu, sous tous les aspects.

Il n'était pas d'accord. C'était elle qui s'était battue pour récupérer sa vie.

— Ton courage me stupéfie.

— Et ton amour me rend entière.

Elle l'avoua sans gêne.

Il désirait tant lui répondre mais les mots restaient coincés sous l'emprise, même faiblissante, de Silence. Il ne lui serait jamais facile de dire des mots d'amour.

Elle lui effleura les lèvres.

— Je sais, bébé. Je ressens ton amour au plus profond.

Judd imagina qu'il avait dû faire quelque chose de bien en chemin. Comment sinon une Flèche rebelle aurait-elle gagné le droit d'appeler sienne cette femme étonnante ? Et s'il s'agissait d'une erreur, tant pis. Il n'abandonnerait jamais Brenna.

Sur le plan psychique du LaurenNet, une onde d'amour voyagea dans toutes les directions, issue d'un lien qui n'était pas Psi mais changeling, un lien qui unissait un assassin à une louve, un lien… indestructible.

EN AVANT-PREMIÈRE

Découvrez un extrait
du tome 4 de **Psi-changeling**

(version non corrigée)

Traduit de l'anglais (Nouvelle-Zélande)
par Clémentine Curie

Les Oubliés

Lorsqu'en l'an 1969, le Conseil Psi envisagea d'instaurer Silence, un protocole destiné à priver les Psis de leurs émotions, il se heurta à un problème qui semblait insurmontable : un défaut d'uniformité raciale.

À la différence des êtres froids et isolés que les Psis devinrent ensuite, ceux d'alors étaient indissociablement intégrés au reste du monde. Ils rêvaient, pleuraient, aimaient. Parfois, chose bien naturelle, ceux qu'ils aimaient appartenaient à une autre espèce que la leur.

Les Psis s'unissaient à des changelings, épousaient des humains, engendraient des enfants métisses. Comme il fallait s'y attendre, ces Psis de sang impur comptèrent parmi les détracteurs les plus virulents du protocole Silence. Ils comprenaient ce qui poussait leur peuple à répudier les émotions : la peur de la folie meurtrière, le refus de voir leurs enfants succomber à la démence qui les décimait par vagues inexorables, mais ils comprenaient aussi qu'en adoptant Silence, ils perdraient tout ce qui leur était cher. Pour toujours.

En l'an 1973, les deux factions se retrouvèrent dans une impasse. Des négociations s'ensuivirent, mais aucun des deux camps ne voulant faire de compromis, les Psis se divisèrent. La majorité choisit de rester sur le PsiNet et d'abandonner leurs esprits au froid et au vide absolu d'émotions qu'était Silence.

Ce qu'il advint de la minorité, certains des individus de sang mêlé, d'autres en couple avec des humains ou des changelings, n'est pas aussi clair. La plupart des gens pensent qu'ils ont été éliminés par les assassins du Conseil. Silence, le dernier espoir des Psis, était trop important pour laisser une poignée d'opposants freiner ses avancées.

La rumeur courait aussi que les rebelles trouvèrent la mort dans un suicide collectif. Selon une dernière théorie, ils devinrent les premiers « rééduqués » forcés du Centre qui venait d'ouvrir ses portes, leurs esprits effacés, leurs personnalités détruites. Comme les méthodes du Centre en étaient alors encore au stade expérimental, les patients survivants en seraient ressortis à l'état de légumes.

Plus de cent ans plus tard, à l'aube du printemps de l'année 2080, un consensus s'était imposé : les rebelles avaient été définitivement neutralisés.

Le Conseil Psi ne tolérait pas les dissensions.

Chapitre premier

Talin McKade songea que lorsqu'on était une femme de vingt-huit ans – et à plus forte raison, une femme de vingt-huit ans ayant survécu aux épreuves qu'elle avait traversées –, on ne redoutait rien d'aussi banal que de traverser la rue et d'entrer dans un bar pour aborder un homme.

Sauf que, bien entendu, il ne s'agissait pas d'un homme ordinaire. Et d'après ce qu'elle avait appris à son sujet ces deux dernières semaines-là depuis qu'elle avait retrouvé sa trace, un bar était le dernier endroit où elle s'attendait à tomber sur Clay. Qu'il lui ait fallu autant de temps pour prendre son courage à deux mains et aller à sa rencontre n'augurait rien de bon. Mais elle devait en avoir le cœur net.

Elle avait découvert que le Clay qu'elle avait connu, ce grand garçon plein d'énergie et de rage, était devenu une sorte d'homme de main haut placé au service de la meute de léopards dominants de San Francisco. Avec tout le respect dont jouissait DarkRiver, le poste qu'occupait Clay était synonyme de confiance et loyauté. Ce dernier mot fit à Talin l'effet d'un couteau plongé en pleine poitrine.

Clay lui avait toujours été loyal. Même lorsqu'elle ne le méritait pas. Elle déglutit et chassa ces souvenirs, consciente qu'elle ne devait pas se laisser distraire. Le Clay de son enfance n'existait plus. Ce Clay-ci… elle ne le connaissait pas. Tout ce qu'elle savait, c'est qu'il n'avait pas eu d'autres démêlés avec la justice depuis sa sortie du centre de détention pour mineurs où on l'avait enfermé à l'âge de quatorze ans… pour le meurtre sanguinaire d'Orrin Henderson.

Talin serrait le volant si fort que les jointures de ses doigts blanchirent. Elle sentit le sang lui monter aux joues tandis que son cœur cognait au rythme de sa peur renouvelée. Des morceaux d'Orrin, des… des choses molles et humides qui n'auraient jamais dû être exposées à l'air libre, avaient giclé sur elle pendant qu'elle se recroquevillait dans un coin et que Clay…

Non!

Elle refusait d'y penser, de s'engager sur cette voie-là. C'était déjà bien assez que ces images cauchemardesques – imprégnées de l'odeur écœurante de chair en putréfaction – hantent son sommeil nuit après nuit. Elle n'allait pas en plus leur sacrifier ses journées.

Des gyrophares bleus et blancs attirèrent son attention et elle vit un autre véhicule de la Sécurité se garer dans le petit parking devant le bar. Ce qui faisait un total de deux véhicules blindés et de quatre flics armés jusqu'aux dents; mais alors qu'ils étaient tous descendus de voiture, aucun d'eux ne se dirigea vers le bar. Interloquée, elle resta à l'intérieur de sa jeep, garée dans un parking secondaire de l'autre côté du boulevard.

À la vue des véhicules de police, la sueur s'était mise à couler le long de sa colonne vertébrale. Son cerveau avait appris très tôt à associer leur présence à la violence. Son instinct la pressait de décamper. Mais il fallait qu'elle attende. Elle voulait voir si Clay n'avait pas changé, s'il était devenu pire… Retirant une main du volant, elle serra le poing sur son ventre agité de spasmes. Il était son dernier espoir.

À la même seconde, la porte du bar s'ouvrit brusquement et le cœur de Talin bondit dans sa poitrine. Elle vit deux corps sortir en vol plané. À sa grande surprise, les flics se contentèrent de s'écarter du passage avant de croiser les bras et de jauger d'un air désapprobateur les deux éjectés. Les jeunes hommes, sonnés, se remirent sur pied en chancelant… pour s'effondrer de nouveau lorsque deux autres garçons leur atterrirent sur la tête.

C'était des adolescents, âgés à première vue de dix-huit ou dix-neuf ans. De toute évidence, ils étaient complètement saouls. Alors que les quatre restaient étendus là, probablement occupés à geindre et à souhaiter être morts, un autre homme sortit du bar, de sa propre volonté cette fois-là. Il était plus âgé et, même de cette distance, Talin perçut sa fureur lorsqu'il empoigna deux des garçons et les jeta dans la remorque d'un camion, ses cheveux blonds comme les blés voletant dans la brise du soir.

Il échangea quelques mots avec les flics, qui se détendirent. L'un d'eux se mit à rire. Après s'être débarrassé des deux premiers, l'homme blond attrapa les deux autres garçons par la peau du cou et les traîna jusqu'au camion, sans se soucier des graviers qui devaient leur arracher la peau.

Talin grimaça.

Ces garçons infortunés – et qui avaient dû mal se conduire – allaient comprendre leur douleur le lendemain, lorsqu'ils sentiraient leurs bleus, leurs coupures et leur mal de crâne. Puis la porte claqua de nouveau et, oubliant tout et tout le monde, elle n'eut plus d'yeux que pour l'homme auréolé de la lumière qui s'échappait du bar. Il avait jeté un garçon sur son épaule et en traînait un second comme le blond l'avait fait.

— Clay, murmura-t-elle malgré elle, poussée par un obscur mélange de besoin, de colère et de peur.

Il avait grandi : il devait frôler le mètre quatre-vingt-quinze. Quant à son corps… il avait largement tenu toutes ses promesses de puissance. Sur sa silhouette musclée, sa peau brune aux reflets dorés brillait d'un éclat sensuel.

Le sang d'Isla, songea Talin. Même après toutes ces années, elle n'avait pas oublié la beauté exotique de la mère égyptienne de Clay. La peau d'Isla avait eu le velouté du café noir et ses yeux la couleur du chocolat amer, mais elle n'avait contribué qu'à la moitié des gènes de Clay.

Talin ne distinguait pas les yeux de Clay de cette distance, mais elle savait qu'ils étaient d'un vert éclatant comme ceux d'un chat de jungle ; l'incontestable héritage de son père changeling. Rehaussés par sa peau et ses cheveux d'un noir d'encre, ces yeux avaient dominé le visage du garçon qu'il avait été. Quelque chose disait à Talin que c'était toujours le cas, mais d'une manière bien différente.

Chacun de ses mouvements trahissait son assurance d'homme endurci. Il ne paraissait même pas sentir le poids des deux garçons qu'il déchargea sur la pile déjà formée à l'arrière du camion. Elle imagina le jeu de ses muscles puissants, et frissonna de peur… une peur absolue, intarissable.

La logique, la raison, le bon sens, tout cela était balayé par le flux limpide de ses souvenirs. Du sang et de la chair, des cris sans fin, des gargouillis macabres. Et elle comprit qu'elle n'y arriverait pas. Car si Clay l'avait effrayée enfant, il la terrifiait désormais.

Elle se mordit le poing pour étouffer un cri.

Ce fut alors qu'il se figea et dressa la tête.

Après avoir jeté Cory et Jason dans le camion, Clay allait se retourner vers Dorian lorsqu'il perçut un bruit infime dans la brise. Sa bête s'immobilisa puis bondit à la surface, ses sens de léopard aux aguets, tandis que l'homme scannait les alentours du regard.

Il connaissait ce son, cette voix de femme. C'était celle d'une morte, mais il s'en moquait. Il s'était résigné à sa folie depuis longtemps. Aussi se mit-il à regarder et à la chercher.

Tally.

Il y avait trop de voitures dans le parking de l'autre côté du boulevard, trop d'endroits où le fantôme de Talin aurait pu se cacher. Ça tombait bien, il s'y connaissait en matière de chasse. Il s'était avancé d'un pas dans cette direction lorsque Dorian lui assena une tape dans le dos et lui barra la vue.

— Prêt à reprendre la route ?

Clay sentit un grondement monter dans sa gorge, une réaction assez irrationnelle pour secouer la démence de son esprit.

— Les flics ? (Il se replaça face au parking.) Ils vont faire des ennuis ?

Dorian secoua la tête, et ses cheveux blonds scintillèrent à la lueur des réverbères qui commençaient à s'allumer grâce aux capteurs qui détectaient la tombée du jour.

— Comme ça ne concerne que des gosses changelings, ils nous laissent la main. Ils n'ont aucun droit de se mêler des affaires internes de la meute, de toute façon.

— Qui les a appelés ?

— Pas Joe. (Il se référait au propriétaire du bar ; un autre membre de DarkRiver.) C'est nous qu'il a appelés, donc ils ont dû chercher des noises à quelqu'un d'autre. Merde, je suis content que Kit et Cory en aient fini avec leur petit combat de coqs, mais je n'aurais jamais imaginé qu'ils deviendraient meilleurs potes et nous rendraient tous fous.

— S'il n'y avait pas ces embrouilles avec le Conseil Psi qui essaie de s'en prendre à la meute, dit Clay, je ne verrais pas d'inconvénient à les jeter en taule pour la nuit.

Dorian grogna son approbation.

— Joe va nous envoyer la facture. Il sait que la meute paiera pour les dégâts.

— Avec la peau de ces dix vauriens. (D'une tape, Clay obligea Cory à se rallonger lorsque le garçon ivre et déboussolé essaya de se relever.) Ils travailleront pour payer cette dette jusqu'à la fin de leurs études.

Dorian esquissa un rictus.

— J'ai le souvenir d'avoir mis ce bar sens dessus-dessous moi aussi, et de m'être fait botter les fesses par toi.

Clay jeta un regard noir à la sentinelle plus jeune, mais ne détourna pas son attention du parking de l'autre côté de la rue. Il n'y détectait pas d'autre mouvement que celui de la poussière, mais il savait que la proie se cachait parfois à la vue de tous. On pouvait berner un prédateur en jouant les statues. Mais Clay n'était pas une bête sans cervelle ; il était une sentinelle de DarkRiver qui avait l'habitude de verser du sang.

— Tu étais pire que cette bande. Tu as essayé de me descendre avec tes conneries de ninja.

Dorian ouvrit la bouche pour rétorquer, mais sa réponse échappa à Clay : une petite jeep venait de quitter à vive allure le parking qu'il surveillait.

— Je te laisse les gosses !

Sur ces mots, il s'élança à pied aux trousses de sa proie.

S'il avait été humain, entreprendre une course-poursuite pareille aurait été stupide de sa part. Même pour un léopard changeling, ça n'avait rien de très rationnel. Il courait vite, mais pas assez pour suivre ce véhicule si la conductrice – car c'était bien une femme – appuyait sur le champignon. Comme elle s'était mise à le faire.

Au lieu de se perdre en jurons, Clay se fendit d'un sourire carnassier qui découvrit toutes ses dents. Il savait une chose que la conductrice ignorait et qui rendait sa poursuite sensée. Son léopard avait beau obéir à ses instincts, la part humaine de l'esprit de Clay fonctionnait à la perfection. La conductrice allait s'en apercevoir sans tarder.

La jeep pila en crissant des pneus, évitant de peu les gravats qui jonchaient la route. Le glissement de terrain ne s'était produit que quarante-cinq minutes plus tôt. D'ordinaire, DarkRiver aurait déjà réglé le problème, mais comme il y avait eu un glissement similaire presque au même endroit deux jours plus tôt, celui-ci avait été laissé tel quel jusqu'à ce qu'il – et la pente concernée – puissent être observés par des experts. Si cette femme avait été à l'intérieur du bar, elle aurait entendu l'annonce et sut devoir prendre une déviation.

Mais elle n'était pas entrée dans le bar. Elle s'était cachée dehors.

Le temps que Clay la rejoigne, la conductrice essaya de faire marche-arrière. Mais, prise de panique, elle mettait trop de pression sur le matériel computronique qui contrôlait le véhicule et calait coup sur coup. Il sentait les relents de sa peur, mais c'était l'odeur sous-jacente, familière et pourtant incompréhensiblement malsaine, qui le rendit déterminé à voir son visage.

Pas plus essoufflé que ça, il s'immobilisa au milieu de la route derrière elle comme pour la mettre au défi de le renverser. Il n'avait pas l'intention de la laisser s'échapper. Il ignorait qui elle était, mais son odeur lui rappelait Tally de façon perturbante et il voulait savoir pourquoi.

Cinq minutes plus tard, la conductrice renonça à faire redémarrer le moteur. La poussière retomba, révélant les plaques d'immatriculation de la voiture de location. Les oiseaux se remirent à chanter. Clay attendit encore… jusqu'à ce qu'enfin, elle ouvre la portière. Elle sortit une jambe fine recouverte d'un jean bleu foncé, son pied chaussé d'une botte noire qui lui arrivait à la cheville.

La bête de Clay devint silencieuse lorsque la conductrice tendit la main pour repousser davantage la portière. Sa peau à peine bronzée était couverte de taches de rousseur. Menue, la femme s'extirpa de la jeep. Une fois dehors, elle resta dos à lui de longues minutes. Il ne fit rien pour l'obliger à se retourner, n'émit pas de bruits agressifs. Il en profita au contraire pour se délecter de sa vue.

Elle était indéniablement petite, sans pour autant sembler fragile ou facile à briser. Il y avait de la force dans ce dos qu'elle tenait bien droit, mais aussi de la douceur propice à accueillir un corps d'homme. Cette femme avait des formes. Sensuelles et délicieuses. Moulées à la perfection dans son jean, ses fesses éveillaient les instincts les plus sexuels de l'homme et du félin. Il avait envie de mordre, de jouer, de caresser.

Serrant les poings, il resta là où il était et s'obligea à regarder plus haut. Il songea qu'il lui serait facile de la soulever par la taille pour l'embrasser sans se tordre le cou. Et il avait bien l'intention d'embrasser cette femme qui avait l'odeur de Talin. Sa bête ne cessait de gronder qu'elle était sienne et, à cet instant-là, il ne sentait pas assez civilisé pour la contredire. Chaque chose en son temps ; il devait d'abord découvrir la vérité au sujet de ce fantôme. En attendant, il s'immergerait dans cette vague de sexualité sauvage, dans l'odeur à demi familière de cette femme.

BRAGELONNE – MILADY, C'EST AUSSI LE CLUB :

Pour recevoir le magazine *Neverland* annonçant les parutions de Bragelonne & Milady et participer à des concours et des rencontres exclusives avec les auteurs et les illustrateurs, rien de plus facile !

Faites-nous parvenir votre nom et vos coordonnées complètes (adresse postale indispensable), ainsi que votre date de naissance, à l'adresse suivante :

Bragelonne
60-62, rue d'Hauteville
75010 Paris

club@bragelonne.fr

Venez aussi visiter nos sites Internet :
www.bragelonne.fr
www.milady.fr
graphics.milady.fr

Vous y trouverez toutes les nouveautés, les couvertures, les biographies des auteurs et des illustrateurs, et même des textes inédits, des interviews, un forum, des blogs et bien d'autres surprises !

Achevé d'imprimer en février 2012 par Hérissey à Évreux (Eure)
N° d'impression : 118284 - Dépôt légal : mars 2012
Imprimé en France
81120685-1